SCHERZ

FRAUKE SCHEUNEMANN

MORD AM HAFF

EIN USEDOM-KRIMI

SCHERZ

Aus Verantwortung für die Umwelt hat sich der S. Fischer Verlag zu einer nachhaltigen Buchproduktion verpflichtet. Der bewusste Umgang mit unseren Ressourcen, der Schutz unseres Klimas und der Natur gehören zu unseren obersten Unternehmenszielen.

Gemeinsam mit unseren Partnern und Lieferanten setzen wir uns für eine klimaneutrale Buchproduktion ein, die den Erwerb von Klimazertifikaten zur Kompensation des CO_2-Ausstoßes einschließt.

Weitere Informationen finden Sie unter: www.klimaneutralerverlag.de

FSC
www.fsc.org
MIX
Papier | Fördert gute Waldnutzung
FSC® C083411

Erschienen bei FISCHER Scherz

Dieses Werk wurde vermittelt durch die AVA international GmbH
Autoren- und Verlagsagentur, München.
Redaktion: Katja Korintenberg

Satz: Dörlemann Satz, Lemförde
Druck und Bindung: CPI books GmbH, Leck
Printed in Germany
ISBN 978-3-651-00102-2

FÜR BERND

1

»Es ist leider wie immer – die Polizei steht daneben und tut nichts!« Die Stimme der Frau droht sich zu überschlagen, so schrill und hoch ist sie schon. *»Warum werden wir Bürger nicht besser vor diesen Verbrechern beschützt? Ich sage nur eins: Grenzen dicht! Dann kommt das ganze Gesocks nicht mehr rüber.«* Auch diese Dame klingt sehr aufgebracht, ebenso der nächste O-Ton eines älteren Herrn, den mein Volontär Janis für unsere kleine Radioumfrage eingefangen hat. *»Wenn die Polizei nicht in der Lage ist, der Sache Herr zu werden, muss sich niemand wundern, wenn die Menschen die Sache selbst in die Hand nehmen und ihr Eigentum verteidigen!«*, *»Notfalls mit Gewalt?«*, hört man Janis nachfragen. *»Notfalls mit Gewalt!«*, bestätigt der Mann.

»Puh, also das können wir so nicht senden!«, sage ich. »Den am Ende musst du rausnehmen. Und die mit dem *Gesocks* am besten gleich mit. Geht ja gar nicht!«

»Wieso? Die sind doch krass authentisch und sagen, was sie denken!«

»Nee, zumindest der Letzte wiederholt, was du vorher gesagt hast.«

»Ich hab das nicht *gesagt*, ich hab ihn das *gefragt*!« Janis klingt beleidigt, aber das ist mir egal. Schließlich habe ich hier auch einen Ausbildungsauftrag.

»Wie kommst du überhaupt auf so eine Frage?«, will ich von

ihm wissen. »Die Stimmung ist sowieso schon so aufgeheizt, willst du, dass sich die Leute mit Mistgabeln und Baseballschlägern bewaffnet vor ihre Häuser stellen? Oder an die polnische Grenze?«

Janis lacht.

»Natürlich nicht. Ich wollte ein bisschen Leben in die Umfrage bringen.«

»So ein Quatsch. Als Journalist gibst du wieder, was die Leute sagen. Du legst es ihnen nicht in den Mund, mein Lieber!«

»Ja, ja, ja ... ich hab schon verstanden. Du willst das übliche langweilige Zeug.« Er seufzt. »Bloß nicht irgendwo anecken. Alles klar. Mach ich dir fertig.« Dann schaut Janis demonstrativ auf die Uhr. »Aber sag mal, wolltest du nicht eigentlich längst beim Zahnarzt sein?«

Ich werfe einen Blick auf mein Handy. 11:40 Uhr. Mist. Janis hat völlig recht. Wenn ich jetzt nicht endlich losfahre, komme ich zu spät. Trotzdem ärgere ich mich über Janis. Der will mich doch nur loswerden, um dann still und heimlich seine reißerische Version der Umfrage bei unserem Nachrichtenredakteur Markus abzugeben und über den Sender zu schicken.

»Seit wann machst du dir eigentlich solche Sorgen um meine Gesundheit?«, frage ich also spitz nach.

Janis grinst.

»Ganz einfach, ich bin abergläubisch. Und dein letzter Arztbesuch hat uns unseren ersten großen Fall beschert.«

Ich gucke verständnislos.

»Hat er?«

»Hat er. Du hattest irgendein Rückenleiden und kamst vom Doc, als Raimund das Aus für Bäderland-Radio verkündete und du die Rettungsidee mit den Problemlösern hattest. Kurz darauf standen wir neben der Leiche von Maik Peters. Erinnerst du dich nicht? Ist keine zwei Monate her.«

Ach, das meint Janis! Den Tag, an dem uns unser Wellenchef Raimund alle in Aufruhr versetzte, hab ich noch genau vor Augen. Im Konferenzraum unseres kleinen Usedomer Radiosenders gab Raimund bekannt, dass ein großer Radioverbund uns aufgekauft hätte. Mit einem Schlag hatten wir alle Angst um unsere Jobs. Würde sich Megahit-FM nur unsere Frequenz unter den Nagel reißen und unser Radio selbst dichtmachen? Ich kam damals zwar nicht vom Arzt, sondern vom Krankengymnasten, aber der Rest stimmt: Kurz nach der Katastrophennachricht hatte ich die Idee für eine neue Sendung – einer Sendung, bei der Janis und ich uns um die Sorgen und Nöte unserer Hörer kümmern würden. Meine Hoffnung: Sollten wir mit *Die Problemlös*er so richtig erfolgreich sein, würden uns auch die neuen Chefs weiterbeschäftigen wollen. Und so kam es dann auch, denn gleich unser erster Fall war sensationell. Gewissermaßen aus Versehen konnten Janis und ich den Mord an dem Usedomer Fischer Maik Peters aufklären, der uns kurz zuvor um Hilfe gebeten hatte. Okay, das gelang uns nicht allein, sondern mit freundlicher Unterstützung der Kriminalpolizei in Gestalt von Kommissar Kay Lorenz. Aber trotzdem waren unsere neuen Chefs so beeindruckt, dass sie das kleine Bäderland-Radio nicht gleich einstampften, sondern im Gegenteil unsere *Problemlöser*-Reportage auch in allen anderen Sendern des neuen Verbunds ausstrahlten. Also im wahrsten Sinne: Problem gelöst!

Seitdem sind Janis und ich ständig auf der Suche nach einem neuen Fall. In letzter Zeit ist uns allerdings eher Kleinkram ins Netz gegangen wie ein entführter Hund in Karlshagen, eingeschmissene Scheiben an der Grundschule in Zinnowitz und gestohlene Goldfische in Heringsdorf. Aber die Story, die wir jetzt am Wickel haben, hat das Potenzial für einen echten Aufreger. Seit ein paar Wochen erhitzt eine Einbruchsserie die Gemüter der Einwohner zwischen Peenemünde und Ahlbeck. Die Diebe kommen in der Nacht und haben sich offenbar auf Einfamilienhäuser spezialisiert. Stets scheinen die Kriminellen genau zu wissen, wann keiner zu Hause ist, dann schlagen sie schnell und erbarmungslos zu und räumen alles raus, was irgendwie wertvoll ist. Touristen, Einheimische – niemand scheint vor ihnen sicher zu sein, die Polizei hat nicht den Hauch einer Spur, geschweige denn eine heiße.

Eigentlich beste Ausgangsvoraussetzungen für *Die Problemlöser*. Eigentlich. Denn trotz des Aufruhrs hat sich noch niemand direkt an uns gewandt, stattdessen werden die Rufe lauter, dass sich die Bürger von Usedom doch selbst verteidigen sollten. Stichwort Mistgabel. Also müssen Janis und ich nun aktiv werden und uns der Sache annehmen. So kamen wir auf die Idee mit der Umfrage. Um die ich mich nach meinem Zahnarzttermin kümmern werde.

»Weißt du was«, sage ich zu Janis, »die Umfrage kann warten, bis ich wieder da bin. Eine kleine Füllung wird nicht die Welt dauern. Du machst den Beitrag in der Zeit fertig, wie wir ihn besprochen haben, dann höre ich mir das Ganze noch mal an, und wir senden es heute Nachmittag.«

In Janis' Gesicht ist die Enttäuschung deutlich zu sehen. Ich habe seinen schönen Plan durchkreuzt! Gut gelaunt greife ich mir die Handtasche, die auf unserem gemeinsamen Schreibtisch steht, werfe mein Handy hinein und mache mich auf den Weg.

Im Flur begegne ich meinem Chef Raimund.

»Ah, meine Starreporterin! Sag mal…«

»Hallo, Raimund! Können wir später sprechen? Ich bin auf dem Weg zu einem Termin«, versuche ich, mich schnell davonzumachen.

»Termin? Sehr gut! Hoffentlich bei der Kripo, um denen mal richtig auf den Zahn zu fühlen. Wie kann man nur so unfassbar erfolglos sein? Sieben Einbrüche in Folge und keine einzige verwertbare Spur! Es gab gestern schon eine Mahnwache vor dem Polizeirevier in Heringsdorf, die Leute haben die Schnauze gestrichen voll.« Er schüttelt den Kopf, dann schaut er mich wieder an. »Mit wem sprichst du bei der Kripo? Wieder mit diesem Kay Lorenz?«

»Chef, Lorenz ist bei der Mordkommission, nicht beim Einbruchsdezernat.«

»Egal. Also Franzi – mach sie fertig! Und sag mir gern, welche Ausreden sie diesmal haben. Selbst meine Frau macht sich schon Sorgen, dass wir die nächsten Opfer sind.«

Ich nicke dienstbeflissen.

»Mach ich. Sobald ich vom Zahnarzt komme. Da muss ich jetzt nämlich ganz dringend hin.«

»Bitte? Die Bürger dieser Insel leben in Angst und Schrecken, und du gehst während der Arbeitszeit zum Zahnarzt, anstatt der Polizei mal Dampf zu machen?« Bilde ich mir das ein, oder zittert Raimunds Stimme vor Empörung?

»Also erstens habe ich seit Tagen Zahnschmerzen und zweitens gehe ich in meiner Mittagspause«, verteidige ich mich. Raimund guckt immer noch grimmig. Ich stöhne. Dann muss ich wohl doch mein Ass ausspielen. »Und drittens haben wir eine Mega-Umfrage in der Mache, die die Stimmung auf der Insel sehr gut zusammenfasst.«

Bingo! Raimunds Miene hellt sich deutlich auf.

»Sendet ihr jetzt gleich um zwölf? Na gut. Aber hoffentlich mal ein bisschen zugespitzt und nicht wieder so einen ausgewogenen Krempel.«

»Nein, auf keinen Fall ausgewogen. So richtig schön auf den Punkt. Du wirst dich freuen.«

Raimund nickt zufrieden, dann geht er nach vorne zum Empfang, wo seine Assistentin Sonja sitzt. Ich hingegen stürze zurück in mein Büro.

»Janis«, rufe ich, kaum dass ich durch die Tür bin, »hast du schon neu geschnitten?«

Er schaut mich perplex an.

»Also hast du jetzt Kontrollzwang? Ich mach das schon noch. Hab mir allerdings gerade erlaubt, einen Kaffee zu trinken, du alte Sklaventreiberin!«

»Sehr gut«, seufze ich erleichtert.

»Sehr gut?«

»Ja. Wir senden deine Umfrage genau so, wie sie jetzt ist. Ruf schnell Markus an, dass da doch noch was von uns kommt, und dann lade das Teil hoch, damit er es in die Sendung verschieben kann. Ich muss los!«

*

Kurz nach zwölf stelle ich meinen Panda auf dem Parkplatz von Dr. Wagener in Bansin ab und laufe zu dem grauen Mehrfamilienhaus, in dessen Erdgeschoss sich Wageners Zahnarztpraxis befindet. Ich klingle, der Summer ertönt und schon stehe ich vor dem Empfangstresen. Die Sprechstundenhilfe Frau Malkenthin, eine resolute Dame um die sechzig, sieht mich und schüttelt den Kopf. Was ist denn mit der los? Klar, ich bin zu spät, aber doch nur zwei Minuten.

»Frau Mai, wir haben die ganze Zeit versucht, Sie zu erreichen!«, sagt sie dann vorwurfsvoll.

»Ehrlich?« Sofort wühle ich in meiner Handtasche nach meinem Handy. Tatsächlich. Vier Anrufe in Abwesenheit.

»Tut mir leid, ich hatte mein Handy anscheinend noch lautlos gestellt. Was wollten Sie denn? Hab ich den Termin falsch notiert? Hätte ich früher kommen sollen?«

»Nein, nein, alles gut. Aber leider ist der Doktor nicht da.«

Na großartig. Und dafür kassiere ich einen Anschiss von Raimund!

»Was ist denn mit Dr. Wagener?«, will ich wissen. »Ist er krank?«

»Nein, die Polizei hat vorhin angerufen. Bei ihm ist eingebrochen worden! Dr. Wagener ist sofort losgefahren, wir mussten alle Termine für ihn absagen«, ruft Frau Malkenthin und klingt ernsthaft erschüttert.

»Ehrlich? Das ist ja ein Ding!« Ist es wirklich – mein Zahnarzt ist das jüngste Opfer der Einbruchsserie! Das bietet beste Aussichten auf ein Exklusivinterview. Wobei – eine Sache leuchtet mir nicht ganz ein: »Hat Dr. Wagener denn selbst gar nichts von dem Einbruch bemerkt, oder wieso ist er heute Morgen überhaupt in die Praxis gekommen?«

Frau Malkenthin zieht die Brauen hoch, sie findet meine Frage offenbar ziemlich unangebracht.

»Frau Mai, es ist doch nicht bei ihm zu Hause eingebrochen worden, sondern in seinem Ferienhaus in Neu-Zirnow. Die Putzfrau hat es bemerkt, als sie heute das Haus nach Abreise der Feriengäste putzen wollte. Die sind gestern gefahren, und da war alles noch in bester Ordnung. Die Vermietungsagentur hat es der Polizei bestätigt.«

»Zirnow? Ist da nicht schon mal eingebrochen worden?«, frage ich. Frau Malkenthin zuckt mit den Schultern.

»Keine Ahnung.«

Neu-Zirnow ist eine ziemlich noble Ferienhaussiedlung, ganz neue Reetdachhäuser in einer hübschen Gartenanlage, direkt am Haff gelegen. Ich habe mir das Dörfchen mal zusammen mit meinen Eltern angesehen, als sie zu Besuch aus dem Rheinland waren und dort ein Dorffest gefeiert wurde. War eine Werbegeschichte des Bauträgers, aber trotzdem sehr nett. Dass sich mein Zahnarzt da ein Haus gekauft hat, bestätigt allerdings alle meine Vorurteile über seinen Berufsstand, denn nach den ausliegenden Preislisten auf dem Fest sind die Häuser in Neu-Zirnow nicht gerade Schnäppchen.

»Haben Sie die Adresse des Ferienhauses?«, will ich von Frau Malkenthin wissen. Die reißt die Augen auf.

»Wollen Sie etwa hinfahren?«

»Will ich.«

»Aber … er kann Sie dort nicht behandeln. Er hat doch seine Instrumente gar nicht dabei.«

Ich lächle.

»Missverständnis! Diesmal geht es nicht um seinen Job. Sondern um meinen. Ich muss Dr. Wagener dringend sprechen.«

Damit verwirre ich Frau Malkenthin offenbar endgültig. Sie blickt hilflos zwischen mir und ihrem Computer hin und her.

»Hm … ich weiß nicht, ob ich Ihnen seine Adresse einfach so geben kann. Das ist dem Doktor vielleicht gar nicht recht!«

»Kein Problem«, beschließe ich, die Helferin von ihrem Gewissenskonflikt zu erlösen. »Ich werde ihn schon finden. So groß ist die Siedlung nicht. Ich schaue einfach, wo der Polizeiwagen steht.«

2

Mit meiner Einschätzung lag ich ziemlich daneben. Denn es steht nicht ein Polizeiwagen vor dem hübschen weiß geschlämmten Reetdachhaus. Genau genommen sind es fünf Wagen plus ein schwarzer VW-Bus vom Team der Spurensicherung. Auf der Bank vor dem Haus sitzt tatsächlich mein Zahnarzt Dr. Wagener und ist ins Gespräch vertieft mit einer anderen alten Bekannten von mir: Janine Lamott von der Kripo in Anklam. Mit ihr hatte ich schon beim Mord an Maik Peters zu tun. Damals war sie für den Kriminaldauerdienst als erste Kripobeamtin am Tatort, warum sie jetzt hier ist, kann ich mir nicht erklären. Schließlich ist es ein ganz normaler Donnerstagmittag, der KDD als Feuerwehr der Polizei rückt um diese Uhrzeit eigentlich gar nicht aus.

»Hallo, Herr Dr. Wagener, hallo, Frau Lamott«, grüße ich die beiden freundlich, als ich auf sie zugehe. Wagener schaut mich verdutzt an, er braucht einen Moment, um mich zuordnen zu können. Janine Lamott hingegen erkennt mich sofort.

»Hallo, Frau Mai, was machen Sie denn hier?«, fragt sie wenig erfreut. »Das ist ein Tatort, ich hoffe sehr, Sie sind nur zufälligerweise hier.«

Als mein Name fällt, huscht ein Lächeln über das Gesicht von Wagener.

»Ach, Frau Mai, natürlich! Entschuldigen Sie bitte, dass ich

Sie nicht gleich erkannt habe! Sie hätten jetzt einen Termin in der Praxis gehabt, richtig? Ich habe es heute früh in der Übersicht gesehen. Leider ist mir dann etwas dazwischengekommen.«

Lamott guckt überrascht.

»Sind Sie etwa deswegen hier?«, fährt sie mich an. Wieso ist die eigentlich so zickig? Hab ich der was getan? Ich bin mir jedenfalls keiner Schuld bewusst.

»Nein, natürlich nicht«, erkläre ich dann. »Aber als mir die Sprechstundenhilfe von Herrn Dr. Wagener erzählt hat, was passiert ist, habe ich beschlossen, mir vor Ort ein Bild von der Lage zu machen. Schließlich berichten wir auch bei Bäderland-Radio über diese beispiellose Einbruchsserie.« Dann grinse ich Lamott an und platziere eine kleine Spitze. »Zumal die Polizei bisher sensationell erfolglos ist, finden Sie nicht?«

Lamott kneift die Augen zusammen und guckt böse, Wagener hingegen nickt eifrig.

»Ja, eine Schande ist das! Jetzt sind es schon acht schwere Einbrüche in nicht mal zwei Monaten, drei davon allein hier in Zirnow. Das ist doch nicht zu fassen. Das ganze Haus haben die Verbrecher mir ausgeräumt, also wenn Sie mal gucken wollen, Frau Mai, dann gehen Sie ruhig rein.«

»Nein, das macht Frau Mai jetzt bitte nicht«, herrscht Lamott uns beide an. »Wie ich schon sagte, das ist ein Tatort, und ich kann nicht erlauben, dass Schaulustige hier herumtrampeln und möglicherweise noch Spuren zerstören.«

»Ich bin keine Schaulustige«, korrigiere ich sie, »ich bin Journalistin und mache hier genauso meinen Job wie Sie. Apropos – warum sind Sie eigentlich hier? Ich dachte, Sie seien beim KDD?«

Janine Lamott schüttelt den Kopf, ihr dunkelbrauner Pferdeschwanz wippt hin und her.

»Ich bin nicht mehr beim KDD. Ich habe letzte Woche die Leitung des Fachkommissariats übernommen, in dem auch die Bandenkriminalität verarztet wird. Deswegen bin ich heute hier. Wir gehen davon aus, dass eine Bande hinter all diesen Einbrüchen steckt.«

»Oh, eine Beförderung! Herzlichen Glückwunsch!«, sage ich. Nun muss sie tatsächlich lächeln.

»Wie man es nimmt. Vielleicht wurde auch nur ein Dummer gesucht, der die Kohlen aus dem Feuer holt. Oder in meinem Fall: eine Dumme.«

»Quatsch«, widerspreche ich. »Sie kennen doch bestimmt den alten Spruch: Wenn du willst, dass über den Job geredet wird, gib ihn einem Mann. Wenn du willst, dass er gemacht wird, frag eine Frau. Das kriegen Sie schon hin!«

Janine Lamott lacht laut.

»Der ist gut, den muss ich mir merken! Momentan bin ich bei dieser Einbruchsserie allerdings auch noch nicht viel weiter als mein Vorgänger. Dabei brauchen wir ganz dringend einen Fahndungserfolg, sonst fliegt uns das Ding hier um die Ohren. Die Usedomer kochen bereits!« Unmerklich schüttelt sie den Kopf, als könne sie nicht glauben, dass die Bürger hier so auf Ergebnisse pochen. Dann schaut sie mich direkt an. »Was sagen denn Ihre Kontakte bisher so, Frau Mai? Sie sind doch bestens vernetzt auf der Insel. Haben Sie vielleicht was läuten hören? Irgendwelche heißen Tipps für die Kripo?«

»Ich bin geschmeichelt, muss aber leider zugeben, dass wir bei Bäderland-Radio auch nicht mehr wissen. Wir haben allerdings gerade eine Umfrage dazu gemacht. Einige unserer Hörerinnen und Hörer vermuten, dass die Einbrecher von jenseits der Grenze kommen und gezielt in Deutschland auf Beutezug gehen. Können Sie diesen Verdacht bestätigen?«

Nur für den Fall, dass Janine Lamott nun etwas überraschend Sensationelles sagt, habe ich mein Handy schon mal als Aufnahmegerät klargemacht und halte es in ihre Richtung. Für spontane Zwecke reicht seine Diktierfunktion vollkommen. Lamott schaut mich überrascht an.

»Wird das jetzt ein Interview?«

Ich lächle und ignoriere diese Frage.

»Wenn Sie etwas Interessantes für unsere Hörerinnen und Hörer zu sagen haben, wäre jetzt die passende Gelegenheit dafür.«

Lamott guckt mich genervt an.

»Haben Sie mich nicht verstanden? Wir haben noch keine wirklich verwertbaren Spuren. Die Täter könnten hier aus der Gegend, aus Polen, aber auch von der Schwäbischen Alb stammen. Wir ermitteln da ganz ergebnisoffen. Und deswegen bin ich hier auf Spurensuche.«

Der O-Ton ist schon mal nicht schlecht, aber nun sagt Janine Lamott nichts mehr, sondern guckt einfach nur böse. Ich lasse mein Handy also wieder sinken.

»Spurensuche ist ein gutes Stichwort. Das ist auch einer der Gründe, warum ich hier bin«, erkläre ich und wende mich wieder an Wagener, der uns die ganze Zeit interessiert zugehört hat. »Würden Sie mir gleich ein Interview geben, Herr Doktor?«

»Selbstverständlich«, antwortet er zackig. »Wenn es der Wahrheitsfindung dient, bin ich immer dabei.«

»Vielen Dank«, sage ich artig. Und dann, ganz mutig, hake ich erneut bei Lamott nach. Schließlich ist sie nicht vor mir geflüchtet – selbst schuld, wenn ich das ausnutze!

»Frau Lamott«, sage ich mit dem freundlichsten Lächeln, das ich gerade unter meinen Gesichtszügen finden kann, »wenn Sie mir doch noch etwas Konkreteres zum Stand der Ermittlungen sagen könnten, wäre das natürlich auch ganz wunderbar.«

Die Brünette überlegt kurz, zu meiner Überraschung nickt sie dann.

»Ja, wir können uns gern nachher unterhalten. Sie geben ja sonst doch keine Ruhe. Ich bin hier noch eine halbe Stunde beschäftigt, aber dann hätte ich Zeit für ein kurzes Interview.«

»Phantastisch!«, freue ich mich. »Dann warte ich so lange. Sagen Sie einfach Bescheid, wann es losgehen kann.«

Sie nickt und geht wieder in das Haus von Wagener zurück, ich bleibe mit dem Zahnarzt vor der Tür stehen. Ich halte ihm mein Handy vor die Nase.

»Herr Dr. Wagener«, beginne ich das Gespräch, »Sie sind das jüngste Opfer einer beispiellosen Einbruchsserie hier auf Usedom. Allerdings ist nicht in Ihrem Privathaus eingebrochen worden, sondern in Ihrem Ferienhaus, richtig?«

»Ja, das stimmt. Bis gestern war es noch an Urlauber vermietet, und heute Nacht haben die Einbrecher zugeschlagen. Ich glaube, die haben das Haus genau beobachtet.«

»Es war aber nicht das erste Mal, dass in dieser Siedlung eingebrochen wurde, oder?«

»Nein, der Einbruch ist schon der dritte hier in Zirnow! Vor fünf Tagen haben sie einer Familie aus NRW die gesamte Ferienkasse, Handys, Laptops, einfach alles geklaut. Und Ende Juni haben sie im alten Teil des Ortes zugeschlagen. Da wusste man allerdings noch nicht, dass sich das zu einer Serie auswachsen würde!«

Das bringt mich zu meiner nächsten Frage.

»Ziemlich ungewöhnlich, dass sich die Verbrecher in Ihrem Fall ein leeres Ferienhaus ausgesucht haben«, wundere ich mich. »Wertvoller Familienschmuck oder große Bargeldmengen im Safe sind doch da nicht zu erwarten.«

»Haben Sie eine Ahnung«, ruft Wagener und klingt fast erbost, »mein Haus ist ja nicht einfach nur ein Ferienhaus, es ist ein Luxusdomizil! Davon gibt es in Deutschland nicht so viele, und wenn überhaupt, dann stehen die meisten auf Sylt, nicht auf Usedom. Aber meine Gäste, die suchen das Besondere. Meine Frau und ich haben das Haus äußerst exquisit eingerichtet. Allein die technischen Raffinessen haben mehrere zehntausend Euro gekostet. Ich erwähne da nur mal eine Stereoanlage vom Feinsten und einen nagelneuen OLED-Fernseher mit einem 88-Zoll-Bildschirm. Und jetzt – alles weg! Die Diebe wussten wirklich genau, was sie hier wollten. Sie haben das Haus ganz gezielt ausgeräumt. Eine echte Katastrophe!«

»Das ist natürlich schlimm«, pflichte ich ihm bei. »Aber war das Haus denn nicht besonders gesichert, wenn es so wertvoll eingerichtet war?«

»Natürlich hat das Haus eine Alarmanlage mit Bewegungsmelder und allem Drum und Dran. Ich kann mir deshalb überhaupt nicht erklären, wie das passieren konnte. Dabei hat Herr Hahn mir nach dem Einbruch letzte Woche noch versichert, dass die Sicherheitsvorkehrungen in der Siedlung noch mal verschärft werden.«

»Wer ist Herr Hahn?«, frage ich nach.

»Herr Hahn leitet den Sicherheitsdienst von Neu-Zirnow, die Alarmanlage ist direkt mit seinem Dienst verbunden. Er und seine Mitarbeiter sollten also eigentlich dafür sorgen können, dass so etwas wie heute Nacht nicht passiert.«

»Haben Sie vielleicht seine Telefonnummer?«

Wagener überlegt kurz.

»Ich müsste in meinen Unterlagen zu Hause nachgucken. Da habe ich sie bestimmt irgendwo. Sonst fragen Sie Frau Meyer, die Assistentin der Geschäftsführung hier. Die müsste sie Ihnen geben können.« Er wirft einen Blick auf seine Uhr. »So, ich muss wieder in die Praxis, damit nicht noch mehr Termine ausfallen. Rufen Sie am besten auch gleich mal Frau Malkenthin an, damit sie Ihnen einen neuen Termin geben kann. Wenn sie bei mir so schnell keine Lücke im Kalender findet, empfehle ich Ihnen meine neue Assistenzärztin. Die hat heute leider frei, aber ab morgen ist sie wieder da. Eine sehr fähige Kollegin.«

Er verabschiedet sich und geht zum Parkplatz, wo ein Porsche Panamera parkt. Warum habe ich eigentlich Politikwissenschaften und nicht Zahnmedizin studiert? Ach richtig, ich hatte einen Abischnitt von 3,7.

»So, Frau Mai, was möchten Sie denn von mir wissen?«

Janine Lamott ist aus dem Haus gekommen und steht wieder neben mir.

»Natürlich im Wesentlichen, ob die Kripo schon eine heiße Spur hat«, erwidere ich und bringe mein Handy in Stellung.

»Nein, leider nicht«, antwortet Lamott. »Die Einbrecher gehen bisher äußerst professionell vor. Es gibt kaum verwertbare Spuren am Tatort, auch wenn die Kriminaltechnik hier exzellente Arbeit leistet.«

»Und deswegen gehen Sie davon aus, dass all diese Einbrüche zusammenhängen?«

»Ja«, bestätigt sie. »Es gibt zwischen den verschiedenen Einbrüchen so viele Gemeinsamkeiten, dass wir glauben, es handelt sich um eine Serie.«

»Nämlich?«, hake ich nach. Lamott lacht.

»Ich kann Ihnen hier aus ermittlungstaktischen Gründen kein Täterwissen verraten, Frau Mai! Aber so viel schon: Es wurde bisher nur in Einfamilienhäuser eingebrochen, die Bewohner waren nie zu Hause und es gibt eine gewisse Übereinstimmung bei der Beute.«

»Aha«, rate ich, »also überwiegend teure Technik.«

»Dazu kann ich Ihnen leider nichts sagen«, erwidert Janine Lamott.

»Brauchen Sie auch nicht. Das hat mir Dr. Wagener eben erzählt.«

Ein tiefer Seufzer entfährt Frau Lamott.

»Können wir unser Gespräch ab hier vertraulich führen?«, will sie dann wissen. Dass Interviews auf einmal zu sogenannten Gesprächen »unter drei« werden, ist im Reporteralltag nicht ungewöhnlich. Es gibt immer mal wieder Interviewpartner, die Journalisten neben der offiziellen Antwort auch noch Hintergrundinformationen geben wollen, aber eben nur, wenn diese vertraulich behandelt werden. Natürlich muss man sich als Reporter nicht darauf einlassen. Das hätte allerdings zur Folge, dass so manche wichtige Quelle sofort versiegt. Also lächle ich Janine Lamott an und nicke.

»Natürlich, wenn Sie es möchten.«

Sie grinst.

»Okay, also off the record kann ich Ihnen bestätigen, dass in allen Fällen vor allem sehr teure Technik gestohlen wurde. Daneben gibt es aber noch eine zweite Kategorie, auf die sich die Einbrecher spezialisiert zu haben scheinen: wertvolle Kunstgegenstände.«

Ich ziehe die Augenbrauen hoch.

»Kunst? Verzeihen Sie, dass ich so blöd nachfrage, aber gibt es denn auf Usedom wirklich so viele Sammler?«

»Ich bin auch überrascht, aber: ja. Offensichtlich gibt es auf Usedom genug Leute, die viel Geld in Kunst investieren. Und irgendwie hat diese Bande sie aufgespürt. Der Schaden geht schon in die Millionen.«

»Wow!«, entfährt es mir. »Das wusste ich nicht. Danke für die Info!«

»Wie gesagt: extrem vertraulich. Wenn ich das morgen im Radio höre, komme ich persönlich vorbei und drehe Ihnen den Hals rum.« Wieder dieses Grinsen. Ein bisschen seltsam ist sie schon, die Frau Kommissarin.

»Schon klar«, entgegne ich. »Was mich in diesem Zusammenhang noch interessiert: Warum haben Sie mir das erzählt?«

»Sagen wir mal so: Es ist ein Zeichen meines guten Willens. Ein Vertrauensvorschuss. Vielleicht berichten Sie mir irgendwann auch mal von Ihren Rechercheergebnissen, wir könnten sicher beide davon profitieren, wenn wir uns auf dem Laufenden halten.« Sie macht eine Pause und lächelt versonnen. »Wie bei dem Fall Peters. Ihre Zusammenarbeit mit Kay Lorenz war doch sehr erfolgreich, nicht?«

»Stimmt«, bestätige ich, denn das war sie in der Tat. Janine Lamott mustert mich.

»Haben Sie eigentlich noch Kontakt zu Kay?«

»Äh, ja, also unregelmäßig, aber ja«, stottere ich, völlig überrascht von dieser Frage. »Warum?«

»Ach, nur so.«

In diesem Moment kommt ein junger Mann in einem weißen Schutzanzug aus dem Haus und läuft direkt auf die Kommissarin zu.

»Janine, kommst du mal kurz?«, spricht er sie an.

»Sofort«, antwortet sie ihm, dann dreht sie sich wieder zu mir.

»Sie sehen, ich werde gebraucht. Ich gebe Ihnen meine neue Karte, Sie können mich gern jederzeit anrufen.« Sie reicht mir eine Visitenkarte. »Noch einen schönen Tag«, verabschiedet sie sich dann und folgt dem Mann in Weiß in das Haus.

Ich sinniere noch einen Moment, warum sich Lamott nach Lorenz erkundigt hat, dann steige ich in meinen Panda und fahre zurück nach Heringsdorf.

3

»Wie finden wir heraus, wo eingebrochen wurde?«, überlege ich laut, als ich kurze Zeit später wieder an meinem Schreibtisch in der Redaktion Platz genommen habe. Janis, der mir genau gegenübersitzt, legt den Kopf schief, bevor er antwortet.

»Na, wie schon? Wie echte Journalisten? Mit Recherche? Du könntest zum Beispiel die letzten Ausgaben des Usedom Kuriers lesen. Ich glaube, die haben über jeden Einbruch sehr detailliert berichtet.«

»Haha, sehr witzig! Ich meine eher, wie kommen wir an die Kontaktdaten der Einbruchsopfer? Adressen, Telefonnummern, so etwas.« Ungeduldig trommle ich mit den Fingerspitzen auf der Tischplatte. »Wir müssen jetzt mal richtig ran, sonst wird Raimund ungemütlich. Außerdem suche ich nach Verbindungen zwischen den einzelnen Einbrüchen, und da hat mir Janine Lamott schon einen entscheidenden Tipp gegeben.«

»Wer war das noch mal?«, überlegt Janis laut.

»Die Kommissarin vom Kriminaldauerdienst. So eine Jüngere mit langen braunen Haaren«, helfe ich ihm auf die Sprünge.

»Ach, die! Ja, scharfes Teil. Hübsches Gesicht und Top-Figur!«, erinnert sich Janis nun für meinen Geschmack eine Spur zu lebhaft.

»Also sooo gut sieht die nun auch wieder nicht aus«, motze ich. »Ganz hübsch, ja, aber nicht Miss World.«

»Eifersüchtig?«, erkundigt sich Janis.

»Quatsch! Warum sollte ich?«

»Weiß nicht. Du klangst irgendwie so. Obwohl du dazu überhaupt keinen Grund hast.«

Hm, stimmt schon. Kann mir eigentlich egal sein, ob er Janine Lamott heiß findet oder nicht. Aber komischerweise bin ich schlecht gelaunt.

»Ich glaube, ich habe einfach Hunger«, mutmaße ich.

»Ach genau. Du darfst jetzt wahrscheinlich zwei Stunden nichts essen, oder?«

»Ich war gar nicht beim Zahnarzt«, bringe ich meinen Voli auf den neuesten Stand. »Bei dem ist nämlich auch eingebrochen worden, und er hat meinen Termin abgesagt. Ich habe ihn daraufhin am Tatort besucht.«

»Was für ein cooler Zufall! Dann haben wir doch endlich ein Opfer für ein erstes Interview«, freut sich Janis.

»Genau. Gab es eigentlich irgendwelche Reaktionen auf deine Umfrage?«, erkundige ich mich.

»Welche Umfrage?«

Ich muss lachen. Hat Janis die etwa vergessen?

»Na, deine Umfrage wegen der Einbrüche natürlich. Darüber haben wir doch vorhin gesprochen, und du durftest sie heute Mittag senden.«

»Ach so, die meinst du«, sagt Janis und klingt dabei ziemlich zerstreut. »Ja, seit die über den Sender gegangen ist, gab es schon viel Zustimmung per Mail und in den Sozialen Medien, aber es hat sich niemand gemeldet, bei dem selbst eingebrochen wurde.«

»Kein Problem. Wir haben ja jetzt Dr. Wagener. Er war sichtlich erschüttert von dem Einbruch. Vor Ort bin ich dann auch über Janine Lamott gestolpert, die die Ermittlungen leitet. Sie hat mir im Vertrauen erzählt, dass bei allen Einbrüchen bisher teure Technik und wertvolle Kunst gestohlen wurde. Spuren gibt es aber leider so gut wie keine.«

Janis pfeift durch die Zähne.

»Okay, dann sind also echte Profis am Werk. Zumal du für Kunst vermutlich auch Profis auf der Hehlerseite brauchst, sonst wirst du den Krempel ja nicht los.«

Recht hat er, mein Auszubildender. Und das bringt mich zu meinem nächsten Punkt.

»Genau deswegen will ich mit den Opfern sprechen. Ich will wissen, wie die Bande ihre Einbruchstour geplant hat. Schließlich hängt ja nicht in jedem Haus zwischen Peenemünde und Ahlbeck ein Picasso an der Wand. Die müssen das also vorher gecheckt haben, und wir sollten schnellstens herausfinden, wie. Am besten wäre es, wenn wir möglichst viel über die Einbrüche in Erfahrung bringen könnten.«

»Also keine späte Mittagspause für dich?«, erkundigt sich Janis mitfühlend.

»So sieht es aus.«

»Du Arme! Dann nimm wenigstens den hier.« Er reicht mir einen Apfel über den Tisch. Ich bedanke mich und beiße hinein. Aua!

»Scheiße, tut das weh!«, jaule ich auf und lasse den Apfel in meinen Schoß fallen. »Ich brauche wirklich einen neuen Termin beim Zahnarzt! Und zwar gleich morgen, über das Wochenende halte ich das nicht aus.«

Janis wirft mir einen mitleidigen Blick zu und schiebt unser gemeinsames Telefon auf meine Schreibtischseite.

»Hier«, sagt er dann. »Oder soll ich für dich telefonieren?«

»Nee, geht schon. Hab die Nummer im Handy gespeichert.« Ich suche den Kontakt und habe kurz darauf Frau Malkenthin am Telefon.

»Hallo, hier ist Franzi Mai auf der Suche nach einem schnellen Ersatztermin«, erkläre ich mein Anliegen. »Die Schmerzen sind schon ziemlich unangenehm, noch heute oder spätestens morgen wäre ein Termin also gut.«

»Hallo, Frau Mai, ich schau gleich mal«, verspricht die Helferin, und ich höre, wie die Tastatur ihres Rechners klappert. »Gleich morgen früh könnte ich Ihnen einen anbieten. Allerdings nicht beim Doktor, sondern bei seiner neuen Assistentin. Ist das für Sie in Ordnung?«

Für den Bruchteil einer Sekunde überlege ich, dass es natürlich enorm praktisch wäre, Wagener während des Behandlungstermins noch etwas ausquetschen zu können, aber dann fängt mein Backenzahn wieder an, wie wild zu pochen, und ich rufe mir ins Gedächtnis, dass ich mit einer Kiefersperre vermutlich sowieso keine besonders eloquente Interviewerin wäre.

»Morgen früh passt super«, antworte ich also. »Um wie viel Uhr?«

»7:30 Uhr«, antwortet Frau Malkenthin.

»Tipptopp, ich werde pünktlich da sein«, verabschiede ich mich. »So, das wäre geklärt. Dann mal los mit unserer Recherche. Hast du schon gegoogelt, in welchen Orten die Einbrüche bisher stattgefunden haben?«, will ich von Janis wissen.

»Klar. Bisher einer in Bansin, einer in Zinnowitz, einer in Ahlbeck und jetzt drei in Zirnow.«

»Da fehlen noch zwei«, stelle ich fest. »Es sind bisher acht Brüche.«

»Hm. Okay, dann muss ich noch mal tiefer graben. Vielleicht

finde ich dabei auch die vollständigen Namen der Opfer heraus.«

»Mach das. Ich werde mir nachher Katja schnappen, die weiß bestimmt mehr.« Meine Freundin und Vermieterin Katja ist zwar selbst keine geborene Usedomerin, aber seit hundert Jahren mit Manni, dem Inselgewächs, verheiratet. Gemeinsam betreiben sie den *Inseltreff*, eine urige Kneipe in Bansin, die eine Einheimischenquote von mindestens 85 Prozent aufweist und daher auch eine super Informationsquelle für Usedomer Innereien ist. »Aber vorher rufe ich Kay Lorenz an und fühle dem mal ein bisschen auf den Zahn.«

»Warum das denn?«, wundert sich Janis. »Der ist doch bei der Mordkommission. Oder ist er strafversetzt worden und bearbeitet jetzt stinknormale Einbrüche?«

»Nichts von alledem. Aber so groß ist die Polizeiinspektion in Anklam nicht. Dass Janine Lamott nun die Ermittlungen leitet, wird er mitbekommen haben und die Hintergründe dazu sicher auch.« Außerdem, füge ich in Gedanken hinzu, würde ich sowieso gern mal wieder mit Kay telefonieren, und das ist doch eine gute Gelegenheit dafür.

»Lorenz«, meldet sich seine dunkle Stimme schon nach dem ersten Klingelton.

»Hallo, Kay, hier ist Franzi.«

»Franzi!« Er scheint sich über meinen Anruf zu freuen. »Das ist aber nett, dass du dich mal meldest!« Okay, er freut sich wirklich! »Was gibt's?«

»Och, nichts Besonderes«, schwindle ich. »Ich habe heute nur deine Kollegin Lamott getroffen, und da musste ich an dich denken.«

Ein tiefes Seufzen am anderen Ende der Leitung.

»Also bist du auch an dieser unsäglichen Einbruchsgeschichte dran?«

»Na ja, ich bin Lokaljournalistin, da bleibt das nicht aus.«

»Stimmt. Ich für meinen Fall bin sehr froh, dass ich mit der Geschichte nichts zu tun habe. Die Ermittlungen verlaufen ja bisher etwas … äh … schleppend.«

»Ja, das sagte deine Kollegin auch.«

»Ach, Janine wird das schon machen, sie ist eine fachlich ausgezeichnete Kollegin. Ist gut, dass sie die Leitung übernommen hat.«

Ich überlege kurz, ob es schlau ist, Lorenz nun direkt um weitere Infos anzuhauen, entscheide mich aber dagegen. Erstens ist Kay Lorenz wirklich kein Plaudertäschchen, der einem mal eben zwischen Tür und Angel alles erzählt, was er so weiß. Zweitens würde ich Kay gern wiedersehen, denn obwohl ich mich während unseres ersten Falls ziemlich mit ihm in der Wolle hatte, ist er irgendwie ein cooler Typ. Und davon gibt es in meinem näheren Umfeld nicht so furchtbar viele. Also bin ich mal ganz mutig.

»Lust, heute Abend was mit mir trinken zu gehen?«

Kurze Pause, Kay denkt offensichtlich nach.

»Gern. Aber nur unter einer Bedingung.«

»Die wäre?«

»Wir reden nicht den ganzen Abend über die laufenden Ermittlungen meiner Kollegen.«

»Wie kommst du nur darauf? Das war nie meine Absicht!«, rufe ich empört.

Er lacht.

»Ja, ja. Also acht Uhr?«

»Gerne. *Inseltreff* oder *Detroit-Bar*?«

»*Detroit-Bar.*«

»Bis später«, flöte ich und lege gutgelaunt auf.

Janis wirft mir einen spöttischen Blick zu.

»Knallharte Recherche, was?«

»Selbstredend alles im Dienste der guten Sache«, versichere ich ihm. »Auch schon was Neues herausgefunden?«

»Na logo! Auf Facebook gibt es eine Gruppe mit dem schönen Namen *Usedomer, wehrt euch!*. Da geht es hoch her wegen der Einbrüche, und auch eines der Opfer ist sehr aktiv. Monika Ahrens heißt die Dame, ich habe ihr mal eine Freundschaftsanfrage geschickt. Vielleicht nimmt sie an, dann haben wir einen direkten Draht. Ich habe nämlich Hinweise, dass es neben der offiziellen Gruppe, in der hauptsächlich gemeckert wird, noch eine verborgene Gruppe gibt, in der die Gespräche aus der anderen Gruppe fortgesetzt werden. Da wäre ich natürlich gern dabei. Aber dafür muss ich vermutlich von einem Mitglied in die geheime Gruppe eingeladen werden.«

»Sehr gute Arbeit, Janis! Kannst du mir bitte die Artikel, die du über die Einbrüche gefunden hast, ausdrucken? Ich nehme sie mit zu Katja und Manni und horche mal, was der Inselfunk so spricht.«

»Mach ich. Die zwei anderen Einbrüche waren übrigens in Koserow und Heringsdorf. Also schon eher die großen, touristischen Orte. Bis auf Zirnow. Das fällt etwas aus der Reihe.«

Ich schüttle den Kopf.

»Würde ich so nicht sagen. In Zirnow ist nur einmal im alten Dorfkern eingebrochen worden, aber zweimal in dieser neuen Ferienhaussiedlung. Du weißt schon, Stichwort *Luxus-unter-Reet*, nicht *Omma-ihr-klein-Häuschen*.«

»Als Einbrecher würde ich es genauso machen. Also da reinmarschieren, wo was zu holen ist. Ich denke, in meiner Genossenschaftswohnung in Ückeritz bin ich safe. Vor allem, wenn die wissen, was man bei Bäderland-Radio als Volontär verdient.« Janis schnieft theatralisch, ich muss lachen.

»Du Armer! Ich lade dich morgen zum Mittagessen ein. Vorausgesetzt, ich kann dann wieder kauen.«

Nachrichtenredakteur Markus kommt in unser Büro geschlendert. Er ist unser chronischer Gute-Laune-Bär, was man vielleicht auch sein muss, wenn man hauptberuflich das Elend der Welt verkündet. Selbst der schlimmste Mordfall entlockt ihm noch ein Lächeln, weil er vermutlich im selben Moment nur daran denkt, dass er die Nachrichten nun mit einer *spannenden* Meldung aufmachen kann. Eine Berufskrankheit also, und zwar keine schöne!

Gerade als Markus an unserem Tisch angekommen ist, knurrt mein Magen so laut, dass es nicht zu überhören ist.

»Hunger, Frau Kollegin?«, erkundigt sich Markus prompt.

»Ja«, bestätige ich. »Ich kann momentan aber leider keine feste Nahrung zu mir nehmen, weil mein Backenzahn streikt. Gott sei Dank habe ich morgen früh einen Zahnarzttermin, danach werde ich wieder wie gewohnt zuschlagen.«

»Aha. Ich dachte schon, du machst eine Diät.«

Markus wirft mir einen schwer zu deutenden Blick zu.

»Nein, auf gar keinen Fall. Ohne Essen bin ich ungenießbar, nachher kündigt Janis noch!«, beende ich das Thema. »Was führt dich zu uns?«

»Ich wollte euch ein kleines Feedback auf die Knallerumfrage von Janis geben, nachdem ich vorhin Sonja am Empfang vertreten habe. Ich habe einige der Anrufe entgegengenommen, die eure Umfrage betrafen.«

»Aha.« Mehr fällt mir dazu nicht ein. Worauf will Markus hinaus?

»Ich sag's mal so«, fährt er fort. »Da habt ihr ganz schön Öl ins Feuer gegossen.« Auf einmal guckt Markus nicht mehr so gut gelaunt wie sonst, mir schwant Böses. »*Nieder mit dem Polackenpack!* war noch eine der freundlicheren Meinungsäußerungen. Ein Teil unserer Hörerschaft scheint fest davon überzeugt zu sein, dass die Einbrecher östlich von Usedom residieren, und konnte sich ganz hervorragend mit der Dame aus der Umfrage identifizieren. Also ob das schlau von euch war, das so zu senden, weiß ich nicht.«

Oh, nein – ich hab's ja geahnt! Hätte ich mich doch bloß nicht so von Raimund unter Druck setzen lassen.

»Tut mir leid, Markus. Da sind wir wohl über das Ziel hinausgeschossen«, entschuldige ich mich und widerstehe der Versuchung, alles auf Raimund zu schieben. Bringt ja auch nichts, schließlich habe ich den Beitrag freigegeben. »Komisch nur, dass wir gar keine bösen Mails bekommen haben«, wundere ich mich laut. »Normalerweise werden die Leute da noch viel drastischer als am Telefon.«

Janis hüstelt.

»Ein paar böse Mails waren schon dabei«, sagt er dann. »Nicht Hunderte. Aber so zwei oder drei schon. Vielleicht auch eher zehn bis fünfzehn.«

Ich fahre zu ihm herum.

»Wie bitte? Warum hast du mir nichts davon erzählt? Du hast lediglich erwähnt, dass es viel Zustimmung gab.«

»Tja, das war ein bisschen untertrieben«, murmelt Janis schuldbewusst. »Ich dachte, die Aufregung wird sich auch wieder legen, und ich wollte nicht, dass du dir Sorgen machst.«

Mannomann, der tickt doch wohl nicht richtig!

»Aber ich habe gar keine bösen Mails in unserem Postfach gesehen. Wo sind die denn alle?«, hake ich nach.

»Ich habe einen Extraordner dafür angelegt«, gibt Janis zu.

»Wie bitte? Du hast die Mails vor mir versteckt?«, rege ich mich jetzt richtig auf. Er nickt stumm und schiebt einen Papierstapel auf meine Seite des Tisches.

»Hier. Die schlimmsten habe ich ausgedruckt.«

Ich überfliege die ersten drei, dabei wird mir heiß und kalt. Radikale, ausländerfeindliche Beschimpfungen, natürlich alle anonym, springen mir entgegen, es scheint, als habe jemand einen Kübel Hass über unserem E-Mail-Postfach ausgekippt.

»Das ist ja schlimm!«, reagiere ich geschockt.

»Es tut mir echt leid! Ich hätte die Umfrage so nicht zusammenschneiden sollen«, sagt Janis kleinlaut.

»Nein, ich bin deine Ausbilderin. Ich hätte es so nicht senden lassen dürfen, egal, was Raimund sagt.«

»Was hat denn Raimund damit zu tun?«, erkundigt sich Markus interessiert.

»Ach, der wollte, dass wir mal richtig draufhauen. Ich wollte das nicht so groß machen, weil ich schon geahnt habe, dass das hier«, ich deute auf die ausgedruckten Mails, »passieren könnte. Aber dann fand Raimund, dass wir das bei den Problemlösern zum Topthema machen sollten, und ich hatte nichts anderes, was ich ihm stattdessen hätte anbieten können. Also bin ich eingeknickt«, gebe ich zu.

»Dann hattest du wohl mit deiner ersten Einschätzung recht«, grinst Markus. Schön, dass wenigstens einer seine gute Laune wiedergefunden hat!

»Aber jetzt ist der Zug durch den Bahnhof, das Thema klebt

wie Kacke an unseren Hacken, und wir müssen uns drum kümmern«, resümiere ich. »Vielleicht können wir mit sachlicher Information etwas gegensteuern. Ich hoffe es jedenfalls.«

»Dabei wünsche ich viel Glück«, sagt Markus und trabt wieder aus unserem Büro. Als er draußen ist, atme ich tief durch und lege den Stapel mit Hass-Mails auf die Seite.

»Sehen wir mal das Positive«, sage ich so dynamisch, dass Janis ganz verschreckt guckt.

»Und das wäre?«

»Wir haben endlich wieder ein Thema, das ein richtiger Insel-Aufreger ist! Und wir sind hautnah dabei und können aus erster Hand berichten. Immerhin habe ich gerade das letzte Opfer interviewt.«

»Aha.« Janis sieht nicht überzeugt aus, also rede ich weiter.

»Und genau deswegen produziere ich jetzt einen Beitrag über den neuen Einbruch in Zeglin und bleibe dabei ganz sachlich. Wenn ich Gas gebe, kann Markus den noch in die nächsten Nachrichten mit reinnehmen. Das bringt mit Sicherheit kein anderes Medium hier auf Usedom, ich war nämlich die einzige Journalistin vor Ort. Du wirst sehen: Brandaktuelle Berichterstattung und ein sachlicher Ton müssen sich überhaupt nicht ausschließen. Im Gegenteil!«

»Wenn du meinst.«

»Ja, meine ich. Dann ist deine Umfrage schnell vergessen. Ich kann das Geschehen ein bisschen neutraler einordnen, und trotzdem sieht Raimund, dass wir dranbleiben. Eine klassische Win-win-Situation.«

Janis seufzt.

»Okay, Win-win klingt natürlich gut. Aber wie willst du das hinkriegen?«

»Wirst du schon sehen. Ich habe dafür heute zufälligerweise den perfekten O-Ton abgestaubt. Die Kommissarin ist nämlich im Gegensatz zu den fleißigen Mailschreibern überhaupt nicht davon überzeugt, dass die Bande aus Polen kommt. Ich mach mich gleich mal an die Arbeit!«

4

Nach einem langen Tag im Sender haben Katja und ich es uns in einem Strandkorb auf der Terrasse des *Inseltreffs* gemütlich gemacht. Die abendliche Sommersonne scheint auf unsere Füße, auf der Korbablage hat jede von uns ein Glas Weinschorle stehen – optimale Arbeitsbedingungen also. Interessiert schaut sich Katja die Liste der Einbruchsopfer an, die ich mit Hilfe von Janis' Rechercheergebnissen erstellt habe.

»Die meisten sagen mir nichts, fürchte ich. Aber hier: Die Schusters aus Heringsdorf, die kenne ich natürlich. Manni und René haben mal zusammen auf der Werft in Wolgast gearbeitet.« Sie fährt mit dem Zeigefinger an den Namen entlang. »Monika Ahrens. Die sagt mir auch irgendwas. Und zwar nichts Positives. Aber was bloß?« Sie denkt weiter nach. »Genau! Die hat mal auf dem Amt in Ahlbeck gearbeitet, da ist sie aber dann achtkant rausgeflogen, als aufkam, dass bei ihr Baugenehmigungen gegen kleine oder größere Aufmerksamkeiten deutlich zügiger über die Bühne gingen als üblicherweise.«

»Echt? Ich dachte immer, der öffentliche Dienst in Deutschland ist völlig unbestechlich!«, sage ich überrascht.

»Nä, also Monika Ahrens hat sich damals richtig was eingesteckt, munkelt man. Es war gar nicht so leicht, ihr alle Fälle nachzuweisen, aber einem richtig großen Verfahren ist sie zuvorgekommen, indem sie eine hohe Strafe bezahlt hat.«

Ich überlege. Teure Technik und Kunstwerke, obwohl die Frau ihren Job verloren hat? Schon ein bisschen seltsam.

»Kennst du jemanden, der Kontakt zu ihr hat?«, frage ich Katja. Die zuckt mit den Schultern.

»Muss ich Manni fragen. Was möchtest du denn noch über sie wissen?«

»Ich versuche herauszufinden, ob es ein Schema bei all den Einbrüchen gab, ein Muster, nach dem die Einbrecher vorgegangen sind. Es scheint, dass die sich auf wenige, sehr teure Einrichtungsgegenstände spezialisiert haben, und ich wüsste gern, wie sie herausgefunden haben, bei wem solche Sachen zu holen sind.«

»Also ich weiß nicht«, überlegt Katja, »wenn ich das richtig erinnere, ist Monika Ahrens immer noch arbeitslos. Ich kann mir nicht vorstellen, dass bei der noch so viel zu holen ist. Aber wie gesagt: Ich frage Manni.« Sie nimmt einen Schluck Schorle, wirft dann wieder einen Blick auf die Liste und tippt auf einen der Namen.

»Baginski, Zinnowitz«, liest sie laut vor. »Bestimmt Dieter Baginski. Das ist schon ein anderes Kaliber. Bauunternehmer. Und zwar sehr erfolgreich.«

»So weit war ich auch schon«, erkläre ich Katja. Es ist ja nicht so, dass ich noch gar nicht recherchiert hätte. »Aber weißt du noch irgendetwas über ihn, das mir Google nicht sagen kann?«

Katja zieht die Nase kraus. Das macht sie gerne, wenn sie nachdenkt.

»Baginski hat ein Riesenhaus in Zinnowitz«, sagt sie dann. »Ach was, kein Haus – ein Anwesen! Die Villa Abendrot. Als wir noch den Partyservice hatten, waren wir ein paarmal dort.«

»Ihr hattet mal einen Partyservice? Das wusste ich gar nicht.« Katja und Manni sind offenbar sehr vielseitig veranlagt.

»Na ja, ich habe anfangs die Ferienwohnungen alleine gemacht. Da hatten wir den Treff noch nicht, der jetzige Gastraum war einfach das Frühstückszimmer für Feriengäste. Dann machte die Werft dicht, und Manni hatte ziemlich viel Zeit. Wir haben also umgebaut, die Kneipe eröffnet und in den ersten Jahren auch Partys beliefert. Wir mussten ja irgendwie die Pacht stemmen, und so viele Stammgäste, wie wir heute haben, hatten wir anfangs nicht. Wir haben das ganz bodenständig aufgezogen, nicht Canapés und so ein Chichi, sondern belegte Brötchen, Gulaschkanone oder auch mal ein schönes Spanferkel vom Metzger unseres Vertrauens zubereitet. Unsere Spezialität waren Themenabende, zum Beispiel Oktoberfest. Mit Deko und allem Drum und Dran. Ich habe den Service im Dirndl gemacht, und Manni stand in Lederhosen hinter der Zapfanlage.« Sie schaut verträumt in die Ferne. »Das waren schöne Jahre. Als die Kneipe besser lief, haben wir eine Zeitlang beides gemacht, aber das wurde uns dann doch zu anstrengend.«

Ich versuche, mir Manni, das norddeutsche Urgestein, in Lederhosen vorzustellen. Es gelingt mir nicht. Also steuere ich wieder auf unser Ausgangsthema zu.

»Aber noch mal zurück zu Baginski. Meinst du, dass er Kunstsammler ist?«

Katja lacht.

»Wie kommst du denn darauf?«

»Reine Neugier. Ist doch ein schönes Hobby, wenn man Kohle hat.«

»Ich habe von Kunst keine Ahnung, aber ein paar Schinken hingen da schon an den Wänden. Ob das echte Gemälde oder einfach Drucke waren, kann ich aber nicht beurteilen.«

Da geht es ihr wie mir. Ich gehe zwar gelegentlich gern ins

Museum, aber eine Kunstkennerin bin ich nun wirklich nicht. Macht aber nichts, denn alles, was ich brauche, ist die Telefonnummer von Dieter Baginski. Den Rest kann er mir dann selbst erklären.

»Hast du seine Nummer noch?«

»Glaube nicht«, bedauert Katja. »Wir machen ja schon ewig keinen Partyservice mehr, ich habe die alten Unterlagen vermutlich schon weggeschmissen. Aber den findest du über Google. *Baginski Bau* in Zinnowitz.«

»Die Firma schon, klar. Aber ich hätte gern seine private Telefonnummer, und die wollte seine Sekretärin Janis auch nicht geben, als er seinen ganzen Charme hat spielen lassen.«

»Oje, du meinst also, ich soll diesen sehr gemütlichen Ort verlassen und nach der Nummer suchen? Und riskieren, dass in der Zeit meine Weinschorle warm wird?«

»Exakt. Den Platz halte ich dir frei, und in die Schorle kannst du doch einen Eiswürfel reinschmeißen«, grinse ich. Katja wirft mir von der Seite einen Blick zu, aber dann reckt und streckt sie sich und steht auf, um ins Haus zu gehen.

»Manni?«, höre ich sie drinnen nach ihrem Mann rufen. »Haben wir noch irgendwo die Kundenkartei von unserem Partyservice?«

Ein unverständliches Brummeln ist die Antwort. Schwer zu sagen, ob das ein Ja oder Nein sein sollte, aber als Katja nach zehn Minuten wieder vor dem Strandkorb auftaucht, hat sie einen großen Karteikasten unter dem Arm.

»Hier«, sagt sie und klingt selbst überrascht, »Manni hat das alte Schätzchen tatsächlich aufbewahrt. Wir sind erst relativ spät auf Computer umgestiegen, und ich hätte gedacht, er hat den ganzen alten Bürokrempel entsorgt. Hat er aber nicht. Den hier hat er gerade aus dem Keller geholt.« Sie setzt sich wieder zu mir in den Strandkorb und stellt den Karteikasten vor sich auf den Schoß.

»Super!«, freue ich mich. »Das ist bestimmt eine richtige Datengoldgrube. Lass mal sehen!«

Katja klappt den Kasten auf, und wir schauen beide neugierig hinein. Er enthält Hunderte von kleinen Karten, alphabetisch sortiert und fein säuberlich beschriftet. Katja fährt mit der Hand über die Kärtchen, dann zieht sie eines heraus.

»Und hier ist es schon: B wie Baginski!«, freut sie sich. »Und wie ordentlich Manni geschrieben hat, er ist eben doch ein kleiner Perfektionist!«

Zum Glück, kann ich da nur sagen! Meine Sauklaue kann ich manchmal selbst nicht lesen, aber hier ist das gar kein Problem. *Dieter Baginski, Baginski Bau, Waldstraße 17a, Zinnowitz* hat Manni notiert, dann sowohl eine Festnetz- als auch eine Mobilnummer daneben geschrieben und einen Hinweis: *Achtung, Haselnussallergie!*

»Bingo!«, rufe ich und ziehe Katja die Karte aus der Hand. »Den werde ich sofort mal anrufen, vielen Dank!«

»Was willst du ihn denn fragen?«, erkundigt sich Katja.

»Zum Beispiel, ob bei ihm vielleicht Kunst gestohlen wurde. Und falls ja: Wie viele Menschen wussten, dass er wertvolle Kunstgegenstände im Haus hatte.«

»Das wird aber eine lange Liste werden – Baginskis sind ziemlich feierfreudig, oder waren es früher jedenfalls«, gibt Katja zu bedenken. »Alleine wir haben drei ihrer Feste beliefert. Jeder der Gäste konnte die Gemälde sehen.«

»Schon klar. Aber nicht jeder wird doch gewusst haben, was für Bilder das genau waren. Du jedenfalls nicht.«

Katja nimmt noch einen Schluck aus ihrem Glas, dann grinst sie.

»Liegt bei mir aber auch daran, dass ich mit Servieren und Nachschenken beschäftigt war. Aber du wirst schon wissen, wie du an deine Story kommst, da mache ich mir gar keine Sorgen. Schließlich bist du seit dem Mord an Maik Peters die berühmteste Journalistin von Heringsdorf. Nee, Quatsch, wahrscheinlich sogar von Usedom!«

Ich nicke huldvoll.

»Vielen Dank für die Blumen!« Dann kichere ich. »Ja, ich habe wirklich einen Ruf zu verteidigen und bin wild entschlossen, es auch zu tun!«

»Was sagt denn die Polizei zu dieser Einbruchsserie?«, erkundigt sich Katja.

»Die hält sich ziemlich bedeckt«, antworte ich. »Aber ich glaube, mehr als Janis und ich haben die auch noch nicht rausgefunden. Was genau genommen rein gar nichts ist. Und deswegen kriegen die gerade richtig Druck, denn die Bürger wollen endlich Ergebnisse sehen.«

»Ruf mal Kay Lorenz an«, schlägt Katja vor, »der weiß doch wahrscheinlich Näheres.«

»Hab ich schon gemacht. Ich gehe heute Abend mit ihm einen Cocktail in der *Detroit-Bar* schlürfen.«

Auf dem Gesicht meiner Freundin zeigt sich ein Grinsen, das so breit ist, dass ich es sogar von der Seite sehen kann.

»Oh, ein Date!«

»Wir gehen einfach nur was zusammen trinken. Ganz zwanglos.«

»Sag ich doch: ein Date! Was willst du anziehen?«

Ich gucke an mir herunter.

»Ich wollte eigentlich einfach so bleiben.«

Katja verdreht die Augen, sagt aber nichts.

»Was ist denn falsch an Jeans und T-Shirt? Wenn ich mich aufbrezel, dann denkt der nachher noch, dass ich was von ihm will.«

Bösartiges Kichern neben mir im Strandkorb.

»Na und? Stimmt doch. Oder etwa nicht?«

Vehementes Kopfschütteln meinerseits.

»Gar nicht. Ich finde ihn nett, mehr nicht. Und manchmal nicht mal das. Er kann ein ganz schön humorloser Besserwisser sein.«

Katja windet sich aus dem Strandkorb und steht auf.

»Wenn du meinst ... Ich muss jetzt arbeiten. Die Nummer von Baginski hast du jetzt ja, hoffentlich hilft er dir weiter, und ihr schnappt die Bande. Nicht dass die irgendwann noch mal im *Inseltreff* einbrechen.«

»Und die wertvollen selbst gemalten Bilder von Manni klauen?« Jetzt bin ich es, die kichert. »Ich glaube, ihr müsst euch keine Sorgen machen. So, wie ich es sehe, passt ihr nicht ins Beuteschema der Einbrecher.«

»Puh, endlich mal ein Vorteil, dass wir immer so klamm sind. Seit wir den *Inseltreff* gekauft haben, ist nicht mal mehr der Sparstrumpf mit den Notgroschen ein lohnendes Diebstahlsobjekt!« Katja lacht und winkt mir kurz zu, dann verschwindet sie im Haus. Ich bleibe noch einen Moment sitzen und denke nach. Soll ich mir vielleicht doch noch etwas anderes anziehen?

5

Eigentlich ist es für einen Minirock heute Abend ein bisschen zu kühl, aber in der *Detroit-Bar* sitzen wir sowieso drinnen. Ich muss nur zusehen, dass Kay Lorenz nicht auf einem der Barhocker an der Theke Platz nimmt, denn auf die Dinger komme ich in meinem neuen Outfit weder stilsicher rauf noch wieder runter. Erst recht nicht, weil ich mich auch für Schuhe mit einem relativ hohen Absatz entschieden habe. Immerhin ist Kay ungefähr 1,90 und ich nur 1,65 – es gibt also keinen Grund für flache Schuhe. Als ich durch die Tür stöckle, winkt mir Dennis, der Barkeeper, zu.

»Hey, Franzi, schön, dass du auch mal wieder da bist!«, freut er sich. »Ich dachte schon, du hast uns vergessen!«

»Nee, natürlich nicht! Wenn in Bansin schon mal 'ne coole Bar aufmacht, muss ich die doch unterstützen!«, beruhige ich ihn. »Ich hatte nur viel um die Ohren.«

Dennis nickt verständnisvoll.

»Ja, ja, ist nicht so einfach als rasende Reporterin. Setz dich, ich mix dir was Schönes.« Er macht eine einladende Handbewegung Richtung Tresen.

»Ich setz mich lieber an einen Tisch«, lehne ich freundlich ab. »Ist der hinten in der Ecke noch frei?«

Dennis grinst.

»Die Ecke für Romantiker? Aber sicher. Kommt der gut

aussehende Dunkelhaarige auch noch? Dieser Kerl von der Kripo?«

Ich merke, wie ich rot werde.

»Wie kommst du drauf?«

»Na ja, das letzte Mal hattest du den auch dabei. Du siehst übrigens umwerfend aus, wenn ich das mal so sagen darf. Ich kann also für den Typen nur hoffen, dass er heute mit dir verabredet ist.«

Mein Kopf hat mittlerweile mit Sicherheit die Farbe einer überreifen Tomate angenommen. Bevor ich aber eine Antwort stammeln kann, kommt Kay Lorenz hinter mir durch die Tür.

»Hallo«, grüßt er freundlich. »Hast du schon lange gewartet? Ich stand leider im Stau, auf der Insel ist mal wieder die Hölle los. Wollen wohl alle zum Essen fahren. Oder sind um diese Uhrzeit schon wieder auf dem Rückweg.«

»Kein Problem, ich bin auch gerade erst reingekommen«, versichere ich ihm.

»Und hat schon den romantischsten Tisch für euch beide reserviert«, mischt sich nun Dennis ein und weist auf den hinteren Ecktisch. Kay guckt etwas irritiert, mir wird warm. Manno, warum sagt Dennis so etwas?

»Äh, ja, ich sitze immer ganz gern in Ecken«, stottere ich unsicher, aber Kay kommentiert das nicht weiter, sondern geht einfach zum Tisch. Ganz Gentleman überlässt er mir die Platzwahl und setzt sich dann ebenfalls. Einen Moment lang schweigen wir beide, aber bevor das komisch werden kann, kommt zum Glück Dennis mit den Cocktailkarten.

»Wollt ihr meine Empfehlung?«, erkundigt er sich. »Ich habe da nämlich was ganz Neues im Angebot. Rosa Welle – ein leichter Sommerdrink, nicht zu süß, nicht zu herb, einfach perfekt.«

»Klingt super, nehm ich!«, folge ich seiner Empfehlung.

»Und was kann ich dir bringen?«, wendet er sich an Kay. »Oder willst du erst mal in Ruhe gucken?«

Kay schüttelt den Kopf.

»Ich hätte gern eine Rhabarberschorle. Falls Sie die haben. Ansonsten eine Apfelschorle.«

»Du ...«, Dennis stutzt kurz, »äh, Sie bekommen Ihre Rhabarberschorle, kein Problem.«

Als er unseren Tisch verlassen hat, schaut ihm Kay hinterher und verzieht den Mund.

»Immer diese blöde Duzerei. Wir sind hier doch nicht bei Ikea!«

Ich mustere ihn.

»Schlechte Laune?«

Erst sagt Kay nichts, sondern fährt sich nur durch seine dunklen Haare, die in Wellen bis knapp über seine Ohren fallen.

»Stress mit Maja«, erwidert er dann knapp. Maja ist seine Ex-Frau, die Mutter seiner neunjährigen Tochter Greta. Und das ist auch schon alles, was ich über diese Frau weiß, denn eigentlich hat er noch nie über sie gesprochen.

»Oh«, sage ich, denn mehr fällt mir nicht dazu ein. »Tut mir leid«, schiebe ich nach einer Weile hinterher und dann, ganz mutig: »Willst du drüber reden?«

Kay starrt mich an, und ich bereue schon, gefragt zu haben, als er doch anfängt zu erzählen.

»Ich habe eine neue Wohnung gefunden. In Heringsdorf. Da muss noch einiges gemacht werden, aber dafür ist sie bezahlbar. Drei Zimmer und Küche mit einem kleinen Garten. Nur zweihundert Meter von Gretas Schule entfernt.«

»Klasse, herzlichen Glückwunsch!«, freue ich mich für ihn. »Allerdings ganz schön weit nach Anklam, oder?«

Immerhin ist dort Kays Büro, und soweit ich weiß, ist Home-Office bei der Kripo noch nicht besonders weit verbreitet.

»Ja, 'ne Dreiviertelstunde werde ich da schon immer brauchen, aber das ist mir egal. Ich will Greta einfach mehr sehen, und das Wechselmodell funktioniert nur, wenn ich in der Nähe ihrer Schule wohne.«

Hoppla. Ich beginne zu ahnen, worüber er sich mit seiner Ex-Frau gestritten hat.

»Lass mich raten: Maja will kein Wechselmodell.«

»Nee, will sie nicht. Sie möchte, dass alles so bleibt, wie es ist. Ich schön weit weg bei meiner Mutter und sie mit ihrem Lover und unserer Tochter in ihrer Protzvilla in Heringsdorf.«

»Protzvilla?«, ich ziehe die Augenbrauen hoch.

»Ja, okay, das ist vielleicht ein bisschen übertrieben. Aber verglichen mit meiner Wohnsituation lebt Maja sehr großzügig. Wenn ich alle zwei Wochen Greta über das Wochenende abhole, dann wird es bei meiner Mutter ganz schön eng. Greta kann da eigentlich nie Freunde einladen. Abgesehen davon, ist Usedom den meisten auch zu weit weg.«

Einleuchtend. Usedom auf Usedom ist zwar ein zauberhaftes Städtchen Richtung Festland und genau auf dem Weg nach Anklam, aber gerade um die Ecke von Heringsdorf ist es nicht. Vor allem, wenn man selbst erst neun und meistens mit dem Fahrrad unterwegs ist.

»Also habe ich angefangen, hier eine Wohnung zu suchen«, erzählt Kay weiter. »Und habe endlich eine gefunden. Sie wird von der Großmutter eines Kollegen vermietet. Ein echter Glücksgriff.«

Dennis kommt mit den Getränken, Kay starrt ihn finster an, ganz so, als sei der Barkeeper der neue Lebensgefährte seiner Ex. Als Dennis die Getränke abgestellt hat, fährt Kay fort.

»Jedenfalls habe ich Maja heute von der Wohnung erzählt. Und dass ich Gretas Aufenthalt neu regeln möchte. Da ist sie total ausgetickt. Dass sie nicht begeistert sein würde – okay. Aber damit habe ich nicht gerechnet.«

»Oje, ich dachte immer, ihr versteht euch eigentlich so weit ganz gut.«

Kay starrt weiter finster vor sich hin. Dann nimmt er einen Schluck Schorle, stellt das Glas ab und betrachtet seine Fingerkuppen, während er langsam weiterspricht.

»Was man eben so *ganz gut* nennt. Wenn du damit meinst, dass ich nicht mehr den Wunsch habe, ihrem Typen den Hals umzudrehen, und auch damit leben kann, wenn ich ihr beim Schulfest oder Elternabend begegne, dann hast du recht. Das ist ja auch für Greta wichtig.« Er holt tief Luft. »Aber wenn ich daran denke, wie sie mich belogen und betrogen hat – dann wird mir immer noch schlecht. Noch nie hat mich ein Mensch so tief verletzt wie diese Frau.« Dann sagt er nichts mehr, sondern starrt nur noch auf seine Hände. Ich bin ob dieses unerwarteten Gefühlsausbruchs verlegen – was soll ich auch dazu sagen? Dann beschließe ich, dass es manchmal besser ist zu schweigen. Stattdessen lege ich meine rechte Hand auf seine linke und drücke sie sanft. Kay hebt sein Kinn, und ich schaue direkt in seine dunkelbraunen Augen.

»Sorry«, murmelt er dann, »ich wollte dich nicht mit meinem privaten Kram vollheulen.«

»Schon gut«, sage ich, »das ist völlig in Ordnung. Manchmal muss man sich eben was von der Seele reden.«

»Stimmt«, stellt Kay knapp fest und ringt sich ein Lächeln ab. »Danke für dein Ohr!«

»Und wie geht es jetzt weiter? Denkst du, ihr werdet euch noch einigen?«

»Falls nicht, werde ich um mein Recht kämpfen«, sagt Kay und klingt dabei todernst. »Diesmal gebe ich nicht auf, diesmal ziehe ich das durch.«

»Hast du mit Greta schon darüber gesprochen?« Ich habe zwar null eigene Erfahrung mit Kindern, aber vermutlich hat eine Neunjährige schon ziemlich genaue Vorstellungen davon, wie sie leben will.

»Ich habe ihr gesagt, dass ich umziehe, und ich habe ihr auch die Wohnung gezeigt. Sie hat sich gefreut. Vor allem, weil ich ihr versprochen habe, dass sie ein Kaninchen bekommt und der Stall dann in dem kleinen Garten stehen kann. Ein Pony passt da ja leider nicht rein.« Er lächelt für einen Moment, dann guckt er wieder ernst. Vermutlich bei dem Gedanken, ein Shetlandpony im Garten anzubinden. Seine Tochter ist ein riesiger Pferdefan, Kay hat Angst vor den Vierbeinern. »Dass ich gern wochenweise tauschen möchte, habe ich Greta noch nicht gesagt. Ich wollte es erst mit ihrer Mutter besprechen. Und sie dann fragen. Wenn Greta nicht will, ist es okay. Vielleicht fangen wir auch erst mal mit mehr gemeinsamen Tagen als bisher an. Das würde organisatorisch ja gehen, wenn ich so um die Ecke wohne.«

»Klingt doch vernünftig«, finde ich. »Was genau stört deine Frau denn daran?« Ich überlege. »Oder hat das irgendwas mit dem Unterhalt zu tun?« Mir ist gerade eingefallen, dass wir dazu mal was in einer Sendung hatten. Anscheinend gibt es keine Unterhaltszahlungen für das Kind, wenn es zu gleichen

Teilen bei beiden Eltern wohnt. Ich habe meinen Verdacht allerdings noch nicht ganz ausgesprochen, da beginnt Kay laut zu lachen.

»Nee, bei Maja geht es immer darum, das letzte Wort zu haben und ihren Willen durchzusetzen. Um Geld geht es da bestimmt nicht, davon hat sie mehr als genug. Sie hat einen sehr guten Job und einen wohlhabenden neuen Mann. Dagegen bin ich mit meinem Kommissargehalt eine echte Lachnummer. Nein, glaube mir, Maja will einfach nur bestimmen. Über Gretas Leben. Und damit auch über meins.« Die letzten Worte klingen so bitter, dass ich ihn erschreckt anschaue. Mir war nicht klar, dass Kay noch so einen Groll gegen seine Ex hegt. Irgendwie betrübt mich das – und das kann man mir offenbar ansehen, denn jetzt ist es Kay, der seine Hand auf meine legt.

»Entschuldige«, murmelt er, »ich wollte nicht so heftig sein. Ich bin auch gleich wieder gut gelaunt, denn ich sitze hier an einem netten Ort mit einer wunderhübschen Frau.« Er lächelt mich an, ich lächle zurück.

»Oh, ein Kompliment!«, rufe ich mit gespielter Überraschung. »Das notiere ich mir gleich mal im Kalender.«

»Was? Bin ich etwa so ein Stoffel?« Kay guckt betroffen.

»Also eher norddeutsch herb, würde ich sagen.«

»Auweia! Ich bessere mich, ich schwöre! Und ich beginne sofort damit. Darf ich dich zum Essen einladen? Vielleicht einen Burger von der Barkarte? Ich habe nämlich einen Mordshunger und werde mir gleich einen bestellen. Für dich auch?«

Au ja! Essen ist immer eine gute Idee!

Eine Viertelstunde später stehen zwei riesige Burger mit Pommes vor uns auf dem Tisch.

»Hm, ist das lecker!«, sage ich und genieße den ersten Bissen, wobei ich höllisch darauf achte, nur auf der gesunden Seite meiner Backenzähne zu kauen. Es geht doch nichts über Fastfood, wenn man richtig Hunger hat, selbst mit latenten Zahnschmerzen. Auch Kay scheint es zu schmecken, er verdrückt seinen Burger in Rekordgeschwindigkeit.

»Sag mal«, meint er in einer Pause zwischen zwei Bissen, »willst du mich denn so gar nichts zu dieser Einbruchsserie fragen?«

Ich schlucke und schaue ihn an.

»Hattest du mir das nicht verboten?«

»Nee. Ich hatte gesagt, ich will nicht den *ganzen* Abend mit dir darüber reden. Aber nachdem ich dir nun schon den *halben* Abend mit Geschichten über meine gescheiterte Ehe verdorben habe, hast du jetzt ein Thema bei mir frei.«

»Oh, vielen Dank, Herr Kommissar!«, sage ich artig. »Dann hätte ich tatsächlich ein bisschen Gesprächsbedarf. Was spricht man denn so in Anklam über den Fall?«

»Die Chefetage ist ziemlich genervt, dass es so gar nicht vorangeht in den Ermittlungen. Deswegen haben sie jetzt auch Janine zur Chefermittlerin gemacht. Die hat Haare auf den Zähnen und wird ihre Mannschaft schon auf Trab bringen.«

»Und hat sie schon eine heiße Spur?«

Kay legt den Kopf schief.

»Ich glaube nicht. Die Kerle hinterlassen leider sehr wenige Spuren.«

»Wieso Kerle?«, sage ich ketzerisch. »Vielleicht sind es ja Frauen.«

»Ja, vielleicht. Oder Marsianer. Wahrscheinlich aber nicht. Dafür ist die Statistik zu eindeutig. Diese Art von Einbruchsdiebstahl wird überwiegend von Männern begangen. Schon allein, weil die sich beim Rausschleppen der Beute leichter tun, vermute ich.«

»Es gibt auch sehr starke Frauen«, stelle ich trocken fest.

»Natürlich. Aber ich würde da kein Genderthema draus machen wollen. Das deutliche Anführen der Kriminalitätsstatistik ist schließlich keine Auszeichnung.«

Gut. Da hat er natürlich recht. Allerdings habe ich irgendwo mal gelesen, dass wiederum Frauen als Täterinnen die Führung in der Kategorie »Giftmord« eingenommen haben, was mich einigermaßen beeindruckt hat. Wie kann man nur so abgebrüht sein?

»Also, was hat Janine schon herausgefunden?«, hake ich noch mal nach.

»Die Bande hat sich auf Kunst spezialisiert. Sie nehmen auch teure Technik mit, aber das ist möglicherweise nur Beifang. Vor allem geht es um Kunst. Und deswegen glaubt Janine, dass die Täter auf Bestellung arbeiten«, berichtet Kay selten freimütig. »Sonst macht Kunst eigentlich nicht so viel Sinn, denn der Markt für gestohlene Werke ist extrem begrenzt.«

»Ja, das habe ich mir auch schon gedacht«, sage ich. Kay zieht die Augenbrauen hoch.

»Hast du?«

»Ja. Janine hat mir bereits erzählt, dass die Einbrecher es auf Kunstgegenstände abgesehen haben. Da ist die Idee mit *Einbruch auf Bestellung* äußerst naheliegend, würde ich sagen.«

Kay streicht sich durch die Haare.

»Alter Falter, du bist einfach verdammt schlau«, sagt er dann anerkennend.

Ich nicke und beschließe, ihm nicht zu sagen, dass es vor allem Janis war, der auf die Idee gekommen ist. Betriebsgeheimnis. Außerdem habe ich den angehenden Superreporter ausgebildet, vermutlich ist das also auch irgendwie mein Verdienst.

»Ich denke mal, dass Janine als Nächstes ermitteln wird, wer wusste, wo die einzelnen Kunstwerke zu finden waren. Vielleicht gibt es Gemeinsamkeiten bei den Opfern? Ein Händler, bei dem sie alle gekauft haben? Eine bestimmte Sammelleidenschaft, der sie alle frönen? Ich weiß, dass sie auch eine Anfrage ans BKA nach anderen Kunstdiebstählen geschickt hat.«

Oh, spannend! An »normale« Quellen komme ich auch, aber das Bundeskriminalamt ist natürlich eine andere Hausnummer.

»Haben die sich schon gemeldet?«

»Nein, ich glaube, die Anfrage hat sie erst am Montag auf den Weg gebracht. So schnell geht das auch wieder nicht.«

»Kunstraub auf Usedom, wer hätte das gedacht?«, sinniere ich laut.

»Ja, schon seltsam, das finde ich auch«, sagt Kay. »Aber andererseits wohnen mittlerweile viele vermögende Leute auf der Insel oder haben hier einen Zweitwohnsitz. Da macht man als Einbrecher reiche Beute.«

»Was hältst du von dem Gerede, dass es eine polnische Bande sein soll, die für die Einbrüche verantwortlich ist? Ich meine, du kannst dir nicht vorstellen, was wir für Mails und Anrufe schon bekommen haben.«

»Wohl nach eurer Umfrage, oder? Die habe ich gehört – echt schlimm. Langsam sinkt ihr auf Bildzeitungsniveau.«

»Na, hör mal«, mosere ich los, »was soll das denn heißen? In Umfragen kommen die Leute vor Ort zu Wort, dagegen ist nichts zu sagen!« Dass ich die Umfrage so am liebsten nicht gesendet hätte, sage ich ihm nicht. Schließlich muss ich hier die

Senderehre verteidigen. Ich nehme aber mit einer gewissen Befriedigung zur Kenntnis, dass Kay mittlerweile offenbar zu unseren Hörern zählt.

»Wie auch immer. Janine ermittelt mit Sicherheit in alle Richtungen, und dazu gehören auch internationale Banden. Wobei die aus allen möglichen Ländern kommen können. Auch aus Polen, aber bei weitem nicht nur. Auf alle Fälle sind da absolute Vollprofis am Werk. Und das sagen uns nicht die Spuren, die sie hinterlassen, sondern vor allem die Spuren, die sie nicht hinterlassen.«

Das klingt interessant, ganz so, als hätte Kay doch noch ein Fitzelchen Information für mich.

»Wie meinst du das?«, hake ich deshalb nach.

»Wir machen bei allen Tatorten mittlerweile routinemäßig eine Funkzellenabfrage. Überprüfen, welche Mobiltelefone um die Tatzeit herum in der zum Tatort gehörenden Funkzelle eingeloggt waren. Gerade wenn mehrere Täter am Werk waren, findet man normalerweise immer was. Aber hier: nichts. Absolut nichts. Bei keinem einzigen der acht Brüche. Das ist schon sehr ungewöhnlich.« Er hebt die Hände. »Also ist die Nicht-Spur unsere Spur, die noch mal unterstreicht, dass wir hier eine Serie von ein und demselben Täterkreis haben.«

»Wollt ihr noch was trinken?« Dennis ist wieder an unserem Tisch aufgetaucht.

»Oh, gern! Ich nehme noch so eine Rosa Welle – echt lecker!«, ordere ich den nächsten Drink.

»Und für den Herrn noch ein Schörlchen?«

»Nein, ich versuche jetzt auch mal Ihren Sommerdrink.«

»Der Herr Kommissar wird mutig, sehr gut!«, lobt ihn Dennis.

»Ja, ich bin eigentlich wild und gefährlich«, sagt Kay und lacht. »Ich komm nur viel zu selten dazu.«

»Dann hole ich mal schnell die Getränke, bevor diese Phase vorübergeht«, ruft Dennis und verschwindet.

»So, so. Wild und gefährlich«, stelle ich süffisant fest. »Sollte ich das jetzt ausnutzen?« Eine Weinschorle und die Rosa Welle verleihen mir einen gewissen Wagemut. Außerdem habe ich irgendwie gerade keine Lust mehr, mich über den Job zu unterhalten. Ein wilder und gefährlicher Kay Lorenz interessiert mich jetzt deutlich mehr.

Der schaut mich überrascht an.

»Inwiefern ausnutzen?«

»Na, für irgendwelche wilden Sachen.«

»Was kann man denn an einem Donnerstagabend Wildes in Bansin machen?«, erkundigt er sich.

»Also ich bin schon mal auf dem Weg vom *Detroit* nach Hause überfallen worden«, erinnere ich ihn. »Das war ziemlich wild.«

»Stimmt. Das war sehr wild«, gibt er mir recht. »Aber wir haben die Schurken letztendlich dingfest gemacht, die dürften dir also nicht mehr auflauern.«

Tatsächlich konnte ich damals einen Notruf an Kay absetzen, der daraufhin sofort die Kollegen zu meiner Rettung schickte und dann auch selbst erschien.

»Ja, das habt ihr gut gemacht. Aber nach einer Wiederholung ist mir nicht.«

»Wobei – die Idee mit einem Spaziergang ist doch gar nicht schlecht, oder? Wir könnten auf die Seebrücke gehen, du hättest mich als Beschützer dabei. Ich habe gerade erst meinen Auffrischungskurs in Selbstverteidigung absolviert.« Kay lächelt mich an, ich merke, wie sich mein Herzschlag beschleunigt. »Klingt das wild genug?« Er wirft mir einen Blick zu, den ich irgendwie nicht richtig deuten kann. Also nicke ich nur stumm. Verdammt, warum fällt mir jetzt nichts Schlagfertiges ein?

»So, zweimal die Rosa Welle!« Dennis taucht an unserem Tisch auf und platziert die Drinks vor uns.

»Danke«, sagt Kay. »Machst *du* mir dann bitte auch die Rechnung fertig?«

»Oh, wollen Sie … äh, willst du schon gehen?«

»*Wir* wollen noch einen Spaziergang machen«, erwidert Kay, ohne dabei den Blick von mir zu wenden.

»Na sicher, Rechnung kommt!«, sagt Dennis diensteifrig. »Ist ja auch der perfekte Abend für einen kleinen Spaziergang. Die Sterne funkeln, und es weht eine leichte Brise.« Dann nickt er uns beiden vielsagend zu und verzieht sich.

Leichte Brise? Vielleicht hätte ich doch besser meine Jeans anbehalten sollen. Draußen ist es ziemlich frisch, im Minirock auf die Seebrücke ist wahrscheinlich nicht die beste Idee. Andererseits: Wenn mein Herz weiter so schnell schlägt, könnte es draußen auch minus zwanzig Grad sein, ich würde nicht frieren. Hastig nehme ich einen Schluck aus meiner neuen Rosa Welle. Ich glaube, ich muss mir noch eine bisschen Mut antrinken.

Mein Handy klingelt, ich drücke den Anruf weg. Kurz darauf klingelt es erneut, ich drücke den Anruf wieder weg und schalte den Ton aus.

»Willst du nicht mal rangehen?«, erkundigt sich Kay. »Scheint ja wichtig zu sein.«

»Glaube ich nicht. Vermutlich meine Mutter. Wir wollten heute eigentlich facetimen, aber ich habe es nicht geschafft, sie anzurufen. Das muss ich dann in Ruhe von zu Hause aus machen.«

Meine Eltern sind gehörlos, wenn ich mit ihnen telefonieren will, mache ich das per Zoom oder Skype oder eben Facetime und Gebärdensprache. Dafür brauche ich aber Ruhe, eine Bar ist garantiert nicht die richtige Umgebung dafür.

Dennis kommt schon wieder an unseren Tisch. Langsam nervt seine fürsorgliche Betreuung – kann man denn hier nicht mal in Ruhe alleine sein? Er scheint Gedanken lesen zu können, denn er hebt entschuldigend die Hände.

»Tut mir leid, dass ich noch mal störe. Deine Freundin Katja hat gerade angerufen. Du sollst dich unbedingt bei ihr melden.«

»Jetzt?«, frage ich ungläubig nach.

»Ja, jetzt sofort. Sie sagt, sie hat es schon auf deinem Handy versucht, aber da kann sie dich nicht erreichen.«

Ich glaube, Katja hat noch nie versucht, mich dringend zu erreichen. Hoffentlich ist da nichts passiert!

»Ist es okay, wenn ich sie mal kurz zurückrufe?«, frage ich Kay.

»Natürlich! Ruf sie an.«

Ich drücke die Rückruftaste und habe Katja keine zwei Minuten später am Ohr.

»Gut, dass du dich gleich meldest«, ruft sie und klingt dabei seltsam atemlos. »Kannst du gleich nach Hause kommen? Manni hat etwas entdeckt!«

6

»Warum hast du Kay denn nicht mitgebracht?« Katja schaut überrascht, vielleicht sogar enttäuscht, als ich keine zwanzig Minuten später in den Gastraum des *Inseltreffs* gestürmt komme.

»Na, ich dachte, du willst mir vielleicht etwas Vertrauliches erzählen. Ist ja nicht immer von Vorteil, wenn man dann einen Polizisten im Schlepptau hat.«

»Traust du ihm etwa nicht? Ich dachte, du magst ihn.«

»Erstens: ja. Zweitens: ebenfalls ja.«

»Jetzt bin ich verwirrt«, mault Katja. »Was ist denn nun mit Kay?«

»Erstens trau ich ihm nicht. Aber nur beruflich. Der würde mir niemals freiwillig irgendetwas verraten, was er bei seiner Polizeiarbeit herausgefunden hat. Heute Abend hat er mir auch fast nur lauter Kram erzählt, den ich längst kannte. Ich mach es deshalb genauso wie er. Wenn ich etwas über den neuen Fall herausfinde, schmiere ich es ihm bestimmt nicht gleich aufs Butterbrot.«

An Katjas Gesichtsausdruck kann ich erkennen, dass sie das für völlig übertrieben hält. Sei's drum. Ich glaube nicht, dass ich mit meiner Einschätzung falschliege.

»Und das zweite Ja?«, hakt sie dann nach. »Mögen tust du ihn schon, oder?«

Mit einem Seufzer lasse ich mich auf einen der Stühle im Treff sinken.

»Das ist kompliziert«, sage ich dann, »und außerdem wolltest du mir doch was ganz Wichtiges erzählen. Ich bin extra sofort gekommen.«

Sie nickt und macht kehrt in Richtung Küche.

»Moment, ich zeige es dir.« Dann höre ich sie rufen. »Manni, kommst du mit dem Kasten?«

Kurz darauf stehen beide an meinem Tisch, stellen den Karteikasten auf selbigen und setzen sich zu mir.

»'n Abend, Franzi!«, begrüßt mich Manni herzlich mit seinem dröhnenden Bass. »Sorry, dass wir dein Date zerstört haben, aber Katja wollte dich unbedingt anrufen.«

»Kein Problem«, winke ich ab, »so spannend war es auch gar nicht. Also, was gibt's?«

»Katja sagt, du versuchst herauszufinden, ob es irgendeine Verbindung zwischen den verschiedenen Einbruchsopfern gibt. Außer dass sie Kunst sammeln. Und als sie mir das erzählt hat, ist mir eingefallen, dass wir auch ein paarmal eine Galerie beliefert haben. In Ahlbeck. Die hatten sonst immer Häppchen und wollten mal was Deftiges, so sind die an uns geraten. Dann waren sie so begeistert, dass sie noch ein Oktoberfest bei uns bestellt haben.«

»Verstehe«, grinse ich, »die Lederhose.«

»Genau. Jedenfalls waren wir dreimal in der Galerie, und dort wurde auf den Veranstaltungen natürlich auch Kunst verkauft.«

Irgendwie verstehe ich noch nicht ganz, worauf Manni hinauswill, aber Kunst klingt schon mal gut.

»Ich habe mir deshalb alle Unterlagen, die ich noch von den

Partys hatte, genauer angeguckt. Und von einer Vernissage – so nannten die ihre Abende immer – hatte ich noch eine Gästeliste. Am Anfang habe ich nämlich auch noch oft den Einlass gemacht. Als Türsteher gewissermaßen.«

Katja streicht ihrem Mann zärtlich über seine grauen Haare.

»Du bist einfach eine Allzweckwaffe, mein Schatz!«

Das würde ich uneingeschränkt bestätigen. Von Schiffe zusammenschweißen über Bier zapfen und Spannferkel grillen bis hin zum Rausschmeißer hat Manni eine erstaunliche Bandbreite. Ich würde mich mit ihm aber auch nicht anlegen wollen, denn er hat ein Kreuz wie ein deutscher Eichenschrank und Hände so groß wie Bratpfannen.

»Und?«, will ich wissen. »Was hast du denn jetzt herausgefunden?«

»Hier!«, er schiebt mir zwei Zettel über den Tisch. Das eine ist die Liste mit den Einbruchsopfern, die Janis nach seinem Besuch im Archiv zusammenstellt hat. Das andere ist offenbar die Gästeliste, von der Manni eben gesprochen hat. Auf beiden Listen sind drei Namen angekreuzt. Drei gleiche Namen. Baginski, Wittenbrink und Hestermann. Ich springe von meinem Stuhl auf.

»Heißt das etwa, dass drei von acht Einbruchsopfern Kunden der Galerie waren?« Ich kann es kaum glauben. Da hat Manni einen echten Coup gelandet!

»Ja«, brummt er, »ich würde sagen, genau das heißt es.«

»Verstehst du jetzt, warum ich dich gleich angerufen habe?«, fragt Katja.

»Yes!«, rufe ich und reiße die Arme in die Höhe. Die Gäste an den anderen Tischen gucken mich erstaunt an, sagen aber nichts.

»Ich habe dann weiter in meinen alten Karteikarten gegraben«, fährt Manni fort. »Da habe ich auch noch die Telefonnummer von Familie Wittenbrink gefunden. Die hatten nach dieser Vernissage ebenfalls ein Oktoberfest bei uns bestellt. Hier.« Er reicht mir ein Kärtchen, auf dem die Telefonnummer und die Adresse der Familie notiert sind.

Nachdenklich drehe ich die Karte hin und her.

»Also wenn die alle ihre Kunstwerke bei dieser Galerie gekauft haben, dann müsste der Galerist ja auch noch wissen, welche Objekte bei seinen Kunden an der Wand hängen. Und wenn der dann gemeinsame Sache mit den Einbrechern macht, dann könnten wiederum deren Hehler wie aus einem Katalog bestellen.«

Meine Nase beginnt zu kribbeln. Ein untrügliches Zeichen für das Erwachen meines Jagdinstinkts. Da bin ich wie ein Terrier. Am liebsten würde ich jetzt sofort nach Ahlbeck fahren und bei der Galerie Sturm klingeln, sehe allerdings ein, dass das um 22 Uhr vermutlich nicht besonders sinnvoll ist. Und dort nun selbst einzubrechen und nach weiteren Kundendaten zu suchen, führt dann doch zu weit. Aber morgen werde ich in dieser Galerie aufkreuzen, das steht fest!

»Wäre es nicht gut, das auch gleich an den Kommissar zu geben?«, schlägt Katja vor. Ich setze mich wieder und schüttle den Kopf.

»Nee, echt nicht. Also, wir unterdrücken hier ja keine Beweismittel, aber wenn Kay diese Listen in die Finger bekommt, dann kreuzt Janine Lamott natürlich sofort bei den Leuten auf. Und ob die dann noch mit mir sprechen, wage ich zu bezweifeln. Ich will erst mal selbst ein bisschen recherchieren. Sozusagen undercover.«

Katja guckt skeptisch.

»Ich finde, so etwas gehört in die Hände der Polizei. Aber klar, das musst du selbst entscheiden.«

»Danke«, sage ich knapp, denn ich möchte mich jetzt auch nicht mit meiner Freundin streiten. Immerhin ist das hier ein echter Knaller. Aber wenn es mir gelingt, diesen Fall für meine Sendung genauso schnell aufzuklären wie den letzten, dann wird mir Raimund Kränze winden, und ich werde eine ordentliche Gehaltserhöhung durchsetzen können. Das wäre auch wirklich an der Zeit! Ich schaue mir die Gästeliste noch mal genauer an. Und da sehe ich es: Dr. Wagener. Mein Zahnarzt steht auch drauf!

»Hier! Bei Dr. Wagener ist auch eingebrochen worden. Vier von acht Opfern waren also auch Kunden der Galerie«, rufe ich und fuchtle mit der Gästeliste herum.

»Echt?« Manni reißt die Augen auf. »Dieser Wagener stand aber nicht auf der Liste von Janis.«

»Das liegt daran, dass auf seiner Liste die Namen stehen, die er noch im Archiv ausgegraben hat. Bei Dr. Wagener stand ich fast daneben, als eingebrochen wurde. Mit dem habe ich schon gesprochen.«

»Und? Sind bei dem auch Gemälde geklaut worden?«, fragt Katja.

»Erwähnt hat er das zumindest nicht. Er sagte nur etwas von einem sehr teuren Fernseher. Da muss ich ihn noch mal befragen. Praktischerweise habe ich morgen einen Termin in seiner Praxis. Mein Backenzahn macht Ärger.«

Ich lege die Gästeliste wieder vor mich auf den Tisch.

»Galerie de Jong«, lese ich dann laut vor. »Gibt es die noch? Hab ich noch nie gehört.«

»Doch, doch, die gibt es noch, glaube ich«, erklärt Manni. »Ich weiß allerdings nicht, ob die noch so aktiv wie vor ein paar Jahren sind. Bas de Jong war so ein smarter Holländer. Hat immer ein bisschen viel gesabbelt, aber gut gezahlt. Ob er selbst die Galerie noch leitet? Keine Ahnung. Wir haben den Partyservice ja aufgegeben und das auch allen Kunden mitgeteilt.«

»Ich fahre da gleich morgen hin. Ich bin gespannt, was Herr de Jong in seiner Galerie so treibt und ob ich ihm noch mehr aus der Nase ziehen kann«, verkünde ich und haue zur Bekräftigung auf den Tisch. »Auf alle Fälle ein riesiges Dankeschön von mir, ihr habt mir sehr geholfen!«

»Gern geschehen«, sagt Katja, die nun auch wieder lächelt. »Dann können wir jetzt zum zweiten Punkt kommen.«

»Welcher zweite Punkt?«, frage ich.

»Du hast meine Frage, ob du Kay magst, mit *ja* beantwortet. Das ist mir jetzt ein bisschen zu einsilbig, immerhin hattest du gerade ein Rendezvous mit dem Herrn.«

Verlegen zucke ich mit den Schultern.

»Er ist schon nett.«

»Nett?« Manni schmunzelt. »Meine Nichte sagt immer, *Nett* sei die kleine Schwester von *Scheiße*. Vermutlich liegt sie damit nicht so ganz verkehrt. Ich kann mir nicht vorstellen, dass du nach einem netten Mann suchst.«

»Na, hör mal!« Empört schnappe ich nach Luft. »Ich suche überhaupt nicht nach einem Mann! Ich bin glücklich mit meinem Leben, so wie es ist!«

»Manni!«, ruft es in diesem Moment aus der anderen Ecke des Gastraumes. »Machst du uns noch mal zwei Pils?«

»Jo«, antwortet er kurz und knapp und steht vom Tisch auf. »Mädels, die Arbeit ruft!«

Katja und ich bleiben sitzen. Eine Weile sagen wir erst mal nichts, dann räuspert sich Katja.

»Was ist denn los? War der Abend nicht so gut?«

»Doch. Er war sogar sehr gut. Wenn du nicht angerufen hättest – und ich bin echt froh, dass du es getan hast, weil das eine sensationelle Entdeckung war! –, dann hätten wir noch einen Spaziergang auf die Seebrücke gemacht. Das wäre schon ziemlich romantisch gewesen.«

»Klingt doch nicht so schlecht«, stellt Katja fest. »Kommt da noch ein *Aber?*«

»Ja. Aber vorher hat Kay richtig viel über seine Ex-Frau erzählt und da total abgekotzt. Dazu sagt Küchenpsychologin Prof. Dr. Dr. Franziska Mai: Wenn ein Typ sich so über seine Ex aufregt, ist das Thema noch nicht gegessen. Und dann macht es wenig Sinn, mit ihm romantische Spaziergänge auf die Seebrücke oder sonst wohin zu unternehmen.«

Jetzt ist es Katja, die überlegt.

»Weiß nicht. Das ist doch ein bisschen pauschal, meinst du nicht? Vielleicht ist die Olle wirklich ein Biest, und er regt sich ganz zu Recht auf.«

»Hm. Vielleicht. Vielleicht aber auch nicht.«

»Können wir heute Abend nicht klären. Aber abgesehen davon?«

»Joooo«, antworte ich lang gezogen, »attraktiv finde ich ihn schon. Aber er ist eben auch ein sturer Besserwisser. Und meinen Job nimmt er auch nicht ernst. Fazit: Absolut nicht schlimm, dass du mein Date gecrasht hast. Diese Liste«, ich hebe sie vom Tisch auf und wedle damit herum, »ist viel wichtiger.«

»Da bin ich froh«, lacht Katja.

»Gleich morgen mache ich mich an die Arbeit und versuche, Kontakt zu den Leuten zu bekommen«, plane ich schon weiter. »Mit Baginski fange ich an. Und wenn ich den Fall dann vor Janine Lamott geklärt habe«, ich mache eine dramatische Kunstpause, »lade ich Kay Lorenz zum Essen ein. Und *dann* spaziere ich auch mit ihm über die Seebrücke!«

Der Signalton meines Handys verkündet, dass eine Whatsapp eingetrudelt ist. Ich werfe einen Blick auf das Display. Es ist eine Nachricht von Kay.

> Alles gut bei euch? Hoffentlich nichts Schlimmes passiert! Den Spaziergang unter Sternen holen wir nach, oder?

Sofort ist es wieder da, das warme Gefühl. Ich überlege kurz, dann antworte ich.

> Danke der Nachfrage. Hier alles gut, war nichts Schlimmes. Freue mich auf die Sterne.

7

Am liebsten wäre ich heute früh sofort in die Redaktion gefahren und hätte mich mit Janis darangemacht, die gesamte Gästeliste der Vernissage durchzutelefonieren. Wer weiß, vielleicht gibt es noch mehr Einbruchsopfer, von denen wir gar nichts wissen? Oder aber wir wären gleich bei diesem Bas de Jong aufgeschlagen und hätten dem mal richtig auf den Zahn gefühlt.

Apropos Zahn: Stattdessen bin ich brav zu meinem Zahnarzt getuckert. Gerade an einem Freitag sollte man einen solchen Termin nicht verschieben, und so sitze ich in diesem Moment schon leicht zurückgelehnt auf dem Behandlungsstuhl, das obligatorische Lätzchen um den Hals und natürlich auch mit tendenziell feuchten Händen. Ich tröste mich mit dem Gedanken, dass ich nach meiner Behandlung Wagener auflauern werde, um ihn auf die Galerie de Jong anzusprechen. Wenn er mir selbst von dem Kunstraub erzählt, bin ich schließlich nicht mehr an mein Schweigegelübde gegenüber Janine Lamott gebunden.

Die Helferin ist noch einmal aus dem Zimmer verschwunden, dafür kommt Dr. Wageners neue Assistenzärztin zu mir an den Stuhl. Eine sehr attraktive Blondine, die dichte Mähne ordentlich zu einem Pferdeschwanz gebunden. Schon mein ganzes Leben lang habe ich Frauen mit solchen Haaren bewundert! Jetzt schenkt sie mir ein makelloses Lächeln, ich komme mir klein und mickrig vor, was nicht nur an meinen

Zahnschmerzen liegt, die gerade wieder unangenehm aufflammen.

»Hallo, Frau Mai!«, begrüßt sie mich freundlich, und ich erwidere ihren Gruß, allerdings nicht ganz so dynamisch wie die Frau Doktor. Wie heißt die noch mal? Frau Malkenthin hat es eben erwähnt, aber ich habe es mir vor lauter Anspannung nicht gemerkt. Ist auch wurscht, Hauptsache, sie hilft mir.

»Was führt Sie denn zu mir?«, erkundigt sie sich, und ich schildere kurz, dass mein linker oberer Backenzahn einst eine wunderschöne Füllung hatte, die leider verloren gegangen ist, und dass ich seitdem zunehmend Zahnschmerzen habe. Frau Doktor nickt mitfühlend, setzt sich eine Schutzmaske auf und bittet mich, den Mund zu öffnen.

»Oh, ja, das sieht nicht so gut aus«, sagt sie, während sie mit dem kleinen Spiegel in meinem Mund herumfuchtelt. Jetzt klopft sie mit dem Ding von außen an den Backenzahn. Aua! Sofort zieht ein stechender Schmerz durch meinen gesamten Kiefer.

»Tja, das Loch ist ganz schön groß«, stellt sie dann fest, »und sehr kariös. Eigentlich muss ich die gesamten Ränder wegnehmen. Und dann brauchen Sie vermutlich ein Inlay. Für eine Füllung ist das zu groß. Wir müssten einen Abdruck machen, Sie bekommen ein Provisorium und später dann ein Inlay aus Keramik.«

Abdruck, Inlay, Keramik? Klingt irgendwie teuer. Ich würde sie gern fragen, wie viel das kostet, aber das kann ich nicht, weil ich den Mund immer noch sperrangelweit aufhabe. Hatte ich nicht mal so eine Zahnzusatzversicherung abgeschlossen? Oder wollte ich das immer nur? Ich kann mich gerade nicht daran erinnern.

»Wah ih denn die Ahernatihe?«, versuche ich, mit geöffnetem Mund zu fragen.

»Alternative meinen Sie?«, fragt sie nach. »Eigentlich keine. Wir könnten es noch mal mit einer Füllung versuchen, aber ich glaube nicht, dass die gut hält. Wie gesagt, das Loch ist zu groß.«

Sie nimmt den Spiegel aus meiner Mundhöhle und legt eine Hand auf meine Schulter.

»Ich glaube, Herr Dr. Wagener bietet auch Ratenzahlungspläne an«, sagt sie dann mit milder Stimme. Ich merke, wie ich anfange, mich über sie zu ärgern. Woher will die wissen, dass ich mir über die Kosten Gedanken mache? Ich meine, das stimmt zwar, aber sehe ich irgendwie so abgerissen aus?

»Nein, schon gut, tun Sie, was nötig und sinnvoll ist«, höre ich mich selbst mühsam hervorpressen. Sofort geht ein Strahlen über ihr Gesicht. Glaube ich jedenfalls, denn oberhalb ihrer Maske bilden sich Lachfältchen um die Augen.

»Das ist die richtige Entscheidung, Frau Mai. Dann fange ich gleich damit an.« Sie mustert mich gründlich und legt dann zwei Finger zwischen meine Zähne. »Am besten gebe ich Ihnen einen Sperrkeil zwischen die Backenzähne auf der anderen Seite, dann müssen Sie den Mund nicht so krampfhaft aufhalten. Ihr Mund ist recht klein, das könnte unangenehm werden.«

Ich nicke gottergeben. Ein Sperrkeil. Von mir aus auch das. Kurz darauf habe ich das Ding im Mund und werde von der Zahnärztin um neunzig Grad nach hinten gekippt.

»Brauchen Sie eine Betäubung?«, will sie wissen. »Eigentlich müsste es auch so gehen«, beantwortet sie sich ihre Frage dann selbst. »Melden Sie sich, wenn es doch zu heftig wird.« Sie schnappt sich den Bohrer, ich merke, dass mein Puls beginnt, zu rasen. *Ruhig Blut, Franzi,* spreche ich mir selbst Mut zu, allerdings ohne Erfolg.

Kann ich vielleicht doch eine Spritze haben?, würde ich gern fragen, aber mit dem Keil im Mund kann ich leider nicht sprechen. Dafür redet meine Zahnärztin nun umso mehr.

»Sagen Sie, Frau Mai, kann es sein, dass Sie beim Radio arbeiten?«, will sie wissen. Da ich ja nicht antworten kann, nicke ich wieder nur. Frau Doktor ist eine Hörerin? Dann ist sie hoffentlich mit unserem Programm zufrieden. »Ach, dachte ich es mir doch, als ich Ihren Namen in Ihrer Patientenakte las. Meine Tochter erzählt viel von Ihnen.«

Ihre Tochter? Erstaunlich, eigentlich sind *Die Problemlöser* kein Kinderprogramm, aber ich freue mich natürlich, wenn wir beim Nachwuchs so gut ankommen.

»Greta ist ein richtig kleiner Fan von Ihnen, Frau Mai. Seit neuestem will sie nicht mehr Zahnärztin, sondern Journalistin werden. Na ja, letztes Jahr war es noch Reitlehrerin.« Sie lacht. Es klingt unecht. Dann lässt sie den Bohrer aufheulen. In meinem Gehirn beginnt es zu rattern. Greta? Kleiner Fan? Reitlehrerin? Was sagte Frau Malkenthin bloß noch, wie die neue Assistenzärztin heißt? Als diese den Bohrer an meinem Backenzahn ansetzt, fällt es mir siedend heiß ein. Frau Dr. Lorenz. So heißt die. Warum ist mir das nicht gleich aufgefallen? Dann wäre ich gewarnt gewesen. Ich liege höchstwahrscheinlich auf dem Behandlungsstuhl von Kays Ex-Frau. Wenn sie so ein Biest ist, wie er behauptet, wird das möglicherweise nicht gut für mich ausgehen.

»Wie lange kennen Sie meinen Ex-Mann eigentlich schon?«, flötet sie über das Drillgeräusch des Bohrers hinweg und bestätigt damit meinen Verdacht. Ich gebe ein Grunzen von mir.

»Ach«, lacht sie, »der Keil! Verzeihen Sie, das war dumm von mir.« Sie legt ihre freie Hand auf meinen Unterarm. »Sie sind so angespannt, Frau Mai. Entspannen Sie sich. Oder möchten Sie doch lieber eine örtliche Betäubung?«

Hätte ich zwar gern, aber gegenüber Kays Ex-Frau will ich nun auch nicht als Weichei dastehen. Also schüttle ich tapfer den Kopf. Sie nickt freundlich und schmeißt den Bohrer wieder an. Eine Zeitlang arbeitet sie konzentriert an meinem Zahn, sie ist dabei sehr vorsichtig, und es tut fast nicht weh. Schließlich stellt sie den Bohrer ab, entfernt den Keil und gibt mir einen Becher mit Wasser zum Ausspülen.

»So, das Loch haben wir im Griff. Jetzt macht die Helferin gleich die Abdrücke, und danach setze ich ein Provisorium ein.«

»Danke«, nuschle ich, erleichtert, dass die Prozedur vorbei ist. Maja Lorenz mustert mich.

»Es freut mich, dass Kay offenbar endlich wieder unter den Lebenden weilt. Das wurde aber auch mal Zeit.«

Mehr sagt sie nicht, sondern verlässt den Behandlungsraum. Ich bleibe erschöpft zurück und überlege, was sie wohl mit ihrer letzten Bemerkung gemeint hat. Eins ist mal klar – wenn sie mit Kay noch richtig verkracht ist, lässt sie sich das jedenfalls nicht anmerken. Eigentlich wirkte sie ganz sympathisch, und deprimierend hübsch ist sie noch dazu. Insgesamt kein Erlebnis, was mir den Start in den Tag versüßt hat. Ich hoffe sehr, dass ich meine nächsten Termine wieder bei Dr. Wagener habe!

*

Auf den treffe ich zum Glück, als ich wenig später aus dem Behandlungszimmer wanke. Er steht am Tresen bei Frau Malkenthin und grüßt mich freundlich.

»Na, hat alles geklappt?«

»Ja, ich lebe noch«, erwidere ich geschwächt.

»Frau Lorenz ist eine ganz hervorragende Kollegin«, gerät er ins Schwärmen. »Ich bin froh, dass sie ihre Facharztausbildung bei uns beenden wird.«

»Ja, toll.« Mehr fällt mir dazu nicht ein.

»Sie ist Usedomerin, hat in Hamburg studiert«, plaudert Wagener munter weiter, »und ist aus familiären Gründen dann wieder auf die Insel zurückgekommen. So ein Glücksgriff!« Aus Wagener spricht der reinste Besitzerstolz.

»Glückwunsch!«, sage ich und klinge dabei hoffentlich angemessen sarkastisch. »Aber wo ich Sie hier gerade sehe – darf ich Ihnen noch kurz ein paar Fragen stellen?«

Wagener dreht sich zu Frau Malkenthin.

»Ist der nächste Patient schon da?«

»Nein, Herr El Chanti verspätet sich um fünf Minuten, er hat gerade angerufen.«

»Na gut, Frau Mai, dann schießen Sie mal los. Wollen wir dafür kurz in mein Büro gehen? Da haben wir mehr Ruhe.«

Dort angekommen, lege ich gleich los.

»Herr Dr. Wagener, sagt Ihnen die Galerie de Jong etwas?«

Wagener überlegt kurz.

»Bin mir nicht sicher. Ist die in Ahlbeck?«

»Richtig. Waren Sie schon mal dort?«

»Kann sein. Ist, wenn überhaupt, aber schon länger her.«

»Und?«, lege ich nach. »Haben Sie da vielleicht ein Bild gekauft?«

Er legt den Kopf schief, dann hebt er entschuldigend die Hände.

»Ist durchaus möglich, Frau Mai. Aber der Kunstkenner bei

uns im Haus ist meine Frau. Wenn wir mal ein Bild angeschafft haben, dann hat sie es ausgesucht.«

Irgendwie wirkt er verunsichert auf mich, also werfe ich ihm einen durchdringenden Blick zu, um ihn noch mehr aus dem Konzept zu bringen.

»Warum fragen Sie?«

»Könnte es vielleicht sein, dass Ihnen bei dem Einbruch nicht nur Technik, sondern auch Kunst gestohlen wurde?«, will ich wissen. Für den Bruchteil einer Sekunde weicht Wagener meinem Blick aus, bevor er antwortet.

»Ach so! Ja, jetzt, wo Sie es sagen! Tatsächlich ist eine Skulptur gestohlen worden. *Frau mit kurzen Haaren* oder so ähnlich hieß das. Oder waren es lange Haare? Ich weiß es nicht mehr so genau. Hat mir immer gut gefallen. Sehr schade!«

»Jammerschade!«, pflichte ich ihm bei. »Aber vielleicht trägt meine Sendung dazu bei, dass die Bande gefasst wird und Sie Ihre Sachen zurückbekommen.«

»Das wäre natürlich großartig«, sagt Wagener.

»Sie könnten mir sehr helfen, wenn Sie mir dazu ein kurzes Statement geben würden. Wissen Sie, Radio lebt nun mal vom Ton, und da sind Sie als Betroffener für unsere Hörerinnen und Hörer deutlich spannender als ich. Könnten Sie kurz zusammenfassen, was vorgestern Nacht passiert ist?«

»Aber Sie haben doch schon gestern aufgenommen, was ich Ihnen gesagt habe. Muss denn das jetzt wirklich noch mal sein?«, versucht er sich rauszuwinden.

»Ja, aber da hatten Sie vergessen, dass die Einbrecher auch eine Skulptur geklaut haben. Das könnte doch wichtig sein, falls jemand irgendwo die *Frau mit kurzen Haaren* sieht. Ist das ein Problem für Sie?«

Dr. Wagener seufzt gottergeben.

»Na gut, wenn das so wichtig ist! Aber dann flott, bestimmt ist Herr El Chanti inzwischen da.«

Ich nestle mal wieder mein Handy aus der Handtasche und starte die Aufnahme.

»Herr Dr. Wagener, Sie sind Opfer eines abscheulichen Verbrechens geworden. Können Sie den Bäderland-Hörerinnen und -Hörern sagen, was passiert ist?«

*

Gut gelaunt und mit einem perfekten O-Ton in der Tasche – beziehungsweise auf meinem Handy – verlasse ich zehn Minuten später die Praxis Richtung Redaktion. Es war zwar ein bisschen mühsam, aber im dritten Anlauf hat Wagener schließlich doch noch die Zähne auseinanderbekommen. Dann hat er sehr schön anschaulich beschrieben, wie die Kriminellen sein Haus durchsucht und fette Beute inklusive einer sehr wertvollen Skulptur gemacht haben. Seltsam zwar, dass ein gestandener Mann wie Wagener zu stammeln anfängt, sobald das Aufnahmegerät läuft. Aber letztendlich auch egal, denn nun habe ich alles, was ich brauche, um ganz ungeniert über jegliche Facetten des Falles berichten zu können. Und Frau Lamott kann mir gleichgültig sein. Wahrscheinlich hat sie mich sowieso nur ins Vertrauen gezogen, um mir damit elegant einen Maulkorb verpassen zu können. Aber nicht mit mir, Frau Hauptkommissarin!

»Na, Chefin, wie läuft's?«, begrüßt mich Janis, als ich schließlich an meinem Schreibtisch angekommen bin.

»Es könnte nicht besser sein«, antworte ich.

»Oh, lass hören!«, fordert mich Janis auf. »Und danach habe ich auch noch interessante Neuigkeiten.«

»Echt? Dann erst du«, sage ich neugierig, aber mein Volontär schüttelt den Kopf.

»Nee, nee, ich habe zuerst gefragt. Also schieß los!«

Ich gebe ihm eine kurze Zusammenfassung von den Dingen, die ich bei Manni und Katja herausgefunden habe, und von meinem Morgen in der Praxis. Die Erkenntnis, dass die Ex-Frau von Kay Lorenz meine neue Zahnärztin ist, behalte ich allerdings für mich. Janis ist sehr zufrieden mit meinem Bericht.

»Mega, dann können wir ja endlich mal etwas Handfestes senden. Ein Interview mit Dr. Wagener verbunden mit einem Aufruf, die Augen und Ohren offen zu halten, wenn es um den Verkauf von Kunstgegenständen und verdächtig billiger Technik geht. Vielleicht kommen wir ja so an die Hehler ran. Und ein Krawallo-Interview mit dem Galeristen ist bestimmt auch sehr unterhaltsam.«

Da hat Janis recht. Ein kleiner Überraschungsbesuch bei der Galerie könnte sich lohnen. Wenn wir diesen Bas de Jong zu fassen bekommen und er irgendetwas Verdächtiges von sich gibt, wäre das natürlich sensationell. Und wenn er nur etwas Allgemeines zum Thema Kunstdiebstähle sagt, wäre es zumindest lehrreich, denn davon habe ich keine Ahnung. Allerdings könnten wir vorher ein paar Sachen googlen und herausfinden, was das Internet über eine Skulptur namens *Frau mit kurzen Haaren* sagt. Wenn sich Dr. Wagener das nicht nur ausgedacht hat, finde ich vielleicht etwas über das Kunstwerk. Ich fahre also meinen Rechner hoch und tippe den Titel des Werks bei Google ein. Keine zwei Sekunden später ploppen verschiedene Bilder von ziemlich realistisch aussehenden Figuren mit kurzen und langen Haaren und manchmal auch ganz ohne Haare auf. Mal aus Bronze, mal aus Holz, in den unterschiedlichsten

Größen, aber alle mit klaren Gesichtszügen und großen Augen. Herr Garipi hat das Motiv immer wieder abgewandelt, ist sich dabei aber erstaunlich treu geblieben. Ich will gerade den Bildschirm zu Janis umdrehen, als mir auffällt, dass er mich sehr streng anschaut.

»Ist was?«, frage ich ihn.

»Willst du gar nicht wissen, was meine interessanten Neuigkeiten sind?« Er klingt ziemlich vorwurfsvoll – und das völlig zu Recht!

»Entschuldige«, seufze ich, »natürlich interessiert es mich! Erzähl, was gibt's?«

Sofort sieht Janis wieder gut gelaunt aus und sprudelt los.

»Vor einer Stunde hat hier ein polnischer Kollege angerufen. Zielinski oder so ähnlich. Der arbeitet als Journalist in Swinemünde. Und er hat genau dasselbe Thema am Wickel wie wir!«

»Die Einbruchsserie hier bei uns auf Usedom?«, wundere ich mich. »Kann mir kaum vorstellen, dass das in Swinemünde irgendjemanden interessiert.«

»Oh, doch!«, widerspricht mir Janis. »Und wie! Weil es Zielinski nämlich nicht um die Einbrüche als solche geht, sondern um die Frage, warum sich hier schon eine Bürgerwehr gegründet hat, die vor allem die polnischen Mitbürger auf dem Kieker hat.«

»Hat sie das denn?«

»Was meinst du? Sich gegründet oder auf dem Kieker?«

»Beides. Hat sich hier wirklich eine Bürgerwehr gegründet und verdächtigt sie vor allem Polen? Ist eine interessante These, aber ist sie auch richtig?«

»Na ja, du hast ja die Mails gesehen«, erwidert Janis und muss den Satz gar nicht zu Ende bringen. Ich weiß auch so, was er meint. Die meisten Hass-Mail-Schreiber waren sich einig, dass die Einbrecher in Polen zu finden wären.

»Von einer Bürgerwehr habe ich allerdings noch nichts mitbekommen«, fällt mir dann aber ein. »Wie kommt der Kollege darauf?«

»Da musst du ihn selbst fragen. Mir hat er gar nicht so viel erzählt, er wollte unbedingt mit dir sprechen. Hier«, er schiebt mir einen Zettel über den Schreibtisch, »er hat mir seine Nummer gegeben und wartet auf deinen Rückruf.«

Ich nehme den Zettel und betrachte ihn. Zielinski. Eine polnische Telefonnummer.

»Und? Rufst du zurück?« Janis schaut mich erwartungsvoll an.

»Ja, mache ich. Aber erst fahren wir beide nach Ahlbeck und statten diesem Bas de Jong einen Besuch ab. Mein Instinkt sagt mir, dass mit dem etwas nicht stimmt.«

8

Mit dem Auto braucht man von Heringsdorf nach Ahlbeck ungefähr drei Stunden, wobei fünf Minuten auf die reine Fahrzeit entfallen, der Rest davon auf die Parkplatzsuche. Unser Chef hat deswegen vor zwei Jahren in einem seltenen Anflug von Weitsicht Redaktionsfahrräder angeschafft, und ein solches schließe ich gerade an den Fahrradständern an der Seebrücke in Ahlbeck an. Janis parkt direkt neben mir und klopft sich den Staub von den Jeans, den er bei seinem Bremsmanöver aufgewirbelt hat.

»Da vorn muss es sein«, sagt er und zeigt auf eine der hübschen weißen Villen, die die Promenade von Ahlbeck säumen. In schönster Jugendstil-Bäderarchitektur stehen sie da, als wäre ein Zuckerbäcker mit ihrem Bau betraut gewesen. Das Haus, das Janis wohl meint, ist etwas kleiner als die direkt daneben liegenden Villen und hat einen Vorbau mit einem spitzen Giebel und Fenstern, die hinter Rundbögen liegen. Als wir näher kommen, erinnere ich mich, dass ich auch schon ab und zu einen Blick durch die Fenster im Erdgeschoß geworfen und die Bilder und Skulpturen bewundert habe, die dort ausgestellt sind. Anders als die meisten Schaufenster der umliegenden Geschäfte in Ahlbeck sind die hier nicht mit der maritimen Standarddekoration verziert, sondern geben einfach den Blick in einen tiefen, schlichten Raum mit Deckenstrahlern frei. Gerade jetzt stehen dort sechs Staffeleien, auf ihnen aufgebaut Landschaftsbilder in unterschiedlichen Formaten, die auf schlichte Keilrahmen aufgezogen sind. Das größte Bild zeigt einen See, umgeben von Wald. Er kommt mir irgendwie bekannt vor. Janis geht es offenbar genauso, er tippt gegen die Fensterscheibe.

»Guck mal, Franzi. Ist das nicht der See, an dem wir im Frühjahr das Grillfest hatten? Du weißt schon, das Angrillen mit Raimund?«

Natürlich weiß ich, was er meint. Das Grillfest war ziemlich unvergesslich, auch wenn ich es gern vergessen würde. Meine Lieblingsfeindin Bille, ihres Zeichens Moderatorin unserer Morning-Show, kreuzte mit meinem Ex-Freund Henning auf. Die beiden gaben den ganzen Nachmittag das unglaublich verliebte Paar und haben sich nach meiner Beobachtung nicht mal getrennt, wenn einer der beiden aufs Klo musste. Es war einfach unsäglich, und deswegen musste ich ungefähr zwei Liter Erdbeerbowle trinken, obwohl ich eigentlich keine Erdbeerbowle mag. Wie ich nach Hause gekommen bin, weiß ich gar nicht mehr genau, anscheinend hat mich Janis irgendwann sehr mitfühlend in ein Taxi gesetzt und dafür gesorgt, dass ich heil in meinem Bett gelandet bin. Am nächsten Tag hatte ich den Kater meines Lebens.

Ich schaue mir das Bild noch mal genauer an.

»Du meinst, das ist der Wolgastsee? Kann sein. Ich erinnere mich nur noch verschwommen, aber eine gewisse Ähnlichkeit ist vorhanden.«

Janis lacht.

»Das glaube ich, dass du dich nur noch verschwommen …« Ich knuffe ihn in die Seite, er verstummt sofort, räuspert sich dann und murmelt: »Ja, die Party war auch doof. Viel mehr als sich betrinken konnte man da echt nicht.«

»Vielen Dank für deine Solidarität«, sage ich und meine das auch so. Janis ist mittlerweile ein richtig feiner Kollege, und ich möchte ihn nicht missen.

»Also wollen wir mal reingehen?«, schlägt er vor.

»Ja, aber lass uns verschweigen, dass wir Journalisten sind. Besser, dieser de Jong hält uns für ganz normale Kunden.«

»Jau. Einfach kunstinteressierte Touris. Find ich gut!«

»Dann mal los!«

Ich öffne die schwere Glastür, die sich rechts von den Fenstern befindet. Ein heller Glockenton erklingt, als wir offenbar durch eine Lichtschranke gehen. Der Raum, in dem wir nun stehen, ist überraschenderweise viel größer, als man es durch die Fenster erahnen konnte. Noch ist niemand da, um uns zu begrüßen, also betrachten Janis und ich ganz in Ruhe die Bilder auf den Staffeleien. Ich stehe jetzt direkt vor dem Gemälde, das vielleicht den Wolgastsee zeigt, und mustere es gründlich.

»Stimmt«, sage ich an Janis gewandt, »das ist der See. Eigentlich ganz hübsch.« Ich betrachte ihn eindringlich. »Fast romantisch, kein Wunder, dass sich Bille und Henning da so wohl gefühlt haben«, füge ich dann hinzu und erschrecke im gleichen Moment über mich selbst, weil ich so bitter klinge. Verstohlen werfe ich Janis einen Blick zu, aber der scheint meinen Ton nicht bemerkt zu haben.

Von hinten nähern sich Schritte, ich drehe mich um und entdecke einen älteren Herrn mit einer imposanten Föhnwelle und einer goldumrandeten Nickelbrille. Er kommt direkt auf uns zu und lächelt freundlich.

»Guten Tag, kann ich Ihnen helfen?«, erkundigt er sich. Tatsächlich schwingt ein Hauch von holländischem Akzent in seiner Begrüßung mit. Das ist Bas de Jong – hundert Prozent! Ich beschließe, hier gleich mal in die Vollen zu gehen.

»Sind Sie Herr de Jong?«

Er lächelt weiter.

»Ja, der bin ich!«

»Wie toll! Zu genau Ihnen wollte ich!«

De Jong schaut überrascht.

»Ach ja? Warum?«

»Ich bin eine Freundin einer Bekannten von Frau Wagener aus Bansin. Sie hat bei Ihnen vor einiger Zeit eine wunderschöne Skulptur erstanden. Eine Frau mit kurzen Haaren. Ich glaube, das war auch der Titel des Werks.«

Die Augenbrauen von de Jong schnellen nach oben. Offenbar habe ich einen Treffer gelandet.

»Sie sind eine Freundin von Nina?«

»Nein, eine Freundin einer Freundin«, korrigiere ich ihn. Nicht dass ein dummer Zufall es will und Nina Wagener hier gleich reinschneit und ich sofort auffliege. »Frau Wagener und ich kennen uns nur vom Sehen. Aber ich habe sie immer bewundert, denn sie hat einfach einen ganz exquisiten Kunstgeschmack.«

»Den hat sie«, bestätigt de Jong. »Und der Garipi ist wirklich ein ganz außergewöhnliches Kunstwerk. Ich war sehr glücklich, dass ich Nina Wagener für diese Skulptur gewinnen konnte. Er gehört einfach in Sammlerhände.« Sein Blick verfinstert sich. »Und nun dieses unglaubliche Verbrechen! Es ist eine Schande, dass die Polizei nichts gegen diese Einbruchsserie unternimmt!«

Ich beschließe, mich mal ganz dumm zu stellen.

»Was denn für ein Verbrechen?«, frage ich mit hoffentlich überzeugend gespielter Überraschung.

»Ja, haben Sie etwa noch nichts davon gehört?« De Jong sieht mich fassungslos an.

»Nein, wovon denn?« Aus den Augenwinkeln kann ich erkennen, dass sich Janis sehr bemüht, nicht in Gelächter auszubrechen. Schnell drehe ich meinen Kopf wieder zu de Jong, denn wenn Janis jetzt doch anfängt zu lachen, steckt er mich wahrscheinlich an. Bas de Jong bekommt davon allerdings zum Glück nichts mit, er schüttelt immer noch den Kopf, weil er nicht glauben kann, dass irgendjemand auf Usedom nichts von der Einbruchsserie mitbekommen hat.

»Das Kunstwerk ist vor zwei Tagen gestohlen worden!«, klärt er mich auf.

»Nein!«

»Doch.«

»Oh!« Ich hoffe, ich sehe angemessen bestürzt aus. »Das gibt es doch nicht! Das ist ja eine Katastrophe!«

»Ich stimme Ihnen vollkommen zu, Frau… äh…«

»Schmidt«, ergänze ich schnell.

»Frau Schmidt, ja. Und das Schlimmste ist, dass die Polizei nach wie vor im Dunkeln tappt. Hier geht eine Bande im großen Stil auf Beutezug und entwendet Kunstwerke von unschätzbarem Wert und nichts geschieht.«

»Unglaublich!«, pflichte ich ihm verständnisvoll bei. »Es gibt also schon mehrere Kunstdiebstähle?«

»Soweit ich weiß, schon sieben oder acht. Fast alles Sammler auf Usedom«, erklärt er mir. Ich beschließe, ihm jetzt mal ein bisschen genauer auf den Zahn zu fühlen.

»Sind noch andere Kunden von Ihnen betroffen?«

Bilde ich mir das ein, oder zögert er einen kurzen Moment?

»Nicht dass ich wüsste«, sagt er dann, und ich bin mir sehr sicher, dass das glatt gelogen ist. Ich kann mir nicht vorstellen, dass ein Kunsthändler auf Usedom nicht mitbekommt, wenn seine Kunden reihenweise ausgeraubt werden. Die spannende Frage ist nur: Warum lügt er? Das werde ich noch herausfinden. Aber nicht hier und nicht heute, so viel steht fest – das wird vermutlich ein Langlauf, kein Sprint. Also tue ich so, als würde ich jedes seiner Worte für bare Münze nehmen.

»Dann hoffen wir mal das Beste für Ihre Kunden«, sage ich. »Vielleicht hatten sie alle Glück und sind verschont geblieben.«

»Ja, hoffentlich«, stimmt mir de Jong zu, und ich werde das Gefühl nicht los, dass er sich gerade unwohl fühlt. Er rückt seine Brille zurecht und atmet einmal kurz durch.

»Aber nun wieder zu Ihnen, Frau Schmidt. Sie sind grundsätzlich auch an einem Garipi interessiert?«

»Sehr. Denken Sie, Sie könnten mir einen besorgen?«

Bedächtig wiegt de Jong den Kopf hin und her.

»Ich könnte es versuchen. Garipi ist in den letzten Jahren zu einem der bedeutendsten Bildhauer hier in Deutschland geworden, und seine Werke sind sehr gefragt. Ich habe aber nach wie vor einen sehr guten Draht zu seinem Berliner Galeristen. Ich werde mit ihm sprechen. Darf ich fragen, was Sie ungefähr anlegen wollten.«

»Darüber habe ich mir noch keine abschließenden Gedanken gemacht«, sage ich. »Was hat Frau Wagener denn ausgegeben?«

Bas de Jong lacht kurz auf.

»Aber Frau Schmidt, das kann ich Ihnen unmöglich sagen!«

»Nicht mal eine ungefähre Hausnummer?«, mischt sich nun Janis ein. De Jong mustert ihn misstrauisch.

»Sie sind?«

»Oh, entschuldigen Sie! Ich bin Florian Altmüller, ein Neffe von Frau Schmidt.«

Nun bin ich es, die versuchen muss, weiterhin ganz ernst zu schauen. *Florian Altmüller* war schon bei unserem letzten Fall der Tarnname von Janis, und bei der Erwähnung dieses Namens muss ich beinahe unwillkürlich grinsen.

De Jong entfährt ein Seufzen. Er scheint darüber nachzudenken, ob er uns einen Preis nennen soll oder ob wir einfach zwei nervige Touris sind, die sich sowieso niemals ein solches Kunstwerk leisten können. Ich beschließe, ihm ein bisschen auf die Sprünge zu helfen.

»Es tut mir wirklich leid, dass wir hier so unpassende Fragen stellen«, flöte ich. »Aber wir sind eben absolute Amateure in Sachen Kunst. Ich weiß nur, dass ich die Skulptur bei Wageners wunderschön fand. Nun habe ich ein bisschen geerbt und kann mir hoffentlich einen Traum erfüllen.«

»Nun, ich denke, wenn Sie ein knapp sechsstelliges Budget haben, macht es Sinn, dass ich für Sie suche.«

Ich muss kurz überschlagen, von welcher Summe wir hier reden. Holla, die Waldfee – offenbar von hunderttausend Euro! Nicht schlecht! Ich ringe mir ein Lächeln ab.

»Hach, da bin ich ja beruhigt«, zwitschere ich dann weiter, »das habe ich in etwa einkalkuliert. Ich hatte nur befürchtet, damit nicht auszukommen.«

Janis wirft mir einen Blick zu, der alles Mögliche bedeuten könnte, vermutlich aber zum Ausdruck bringen soll, dass er so viel Geld für eine Frau aus Holz mit kurzen Haaren für reichlich überzogen hält. Bas de Jong hingegen strahlt über das ganze Gesicht. Kein Wunder, glaubt er doch, mit mir einen richtig dicken Fisch an der Angel zu haben. Oder zumindest einen mitteldicken.

»Haben Sie vielleicht eine Telefonnummer für mich?«, will de Jong von mir wissen. »Wo kann ich Sie erreichen, wenn ich Erfolg haben sollte?«

»Machen wir es lieber andersherum«, antworte ich. »Sie geben mir Ihre Nummer, und ich rufe an und erkundige mich, ob Sie schon etwas herausgefunden haben.«

Bas de Jong zieht die Augenbrauen hoch. Kein Wunder, ist ja auch ein reichlich beknackter Vorschlag von mir. Aber wenn ich ihm jetzt meine Handynummer gebe und er ruft an, dann melde ich mich am Ende noch aus Versehen mit Mai, nicht mit Schmidt.

»Äh, ich habe mein Handy zu Hause liegen lassen und weiß meine Nummer nicht auswendig«, schiebe ich schnell als Erklärung hinterher. De Jong dreht sich zu Janis um.

»Und Sie? Können Sie mir nicht einfach die Nummer Ihrer Tante geben?«

Janis hebt die Hände.

»Bedaure. Ich habe gar kein Handy. Ich glaube nicht an die ständige Verfügbarkeit des Menschen.«

Der Galerist schaut Janis an, als ob der ihm gerade offenbart hätte, der verheimlichte dritte Sohn von König Charles zu sein, und ich hoffe inständig, dass nicht just in diesem Moment jemand auf Janis' Handy anruft. Aber nichts klingelt, und de Jong geht zu einem Tisch, der schräg gegenüber der Eingangstür steht, und kehrt von dort mit einer Visitenkarte zurück.

»Hier«, sagt er und gibt sie mir, »Festnetz und Handy, können Sie beides anrufen. Ich gehe eigentlich immer ran.« Dann grinst er Janis an. »Als Geschäftsmann glaube ich nämlich durchaus an gute Erreichbarkeit.«

*

»Der hat doch unter Garantie gelogen«, regt sich Janis auf, während wir wieder in Richtung Redaktion radeln. »Wenn noch mehr seiner Kunden betroffen wären, wüsste de Jong das doch, meinst du nicht?«

Bevor ich antworten kann, muss ich einer Gruppe Teenager ausweichen, die laut lachend von der Fußgängerpromenade auf den Fahrradweg laufen. Manno! Man merkt, dass mittlerweile Hauptsaison ist. Die Insel ist schon wieder richtig voll! Nach einem kunstvollen Schlenker drehe ich mich um und rufe ein böses »Habt ihr keine Augen im Kopf?!« über die Schulter, bevor ich wieder in die Pedale trete.

»Was hast du mich eben gefragt?«, will ich dann von Janis wissen. »Ich hab's vergessen.«

»Ob du nicht auch meinst, dass de Jong eben gelogen hat, als er sagte, er wisse nicht, ob noch andere Kunden von ihm Opfer der Kunstraubbande geworden sind.«

»Na klar«, antworte ich, »und zwar wie gedruckt. Die Kunstszene auf Usedom ist bestimmt nicht gerade riesig. Wenn hier gleich vier seiner Kunden wertvolle Kunstwerke gestohlen werden, die dafür vermutlich bei ihm hunderttausend Piepen ausgegeben haben, hat er es sicher mitbekommen. Die Frage ist nur: *Warum* lügt er? Hat er was damit zu tun? Ist er vielleicht der Tippgeber der Bande? Wenn es so ist, wie wir vermuten, und die Bande auf Bestellung arbeitet, dann ist er möglicherweise der Mann, der den Kriminellen genau sagen kann, welches Bild sie wo finden.«

»Oder er ist der Kopf der Bande«, mutmaßt Janis. »Irgendwas verheimlicht er uns jedenfalls. Das sagt mir mein Bauchgefühl ganz deutlich.«

»Wenn das so ist, finden wir es heraus!« Kämpferisch reiße ich meine Faust nach oben, Janis lacht.

»Themenwechsel«, ruft er mir dann zu, »rufst du gleich mal diesen Zielinski an, wenn wir wieder in der Redaktion sind? Ich bin nämlich neugierig, was er so unbedingt nur dir erzählen wollte.«

»Hast du da auch wieder so ein Gefühl?«, rufe ich zurück.

»Genauso ist es! Und wenn ich so ein Gefühl habe, ist da auch meistens was dran«, verkündet er selbstbewusst. »Call me Trüffelschwein!«

»Ja, ja, ist schon gut. Ich folge deinem Näschen und rufe sofort dort an.«

Das mache ich tatsächlich, als ich keine zehn Minuten später wieder an meinem Schreibtisch sitze. Ich krame den Zettel mit der Telefonnummer hervor und greife zum Hörer.

»Tak, słucham«, meldet sich eine angenehm tiefe Stimme am anderen Ende der Leitung.

»Hallo, hier ist Franziska Mai von Bäderland-Radio. Sprechen Sie Deutsch?«

»Ja, ein bisschen«, kommt es wie aus der Pistole geschossen, und zwar akzentfrei.

»Prima. Ich würde gern mit Herrn Zielinski sprechen. Er hatte mich um Rückruf gebeten.«

»Am Apparat«, brummt die Stimme, und ich meine, ein Lächeln hören zu können.

»Herr Zielinski, Sie wollten mich sprechen. Was gibt's?«

»Adam.«

»Wie bitte?«

»Nenne Sie mich einfach Adam«, sagt die Stimme, die nicht nur tief ist, sondern auch ein ganz besonderes Timbre hat. »So heiße ich. Adam Zielinski.«

Hoppla! Die feinen Härchen an meinen Unterarmen stellen sich unwillkürlich auf, ich muss mich kurz räuspern.

»Von mir aus, Adam. Dass ich Franziska heiße, wissen Sie ja schon«, sage ich möglichst geschäftsmäßig. »Wie kann ich Ihnen helfen?«

»Ich würde Sie gern persönlich treffen, um mit Ihnen darüber zu sprechen.«

»Ähm, vielleicht geben Sie mir vorher mal ein paar Stichworte? Meinem Kollegen Herrn Neubauer haben Sie gesagt, dass Sie Journalist sind und gerade an einem ähnlichen Thema wie wir arbeiten.«

»Ganz genau. Ich bin freier Journalist und schreibe für verschiedene polnische Zeitschriften und Zeitungen. Momentan arbeite ich an der Einbruchsserie auf Usedom. Ich beschäftige mich mit den Auswirkungen dieser Verbrechen auf die deutsch-polnischen Beziehungen. Dann habe ich Ihre Umfragen und den Bericht gehört und mich ein bisschen über Sie erkundigt.«

»Sie haben sich über mich erkundigt?«, frage ich überrascht nach.

»Selbstverständlich.« Zielinski sagt das in einem Ton, als sei es die natürlichste Sache der Welt. »Ich habe herausgefunden, dass Sie eine ausgezeichnete Journalistin mit exzellenten Beziehungen zur Polizei sind. Da wusste ich, dass ich unbedingt mit Ihnen sprechen muss. Ich möchte Ihnen vorschlagen, ein internationales Rechercheteam zu gründen. Wenn Sie Ihre deutschen Kontakte nutzen und ich meine polnischen, dann werden wir den Fall sehr schnell lösen, da bin ich mir sicher.«

Oh, ein internationales Recherchetream! Das klingt zugegebenermaßen sehr spannend. Trotzdem – ein bisschen muss dieser Herr Zielinski schon mal aus dem Nähkästchen plaudern, damit ich endgültig anbeiße.

»Sie erwähnten Herrn Neubauer gegenüber etwas von einer Bürgerwehr. Wie kommen Sie darauf, dass es eine solche gibt? Mir ist sie jedenfalls noch nicht begegnet.«

Ein tiefes, sympathisches Lachen dröhnt durch den Hörer.

»Okay, Sie sind misstrauisch. Das finde ich gut. Da hilft nur eins: Wir müssen uns treffen. Am besten sofort. Dann zeige ich Ihnen mein Material und Sie entscheiden, ob eine Zusammenarbeit mit mir Sinn macht. Kommen Sie zu mir nach Swinemünde?«

»Wie? Sie meinen jetzt gleich?«

»Natürlich. Oder ist das ein Problem?«

Eigentlich spricht nichts dagegen. Wir haben gerade zwei Beiträge zum Thema gesendet, und irgendwann muss man eben auch mal recherchieren. Dieser Zielinski scheint ein wichtiger Kontakt zu sein, den ich mir nicht durch die Lappen gehen lassen sollte.

»Okay, ich komme. Wohin?«

»Kennen Sie die *Manufaktura Ekologiczna* in Swinemünde?«

»Nicht so wirklich. Aber als investigative Journalistin finde ich das heraus.«

»Perfekt. Ich warte dort auf Sie. Bis gleich!«

9

Obwohl Swinemünde – oder Świnoujście, wie die Stadt auf Polnisch heißt – nur einen Katzensprung von Heringsdorf entfernt liegt, fahre ich nur selten dorthin. Einmal wollten sich meine Eltern den berühmten Polenmarkt anschauen. Ich bin mit ihnen mit dem Auto dorthin gefahren, obwohl man das von Ahlbeck auch locker mit dem Fahrrad hätte bewältigen können. Die lang gezogene Reihe von kleinen und mittelgroßen, mit weißblauen Markisen verzierten Buden taucht nämlich schon kurz nach der Grenze auf der linken Seite zwischen Ahlbeck und Swindemünde auf. Fast wirkt es so, als würde sie aus dem Wald wachsen, der zwischen den beiden Orten liegt, es ist also eigentlich eine ganz nette Fahrradtour. Mein Vater wollte trotzdem unbedingt sein Auto mitnehmen. Vermutlich dachte er, dass wir solche Unmengen kaufen würden, dass er den Kofferraum dringend brauchen würde. Am Ende sind es doch nur zwei Stangen Zigaretten für meine Tante, ein Glas Honig für meinen Vater und ein Knoblauchstrang für meine Mutter geworden, die zahlreichen Gucci-Handtaschen, Hermès-Seidentücher und Parfüms von Chanel oder Dior haben wir dort gelassen.

Ich fahre am Polenmarkt vorbei, und kurz darauf beginnt das »offizielle« Swindemünde. Hier am Ortseingang sieht man der Stadt noch die sozialistische Bauplanung der siebziger und achtziger Jahre an, aber kurz darauf entwickelt sich das Ostseestädtchen zu einer herben Schönheit. Durch die Baulücken an der Durchgangsstraße erhasche ich einen Blick auf den Plac Wolnosci, den Platz der Freiheit, der von hübschen Backsteingebäuden gesäumt wird, die sich wiederum mit pastellfarbenen Kaufmannshäusern aus dem vorletzten Jahrhundert abwechseln. Hellgrün, hellgelb und hellrot stehen sie dort, mit weiß eingefassten Fenstern und Portalen sehen sie fröhlich und irgendwie auch selbstbewusst aus – falls man als Haus selbstbewusst aussehen kann.

Ich parke mein Auto in einer Seitenstraße, brauche ungefähr eine Viertelstunde, um den polnischen Parkautomat zu verstehen, dann laufe ich zum Platz. Die *Manufaktura* sehe ich auf den ersten Blick: Es ist das Eckhaus gegenüber dem Springbrunnen, der sich in der Mitte des Platzes befindet.

Das rote Backsteingebäude mit den weißen Fensterelementen ruht auf einem mächtigen Granitsockel. Die Fassade wird gegliedert durch weiße Ecksteine und je einen reich verzierten Sims in der Mitte und unter dem Dach. Das gibt dem Gebäude etwas sehr Imposantes, aber auch Strenges.

Einen freundlichen Kontrast dazu bildet die große Glasvitrine, die direkt neben dem Eingang aufgebaut ist. Ein großer heller Sonnenschirm schützt ihren Inhalt, in dem ich eine einfach gigantische Kuchenauswahl erkenne: Küchlein aus purem Schokoladenmousse, Törtchen aus Baiser mit Erdbeeren verziert, Schwarzwälder Kirsch im Miniaturformat. Der Anblick ist so lecker, dass mir sofort das Wasser im Mund zusammenläuft. Für einen kurzen Augenblick vergesse ich fast, warum ich hergekommen bin und würde mich am liebsten kopfüber in die Vitrine stürzen. Dann fällt mir aber zum Glück wieder ein, dass ich hier bin, um mich einem internationalen Recherchenetzwerk anzuschließen.

Ich reiße mich also von der Vitrine los und schaue mich um. An den kleinen Tischen vor der *Manufaktura* sehe ich vor allem ältere Touristenpaare und auch ein paar junge Familien, aber keinen Mann, der auf jemanden wartet. Im Gastraum bin ich dann erst einmal ziemlich überrascht. Während die *Manufaktura* von außen so klassizistisch daherkommt, ist sie von innen eher Typ Szene-Location mit Loftcharakter. Auf einem Sperrholzpodest stehen kleine Coffeetables mit dazu passenden Stoffsesseln, die Backsteinwände sind roh und unverputzt, die hohe Decke ist aus grauem Beton. Ich bin beeindruckt, mit so einem coolen Café hätte ich hier nicht gerechnet.

Während ich noch das Ambiente bewundere, steht an einem der hinteren Tische ein Mann auf und kommt auf mich zu geschlendert. Ich muss zweimal hinsehen, aber: Wenn das Adam Zielinski ist, ist seine äußere Erscheinung fast noch attraktiver als seine Stimme! Er ist ungefähr Anfang dreißig, groß, aber kein Riese, hat eine sehr athletische Figur, glatte blonde Haare und sieht aus – die Älteren werden sich erinnern – wie der junge Robert Redford. Lieber Gott, lass das bitte Adam Zielinski sein, der dringend mit mir zusammenarbeiten will!

Mein Spontangebet wird offenbar erhört, denn nun bleibt Robert Redford vor mir stehen und lächelt mich an.

»Franziska Mai?«

»Ja«, krächze ich mit rauer Stimme, dann räuspere ich mich und setze noch mal zu einem vollständigen Satz an. »Ja, ich bin Franziska. Und Sie müssen Adam sein.«

»Der bin ich. Wollen Sie sich zu mir setzen? Und wollen wir uns duzen? Wir sind hier nicht so förmlich, und so ist es auch auf Deutsch für mich einfacher«, fügt er als Erklärung hinzu.

»Na klar, kein Problem. Nenn mich einfach Franzi. Allerdings finde ich dein Deutsch makellos. Ich bin schwer beeindruckt!«

Adam schaut leicht verlegen zur Seite.

»Danke für das Kompliment. Ich habe an der Viadrina studiert, und meine Oma war Deutsche. Sie wollte, dass ihre Enkel zweisprachig aufwachsen und hat immer Deutsch mit uns gesprochen.«

»Hat funktioniert«, stelle ich fest. In der Zwischenzeit sind wir beim Tisch angekommen und setzen uns.

»Also«, sage ich und schaue Adam erwartungsvoll an, »was für Material hast du dabei?«

Anstelle einer Antwort bückt sich Adam und kramt in einer Tasche, die er an den Tisch angelehnt hat. Dann zieht er einen DIN-A4-Umschlag hervor.

»Zeige ich dir gern«, brummt er und klingt dabei genau so toll wie am Handy. »Hier, siehst du?«

Er legt einen Stapel Blätter vor mich auf den Tisch, ich nehme ihn in die Hand und schaue mir die ersten Seiten an. Es sind etwas unscharfe Fotos von Menschen, die mir völlig unbekannt sind. Mal sind sie im Gespräch, mal telefonieren sie. Ich lege den Stapel wieder zurück auf den Tisch.

»Tut mir leid, ich kenne diese Leute nicht. Wer ist das?«

Adam sieht enttäuscht aus.

»Schade. Dann erkennst du natürlich auch nicht, wie brisant diese Fotos sind.« Er nimmt eines der Blätter vom Stapel und deutet auf das Bild von einem jungen Mann und einer mittelalten Frau. Er in einer Art schwarzer Uniform, sie im Joggingoutfit. »Hier. Das sind Monika Ahrens und Sascha Hahn bei einem Treffen an der Esso-Tankstelle an der B 110. Und da«, er nimmt das nächste Blatt, auf dem zu sehen ist, dass sich eine weitere Frau im Bürodress zu den beiden gesellt hat, »da kommt auch noch Allegra Meyer hinzu. Die drei haben offenbar eine Menge zu besprechen.«

»Der Name Sascha Hahn sagt mir etwas, ich weiß nur gerade nicht, was. Und Monika Ahrens ist doch eines der Einbruchsopfer, oder nicht? Von Allegra Meyer habe ich noch nie gehört.«

»Allegra Meyer managt das Feriendorf Neu-Zirnow. Sascha Hahn ist dort Sicherheitschef«, erklärt Adam.

»Ach ja«, fällt es mir wieder ein, »den wollte ich eigentlich interviewen, als ich da war. Dann hab ich es wohl vergessen. Aber was haben die denn mit Monika Ahrens zu tun? Die hat doch da bestimmt kein Haus gekauft. Soweit ich weiß, ist die eher ziemlich pleite.«

Adam Zielinski grinst und zieht noch ein Blatt aus dem Stapel.

»Ganz genau. Und deswegen glaube ich auch, dass sie irgendwelche Handlangerjobs für die anderen beiden macht. Guck mal.«

Das Blatt, das er mir nun über den Tisch schiebt, ist kein Foto, sondern ein Ausdruck einer Seite, die offensichtlich von Facebook stammt, jedenfalls trägt sie das typische Design mit Beiträgen und Antworten darauf. Ein Beitrag von einer Userin namens *Callme Cassandra* zeigt das Bild eines durchgestrichenen Ortsschildes – das Ortsschild von Swinemünde. Darunter ein eindeutiger Aufruf: *Heute Protest gegen weiteren Besuch von unseren Nachbarn! Schützt deutsches Eigentum!* Der erste Kommentar dazu kommt von Monika Ahrens: *Bin dabei. Alles weitere per PN.*

»Das ist ja krass!«, sage ich. »Klingt so, als würde es demnächst richtig Ärger geben. Aber von Sascha Hahn oder dieser Allegra Meyer sehe ich da nichts.«

»Der Post stammt von Meyer. Sie hat sich für Facebook ein Fake-Profil namens *Callme Cassandra* zugelegt. Aber anhand ihrer IP-Adresse war das sehr leicht zur enttarnen.«

Okay, Adam scheint ein echter Recherche-Profi zu sein. Ich hingegen habe absolut keine Ahnung, wie man jemanden anhand seiner IP-Adresse enttarnen kann. Eigentlich weiß ich nicht mal, was eine IP-Adresse ist.

»Und konntest du auch die Nachrichten zwischen den beiden lesen? Ihren Account hacken, oder was man dafür so machen muss?«

»Ja, konnte ich. Allerdings war das nicht besonders ergiebig. Ich nehme an, dass die beiden sich nicht über den Facebook-Messenger, sondern über ein anderes System austauschen. Das habe ich aber noch nicht herausgefunden.«

»Und hat es denn Protest gegeben?«, will ich wissen.

»Schon. Es gab nach diesem Aufruf eine Mahnwache vor dem Polizeirevier in Heringsdorf. Das war noch kein Massenauflauf, aber einige Leute sind schon gekommen. Ich habe das Ganze beobachtet. Hier.« Er schiebt das nächste Blatt über den Tisch, diesmal wieder ein Foto. Es zeigt eine Gruppe von vielleicht dreißig Leuten, die vor dem langen Treppenaufgang zum Polizeirevier stehen und Transparente hochhalten. Das muss die Demo sein, von der Raimund erzählt hat. Deutlich zu sehen auf dem Foto ist Monika Ahrens, die ein Plakat trägt. *Schützt unsere Grenzen!* Und dann, direkt neben ihr, steht tatsächlich Sascha Hahn ebenfalls mit einem hübschen Plakat: *Nein zum Import von Kriminalität!*

»Die drei haben sich also offenbar gesucht und gefunden. Aber von einer Bürgerwehr kann ich da noch nichts entdecken. Und dass sich die Leute langsam Sorgen wegen der Einbruchsserie machen, kann ich verstehen. Verboten ist so eine Demo jedenfalls nicht«, stelle ich trocken fest.

»Nein, natürlich nicht«, bestätigt Adam. »Es kann schon sein, dass es eine polnische Bande ist, die drüben bei euch auf Beutezug geht. Ist ja nicht so, dass alle meine Landsleute Engel wären. Aber trotzdem: Meine These ist, dass hinter dieser ganzen Diebstahlserie noch etwas anderes steckt. Und dass die drei damit etwas zu tun haben. Hier, diesen Zettel hat Sascha Hahn bei der Demo verteilt.«

Adam gibt mir einen zerknitterten Handzettel, ich lege ihn auf den Tisch und streiche ihn glatt.

»*Du willst nicht länger tatenlos zusehen, wie das Verbrechen um sich greift?*«, lese ich den Text laut vor. »*Dann komm in unser Team und lerne, dein Eigentum und das deiner Nachbarn zu verteidigen!*« Ich schüttle unwillkürlich den Kopf. »Alle Achtung, du hast recht. Die wollen eine Bürgerwehr gründen. Das ist eine starke Geschichte, da könnte was draus werden.«

Aus seinen blauen Augen schaut mich Adam jetzt direkt an.

»Und, Kollegin? Tun wir uns zusammen und finden heraus, wer für die Einbrüche verantwortlich ist? Und ob diese Aktivisten wirklich nur für Recht und Ordnung sorgen wollen oder ob noch etwas anderes dahintersteckt?«

»Kann schon sein, dass hinter der Einbruchsserie noch etwas ganz anderes steckt«, stimme ich zu. »Ein paar Sachen haben wir dazu auch schon herausgefunden, hat allerdings nichts mit den Aktivisten zu tun.«

»*Wir?*«, fragt Adam nach. »Wer ist denn *Wir?*«

»Mein Volontär Janis und ich. Das ist der junge Mann, mit dem du bei deinem Anruf in unserer Redaktion als Erstes gesprochen hast.«

»Ah, cool. Ihr seid zu zweit!« Für einen Moment bin ich mir nicht ganz sicher, ob sich Adam wirklich darüber freut, er klingt irgendwie ein bisschen zögerlich. Aber vielleicht bilde ich mir das auch ein, denn im nächsten Moment strahlt er mich schon wieder an und zeigt dabei seine makellosen Zähne. »Erzähl!«, fährt er dann fort, »was habt ihr herausgefunden?«

»Mindestens vier der acht Einbruchsopfer waren Kunden eines Kunsthändlers in Ahlbeck«, berichte ich. Dann bücke ich mich, wühle in meiner Handtasche und ziehe schließlich mein Notizbuch heraus. »Hier: Baginski, Hestermann, Wittenbrink und Wagener. Sie alle hatten Kunstwerke in der Galerie von Bas de Jong in Ahlbeck gekauft. Und ich glaube, alle diese Kunstwerke sind bei den Einbrüchen gestohlen worden. Von Wagener weiß ich es, bei den anderen vermute ich es, muss es aber noch verifizieren.«

»Wow!« Adam Zielinski pfeift anerkennend. »Ich fresse einen Besen, wenn das ein Zufall ist. Kunstdiebe!« Dann fährt er sich mit der Hand über sein Kinn. »Fragt sich nur, wie das mit meinen Beobachtungen zusammenpasst.«

Ich zucke mit den Schultern.

»Vielleicht hängt das auch nicht zusammen. Vielleicht haben Hahn, Meyer und Ahrens nichts mit dem Kunstraub zu tun, sondern verfolgen ganz andere Ziele?«, denke ich laut nach.

»Ich weiß nicht.« Adam zögert kurz. »Mein Bauch sagt mir etwas anderes. Es gibt eine Verbindung, da bin ich mir sicher.«

»Apropos Verbindung: Die Kripo hat noch etwas herausgefunden, das die einzelnen Einbrüche miteinander verbindet«, erzähle ich weiter. »Es geht um die Mobiltelefone der Täter. Beziehungsweise die Abwesenheit von diesen.«

Adam legt den Kopf schief.

»Jetzt bin ich neugierig!«

»Mein Kontakt bei der Kripo hat mir erzählt, dass es bei allen Einbrüchen überhaupt keine Signale von Handys am Tatort gab. Sie haben eine Funkzellenabfrage gemacht und absolut nichts gefunden. Das ist anscheinend ungewöhnlich, wenn mehrere Täter mehrere Taten begehen. Also achten unsere Einbrecher peinlich genau darauf, keine Handys zu benutzen. Mein Kontakt sagt, das spreche für richtige Vollprofis.«

Auf Adams Gesicht macht sich ein entschlossener Ausdruck breit.

»Selbst wenn! Wir sind schließlich auch Vollprofis. Und wir werden herausfinden, wer hinter diesem Raubzug steckt. Ich glaube, gemeinsam sind wir ein ziemlich starkes Team! Bist du dabei?«

Er streckt mir über den Tisch seine Hand entgegen, ich schlage ein.

»Bin dabei!«, sage ich dann feierlich. »Aber eine Bedingung habe ich noch.«

»Und die wäre?«

»Du bestellst mir auch so ein Schokotörtchen!«

*

Als ich schließlich zurückfahre, bin ich bestens gelaunt. Das Treffen mit Adam war extrem inspirierend, und ich bin jetzt noch mehr Feuer und Flamme, diesen Fall zu lösen, als ich es vorher schon war. Ich habe Adam neben meinen Erkenntnissen in Sachen Kunstraub auch von meinem Rechercheausflug zu de

Jong erzählt, und wir haben beschlossen, uns als Nächstes bei uns in der Redaktion in Heringsdorf zu treffen, damit er auch Janis kennenlernt. Adam wird jetzt seine Kontakte in der polnischen Szene anzapfen und herausfinden, ob es da irgendwelche Verbindungen zu de Jong gibt. Und ich werde versuchen, bei Baginski, Wittenbrink und Hestermann herauszufinden, welche Kunstwerke bei ihnen gestohlen worden sind und ob diese über die Galerie von de Jong gekauft wurden.

In meiner momentanen Hochstimmung beschließe ich, mal richtig wagemutig zu sein, Kay anzurufen und vorzuschlagen, dass wir unseren gestrigen Abend, der so abrupt endete, einfach heute fortsetzen. Kaum habe ich seine Nummer eingetippt, höre ich auch schon seine Stimme durch den Panda dröhnen. Zwar etwas knatterig, denn die Freisprecheinrichtung habe ich nachträglich in mein schon ziemlich altes Auto gebastelt, aber noch verständlich.

»Hey, Franzi«, begrüßt er mich. »Was gibt's?«

»Hast du heute Abend Zeit?«, falle ich gleich mit der Tür ins Haus. »Ich meine, du hast gestern noch so einen netten Vorschlag gemacht, da dachte ich, ich komm da heute gleich mal drauf zurück.«

»Ich hab einen netten Vorschlag gemacht?« Kay klingt, als ob er überhaupt keine Ahnung habe, was ich meinen könnte. Blödmann! Sofort ärgere ich mich, dass ich ihn angerufen habe. Lange hält dieses Gefühl aber nicht an, denn in diesem Moment dröhnt ein lautes Lachen aus der Anlage.

»Spaß!«, ruft Kay. »Natürlich weiß ich noch, dass ich vorgeschlagen habe, den Spaziergang nachzuholen. Heute muss ich allerdings ziemlich lange arbeiten, und ich habe meiner Mutter versprochen, ihr danach bei ein paar Sachen im Haus zu helfen, die sie nicht alleine erledigen kann. Sie war nämlich bei Ikea, wenn du verstehst, was ich meine.«

»Schade, aber da kann man nichts machen«, sage ich und klinge dabei hoffentlich nicht zu enttäuscht.

»Aber wie sieht es denn morgen bei dir aus?«, fragt Kay. »Samstags habe ich nur so wichtige Sachen wie Wäsche waschen und Staubsaugen vor. Damit bin ich aber bis zum Abend fertig, schätze ich mal.«

»Hervorragend! Wenn du das mit deinem Hausmännergewissen vereinbaren kannst…«

»Es wird schwer, aber ich kriege es hin«, wiehert Kay fröhlich. »Was schwebt dir denn vor?«

»Och, also ich würde sagen: Das Wetter soll morgen genauso schön wie heute sein, und ein Spaziergang passt doch da sehr gut. Vielleicht verbunden mit einer Nahrungsaufnahme, denn ich kann jetzt wieder normal kauen.«

»Konntest du das jemals nicht?«

Stimmt, Kay weiß nicht, dass ich Zahnschmerzen hatte und beim Zahnarzt war. Ich überlege kurz, ob ich ihm von meiner Entdeckung bei Dr. Wagener erzähle, entscheide mich aber dagegen, weil sich Kay dann bloß wieder aufregt.

»Äh, nee, doch«, stottere ich stattdessen, »ich meine: Ich hab beim Zahnarzt 'ne neue Füllung bekommen, jetzt ist alles wieder tippitoppi.«

»Okay, dann lass mal überlegen: essen, spazieren gehen, Sterne gucken – ich überlege mir was. Was hältst du davon, wenn ich dich um acht Uhr abhole? Ich sammle dich vorm Haus ein, okay?«

»Perfekt! Bis morgen.«

Da es bereits fünf Uhr ist, beschließe ich, gleich nach Hause und nicht mehr in die Redaktion zu fahren. Ich halte kurz an und schreibe Janis eine Whatsapp, dass das Gespräch mit Adam Zielinski sehr aufschlussreich war, ich ihn morgen in Ruhe anrufe und er nach Hause gehen kann. Und dann freue ich mich auf meinen Feierabend und mein gemütliches Sofa. Nach dem Frühstart beim Zahnarzt habe ich mir den mehr als verdient!

10

Nach einem Samstag, den ich überwiegend im Bett und vollständig ohne Arbeit verbracht habe, bin ich abends zur Abwechslung mal topfit. Nicht mal Wäsche habe ich gewaschen, und das wird sich bestimmt schon bald rächen, wenn ich keine zueinander passenden Socken mehr finde, aber es ist mir egal. Ich bin nämlich blendend gelaunt und das Einzige, worüber ich jetzt nachdenke, sind Styling-Fragen. Es ist schon den ganzen Tag relativ warm, ich könnte also ein Kleid anziehen, ohne später zu frieren. Oder doch besser in Jeans? Was sich Kay wohl überlegt? Ach, wird schon nicht der Hochseilgarten sein. Also Kleid! Diesmal aber ein längeres, ich weiß auch schon genau, welches. Eines, zu dem man gut Turnschuhe tragen kann, dann muss ich mir beim Spaziergang unterm Sternenhimmel keine Sorgen machen, zu stolpern und dabei maximal unelegant auszusehen. Mein hellbraun-grün gemustertes Baumwollkleid mit dem V-Ausschnitt und den Ärmeln auf halber Länge, dazu meine hellen Segelschuhe. Das passt. Egal, was Kay vorhat.

Nach dem Duschen föhne ich meine halblangen Haare über eine große Rundbürste, so dass sie in hübschen Wellen auf meine Schultern fallen. Ein Hauch von Make-up, dann das Kleid – ja, so kann ich mich sehen lassen, finde ich. Hübsch, aber nicht offensichtlich aufgedonnert, Kay soll nicht denken, dass ich mir für ihn besondere Mühe gegeben habe, obwohl es zugegebenermaßen so ist. Ich drehe und wende mich noch mal vor meinem großen Spiegel neben dem Kleiderschrank, dann bin ich zufrieden genug, um mir meine Handtasche und den Haustürschlüssel zu schnappen und nach unten zu gehen, um auf Kay zu warten.

»Oh, là, là!« Er schaut überrascht, als er mich um Punkt 20 Uhr einsammelt. Er selbst hat eine Jeans und ein T-Shirt an. Ich werde unsicher, ob das nicht auch für mich die bessere Wahl gewesen wäre.

»Nicht gut?«, will ich wissen. »Machen wir irgendwas Sportliches?«

Kay lacht.

»Quatsch. Sport – auf gar keinen Fall! Nein, ich wollte damit eigentlich zum Ausdruck bringen, dass du toll aussiehst. Und passen tut es wunderbar, denn da, wo wir hinfahren, ist ein Burgfräulein in einem langen Kleid sehr gut aufgehoben.«

»Ein Burgfräulein?«

Jetzt bin ich diejenige, die überrascht guckt.

»Ja, ich habe mir überlegt, dass ein Schlosspark der perfekte Ort für einen Spaziergang unter Sternen wäre. Vor allem, wenn es dort ein sehr nettes Restaurant gibt, wo wir vorher etwas essen könnten.«

Schloss, Park, Restaurant. Ich kombiniere: Schloss Mellenthin in der Inselmitte von Usedom. Eine wirklich schöne Location, und in der Tat passe ich mit meinem Outfit ganz hervorragend dorthin. Es ist allerdings schon ein besonderer Ort, eben nicht gerade eine Currywurstbude, und der Gedanke, dass Kay ein Schloss für den Abend ausgesucht hat, macht mich ein bisschen nervös.

Auf der Fahrt dorthin bin ich daher für meine Verhältnisse

ungewöhnlich schweigsam. Statt zu reden, schaue ich aus dem Wagenfenster und genieße die vorbeiziehende Landschaft. Felder, kleine Wäldchen und hin und wieder ein Blick auf das Wasser. Erst auf den Schmollensee, dann auf ein Zipfelchen Achterwasser. Auch Kay sagt nichts, sondern schaut konzentriert auf die Straße. Als wir nach einer guten Viertelstunde auf den Parkplatz an der Brücke über den Schlossgraben rollen, haben wir noch kein Wort miteinander gewechselt. Trotzdem fühlt sich das nicht seltsam oder verkrampft an, sondern einfach ganz entspannt. Sollte ich nach vier Jahren auf dieser norddeutschen Insel langsam mein rheinisches Naturell abstreifen?

Bevor ich mir darüber aber tiefer gehende Gedanken machen kann, werden wir schon auf dem Parkplatz herzlich begrüßt.

»Ach, nu sieh mal eener kiek, die Frau Mai!« Es ist Herr Schalupke, einer der Hausmeister des Wasserschlosses, ein gemütlicher Endfünfziger mit einer kreisrunden Hinterkopfglatze und einem kleinen Bäuchlein, über dem sich eine graue Kitteljacke spannt.

»Hallo, Herr Schalupke! Das ist ja schön, hier gleich auf meinen Retter zu treffen.«

Kay schaut amüsiert zwischen mir und Schalupke hin und her.

»Dein Retter? Ich dachte, das sei ich!«

Ich muss grinsen.

»Ja, aber lange, bevor du mich vor irgendwelchen Schlägern gerettet hast, hat mich Herr Schalupke schon aus einer Ritterrüstung befreit.«

»Jo. Jenau so isset jewesen«, berlinert Herr Schalupke und grinst Kay an. »Die Holde hab ick aus 'ner Rüstung jeschnitten. Also *Retter* trifftet!«

»Ich habe im Mai eine Reportage über das Wasserschloss gemacht, und dabei ist mir mein Aufnahmegerät in eine Ritterrüstung gefallen«, erkläre ich. »Ich wollte es herausfischen, da bin ich dann selbst kopfüber hineingepurzelt.«

Kay lacht.

»Mannomann, dich kann man wirklich nicht lange alleine lassen. Dann lass uns mal schnell an unseren Tisch setzen, bevor noch das nächste Unglück passiert!«

Auf der hübschen Terrasse, die direkt am Schlossgraben liegt, führt mich Kay zu einem Tisch, der offensichtlich für uns reserviert ist.

»Ich hoffe, es gefällt dir«, sagt er und klingt dabei fast schüchtern. »Greta liebt das Schloss, sie sagt, dass man sich hier wie eine Prinzessin fühlen kann. Ich dachte, wenn es kleinen Frauen gefällt, dann sicher auch großen. Außerdem hat es einen wunderschönen Park, da kann mit unserem Spaziergang überhaupt nichts mehr schiefgehen.«

»Deine Greta hat einen guten Geschmack«, stelle ich anerkennend fest. »Ehrlicherweise habe ich hier zwar schon gearbeitet, aber als Gast war ich noch nie da. Eine gute Idee von dir!«

»Dann muss du jetzt nur noch eines tun, damit es ein perfekter Abend wird«, sagt Kay und klingt dabei auf einmal sehr ernst.

»Nämlich?«, frage ich mit belegter Stimme nach.

»Dich von den Ritterrüstungen fernhalten.« Der Ernst in seiner Stimme weicht einem prustenden Lachen, ich boxe ihn in den Oberarm.

»Blödmann! Das war ein Unfall!«

Die nächsten drei Stunden vergehen wie im Flug. Kay lässt alle gefährlichen Themen aus, redet kein einziges Mal über seine Ex-Frau, und ich hüte mich davor, ihm zu erzählen, wer meine neue Zahnärztin ist. Stattdessen bekomme ich sehr amüsante Geschichten aus dem Studium zum Bachelor of Arts »Polizeivollzugsdienst« in Güstrow zu hören und gebe meinerseits zahlreiche WDR-Anekdoten zum Besten, wo ich vor meiner Zeit bei Bäderland-Radio gearbeitet habe. Schließlich, als es so dunkel wird, dass man auch auf den anderen Tischen aus der Entfernung nur noch die Kerzen flackern sieht, wirft Kay einen Blick nach oben.

»So, wir starten Mission Sternenhimmel. Man sieht sie alle sehr gut leuchten, los geht es!«

Ich muss kichern, weiß aber nicht, ob das daran liegt, dass ich Kays Ansage so lustig finde, oder daran, dass ich schon ein Glas Sekt und ein Glas Weißwein getrunken habe. Als die Rechnung kommt, bin ich jedenfalls blendend gelaunt und freue mich auf unseren Spaziergang. Ich glaube, ich hatte schon lange nicht mehr so einen lustigen, entspannten und – ja – auch ansatzweise romantischen Abend. Dann klingelt Kays Handy. Er ignoriert es und steckt es, ohne auf das Display zu schauen, in seine Hosentasche. Nach einer Minute klingelt es erneut.

»Ich habe irgendwie gerade ein Déjà-vu«, stöhnt er. »Ich fürchte, ich muss da mal rangehen.«

»Mach ruhig«, antworte ich. »Die Sterne können bestimmt noch eine Weile warten.«

Er zieht sein Handy wieder hervor und nimmt den Anruf an.

»Janine, ich hoffe, es ist wichtig«, bellt er eine wenig freundliche Begrüßung. Janine? Etwa Janine Lamott? Wieso ruft die denn bei Kay so spät noch an – es ist immerhin Viertel vor zwölf. Ich versuche, an Kays Miene zu erkennen, worum es geht. Scheint unerfreulich zu sein, aber leider kann ich nicht hören, was Frau Lamott sagt, denn Kay hat das Handy ziemlich dicht an sein Ohr gepresst. Nun nickt er kurz.

»Okay, dauert aber 'ne Weile.« Dann seufzt er. »Gut, ich komme sofort. Bis gleich.«

Offenbar ohne eine Antwort abzuwarten, legt er auf. Ich starre ihn an.

»Wohin willst du? Und falls ich die Begleitung bin: Wohin wollen wir?«

Kay atmet tief durch und räuspert sich.

»Also, es ist so …«, er stockt, dann schüttelt er den Kopf. »Quatsch. Du erfährst es ja sowieso. In Zirnow ist wieder eingebrochen worden. Aber diesmal gab es eine Tote. Möglicherweise ein Tötungsdelikt. Die Staatsanwältin ist schon vor Ort, ich muss sofort hin.« Wieder ein Räuspern. »Es tut mir so, so leid. Ich wäre jetzt viel lieber zu einem Spaziergang im Schlosspark mit dir aufgebrochen. Aber den holen wir nach, versprochen! Ich rufe dir jetzt ein Taxi, okay?«

»Nein. Beziehungsweise kannst du mir natürlich gern ein Taxi rufen, aber dann werde ich den Taxifahrer bitten, direkt hinter dir herzufahren.«

Kay reißt die Augen auf.

»Du willst bitte was? Das ist überhaupt keine gute Idee. Ich werde vermutlich Stunden beschäftigt sein. Also wenn du mitkommen willst, um auf mich zu warten, dann kann ich dir gleich sagen, dass das sinnlos ist.«

Mit einem Mal bin ich wieder komplett nüchtern. Kay Lorenz denkt also ernsthaft, ich wolle mit nach Zirnow kommen, um dort so lange auszuharren, bis er Zeit hat, mit mir einen Spaziergang unter dem Sternenhimmel zu machen? Der tickt wohl nicht sauber!

»Kay«, sage ich und bemühe mich um ein sanftes Lächeln, obwohl ich gerade anfange, mich richtig zu ärgern, »das ist ein Missverständnis. Natürlich brenne ich auch darauf, dass es endlich mit unserem Spaziergang klappt. Aber nach Zirnow will ich, weil das auch *mein* Fall ist. Du erinnerst dich? Ich berichte für Bäderland-Radio über die Einbruchsserie. Und ich berichte natürlich erst recht, wenn es dabei ein Todesopfer gibt.«

»Auf gar keinen Fall«, faucht Kay. »Ich bestelle dir jetzt ein Taxi, und dann fährst du bitte nach Hause und lässt mich meine Arbeit machen.«

»Wie ich schon sagte: Wenn du mich nicht mitnimmst, bestelle ich mir selbst ein Taxi, und das fährt mich dann nach Zirnow, wo ich meine Arbeit mache.«

»Franzi, bitte, nun sei doch vernünftig. Das ist ein Tatort, da hast du nichts zu suchen!«, versucht es Kay noch mal und klingt dabei fast flehentlich.

»Kay, ich bin vernünftig. Und ich verstehe auch, dass das für dich eine schwierige Situation ist. Aber mein Job lebt davon, dass ich schnell bin und gründlich recherchiere. Wenn ich Informationen erhalte, muss ich der Sache auf den Grund gehen. Wenn ich das nicht mache, dann habe ich bald keinen Job mehr, denn dann werden sich meine Chefs fragen, wie es sein kann, dass mein vermeintlich *guter Draht* zur Polizei mich nicht schneller, sondern langsamer macht. Weil ich nämlich Rücksichten nehme, die ich früher nicht genommen habe. Verstehst du das nicht?«

Eine Weile sagt Kay gar nichts. Dann steht er langsam vom Tisch auf und macht mit dem Kopf eine Bewegung Richtung Ausgang.

»Okay. Dann komm mit. Ich kann dich anscheinend nicht

dran hindern. Aber ich warne dich: Komm mir vor Ort nicht in die Quere. Denn dann werde ich nämlich auch keine Rücksicht nehmen, sondern dich genauso behandeln wie jeden anderen neugierigen Reporter auch.«

Herrje, wo ist bloß der nette, charmante Herr Lorenz von vor einer Viertelstunde hin? Ich versuche, die Situation mit einer flapsigen Bemerkung aufzulockern.

»Ach ja, willst du mich dann etwa erschießen?« Ich lache, aber als ich Kays bösen Blick sehe, höre ich damit sofort auf.

»Nein, dann werde ich einen Platzverweis nach § 52 des Gesetzes über die öffentliche Sicherheit und Ordnung in Mecklenburg-Vorpommern aussprechen.«

Verstehe. Mein Witz ging ganz klar nach hinten los! Kay kann echt ein spaßfreier Stiesel sein. Und dass er mich jetzt so zurechtweist, nervt mich doppelt. Mit einem Mal fällt mir wieder ein, warum wir uns bei unserem ersten Fall so viel gestritten haben. Da war es ganz genauso. Immer wenn ich irgendwo aufkreuzte, um meinen Job zu machen, bekam Kay hektische Flecken und wollte mich am liebsten rausschmeißen. Von Pressefreiheit hielt er rein gar nichts. Hätte ich mich an seine Anweisungen gehalten, wäre ich schon nach fünf Minuten raus gewesen und hätte keinen einzigen Beitrag mehr senden können. *Platzverweis.* Der spinnt doch! Was genau finde ich an ihm eigentlich nett? Ich kann es mir gerade nicht erklären. Wahrscheinlich ist es eher eine rein optische Anziehungskraft, völlig oberflächlich. Ich hätte mir so ein Taxi rufen sollen!

11

»So, wir sind da«, sagt Kay knapp und parkt sein Auto auf dem großen Besucherparkplatz, der sich vor der eigentlichen Zufahrt zu den Häusern der Neubausiedlung befindet. Es ist stockduster, aber die Straße weiter runter sehe ich schon Blaulichter flackern und höre ein entferntes Stimmengewirr.

»Willst du nicht direkt hinfahren?«, frage ich.

»Auf keinen Fall. Ich habe gesagt, ich nehme dich mit. Also, hier sind wir. Du kannst jetzt gern im Auto bleiben oder was weiß ich was machen, aber zum Tatort begleitest du mich nicht.«

In diesem Moment klopft es ans Fenster der Fahrertür. Kay lässt die Scheibe herunter. Es ist Janine Lamott, die neugierig ins Wageninnere späht.

»Hallo, Kay!«, grüßt sie ihn. Dann sieht sie mich, und die Beschreibung *ihr fällt die Kinnlade runter* trifft es ganz gut. »Frau Mai?«, fragt sie nach, als habe sie eine Erscheinung.

»Hallo, Frau Lamott!«

»Wir … äh … waren gerade zusammen essen«, fühlt sich Kay bemüßigt, meine Anwesenheit zu erklären. »Ich wollte Frau Mai eigentlich erst nach Hause fahren, aber du sagtest ja, ich solle mich beeilen.«

Er öffnet die Tür und steigt aus, ohne mich eines weiteren Blickes zu würdigen. *Rums*!, wirft er die Fahrertür mit einem

Knall zu und lässt mich einfach sitzen. Immerhin schließt er nicht ab. Man muss auch für die kleinen Dinge dankbar sein.

Einen Moment hocke ich im Dunkeln und ärgere mich. Dann besinne ich mich darauf, dass ich nicht zu meinem Privatvergnügen hier bin. Ich steige ebenfalls aus und laufe in die Richtung, in der das Blaulicht immer wieder aufflackert. Es ist doch ein ganz schönes Stück, erst nach ungefähr dreihundert Metern bin ich am Ziel: Ein hübsches Reetdachhaus in einer – soweit ich das gerade beurteilen kann – imposanten Lage. Es steht nämlich ganz am Rand der Siedlung, abseits der anderen Häuser und genau dort, wo unterhalb eines Abhangs das Haff beginnt. Tagsüber hat man hier wahrscheinlich einen phantastischen Blick.

Vor dem Haus stehen jetzt mehrere Polizeiwagen und der unvermeidliche schwarze VW-Bus der Spurensicherung. Etwas abseits steht noch ein weiterer Wagen, ein überlanger schwarzer Kombi. Schätze mal, das ist ein Leichenwagen. Ich gehe näher an das Haus. Die Fenster sind hell erleuchtet, aber ich komme nicht dicht genug ran, um einen Blick reinzuwerfen, denn Kay steht mit Janine Lamott und einer weiteren Frau vor der Tür und kommt sofort zu mir, als er mich entdeckt.

»Mann, Franzi«, zischt er mir zu, »ich hab dir doch gesagt, du sollst dich da raushalten!«

»Entschuldige mal«, zische ich zurück, »du kannst mir kaum verbieten, mich hier umzusehen. Das ist immerhin öffentlicher Grund!«

»Alles in Ordnung, Herr Lorenz?« Die Frau, die neben Janine Lamott steht, wendet sich jetzt zu uns und betrachtet mich neugierig. Ich habe sie schon mal gesehen, ich weiß gerade nur nicht, wo.

»Ja, Frau Staatsanwältin, alles in Ordnung. Ich… äh… muss nur, ähm…«

Richtig! Diese Frau ist die Staatsanwältin! Und schon als ich sie das letzte Mal gesehen habe, in der Polizeiinspektion in Anklam, hat mich Kay vor ihr abgemeiert. Zugegebenermaßen nicht ganz zu Unrecht, aber heute liegt die Sache anders, denn ich bin in offizieller Mission hier. Also gehe ich auf sie zu, um mich endlich einmal vorzustellen.

»Guten Abend, Frau Staatsanwältin«, begrüße ich sie freundlich, »mein Name ist Franziska Mai. Ich bin Journalistin und berichte für den Sender Bäderland-Radio über diese beispiellose Einbruchsserie.«

Die Frau stutzt, dann reicht sie mir die Hand.

»Hallo, Frau Mai. De Santis mein Name – sind wir uns schon mal begegnet? Sie kommen mir so bekannt vor.«

Bevor ich noch etwas sagen kann, grätscht Kay todesmutig dazwischen.

»Natürlich, Frau Staatsanwältin. Sie haben Frau Mai schon in Anklam in der Polizeiinspektion gesehen. Sie ist eine wichtige Zeugin im Fall Peters.«

Frau de Santis mustert mich interessiert.

»Ah ja. Das kann natürlich sein.« Dann schaut sie zwischen mir und Kay hin und her.

»Kennen Sie sich privat?«, will sie dann wissen.

»Ja!«, »Nein!«, kommt es fast gleichzeitig von uns. Frau de Santis lacht.

»Ja, was denn nun? Ja oder nein?«

Ich sage jetzt einfach gar nichts mehr, denn wenn Kay hier unbedingt so tun möchte, als sei unser Kontakt nur beruflicher Natur – bitte sehr, von mir aus! Kay räuspert sich, sagt aber auch nichts. Die Staatsanwältin hebt fast unmerklich eine Augenbraue. Grinst die jetzt etwa?

»Wie dem auch sei«, sagt sie schließlich. »Aber warum sind Sie hier, Frau Mai? Einen Interviewtermin werden Sie nachts kaum mit Herrn Lorenz vereinbart haben.«

»Das kann ich Ihnen sagen. Ich war gerade zufällig in der Gegend, als ich gehört habe, dass es wieder einen Einbruch in Zirnow gab, diesmal allerdings mit einem Todesopfer. Können Sie mir dazu etwas sagen? Als Journalistin will ich mir natürlich vor Ort ein Bild von der Lage machen.«

»Bedaure«, sagt de Santis und presst für den Bruchteil einer Sekunde die Lippen aufeinander, »da müssen Sie morgen früh die Polizeipressestelle anrufen. Ich kann Ihnen heute Nacht leider keine Auskünfte geben. Und jetzt entschuldigen Sie uns. Herr Lorenz, bringen Sie Frau Mai bitte zu ihrem Auto? Oder wie sind Sie hierhergekommen?«

Kay wirft mir einen flehentlichen Blick zu.

»Äh, ja. Mit dem Auto. Aber ich finde schon allein zum Parkplatz. Einen schönen Abend noch.«

Im Gehen bekomme ich noch mit, wie de Santis Kay irgendetwas zuraunt. Er soll mich fernhalten? Jedenfalls nickt er, und dann gehen alle drei in das Reetdachhaus. Kurze Zeit später kommt Kay wieder heraus und schaut sich kurz um, ganz so, als würde er überprüfen wollen, ob ich noch da bin. In der Dunkelheit sieht er mich allerdings nicht gleich, und ich gehe ein paar Schritte zur Seite, bis ich aus seinem Blickfeld bin.

So ein Mist – jetzt komme ich garantiert nicht mehr näher als zehn Meter an das Haus heran. Wie soll ich da sehen, was genau passiert ist? Wie kann ich Kay so ablenken, dass er gar nicht mitbekommt, wenn ich mich umsehe?

Da kommt mir eine Idee: Ich muss mich doch gar nicht selbst umsehen. Ich krame mein Handy aus meiner Handtasche. 00:05 Uhr. Ob Janis noch wach ist? Bestimmt. Samstagabend müsste er doch irgendwo rumturnen. Ich wähle seine Nummer, und schon nach dem ersten Klingeln geht er ran.

»Franzi? Was gibt's?« Er klingt überrascht. Natürlich ist er das. Normalerweise ist das nicht unsere Zeit für Telefonate.

»Wo treibe ich dich gerade auf?«

»Ich bin mit Helena auf 'ner Party in Kamminke, warum?«

Kamminke ist perfekt! Das ist wirklich gleich um die Ecke – ein Wink des Schicksals!

»Hast du ein Auto zur Verfügung? Und könntest kommen? Alleine? Es ist wirklich wichtig, ich würde dich sonst nicht fragen.« Ich bemühe mich um einen möglichst dringlichen Tonfall.

»Äh, ja, also wenn Helena mir ihr Auto leiht und es so wichtig ist, dann könnte ich kommen. Aber wohin denn überhaupt und noch entscheidender: Warum?«

»Parkplatz Neu-Zirnow. Ist gar nicht weit von Kamminke. Da, wo diese Reetdachhaussiedlung anfängt. Gleich hinter dem Kreisverkehr, wenn man vom Flugplatz kommt.«

»Aha. Ich frag Helena mal und melde mich gleich wieder.«

Er legt auf, und ich drücke mir selbst die Daumen, dass Helena kein Problem damit hat, erstens Janis ihr Auto zu leihen und zweitens allein auf der Party zu bleiben. Es klingelt wieder.

»Ist okay für Helena, ich komme«, sagt Janis und klingt dabei unternehmungslustig. »Worum geht es eigentlich?«

»Erkläre ich dir gleich. Komm einfach vorbei, ich warte am Parkplatz auf dich.«

»Mach ich.«

»Oh, und eine Sache noch – falls du irgendwo einen schwarzen Pulli abgreifen kannst, zieh ihn an.«

*

»Wow, du bist aber flott!«

Janis hat es in unter einer Viertelstunde auf den Parkplatz geschafft und steht jetzt erwartungsvoll neben mir. Er hat sogar eine schwarze Jeans und einen schwarzen Hoodie an.

»Na klar, wenn die Chefin nachts anruft, muss es doch um was Besonderes gehen. Aber lass mich raten: ein weiterer Einbruch?«

»Ja, aber nicht nur. Diesmal gibt es auch einen Toten. Leider passt Kay Lorenz wie ein Schießhund auf, dass ich nicht in die Nähe des Tatorts komme. Daher folgende Idee: Ich lenke ihn ab, verwickle ihn in ein Gespräch oder was auch immer, du nutzt das aus und versuchst mal, durch die Fenster zu gucken und zu checken, was genau passiert ist.«

»Cooler Einsatz! Bin dabei. Verstehe zwar nicht ganz, wieso dich Lorenz jetzt so hart abwimmeln will, aber Aktion *Freie Presse* kann starten.«

»Tja, verstehe ich auch nicht«, erwidere ich knapp, denn ich habe wenig Lust, weiter mit Janis darüber zu philosophieren, warum Kay Lorenz so handelt, wie er es tut. Wir gehen zu dem Haus zurück, hundert Meter entfernt bleiben wir stehen.

»So, ich gehe jetzt vor und lenke ihn ab. Wenn du siehst, dass ich mit ihm rede, schleichst du dich am besten von hinten an das Haus und wirfst einen Blick durch die Fenster. Viel Erfolg!«

Janis hebt die Hand und verschwindet in der Dunkelheit. In seinen schwarzen Klamotten ist er faktisch unsichtbar. Ich marschiere schnurstracks wieder auf das Reetdachhaus zu, in dem sich das Verbrechen ereignet hat, und werde zwei Meter davor durch Kay gestoppt, der anscheinend auf meine Rückkehr gewartet hat. Er stellt sich mir in den Weg und ringt sich ein Lächeln ab.

»Bitte, Franzi, nun sei doch vernünftig! Ich kann dich hier nicht reinlassen. Bitte nimm es nicht persönlich!«

»Mach ich gar nicht. Ich wollte dir eigentlich auch nur sagen, dass ich mir jetzt wirklich ein Taxi rufe. Nicht dass du mich nachher vermisst«, sage ich und schiebe ebenfalls ein Lächeln hinterher.

»Gute Idee. Ich brauche hier noch eine Weile. Tut mir leid, dass der Abend so endet.«

»Ja, mir auch.« Ich zögere kurz. Ob Janis schon was herausgefunden hat? Vermutlich braucht er noch mehr Zeit, also versuche ich, Kay noch ein bisschen abzulenken. »Ihr werdet doch morgen sowieso eine Pressemitteilung dazu rausgeben. Kannst du mir nicht wenigstens ein paar Details zu dem Einbruch heute Abend und zu dem Opfer sagen?«

Kay überlegt.

»Du hast recht. Morgen geht eine Meldung raus. Aber eben erst morgen. Und auch erst, wenn Frau de Santis sie abgenickt hat. Vorher nicht. Sorry.«

Normalerweise würde ich jetzt das Rumpelstilzchen geben, aber ich beherrsche mich und vertraue darauf, dass Trüffelschwein Janis die Sache richten wird. Ärgern tu ich mich aber trotzdem, dass mich Kay hier so abtropfen lässt. Ich versuche, mir das nicht anmerken zu lassen, strecke den Rücken gerade und hebe mein Kinn, was hoffentlich selbstbewusst und cool aussieht.

»Alles in Ordnung?«, fragt Kay.

»Natürlich. Warum?«

»Du siehst auf einmal so verkrampft aus. Als ob du Rückenschmerzen oder so was hast.«

So viel also zum Thema *selbstbewusst und cool*. Kalt ist mir allerdings schon langsam.

»Mir geht es bestens«, antworte ich. »Ich friere nur ein bisschen, aber wie gesagt: Ich rufe mir jetzt ein Taxi und fahre nach Hause.«

»Ich habe eine Jacke im Auto. Die kann ich dir schnell holen«, schlägt Kay vor. »Oder du bestellst dir das Taxi zum Parkplatz, wir spazieren zusammen hin, und ich gebe dir meine Jacke.« Zu diesem Anflug von gentlemanhaftem Verhalten sage ich nichts, sondern verschränke die Arme vor der Brust und gehe einen Schritt zurück. Kay mustert mich, dann greift er nach meiner linken Hand und zieht sie unter meinem rechten Arm hervor. Ich bin so überrascht, dass ich sie nicht wieder zurückziehe, sondern in seiner Hand liegen lasse. Mit einem Mal ist mir gar nicht mehr kalt, sondern im Gegenteil sehr warm.

»Komm, Franzi, sei nicht so grummelig!« Kay zieht mich ein Stück zu sich heran. Jetzt ist mir nicht mehr warm, sondern heiß.

»Kay?«, ruft es in diesem Moment aus dem Haus. Janine Lamott hat offenbar bemerkt, dass ihr Kollege schon einige Zeit verschwunden ist. Sofort lässt Kay meine Hand los.

»Die Pflicht ruft«, murmelt er. »Die Jacke willst du ja nicht, oder?«

Ich schüttle stumm den Kopf, er dreht sich um und geht ins Haus.

»Tschüs!«, rufe ich ihm hinterher. »Und vergiss nicht, mir morgen eure Pressemitteilung zu schicken!«

Dann drehe ich mich ebenfalls um und gehe zurück zum Parkplatz. So ein Vollidiot!

Von Janis ist noch nichts zu sehen, also lehne ich mich an sein Auto und warte. Ich überlege kurz, ihn anzurufen, verwerfe den Gedanken aber wieder. Nicht dass Janis gerade am Fenster hängt und Fotos macht und dann auffliegt, weil in dem Moment sein Handy klingelt. So wie Kay drauf ist, würde der ihn sofort wegen *Behinderung der Justiz* oder so was in der Richtung verhaften. Das fehlte gerade noch!

Schritte kommen näher. Janis? Nein, ich höre eine Frau und einen Mann sprechen, sie kommen direkt auf mich zu. Schnell gehe ich neben dem Golf von Janis in die Hocke, damit mich das Pärchen nicht sieht. Sie bleiben direkt auf Höhe des Autos stehen. Haben sie mich etwa gesehen? Nein, sie unterhalten sich einfach weiter. Vorsichtig luge ich hinter dem Auto hervor. Die Stimmen kenne ich nicht – aber gesehen habe ich die beiden schon mal. Auf den Fotos von Adam Zielinski! Das sind Allegra Meyer und Sascha Hahn. Sie sieht genauso gut aus wie auf den Fotos, nein, eigentlich noch besser: schlank, hochgewachsen, vielleicht mein Alter. Die Haare hat sie zu einer lässigen Hochsteckfrisur zusammengefasst, aus der sich einzelne Locken gelöst haben. Auch Sascha Hahn hat eine Hochsteckfrisur, genauer gesagt einen Dutt. Groß ist er ebenfalls, mit einem sehr breiten Kreuz und einem dafür viel zu engen Jackett. Die Farbe könnte ein gruseliges Mintgrün sein, aber so genau kann ich das im Dunkeln nicht erkennen. Hahn und Meyer scheinen sich zu streiten. Ich höre noch mal genauer hin. Nein, sie streiten nicht. Allegra Meyer maßregelt Sascha Hahn.

»Sascha, ich verstehe nicht, wie das passieren konnte. Es müsste doch mittlerweile eigentlich neben jedem Haus ein

Wachmann stehen. Wir haben deinen Etat fast verdoppelt. Und du hast bei der Demo noch ein paar Freiwillige abgestaubt. Ich hätte gar nicht gedacht, dass wir da so viele nützliche Vollidioten finden, aber anscheinend kriegst du es selbst mit Unterstützung nicht hin. Das kann doch jetzt echt nicht angehen!« Meyer klingt wütend, aber auf eine sehr kalte, herrische Art. Sascha Hahn, eigentlich ein sportlicher, muskulöser Typ und größer als Meyer, scheint gleich um ein paar Zentimeter zu schrumpfen.

»Ich weiß auch nicht«, setzt er zu seiner Verteidigung an, kommt damit aber nicht weit, weil ihm Allegra Meyer sofort das Wort abschneidet.

»Weißt du eigentlich, was das für unser Resort bedeutet?«, zischt sie ihn an. »Drei Häuser sind noch nicht verkauft, und wenn das so weitergeht, werden sie das auch nie. Wer will schon in *Deutschlands Einbrecherdorf* wohnen?«

»Also jetzt übertreibst du aber!«, wehrt sich Hahn.

»Das stammt nicht von mir, sondern aus der BILD. Schöne Werbung ist das für uns! Und jetzt auch noch ein Mord!«

»Ja, die arme alte Frau! Erschlagen mit dem Schürhaken, wie schrecklich! Und die arme Familie!« Hahn klingt geknickt.

»Schön, dass du so viel Mitgefühl für andere hast, Sascha«, höhnt Meyer sarkastisch. »Hoffentlich haben die das später auch mit dir, wenn du deinen Job los bist!«

»Allegra!«, heult Hahn auf. »Was soll das denn heißen?«

»Ganz einfach: Einen Sicherheitschef, der so eine Schnarchnase ist wie du, den brauche ich nicht länger! Ich würde dir also dringend raten, mit deiner Aktion sofort loszulegen. Du hast nämlich eigentlich keine Zeit mehr.«

Dann macht Meyer auf dem Absatz kehrt, geht zurück zu den

Häusern und lässt den verdatterten Hahn einfach auf dem Parkplatz stehen. In diesem Moment kommt Janis um die Ecke gebogen und rennt fast in Allegra Meyer, die gerade noch rechtzeitig abbremsen kann.

»Passen Sie gefälligst auf, wo Sie hingehen!«, faucht sie Janis an, dann ist sie verschwunden. Hahn guckt Janis kurz an, bevor er Meyer hinterherläuft.

Janis bleibt stehen und sieht sich auf dem Parkplatz um.

»Franzi?«.

»Hier bin ich«, antworte ich und tauche hinter dem Golf auf.

»Hast du dich da versteckt?«, wundert sich Janis.

»So in der Art. Aber jetzt sag – hast du was herausgefunden?

»Das kann man wohl sagen!«, berichtet er mit Stolz in der Stimme. »Das Opfer ist ...«

»... eine ältere Dame, erschlagen mit einem Schürhaken«, bringe ich seinen Satz zu Ende. Janis klappt die Kinnlade herunter.

»Woher weißt du das?«

»Ich bin eben eine investigative Journalistin.« Dann klopfe ich ihm auf die Schulter. »Keine Sorge, das war nur ein Zufallsfund. Mehr habe ich nicht rausbekommen.«

»Puh, Gott sei Dank!«, grinst Janis. »Dann weiß ich doch eindeutig mehr als du.«

»Prima, aber erzähl es mir lieber im Auto. Wer weiß, wer hier so alles mithört.«

»Sehr wohl! Steig ein, Chefin!«

12

Die zehnminütige Fahrt nach Kamminke reicht Janis, um mir in groben Zügen zu erzählen, was er herausgefunden hat. Das Opfer heißt Margot Schneider und betreibt – oder genauer: betrieb – auf der Insel einen Babysitterservice, die *Strandküken.* Die Feriengäste des Hauses, in das eingebrochen wurde, hatten Frau Schneider heute Abend zur Betreuung ihrer Kinder gebucht, weil sie essen gehen wollten. Als sie aus dem Restaurant zurückkamen, fanden sie die Terrassentür aufgebrochen vor, Frau Schneider lag vor dem Kamin, erschlagen mit dem Schürhaken, der noch neben ihr lag. Die Kinder hatten von alldem nichts mitbekommen und schliefen tief und fest.

Ich bin ziemlich beeindruckt von Janis' Rechercheergebnis.

»Und das hast du alles in nicht mal einer halben Stunde herausgefunden? Wahnsinn!«

»Tja, ich lerne eben bei der Besten.« Er dreht den Kopf zur Seite und grinst. »Und ich hatte auch das Glück des Tüchtigen. Als ich zur Rückseite des Hauses geschlichen bin, konnte ich durch die hell erleuchteten Fenster alles ziemlich gut sehen. Es war schon krass, direkt vor dem Kamin lag noch die Tote. So ganz nah ran konnte ich nicht, aber dass die Dame nicht mehr lebt, konnte man auch auf die Entfernung erkennen. Moment, ich zeige es dir.«

Janis fährt rechts ran und holt sein Handy aus der Hosentasche.

»Hast du das etwa fotografiert?«, frage ich.

»Na klar. Nur auf mein Gedächtnis wollte ich mich später nicht verlassen. Wieso?«

»Weiß nicht. Ist das nicht irgendwie ein bisschen ... geschmacklos?«

»Also wenn du die Bilder nicht sehen willst«, sagt Janis und lässt den Satz einen Moment in der Luft hängen.

»Nein, nein«, beeile ich mich zu sagen, »entschuldige. Journalistisch betrachtet hast du natürlich vollkommen recht. Zeig mal.«

Janis tippt auf dem Display herum und reicht mir schließlich sein Handy.

»Hier. Sind zehn Fotos oder so, einfach immer nach rechts wischen. Sind natürlich etwas dunkel, ich konnte schließlich nicht mit Blitz arbeiten.«

Das erste Foto ist ein bisschen unscharf, die weiteren sind aber gut zu erkennen. Sogar erstaunlich gut. Wenn man sie größer zieht, sieht man alle Details. Die Fotos zeigen einen großzügigen Wohn-Essbereich, der äußerst geschmackvoll und teuer eingerichtet ist. Oder besser: eingerichtet war. Denn es ist deutlich zu erkennen, dass an der Wand nur noch die Bilderhaken sind. Da haben die Einbrecher offenbar fette Beute gemacht. Und dann, auf dem dritten Foto, das einen anderen Ausschnitt des Raumes zeigt, sehe ich die Frau liegen. Lang hingestreckt, ihr dunkler Rock ist bis zu den Oberschenkeln hochgerutscht. Um ihren Kopf herum zeichnet sich ein großer, dunkler Fleck ab, ihre grauen, lockigen Haare sind auf der einen Seite ebenfalls dunkel verfärbt.

»Ist das etwa Blut?«, frage ich entsetzt.

»Ich schätze schon. Schöner konnte ich das nicht fotografieren. So sieht das eben aus, wenn dir jemand eine Metallstange über den Kopf brät«, stellt Janis trocken fest. Tatsächlich liegt am Rand der Blutlache eine gebogene Stange. Das muss der Schürhaken sein. Mir wird ein bisschen flau. Der Anblick von Toten ist nichts, an das ich mich gern gewöhnen möchte.

»Wo ist denn der Kamin selbst?«

»Den konnte ich nicht fotografieren, denn dann hätte ich mich so hinstellen müssen, dass der Lichtkegel der Außenbeleuchtung mich gestreift hätte. Das war mir zu gefährlich.«

»Auf den Fotos ist ja auch so genug zu erkennen. Gut gemacht!« Ich betrachte die Fotos noch mal genauer. »Apropos erkennen: Woher weißt du eigentlich, wie die Tote heißt? Und dass sie die Babysitterin war? Ein Arbeitsvertrag liegt schließlich nicht neben ihr.«

Janis kichert.

»Der war gut! Allerdings auch ein bisschen geschmacklos, um mal deine Kritik von eben aufzugreifen. Nein, die Infos habe ich von einem der Nachbarn. Ein älterer Herr mit Dackel machte gerade seine Hunderunde, als ich vom Grundstück kam. Ich glaube, er hielt mich erst für einen der Beamten.«

Ich mustere Janis von der Seite.

»Also, um einen Mittzwanziger mit schwarzem Hoodie und schwarzer Jeans für einen Polizeibeamten zu halten, muss man ziemlich fehlsichtig sein.«

»Wieso? Ich könnte doch ein Beamter in Zivil sein. Ist auch egal, ich habe mich dann nämlich brav als Journalist vorgestellt und ihn gefragt, ob er mir ein paar Fragen beantworten könnte. Damit war er einverstanden. Ich hatte sogar den Eindruck, dass er ganz froh war, mit jemandem über die Frau reden zu können. Er war einigermaßen aufgeregt.«

»Das glaube ich. Würde mir vermutlich auch so gehen. Und, was hat der Dackelbesitzer gesagt?«

»Na ja, er hatte schon mitbekommen, dass in der Nachbarschaft ein Verbrechen geschehen war. Er hat die ganzen Blaulichter gesehen und ist zu dem Haus rüber. Da standen die Eltern der Kinder, auf die Frau Schneider aufgepasst hat, völlig unter Schock vor der Tür und haben ihm erzählt, was passiert ist.«

»Woher wusste er denn, dass es sich bei der Toten um Frau Schneider handelt?«

»Ganz einfach: Er hatte sich mit ihr unterhalten, als sie den Dienst antrat. Da war er nämlich auch gerade mit dem Dackel unterwegs. Und er kannte die Dame bereits von vorherigen Einsätzen. In der Siedlung stehen sehr viele Ferienhäuser, und entsprechend häufig sind Urlauberfamilien zu Gast, die einen Babysitter engagieren. Den buchen sie über die Resortverwaltung bei einer Frau Meyer, und die wiederum ruft bei den *Strandküken* an. Frau Schneider schickte dann entweder eine Mitarbeiterin oder kam selbst. So hatte sie das Herrn Trulsen mal erklärt.«

»Wer ist Herr Trulsen?«

»Der Dackelbesitzer.«

»Hast du dir seine Nummer geben lassen? Scheint ja ein guter Beobachter zu sein. Könnte Sinn machen, sich noch mal mit dem zu unterhalten.«

»Natürlich, Chefin! Ich mach meinen Job schließlich auch nicht erst seit gestern.«

Ich klopfe Janis von der Beifahrerseite aus auf die rechte Schulter.

»Bist einfach mein Starreporter! Und hat Trulsen noch mehr erzählt?«

»Ja, wie ich schon sagte, er war ziemlich gesprächig. Er hat von den anderen drei Einbrüchen in Zirnow berichtet. Da war nie jemand im Haus. Entweder weil die Urlauber schon abgereist waren, oder weil die Bewohner abends unterwegs waren. Nur diesmal stand das Haus eben nicht leer.«

»Interessant. Und tragisch. Die Einbrecher haben sich vermutlich getäuscht und gedacht, dass sie ungestört sein würden. Das Haus liegt ja etwas abseits, so direkt am Haff.«

Janis nickt.

»Dieser Bruch ist mit Sicherheit nicht so gelaufen, wie die Einbrecher sich das vorgestellt haben.«

»Und hat die arme Frau das Leben gekostet«, ergänze ich. »Sie wird die Einbrecher überrascht haben, die haben die Nerven verloren und sie mit dem Nächstbesten, das sie zu fassen bekommen haben, erschlagen.«

»Fall gelöst«, stellt Janis trocken fest und steckt sein Handy wieder ein. »Brauchen wir nur noch die Bande, dann haben wir auch die Mörder.«

Kriminalistik kann so einfach sein!

»Kannst du mich auf dem Rückweg von Kamminke vielleicht einfach im Sender absetzen?«

Janis wirft mir über die Schulter einen schnellen Blick zu.

»Was willst du denn um diese Uhrzeit im Sender? Es ist schon halb eins.«

»Ich dachte, ich produziere noch schnell ein Nachrichtenstück, das Markus gleich morgen früh senden könnte. Dann wären wir wirklich die Ersten mit diesen News!«

»Verstehe ich nicht. Das sind wir doch sowieso. Außer uns waren keine anderen Reporter da, Lorenz und Co. sind notorisch schweigsam. Also selbst wenn die gleich morgen früh eine

Pressemitteilung raushauen, sind wir safe. Dafür musst du jetzt nicht mehr in den Sender eiern.«

»Ich will es aber bringen, *bevor* eine Pressemitteilung rausgeht.«

Für diese Bemerkung ernte ich einen verständnislosen Blick von Janis, der dafür extra den Kopf in meine Richtung dreht.

»Warum?«

»Aus Gründen.«

»Aha. Kleiner Wettkampf mit dem Kommissar?«

Dazu sage ich nichts. Wir passieren das Ortsschild von Kamminke, und Janis hält vor einem Haus, dessen erster Stock noch hell erleuchtet ist. Ich öffne die Beifahrertür und höre sofort laute Partymucke.

»Ich glaube, bei Helenas Freunden ist noch richtig Stimmung«, stelle ich fest. »Weißt du was? Jetzt störe ich dich nicht länger, sondern rufe mir gleich ein Taxi. Dann kannst du mit Helena weiterfeiern. Nicht dass sie noch sauer wird.«

»Nee, keine Sorge. Sie weiß ja, was mein Job so mit sich bringt.«

Das ist richtig. Schließlich hat Helena Janis bei unserem letzten Fall kennengelernt, sie kann also nicht behaupten, er habe ihr verschwiegen, dass er ziemlich unregelmäßige Arbeitszeiten hat.

»Trotzdem. Ich komm noch kurz hoch und warte auf das Taxi, dann bist du mich los.«

*

Kurz hoch trifft die Sache nicht ganz, es dauert etwas länger. Als ich um halb zwei Uhr endlich im Taxi sitze, bin ich eigentlich nicht mehr sauer genug auf Kay, als dass ich es noch in die Redaktion schaffen würde, um ihm mit einem sehr frühen Beitrag über den Einbruch und Margot Schneider eins auszuwischen. Viel lieber möchte ich in mein Bett und endlich schlafen. Mein hübsches Kleid ist nicht mehr ganz so hübsch, weil ich mir den Kaffee, den mir die Freundin von Helena netterweise noch gekocht hat, über den Rock gekippt habe, anstatt ihn zu trinken, und meine Frisur konnte ich auch nur noch mit einem Haargummi retten. Mit anderen Worten: Zeit, nach Hause zu kommen. Sollen doch die anderen Zeitungen und Sender morgen die gleiche Geschichte machen wie wir. Egal. Ich werde dranbleiben, wenn die anderen sie alle schon wieder vergessen haben, und dann werde ich am Ende zusammen mit Adam Zielinski einen echten Scoop landen und den Fall aufklären, bevor Kay oder Janine oder de Santis auch nur den Hauch einer Ahnung von den Tätern haben. So!

»Da vorne?« Der Taxifahrer reißt mich aus meinen Gedanken.

»Äh, ja, genau. Am *Inseltreff.*«

Die Leuchtreklame vom Treff ist noch an, der Taxifahrer kann also auf Sicht fahren. Er stoppt kurz, ich drücke ihm Bargeld in die Hand und steige aus. Was für ein Abend!

Als ich fast am Seiteneingang zu meiner Wohnung angelangt bin, löst sich ein Schatten aus der Nacht und kommt auf mich zu. Vor Schreck springe ich einen Schritt zur Seite. Wer ist das?

Beim näheren Hinsehen erkenne ich die Silhouette. Es ist Kay.

»Da bist du ja endlich!«

Ich bleibe stehen.

»Was machst du hier?«, frage ich, und als ich es ausspreche, merke ich, dass ich es auch so meine. Was macht der hier? Er lacht, aber es klingt unsicher.

»Na ja, eigentlich hatten wir heute Abend ein Date.«

Eben war ich noch todmüde, jetzt bin ich wieder hellwach.

»Stimmt, wir hatten ein Date. Aber wenn ich mich recht entsinne, fand das ein ziemlich abruptes Ende. Und ein Unfreundliches noch dazu.« Ich werde gar nicht laut, aber meine Stimme klingt kühl.

»Ich weiß. Und das tut mir auch leid. Und ich weiß auch, dass ich manchmal bei meinem Job echt übers Ziel hinausschieße. Ich bin eben ein alter Streber.«

Oh. Völlig neue Töne. Ich bin schlagartig besänftigt.

»Na ja«, sage ich, »ich bin auch nicht die Pflegeleichteste. Ich verstehe, dass du mich heute nicht einfach mit ins Haus nehmen konntest. Vor allem, wenn deine Chefin daneben steht. Diese Frau de Santis ist doch deine Chefin, oder?«

»Sie ist die Staatsanwältin, also so in der Art, ja.«

»Aha.« Mehr fällt mir dazu nicht ein, aber ihm auch nicht. Wir stehen also voreinander, und keiner von uns beiden sagt etwas. Neben mir wird die Tür vom Gastraum nach draußen geöffnet. Katja streckt den Kopf heraus.

»Franzi? Bist du das?« Dann sieht sie Kay. »Oh, hallo, Herr Lorenz. Ich wollte gar nicht stören. Hab nur ein Geräusch gehört und dachte, ich schau mal nach.«

»Hallo, Frau Scholz. Ich wollte Frau Mai nur noch etwas vorbeibringen. Bin auch gleich wieder weg.«

Katja nickt und schließt die Tür.

»Du wolltest mir etwas vorbeibringen?«, frage ich überrascht. »Was denn?«

»Ja, also, hier.« Er drückt mir einen zusammengefalteten Zettel in die Hand. Ich nehme ihn, falte ihn auseinander und streiche ihn glatt. Ist das ein Brief? Nein. Der Text hat eine Überschrift. *PRESSEMITTEILUNG* heißt es dort in einer ziemlich ordentlichen Handschrift.

»Was ist das?«, will ich wissen.

»Na ja, steht doch drüber.« Kay lächelt. »Unsere Pressemitteilung ist doch schon früher fertig geworden, als ich dachte. Frau de Santis hat sie gerade noch freigegeben, du kannst sie also verwenden.«

Ich überfliege den Text.

Pressemitteilung der Kriminalpolizei Anklam

Heute Nacht kam es zu einem Tötungsdelikt auf der Insel Usedom, Landkreis Vorpommern-Greifswald. In Neu-Zirnow wurde um 23:00 Uhr die Leiche einer 68-jährigen Loddinerin entdeckt. Vorangegangen war dem Gewaltverbrechen offenbar ein Einbruchsdiebstahl. Die Tote wurde von Feriengästen entdeckt, die das Haus in Zirnow angemietet und das Opfer als Betreuung für ihre Kinder beschäftigt hatten. Der Einbruch steht offenbar im Zusammenhang mit einer Reihe von ähnlichen Delikten, die in den letzten Wochen auf der Insel verübt wurden. Über die Schadenshöhe infolge des Einbruchs gibt es noch keine näheren Angaben, die Mordkommission Kriminalpolizei Anklam hat die Ermittlungen aufgenommen.

»Verstehe ich das richtig? Du hast das heute Nacht noch auf einen Zettel geschrieben und deiner Chefin unter die Nase gehalten?«

»So ungefähr.«

»Damit ich sofort darüber berichten kann? Noch vor allen anderen?«

»Kommt drauf an, wann die anderen in die Redaktion geschlendert kommen. Ich gebe das jedenfalls gleich morgen früh unserer Pressesprecherin, damit sie es einmal über ihren Verteiler jagt. Alle haben eine faire Chance zur Berichterstattung. Könnte natürlich sein, dass die an einem Sonntagmorgen um acht Uhr noch nicht jeder wahrnimmt.«

Kay lächelt, dann wird aus seinem Lächeln ein Grinsen. Ich schüttle den Kopf.

»Aber ein bisschen irre bist du schon, oder?«

»Nein, ich bin nur einfach besonders pflichtbewusst. Der Dienstweg muss unbedingt eingehalten werden.«

»Sagtest du nicht, dein Vater sei Kubaner? Besonders karibisch klingt das mit dem Pflichtbewusstsein nicht.«

»Da täuschst du dich, und das mit den nachlässigen Kariben ist einfach ein nicht auszurottendes Vorurteil. Auf Kuba ist der Dienstweg sogar besonders lang.«

Dazu würde ich gern etwas wahnsinnig Geistreiches sagen, aber stattdessen muss ich leider sehr herzhaft gähnen.

»Oh, du bist müde«, stellt Kay fest. »Ich lass dich dann jetzt mal schlafen. Und freue mich schon auf deinen Beitrag dazu im Radio.«

Er nickt mir zu, dann dreht er sich um und ist schon verschwunden. Was für ein seltsamer Auftritt! Trotzdem bin ich sehr beschwingt, als ich endlich die Treppe zu meiner Wohnung im ersten Stock hochlaufe. Ach was. Hochschwebe!

13

Raimund ist in seinem Glück, als er um neun Uhr auf einmal vor meinem Schreibtisch steht. An einem Sonntag! Aber ich weiß genau, warum: Ich habe mich nämlich heute morgen – Sonntag hin, Sonntag her – um Viertel vor sieben aus dem Bett hochgerappelt, war um halb acht in der Redaktion und hatte um Viertel vor acht einen kleinen Beitrag für die Acht-Uhr-Nachrichten produziert. Den hat Raimund offenbar unter der Dusche gehört und dann gleich beschlossen, mir Gesellschaft zu leisten.

»Franzi, ich muss schon sagen, du hängst dich voll rein. Gefällt mir!«, lobt mich mein Chef. »Und vor allem gefällt mir, dass wir mit dieser Meldung die allerersten im Sendegebiet sind.« Er gibt ein meckerndes Kichern von sich, das wohl Freude ausdrücken soll. »Wobei ich mir gerade die Frage stelle, wie du es geschafft hast, um acht Uhr einen Bericht zu einer Meldung zu machen, die erst um ebenfalls acht Uhr über den Presseverteiler gekommen ist.«

Jetzt bin ich es, die kichert.

»Tja, Chef. Ich wusste es eben schon den entscheidenden Hauch früher. Aber *never reveal your sources*, zu meiner Quelle darf ich leider nichts sagen.«

»Schon gut. Ich kann mir denken, woher du es hast. Insofern ist es echt praktisch, dass zum Einbruch jetzt noch ein Mord hinzugekommen und endlich Kommissar Lorenz zuständig ist.«

Ich schüttle mich demonstrativ heftig.

»Raimund, also wirklich! Wie pietätlos von dir!«

»Ach was, das Mordopfer ist mausetot, das wird es nicht mehr stören.« Er schaut sich in meinem Büro um. »Tatsächlich niemand außer der Nachrichtenredaktion und dem Moderator hier heute früh? Also, und natürlich du und ich?«

Seine Frage überrascht mich.

»Nein, wieso? Ist immerhin Sonntag.«

»Stimmt, du hast recht. Und musst du gleich wieder nach Hause?«

»Nee, ich dachte, ich arbeite mal ein paar Sachen weg, wenn ich schon hier bin. Ich gucke gleich mal, ob noch was im Briefkasten ist. Ein, zwei Stündchen bin ich wohl noch da. Warum?«

»Weil ich Brötchen mitgebracht habe. Wobei, Brötchen sind es eigentlich nicht, sondern Natas. Du weißt schon, diese portugiesischen Dinger mit Vanillepudding. Ich koche jetzt mal einen Kaffee und decke den Tisch in der Teeküche.«

Hoppla, nehmen wir gerade an einem Wettbewerb teil? So etwas wie *Bester Arbeitgeber im Norden? Beliebtester Chef von allen? Great place to work?*

»Danke, Raimund, gibt es was zu feiern?«

»Nein, nein, war nur eine spontane Idee von mir. Meine Frau ist zu Besuch bei ihrer Mutter, ich bin also Strohwitwer und dachte, ich kann euch mal was Gutes tun. Ich bau das eben auf, dann verschwinde ich wieder. Und du mach auch mal nicht so lang, du Starreporterin!«

Das ist aber eine sehr nette Idee von Raimund, ein Frühstück ohne Hintergedanken. Ich gönne mir also ganz in Ruhe erst mal einen Kaffee und ein Nata, bevor ich mich auf den Weg zum

Briefkasten mache. Unter der Woche sortiert Sonja, die unsere Empfangsdame und Raimunds Sekretärin in Personalunion ist, die Zuschriften an uns in unsere Postfächer, dort können wir sie uns herausholen. Das meiste erreicht uns natürlich mittlerweile per Mail, aber ein paar Briefe sind es schon noch, die mit der Post kommen. Die bringt der Bote entweder direkt zum Empfang oder steckt sie in den großen Briefkasten, der neben dem Eingang zum Sender angebracht ist. Viel ist es Gott sei Dank nicht, was ich dort finde und anschließend auf die Postfächer verteile. Ein bisschen Werbung sowie ein paar große und kleine Umschläge.

Tatsächlich ist auch für mich etwas dabei, drei Briefe und ein DIN-A4-Umschlag, den offenbar jemand direkt in den Briefkasten gesteckt hat. Jedenfalls ist er nicht frankiert und trägt keine vollständige Adresse, nur mein Name ist in einer Kinderschreibschrift auf den Umschlag gekritzelt, der mit Tesafilm zugeklebt ist. Hat mir da ein Kind geschrieben? Das passiert selten, was gut ist, denn ich bin nicht besonders gewandt im Beantworten von Zuschriften unserer ganz jungen Hörerinnen und Hörer. Kinder wollen es ja oft ganz genau wissen, und dafür fehlt mir eindeutig die Geduld. Ich lege den Umschlag also erst mal zur Seite und öffne die anderen Briefe.

Der erste Absender möchte bei einem Streit mit seinem Vermieter von uns Problemlösern unterstützt werden. Ich lege seinen Brief in mein Ablagekörbchen, das mit dem Aufkleber *neue Fälle* gekennzeichnet ist. Da wir gerade mit der Einbruchsserie einen dicken Fall in der Mache haben, muss ich erst mal mit Janis besprechen, wann und wie wir uns wieder um andere Fälle kümmern können. Der zweite Brief ist eine Beschwerde. Die Absenderin fand meinen letzten Beitrag über die Einbrüche wohl zu ausgewogen. Jedenfalls enthält das Schreiben ziemlich viele Verweise auf Ausländer in der Kriminalstatistik, und das Wort »Lügenpresse« kommt in dem eigentlich kurzen Text auch erstaunlich oft vor. Es scheint so, als habe sie den Brief an Gott und die Welt geschickt, und als ginge es ihr gar nicht nur um meinen Beitrag, sondern vor allem um die Berichterstattung der gesamten »linken Medien«. Ich verbuche das mal unter »offener Brief«. Solche beantworten wir grundsätzlich nicht, denn wenn wir noch die offenen Mails zu dieser Kategorie dazuzählen, bekommen wir einfach zu viele davon, um sie einzeln zu beantworten. Ich lege den Brief aber trotzdem zur Seite und beschließe, ihn später Raimund zu geben. Vielleicht will er sich als Wellenchef eingehender damit befassen. Der dritte Brief wiederum ist vom Adressatenkreis offensichtlich ganz ähnlich gehalten wie Brief Nummer zwei, allerdings werden wir »Medienleute« in diesem beschuldigt, durch unsere »sensationsgierige Berichterstattung« die Polarisierung im Land noch voranzutreiben und den Fremdenhass zu schüren. Ich nehme das mal als Bestätigung, dass wir mit unserer Berichterstattung genau in der goldenen Mitte liegen, und lege ihn ebenfalls zur Post für Raimund.

Dann schnappe ich mir den großen Umschlag, ziehe den Tesastreifen ab und greife hinein. Nanu, ist der leer? Meine Hand findet jedenfalls kein Blatt. Ich schaue in den Umschlag – nichts. Um auf Nummer sicher zu gehen, drehe ich ihn um und schüttle ihn kurz. Jetzt fällt ein kleiner Zettel aus dem Umschlag. Nein, eigentlich ist es nur ein Papierstreifen, vielleicht 1 cm hoch und 5 cm lang. Auf ihm steht, ebenfalls in dieser krakeligen Kinderhandschrift, eine Zahlenkombination: 53 52 16 0 – 14 08 38 1. Ich drehe den Streifen um und entdecke, dass auch die Rückseite beschriftet ist: 2200. Was soll das sein? Eine sehr lange Telefonnummer mit Vorwahl? Die Lottozahlen für Samstag und Mittwoch samt Superzahl? Ich wende den Streifen zwischen den Fingern und überlege, was ich damit anfangen soll. Wenn hier jemand meine Fähigkeit zu kombinieren auf die Probe stellen will, erwischt er mich nicht gerade in Höchstform, denn ein bisschen müde bin ich nach dem gestrigen Abend schon. Aber vielleicht finde ich es schnell heraus. Ich google also die ersten Ziffern und stelle fest, dass 0053 die Vorwahl von Kuba ist. Eine kubanische Telefonnummer? Ist das vielleicht irgendein versteckter Hinweis auf Kay Lorenz? Immerhin ist das der einzige Mensch, den ich kenne, der irgendetwas mit Kuba zu tun hat. Da ruf ich doch glatt an. Mal sehen, wer da ans Telefon geht. Ich greife zum Hörer und wähle auf gut Glück – und habe sofort nach dem letzten Wählton Adam Zielinski am Telefon!

»Hallo, Franzi«, begrüßt er mich.

»Was machst du auf Kuba?«, frage ich völlig perplex.

»Kuba? Ich bin in Świnoujście. Ist zwar auch auf 'ner Insel, nur deutlich nördlicher.«

»Aber ich erwische dich doch gerade unter einer kubanischen Nummer!« Jetzt bin ich völlig verwirrt.

»Nein, wieso? Ich habe dich angerufen, nicht umgekehrt.«

Jetzt dämmert mir, dass der Anruf von Adam eingegangen ist, als ich den Hörer zum Wählen abgehoben habe. Ich muss lachen.

»Was ist daran so witzig?«, will Adam wissen.

»Ach nichts. Nur ein lustiger Zufall. Was gibt's?«

»Na ja, zum einen: Ich habe vorhin deinen Bericht gehört! Hat es wirklich einen Mord gegeben? Das ist ja schrecklich!«

»Ja, das ist es«, bestätige ich. »Die arme Frau hat die Einbrecher vermutlich überrascht, und dann sind denen die Sicherungen durchgebrannt. Sie wurde mit einem Schürhaken erschlagen.«

Ich kann Adam schwer schlucken hören, dann räuspert er sich.

»Wie grausam! Umso wichtiger, dass diese Bande endlich geschnappt wird. Ich hoffe und glaube, wir können dazu beitragen«, sagt Adam, »und damit komme ich auch zu meinem anderen Punkt.«

»Nämlich?«

»Ich habe etwas herausgefunden, von dem ich denke, dass es wichtig sein könnte.«

»Oh, was denn?« Sofort bin ich nicht mehr ganz so müde.

»Ich würde es dir gern bei einem Kaffee zeigen. Hast du jetzt Zeit?«

»Ja, ich habe hier eigentlich nichts mehr zu tun.«

»Dann komme ich diesmal zu dir. Treffen wir uns in der Redaktion? Oder lieber im Café?«

»Komm ruhig in den Sender. Es gibt sogar etwas Süßes zu essen. Zwar keine Schokotörtchen, aber es geht schon in die richtige Richtung.«

*

Eine halbe Stunde später taucht Adam im Sender auf. Ich biete ihm einen Platz im Konferenzraum an, der deutlich ordentlicher als mein Büro aussieht, und hole ihm und mir einen Kaffee und die restlichen Natas. Er bedankt sich und greift zu.

»Jetzt bin ich aber gespannt«, sage ich, als wir alle Küchlein vernichtet haben. »Was hast du rausgefunden?«

Adam sagt nichts, sondern holt eine Mappe aus der braunen

Ledertasche, die er mitgebracht hat. Er legt sie auf den Tisch vor mich.

»Darf ich?«, frage ich, und als er nickt, schlage ich die Mappe auf. Es sind bedruckte Blätter, aber ich erkenne nicht gleich, was sie zeigen. »Was ist das?«, will ich deshalb von Adam wissen.

»Das sind Ausdrucke von Screenshots. Die Seite heißt *Sparfuchs,* gewissermaßen ein Lokalblatt für Usedom.«

»Den *Sparfuchs* kenne ich. Den habe ich als Wochenblatt mittwochs im Briefkasten. Ich nehme mir jedes Mal vor, so einen *Bitte-keine-Werbung*-Aufkleber zu besorgen. Vergesse ich dann aber immer gleich wieder.«

»Was ist denn ein *Bitte-keine-Werbung*-Aufkleber?«, erkundigt sich Adam.

»Gibt es den in Polen nicht? In Deutschland ist es verboten, Werbung in Briefkästen zu stecken, die diesen Aufkleber tragen«, erkläre ich ihm. »Wenn sich der Austräger nicht daran hält, kannst du die Zeitung verklagen.«

Adam schüttelt grinsend den Kopf.

»Ihr Deutschen seid manchmal echt seltsam. Die Zeitung wegen der Werbung zu verklagen, ist schon ganz schön kleinkariert. Schmeißt das Zeug doch einfach weg, wenn es euch stört!«

»Mach ich ja. Aber das ist doch Papierverschwendung und damit Umweltzerstörung, wenn einfach sinnlos Zeitungen gedruckt werden, die die Leute gar nicht haben wollen.«

Ich bin offenbar ein klitzekleines bisschen lauter geworden, jedenfalls guckt Adam etwas verschreckt und legt beschwichtigend seine Hand auf meinen Unterarm.

»Ist ja gut, ist ja gut! Lass uns nicht streiten. Guck dir lieber mal an, was auf den Seiten steht, die ich mitgebracht habe.«

»Klar. 'tschuldigung«, murmle ich und nehme das erste Blatt

hoch, um es genauer zu betrachten. Es ist eine Seite mit Kleinanzeigen, ganz so, wie sie auch in der gedruckten Ausgabe vom *Sparfuchs* vorkommen. Eine Anzeige hat Adam mit einem gelben Leuchtstift markiert:

Hermesfreunde. Bitte rechtzeitige Anmeldung zur Exkursion nach Zinnowitz. Chiffre 4711

Verständnislos schaue ich Adam an.

»Ja und? Klingt nach Touris, die einen Ausflug planen. Oder irgendwie nach Volkshochschule. Was findest du denn daran auffällig?«

»Guck dir erst mal die anderen Blätter an«, gibt sich Adam geheimnisvoll. Ich lese mir die nächsten Ausdrucke durch. In jedem ist eine Anzeige markiert.

Hermesfreunde. Bitte rechtzeitige Anmeldung zur Exkursion nach Heringsdorf. Chiffre 6932

Hermesfreunde. Bitte rechtzeitige Anmeldung zur Exkursion nach Zirnow. Chiffre 4481

»Siehst du jetzt, was ich meine?«

»Hm, ich bin mir nicht sicher – du denkst, diese Anzeigen haben etwas mit den Einbrüchen zu tun? Wegen der Orte? Zinnowitz, Heringsdorf, Zirnow?«

»Bingo! Genau so muss es sein! Ich habe für fast jeden Einbruch so eine Anzeige gefunden. Immer genau zwei Tage, bevor der Bruch stattgefunden hat. Das kann kein Zufall sein. Abgesehen davon – Zirnow ist ein Nest. Welche Art von Exkursion soll da wohl stattfinden? Nein, ich bin mir sicher – so kommuniziert der Auftraggeber mit der Bande. Und schau mal hier«, er zieht die nächsten Blätter aus dem Stapel und breitet sie vor mir aus. Auch hier sind einzelne Zeilen markiert.

Hermesfreunde: Gelungene Exkursion! Nachbereitung folgt.

Wortgleich, nur unter anderen Daten, steht es noch in den anderen Kopien.

»Und das ist dann wohl die Meldung, dass der Bruch geklappt hat?«, mutmaße ich laut. »Die Nachricht der Bande an den Auftraggeber?«

»Ja, da bin ich mir sicher. Das sind Auftragserteilung und Bestätigung für die gesamte Serie, alles abgewickelt über ein Käseblatt«, stellt Adam im Brustton der Überzeugung fest.

Hm. Klingt einleuchtend. Unauffällig genug ist es auch. Wer liest sich schon so gründlich die Kleinanzeigen dieses Blättchens im Internet durch? Ich bestimmt nicht. Das bringt mich allerdings zu meiner nächsten Frage.

»Schon beeindruckend, Adam. Aber wie bist du darauf gekommen?«

»Ich dachte, dass an deiner Theorie mit dem Kunstraub auf Bestellung was dran sein könnte. Und dann habe ich mich erinnert, was dir dein Kontakt bei der Kripo erzählt hat. Nämlich dass überhaupt keine Handydaten an den Tatorten gefunden wurden. Dafür muss man schon sehr diszipliniert sein, am sichersten ist es vermutlich, wenn man einfach im Umfeld der Aufträge komplett auf Mobiltelefone verzichtet. Also habe ich überlegt, wie die Bande ohne Handys wohl mit ihren Auftraggebern kommunizieren könnte.«

»Ohne Handy?«, frage ich nach. »Das kann ich mir nicht vorstellen. Wie soll das gehen? Festnetz ist doch noch leichter zu überwachen.«

»Braucht man auch nicht. Denn mir ist wieder eingefallen, wie das Hahn, Meyer und Ahrens gemacht haben: über Facebook. Vielleicht wäre also das Internet die perfekte Kommunikationsplattform, um unerkannt zu bleiben. Du kannst dich auf Usedom in fast allen Hotels oder Cafés an einem fremden Rechner einloggen und dann deine Gruppe, dein Forum oder was auch immer ansteuern. Ich musste nur noch die Plattform finden, auf der sich die Kriminellen unauffällig austauschen konnten. Und das war eigentlich ganz einfach. Mit Google. Ich habe die Ortsnamen eingegeben und mit verschiedenen Begriffen herumprobiert wie Kunst, Gemälde oder Skulptur. Ohne Ergebnis. Dann habe ich versucht, ein bisschen um die Ecke zu denken. Und ich kam auf Hermes. Damit hat es sofort geklappt – ruck, zuck, hat mir Google diese Seiten ausgespuckt. Erst die mit den Ortsnamen und dann auch alle mit *Hermes* im Text. Da habe ich die Bestätigungen gefunden.«

»Hermes?« Der Mann spricht in Rätseln. »Wie kamst du ausgerechnet auf Hermes? Wie weit um die Ecke muss man denn da denken?«

»Gar nicht so sehr weit. Hermes ist der Gott der Diebe. Und der Kunsthändler.«

14

»Sagtest du nicht, du müsstest heute staubsaugen?« Ich gebe zu, es gibt charmantere Begrüßungen. Aber dass Kay Lorenz ausgerechnet dann in der Redaktion aufkreuzt, wenn ich mit Adam einen Masterplan zur Aufklärung der Einbruchsserie entwickle, passt mir ganz und gar nicht. Gerade haben wir besprochen, dass ich de Jong anrufen und ein bisschen Druck wegen der Skulptur machen werde. Dann wiederum kontaktiert ihn Adam und gibt sich als undurchsichtiger Zwischenhändler aus, der angeblich über einen Kumpel von meinen Plänen erfahren hat. Ich bin zwar einigermaßen skeptisch, ob sich de Jong so leicht ködern lässt, aber Adam ist sich sicher, dass die Gier siegen wird.

»Staubsaugen?«, wiederholt Kay, überrascht von meinem kühlen Empfang. »Nein, das habe ich gestern vor unserem Date gemacht. Staub gesaugt und Wäsche gewaschen. Ich wollte dir ein bisschen Gesellschaft leisten und habe uns ein paar frische Brötchen mitgebracht, wenn du Arme schon an einem Sonntag arbeiten musst.« Dann wirft er einen Blick auf den Besprechungstisch und bemerkt die benutzte Kaffeetasse. »Hast du schon Besuch?«

»Ich *hatte* Besuch. Er ist gerade gegangen.«

Tatsächlich ist Adam ziemlich schnell aufgebrochen, nachdem Kay sein Kommen telefonisch angekündigt hat.

»Du, wenn dein Kommissar hier aufkreuzt, will ich nicht stören«, hatte er gesagt und ließ sich auch nicht durch den Hinweis, dass Kay nicht *mein* Kommissar sei, aufhalten. Sehr schade! Es wurde gerade richtig spannend.

»Und wer war dein Besuch?«, will Kay sofort wissen.

»Adam Zielinski. Adam ist ein Kollege aus Polen. Er beleuchtet die Einbruchsserie und das ganze Drumherum aus polnischer Sicht, weil es hier auf Usedom doch einige Vorurteile hinsichtlich der möglichen Täter gibt.«

Kay verschränkt die Arme vor der Brust.

»Aha. Ein Kollege.«

»Ja, genau. Adam und ich sind Teil eines internationalen Recherchenetzwerkes. Ich bin mir sicher, wir sind da einer großen Geschichte auf der Spur.«

»Solange ihr euch dabei im Rahmen der Gesetze bewegt, soll es mir recht sein«, erwidert Kay. »Aber ich fahr dann besser mal wieder, du bist ja mit eurer *großen Geschichte* beschäftigt, und da will ich nicht stören.«

»Bleib ruhig da«, sage ich. Dann lächle ich möglichst liebreizend. »Und nun guck nicht so genervt, sondern trink einen Kaffee mit mir.«

»Ich bin nicht genervt! Es ist nur so: Mit einer Journalistin, die in meinen Ermittlungen rumfuhrwerkt, kann ich gerade noch so leben. Aber wenn jetzt noch ein angeblicher Kollege dazukommt, dann geht das eindeutig zu weit.«

»Aber…«, will ich ihn unterbrechen.

»Und jetzt komm mir bitte nicht wieder mit der Pressefreiheit«, schnaubt er, »die steht hier gar nicht zur Diskussion. Was mich einfach nervt, ist die Tatsache, dass du bei mir so ein Theater machst, wenn ich dich nachvollziehbarerweise nicht bei jedem Schritt in meinem Job dabeihaben kann, du dich aber umgekehrt hier heimlich mit einem anderen Journalisten triffst und ihr fröhlich an mir vorbeirecherchiert! In *meinem* Fall!«

Langsam werde ich sauer.

»Das stimmt doch gar nicht. Im Übrigen geht es hier gar nicht um *deinen* Fall, denn das ist doch wohl der Mord an der Kinderfrau. *Mein* Fall hingegen ist eine beispiellose Serie von Kunstdiebstählen, und da ihr da noch völlig im Dunkeln tappt, kann man wohl kaum davon reden, dass ich versuche, auf verbotenen Wegen an eure Informationen zu kommen oder euch irgendwie auszuspionieren.«

»Hab ich auch gar nicht gesagt«, schnappt Kay patzig, was ich aber ignoriere.

»Genauso, wie du mir nicht alles von deinem Job erzählst, gilt das übrigens auch umgekehrt«, fahre ich stattdessen fort. »Abgesehen davon, treffe ich mich hier nicht heimlich, sondern ganz offiziell im Besprechungsraum von Bäderland-Radio.«

Kay schnaubt, sagt aber nichts mehr dazu.

»Wie wäre es, wenn wir jetzt aufhören, uns zu streiten, und stattdessen deine Brötchentüte vernichten?«, versuche ich dann, auf ein unverfänglicheres Thema umzusteigen. Kay überlegt kurz, dann entspannen sich seine Gesichtszüge etwas.

»Ja, hast vielleicht recht. Ich will mich auch gar nicht mit dir streiten. Irgendwie hat mich die Vorstellung, dass ein anderer Typ mit dir an dem Fall arbeiten will, gereizt – das schmeckt mir einfach nicht.« Dann grinst Kay. »Und wenn ich dann noch das Gefühl habe, dass ich dich störe, dann …«

Er führt nicht weiter aus, was dann ist. So stoffelig Kay auch sein kann, ich finde ihn irgendwie niedlich, wenn er fast ein bisschen eifersüchtig wirkt. Verraten, was Adam herausgefunden hat, werde ich ihm trotzdem nicht, denn ich bin mir sehr sicher, dass sich Kay umgekehrt von mir auch nicht völlig in die Karten schauen lässt. Da fällt mir allerdings ein, dass ich ja noch etwas habe, bei dem Kay mitraten könnte. Der Papierstreifen aus dem großen Umschlag. Ich weiß zwar nicht, ob der in irgendeinem Zusammenhang mit den Einbrüchen steht, aber immerhin kann ich damit demonstrieren, dass ich Kay sehr wohl auch Material zeige, das er noch nicht kennt und das bedeutsam sein könnte.

»Soll ich uns einen Kaffee holen, und wir packen deine Brötchen aus? Ich habe zwar schon ein paar Natas gegessen, die mein Chef heute früh vorbeigebracht hat, aber Platz für ein Brötchen wäre noch«, schlage ich vor. »Dann kann ich dir auch noch etwas Interessantes zeigen. Glaube ich jedenfalls.«

»Was denn?«, will er wissen.

»Wirst du schon sehen. Komm erst mal mit in die Teeküche und hilf mir tragen.«

Ich setze dort einen neuen Kaffee auf und drücke Kay zwei saubere Becher und Teller in die Hand. Auf dem Rückweg von der Teeküche schnappe ich mir dann noch schnell den Umschlag mit dem Zettel aus meinem Büro. Erst im Besprechungsraum werfe ich einen Blick in die Tüte, die er mitgebracht hat.

»Das sind Franzbrötchen«, erklärt er. »Eine Hamburger Spezialität, gibt es aber auch hier auf Usedom. Habe ich während meiner Zeit in Hamburg kennen- und lieben gelernt und kaufe sie seitdem auch hier regelmäßig.«

Ich ziehe eines der Brötchen aus der Tüte. Es ist ziemlich klebrig und glänzt zuckrig.

»Ist das süß?«

»Ja, ein Hefegebäck mit Zimt und Zucker. Sehr lecker!«

Ich beiße hinein. Nicht schlecht. Das wird eindeutig der

Morgen, an dem ich schon um elf Uhr den Zuckerbedarf der ganzen nächsten Woche zu mir genommen habe.

»So, was hast du denn nun für mich?«, erkundigt sich Kay.

»Hier«, sage ich, ziehe den schmalen Streifen aus dem Umschlag und lege ihn vor Kay auf den Tisch.

»53 52 16 0 – 14 08 38 1«, liest er laut vor. »Was ist das? Eine Telefonnummer?«

»Vielleicht. Der Zettel lag an mich adressiert im Briefkasten. 0053 ist die Vorwahl von…«

»Kuba«, ergänzt Kay. »Ich weiß. Könnte also sein. Für eine deutsche Nummer sind es zu viele Ziffern.«

Kurz entschlossen holt Kay sein Handy hervor, tippt die Nummer ein und wartet ab. Dann schüttelt er den Kopf.

»Nee. *El número marcado no existe.* Heißt so viel wie: *Diese Rufnummer ist uns nicht bekannt.*«

»Oh, du sprichst Spanisch?«

»Leidlich«, grinst er. »Dachte, dass sei ich meinen Urahnen schuldig.« Auf seiner Stirn bilden sich Falten. »Eine IBAN? Eine Kontonummer? Eine Safe-Kombination?«

»Für eine IBAN ist die Nummer zu kurz. Die hat immer 22 Ziffern. Hinten steht übrigens auch noch eine Zahl drauf«, sage ich, und Kay dreht den Zettel um.

»Hm. 2200. Macht die Sache für mich auch nicht klarer«, stellt er fest. »Hast du die Ziffernfolge schon mal bei Google eingegeben? Manchmal landet man da ja einen Glückstreffer.«

»Hab ich schon. So bin ich auf Kuba gekommen. War ansonsten sehr unergiebig.«

»Dann gehen mir jetzt auch die Ideen aus.« Kay zuckt mit den Schultern. »Wie kommst du denn darauf, dass das mit der Einbruchsserie zusammenhängt?«

»Zusammenhängen könnte«, verbessere ich ihn. »Na ja, das ist der große Fall, den wir bei den Problemlösern gerade beackern. Und dazu bekomme ich die meisten Zuschriften. Liegt also nah, dass das eine Botschaft ist, die dazugehört.«

Kay seufzt.

»Wieso können die Leute nicht einfach mal zum Hörer greifen und die diensthabende Kommissarin anrufen, wenn sie was zu sagen haben? Stattdessen werfen sie eine kryptische Nachricht in den Briefkasten irgendeines Radiosenders. Kinners, so macht das keinen Spaß!«

»Was heißt denn hier irgendein Radiosender!«, rufe ich mit gespielter Empörung. »Wir sind die investigative Adresse im hohen Norden – da kann sich der *Spiegel* noch 'ne Scheibe abschneiden!«

Kay lacht.

»Ist ja gut. Verzeih mir diesen Fauxpas!«

Ich lege den Kopf schief und mustere ihn.

»Du kannst ihn wieder ausbügeln, indem du mir erzählst, was du bei deinem Fall inzwischen herausgefunden hast. Den Mord an Frau Schneider, meine ich.«

Kay starrt mich entgeistert an.

»Woher weißt du, wie das Opfer heißt?«

»Ich habe da so meine Quellen.«

»Ich fasse es nicht! Ich habe dich doch die ganze Zeit nicht aus den Augen gelassen! Was weißt du noch?«

Ich verschränke die Arme vor der Brust.

»Nee, mein Lieber – andersherum wird ein Schuh draus. Du wolltest mir erzählen, was du schon herausgefunden hast.«

»Wollte ich das?« Kay kratzt sich am Hinterkopf.

»So in der Art.«

Einen Moment lang sagen wir beide nichts, dann atmet Kay tief durch.

»Also gut. Ich habe den Eindruck, dass ich dir sowieso nicht Neues erzähle. Das Opfer ist Margot Schneider aus Loddin, 68 Jahre alt.«

»Stimmt, das ist mir bekannt«, sage ich und lächle. »Aber erzähl weiter.«

»Frau Schneider betrieb einen Babysitterservice.«

»Ja, die *Strandküken*«, bestätige ich. »Ich hörte davon.«

Kay schnappt nach Luft und will offenbar etwas Böses erwidern, lässt es aber. Ich finde, er hat dazu auch überhaupt keinen Grund. Als er sich wieder gefangen hat, redet er weiter.

»Frau Schneider hat an dem Abend bei Familie Mühlenhoff auf zwei Kinder aufgepasst. Mühlenhoffs verbringen die Sommerferien auf Usedom, das Haus haben sie direkt beim Resort gemietet. Frau Schneider kam um halb sieben, die Eltern verließen um kurz vor sieben Uhr das Haus. Sie hatten einen Tisch in einem Gourmet-Restaurant in Ahlbeck reserviert. Frau Schneider war nicht das erste Mal als Babysitterin bei Familie Mühlenhoff, sondern nach Auskunft des Vaters bereits zum dritten Mal. Sie hatte Anweisung, die beiden Kinder spätestens um halb acht ins Bett zu bringen. Das Kinderschlafzimmer befindet sich im ersten Stock.«

»Um halb acht? So früh gehen Kinder ins Bett? Krass.« Ich bin nicht mal Tante und habe auf dem Gebiet überhaupt keine Ahnung, aber das klingt grauenvoll. Die armen Kinder!

»Na ja, die Kinder von Mühlenhoffs sind noch klein. Zwei und vier Jahre alt, da wird um halb sieben gegessen, um kurz vor sieben kommt das Sandmännchen im Fernsehen, dann Schlafi an, Zähneputzen, ab ins Bett. Noch eine Geschichte vorlesen, dann sollten die Kids aber wirklich schlafen, schließlich will man selbst auch noch was vom Abend haben.«

Ich sehe schon: Hier spricht ein Betroffener.

»Okay. Also halb acht Zapfenstreich. Ab da war Frau Schneider dann alleine im Erdgeschoss, richtig?«

»Genau. Um elf kamen Mühlenhoffs zurück. Sie haben sich schon im Flur über die Unordnung gewundert, die Garderobe war von der Wand gefallen. Sie sind dann weiter ins Wohnzimmer – und da haben sie Frau Meyer gefunden. Ihnen war sofort klar, dass ein Gewaltverbrechen stattgefunden hatte. Sie sind dann in Panik nach oben zu den Kindern gerannt, aber die schliefen Gott sein Dank tief und fest in ihren Betten. Dann haben sie die Polizei angerufen.«

»Und Lamott und die Staatsanwältin waren auch sofort da? Wenn ich bei unserem letzten Fall etwas gelernt habe, dann doch, dass an einem Samstagabend um elf erst mal der Kriminaldauerdienst kommt.«

Kay lacht.

»Respekt! Da hast du gut aufgepasst. Aber da Janine bis vor kurzem noch beim KDD war, haben die Kollegen sie gleich angerufen. Immerhin leitet sie die Ermittlungen zu der Einbruchsserie. Und Janine wiederum hat aus dem Auto gleich Frau de Santis angerufen. So jedenfalls wurde es mir erzählt, denn ich habe mich offen gestanden auch etwas darüber gewundert.«

»Aha – und warum hat Frau Lamott das gemacht?«

Kay hält kurz inne, als würde er überlegen, ob er mir wirklich eine ehrliche Antwort geben soll.

»Weil Janine eine Streberin ist. Tolle Kollegin, aber nichts liebt sie mehr, als bei Vorgesetzten einen guten Eindruck zu machen.« Er verdreht die Augen. »So, und mehr kann ich dir nicht erzählen, weil ich nämlich schlicht selbst noch nicht mehr weiß. Die KTU war hoffentlich gründlich und findet verwertbare Spuren, die Leiche ist in der Gerichtsmedizin – und heute ist Sonntag, und ich habe frei.«

Ich überlege kurz, ob ich ihm jetzt von unseren Erkenntnissen in Sachen Hermesfreunde erzähle. Lieber nicht, schließlich habe nicht ich das herausgefunden, sondern Adam. Und der war ja eben sichtlich darum bemüht, dass Kay auf keinen Fall sehen konnte, was da auf dem Tisch lag. Nein, das kann ich nicht bringen. Das wäre mit Sicherheit das Aus für unser neu entstandenes internationales Recherchenetzwerk.

»Alles gut bei dir?«, fragt Kay.

»Klar, warum?«

»Du schaust so nachdenklich.«

»Nein, alles gut. Ich bin nur ein bisschen müde. Die Nacht war kurz, und ich bin schon seit halb acht im Sender.«

»Dann habe ich jetzt eine ausgezeichnete Idee. Was hältst du von einem kleinen Ausflug? Das Wetter ist Bombe, und wir könnten doch auch mal etwas bei Tageslicht unternehmen. Ich wüsste da was, wo wir hinfahren könnten.«

»Aha. Und wohin?«

»Wird nicht verraten. Komm einfach mit. Ist nicht weit, mit dem Auto vielleicht eine Viertelstunde.«

15

Kay schweigt über unser Ziel zwar eisern, aber so langsam bekomme ich eine Ahnung, wohin die Reise gehen könnte. Allein bei dem Gedanken daran steigt in mir die unangenehme Erinnerung an süßliche Erdbeerbowle und unglaubliche Kopfschmerzen hoch. Lieber Gott, lass es nicht den Wolgastsee sein!

Wir nehmen die linke Abzweigung kurz hinter dem Ortseingang des kleinen Fleckchens Korswandt. Ab hier gibt es nur noch ein Ziel: Es ist der Wolgastsee. Ich stöhne auf.

»Och nee!«

»Was denn?« Kay dreht den Kopf zur Seite und schaut mich überrascht an.

»Nicht der Wolgastsee!«

»Warum denn nicht? Ist doch wunderschön hier!«

»Weil… Weil…«, setze ich an und verstumme dann, weil es mir zu peinlich ist, Kay von meinem letzten Ausflug hierher zu erzählen. Und es stimmt ja auch, eigentlich ist es wunderschön hier. Das fällt mir jedenfalls wieder auf, als wir auf dem Parkplatz halten, von dem aus man den See schon sehen kann. Er ist groß und so lang, dass das andere Seeufer, das wir von hier aus gerade noch so sehen können, vermutlich kurz vor der polnischen Grenze liegt. Der See wird eingerahmt von einem dichten Buchenwald, in dem immer wieder auch einige Kiefern stehen. Nur auf der Seite, auf der sich unser Parkplatz befindet, lichtet sich der Wald und gibt einen großen Sandstrand frei. Der Strand fällt ganz flach ab ins hellblau schimmernde Wasser, viele kleinere Kinder toben hier herum, beobachtet von ihren Müttern und Vätern, die selbst knöcheltief im See stehen. Trotz des schönen Wetters ist gar nicht mal so viel los, jedenfalls kein Vergleich zum Strand in Ahlbeck oder Heringsdorf, wo man jetzt in der Hauptsaison spontan vermutlich keinen Strandkorb mehr bekommt.

Kay steigt aus, geht um das Auto herum und öffnet die Beifahrertür.

»Darf ich bitten?« Als ich neben Kay stehe, schaue ich mich noch mal in Ruhe um. Doch, es ist schön hier, und ich bin gespannt, was genau Kay nun geplant hat.

»Ich schlage vor, wir fahren eine Runde Tretboot und danach essen wir etwas in dem Gartenlokal gleich nebenan.«

Er deutet auf ein kleines Holzhaus mit Terrasse seitlich der Badestelle. Direkt von der Terrasse führt ein Steg über eine Wiese in den See, an diesem liegen ordentlich nebeneinander aufgereiht auf der einen Seite blaue und grüne Ruderboote, auf der anderen Seite weiße Tretboote mit grünen oder roten Sitzen.

»Oder wir laufen ein Stück?«, fragt Kay und zeigt in Richtung des Waldes. »Das ist ein netter Weg, führt einmal ganz rum. Bisher hatten wir mit unseren Spaziergängen ein bisschen Pech, aber heute klappt es bestimmt.«

»Erst Tretbootfahren, dann laufen, dann essen? Hoffentlich bin ich bis dahin nicht verhungert«, kichere ich. »Ich habe bisher nur drei Natas und ein Franzbrötchen gegessen, wer weiß, wie lange das vorhält.«

»Okay, dann Tretboot, dann essen, dann spazieren!«, verkündet Kay. »Das Gartenlokal ist ziemlich rustikal, aber lecker.

Ich hoffe, du magst Erbseneintopf mit Bockwurst und alles, was so in die Richtung geht.«

»Wenn ich Hunger habe, bin ich überhaupt nicht wählerisch«, sage ich wahrheitsgemäß.

Wir schlendern zu dem Gartenlokal, das gleichzeitig auch die Tretboote vermietet, und Kay spricht mit dem Typen, der offenbar Vermieter und Würstchenverkäufer in Personalunion ist. Kurz darauf startet Programmpunkt Nummer eins, und Kay und ich nehmen in dem Tretboot Platz.

»Wenn ich gewusst hätte, wie sich der Tag entwickelt, hätte ich ein Handtuch mitgenommen. Und vielleicht meinen Badeanzug«, sage ich, während Kay in die Pedale tritt und uns weg vom Steg auf den See manövriert.

»Wieso? Hast du etwa Zweifel an meinen nautischen Fähigkeiten?«

»Natürlich nicht«, lache ich, »oder sollte ich?«

»Vielleicht schon!« Bei diesen Worten verlagert Kay blitzschnell sein Gewicht von der einen auf die andere Seite des Tretboots, so dass es anfängt, bedrohlich zu schwanken. Ich kreische auf und halte mich an der Plastiklehne meines Sitzes fest, Kay setzt sich wieder ruhig hin und tritt noch mal in die Pedale, mit einem ziemlichen Schlingerkurs bewegen wir uns auf die Seemitte zu.

»Mann, ich werde gleich seekrank!«, beschwere ich mich.

»Dann ist es ja gut, dass wir noch keine Erbsensuppe gegessen haben«, grinst Kay. »Hey, jetzt guck nicht so böse, Franzi! Uns passiert hier schon nichts. Der See ist spiegelglatt, das Wasser ist warm und das Leben ist schön.«

Ich ziehe Schuhe und Socken aus und kremple meine Jeans hoch, dann lasse ich ein Bein an der Seite des Tretboots ins

Wasser baumeln. Kay hat recht, es ist ziemlich warm. Ich schließe die Augen, lasse mich ganz tief in meinen Sitz rutschen und genieße, dass mir die Sonne auf die Nase scheint.

»Hey, schläfst du jetzt etwa?« Kay knufft mich in die Seite.

»Ein bisschen. Warum?«

»Ich dachte, wir erzählen uns vielleicht aufregende Sachen aus unserem Privatleben. Hier auf dem See, wo uns niemand zuhört, wäre das doch eine tolle Gelegenheit.«

Ich öffne die Augen wieder.

»Wieso sollte ich das tun?«

»Immerhin habe ich dir am Donnerstag auch mein Herz ausgeschüttet.«

»Falsch. Du hast mir die Ohren über deine Ex-Frau vollgeheult«, erwidere ich streng. »Das ist etwas völlig anderes.«

»War es so schlimm? Das tut mir leid«, sagt Kay, klingt aber gar nicht besonders zerknirscht. »Zum Ausgleich darfst du mir jetzt auch die Ohren über deinen Ex-Mann vorheulen.«

»Ich hab keinen Ex-Mann«, gebe ich schnippisch zurück.

»Ex-Freund?«

Meine Güte, der ist aber auch hartnäckig heute! Ich gebe mich geschlagen.

»Also, was willst du wissen?«

»So war das doch gar nicht gemeint. Ist ja nicht so, dass ich dich aushorchen will.« Ich werfe Kay einen skeptischen Blick zu, er lacht. »Okay, also vielleicht will ich dich doch ein bisschen aushorchen.«

»Na gut. Mein Ex heißt Henning. Ich habe ihn in Köln kennengelernt, wir waren drei Jahre zusammen. Dann habe ich für ihn leichtsinnigerweise meine Stelle beim WDR aufgegeben, weil ich ihm auf die Insel gefolgt bin. Er hatte hier ein sehr gutes Jobangebot.« Ich mache eine kurze Pause. »Jedenfalls hat es dann nicht mehr besonders lange gehalten. That's it. Die ganze Geschichte von Henning und mir.«

»Das Herz ist eine miese Gegend«, stellt Kay trocken fest.

»Wie ist denn die Geschichte mit deiner Ex weitergegangen?«, will ich wissen. »Habt ihr euch wegen der Wohnung und wegen Greta geeinigt?«

»Wir haben es vertagt.«

»Vertagt?«

»Ja, ich habe noch mal mit Maja gesprochen und...«

»Hilfe! Hilfe!« Direkt neben uns schreit auf einmal jemand hysterisch los. Schrill und so hoch, dass sich die Stimme überschlägt. Es ist die Stimme einer Frau, einer älteren Frau, wie ich meine. »Hilfe! Mein Mann ertrinkt! Zu Hilfe!«

Kay und ich gucken uns um, dann entdecken wir ein Ruderboot, vielleicht zehn Meter von uns entfernt. Die Frau, die so schreit, steht in der Mitte und gestikuliert wild, deutet auf das Wasser vor ihrem Boot, aber dort ist nichts zu sehen. Oder besser: niemand.

»Was ist passiert?«, brüllt Kay ihr zu.

»Mein Mann wollte schwimmen. Ich glaube, er hat einen Krampf oder einen Herzanfall. Er ist einfach untergegangen. Er braucht sofort Hilfe, aber ich kann nicht schwimmen!«

»Franzi, tritt in die Pedale und steuere uns ran, ich springe rein, wenn wir näher dran sind.«

Sofort trete ich los, Kay zieht sich seinen Pullover aus. Als wir keine fünf Sekunden später das Ruderboot erreicht haben, springt er kopfüber ins Wasser. Ich sehe von oben, dass er unter Wasser das Boot umkreist, aber er scheint nichts zu sehen, jedenfalls taucht er wieder auf und schnappt nach Luft.

»Da ist niemand!«, keucht er.

»Er muss da sein«, schluchzt die Frau. »Er ist doch gerade erst ins Wasser gegangen. Bitte, suchen Sie weiter!«

Kay taucht wieder unter, schwimmt noch mal am Ruderboot entlang. Ich sehe kleine Luftblasen aufsteigen, als er das Tretboot passiert. Dann sehe ich noch etwas anderes. Tiefer als Kay und bestimmt zwei Meter versetzt vom Tretboot blitzt etwas Helles auf. Ist das ein Arm? Eine Wade? Ohne weiter nachzudenken, springe ich ebenfalls ins Wasser und tauche dem hellen Fleck hinterher. Es ist wirklich ein Arm, der nach oben treibt. Ich schaue nach unten und entdecke einen Mann in Badehose, die Augen geschlossen, beide Arme nach oben gestreckt. Er scheint bewusstlos zu sein. Sofort tauche ich zu ihm hinunter und versuche, ihn an den Händen zu packen. Das ist gar nicht so einfach, weil er weiter nach unten sinkt, aber schließlich habe ich ihn. Ich umfasse seine Hände und ziehe ihn mit mir nach oben. Meine Jeans saugt sich mit Wasser voll, es ist ziemlich schwer, so rückwärts zu schwimmen, und ich spüre, wie mich mit jedem weiteren Beinschlag die Kraft verlässt. Endlich erreiche ich die Wasseroberfläche, ich tauche prustend und hustend auf, den bewegungslosen Körper des Mannes noch hinter mir herzerrend.

»Hier«, schreie ich, »hier, Kay! Ich hab ihn!« Ich verschlucke mich am Seewasser, muss wieder husten und zwinge mich, den Mann nicht loszulassen. Kay krault zu mir, nimmt den Mann in den Kopfschleppgriff und schwimmt mit ihm rückwärts auf das Ruderboot zu. Dort greift er nach der Bordwand und hält sich und den Mann so über Wasser.

»Los«, ruft er der Frau zu, »ziehen Sie ihn hoch!«

Aber die Frau reagiert nicht. Noch völlig geschockt hockt sie in der Mitte des Bootes und hat die Hände vor das Gesicht geschlagen.

»Hey, Sie!«, brüllt Kay, »Kommen Sie! Sie müssen Ihren Mann hochziehen, ich bekomme ihn von hier unten nicht alleine über die Bordwand!«

Ich bin in der Zwischenzeit auch zum Boot geschwommen und versuche hineinzuklettern. Zuerst rutsche ich an der glitschigen Außenwand ab, aber dann bekomme ich einen Tampen zu fassen, der über Bord baumelt, und kann mich an ihm hochziehen. Mit letzter Kraft schaffe ich es auf das Boot – um durchzuatmen, bleibt mir aber keine Zeit. Ich rapple mich hoch, krabble auf allen vieren auf die Seite, an der Kay mit dem Bewusstlosen hängt, beuge mich über die Bootswand und packe den Mann unter den Armen, ganz so, als würde ich ihn fest umarmen. Dann werfe ich mich mit aller Kraft zurück, Kay stützt den schlaffen Körper nach unten ab – und tatsächlich: So bekommen wir den Mann in das Boot gewuchtet. Dort liegt er nun auf dem Rücken, die Augen immer noch geschlossen.

»Mach schon, Herzmassage«, brüllt mich Kay an. »Rhythmus von *Stayin' alive*! Sofort!«

»Was?«, schreie ich verwirrt zurück. »*Stayin' alive?*«

»Du weißt schon, die BeeGees! *Ha, ha, ha, ha – stayin' alive, stayin' alive!* Massier sein Herz in diesem Rhythmus! Fang endlich an, Franzi!«

Ich knie mich neben den Mann, lege meine verschränkten Hände auf die Mitte der Brust und starte mit der Herzdruckmassage. Innerlich summe ich den Song mit, die Situation ist vermutlich das Unwirklichste, was ich je erlebt habe.

Mittlerweile hat es auch Kay ins Boot geschafft. Er holt sein Handy aus seiner Jeans.

»Scheiße! Das ist hin!«

Dann robbt er, ebenfalls auf allen vieren, direkt vor die Frau.

»Haben Sie ein Handy?«, schreit er sie an. Sie guckt ihn nur stumm an, dann schüttelt sie den Kopf.

»Verdammt! Franzi, hast du deins dabei?«

»Nein«, rufe ich, ohne mit der Massage aufzuhören, »ich hab's im Auto gelassen!«

Kay flucht laut, dann setzt er sich auf die Bank, zieht die Ruder zu sich und beginnt loszurudern.

»Wie geht es dem Mann? Kommt er zurück?«, ruft Kay mir zu.

»Ich weiß nicht«, rufe ich über meine Schulter.

»Egal! Nicht aufhören!«

»Nein, mache ich nicht.«

Ich massiere also immer weiter, während Kay mit dem Boot endlich den Steg erreicht hat. Eine Gruppe Teenager will dort gerade Tretboote besteigen.

»Hallo, ihr! Ruft sofort den Notarzt!«, brüllt Kay. »1–1–2. Sagt, wo der hinkommen soll. An den Wolgastsee, zum Bootssteg beim Gartenlokal. Ein Bewusstloser nach einem Badeunfall.« Die Teenager schauen verdattert zu uns rüber.

»Nun macht schon!«, schreit Kay sie noch mal an, und endlich holt einer der Teenies sein Handy heraus.

»Ihr anderen, helft uns mal!«, gibt Kay die nächste Anweisung. Diesmal reagieren die Jugendlichen sofort und rennen zu uns, gemeinsam heben wir den Mann aus dem Boot und tragen ihn auf die Wiese. Dann übernimmt Kay die Massage, wobei er nach einigen Massagestößen mit dem Mund Luft in die Nase des Bewusstlosen bläst. So geht das ungefähr eine Minute, als der Mann auf einmal anfängt zu würgen und zu husten und einen Schwall Wasser ausspuckt. Sofort dreht ihn Kay auf die Seite und klopft zwischen seine Schulterblätter. Der Mann schlägt die Augen auf und japst nach Luft. Mir fällt eine ganze Wagenladung Steine vom Herzen.

In diesem Moment höre ich von der Straße, die zum Parkplatz führt, schon die Sirene eines Krankenwagens, und zwei Minuten später stehen Notarzt und Sanitäter neben uns. Endlich! Ich mache einen Schritt zur Seite, Kay erklärt, was passiert ist, dann kommt er zu mir.

»Mann, das war echt knapp«, sagt er. »Wenn du ihn nicht gefunden hättest, dann wäre der Mann jetzt tot.« Er klopft mir auf die Schulter. »Hey, du zitterst ja am ganzen Körper«, stellt er dann fest. Wirklich? Es war mir bisher nicht aufgefallen, aber ja, ich stehe auf der Wiese und zittere wie Espenlaub.

»Mir ist auch ganz schön kalt. Die nassen Klamotten sind selbst bei gutem Wetter nicht sehr angenehm.«

»Komm, wir lassen kurz unsere Personalien da, dann fahre ich dich nach Hause, okay?«

Ich nicke. Kay geht zu einem der Sanitäter und spricht mit ihm, dann läuft er zu unserem Tretboot, das mittlerweile von anderen Badegästen an den Steg zurückgebracht wurde. Er fischt seinen Pullover von einem der Plastiksitze, kommt zu mir zurück und legt mir den Pullover um die Schultern. Das wärmt mich zwar nicht wirklich, aber eine nette Geste ist es allemal.

Im Auto startet er den Motor und dreht die Heizung auf. Als wir gerade losfahren wollen, klopft es von außen an die Scheibe. Der Sanitäter steht neben unserem Auto. Kay öffnet die Scheibe.

»Hallo, Herr Lorenz! Eine große Bitte hätte ich noch: Könnten Sie die Frau des Opfers mitnehmen? Sie ist völlig durcheinander. Im Krankenwagen können wir sie aber nicht mitfahren lassen, ihr Mann ist noch nicht stabil. Wir fahren in Reanimationsbereitschaft.«

Kay stöhnt.

»Ist denn niemand anderes hier? Oder ein Taxi? Wir sind beide klitschnass und wollen nach Hause.«

»Bitte!« Der Sanitäter klingt flehentlich. »Ich habe kein gutes Gefühl dabei, sie hier alleine zu lassen. Die beiden sind mit dem Bus gekommen.«

Ich beuge mich an Kay vorbei.

»Soll sie denn nach Hause oder auch ins Krankenhaus?«

»Am besten erst mal nach Hause. Da wohnt auch die Tochter, die geht nur gerade nicht ans Telefon.«

»Okay, dann setzen wir sie zu Hause ab«, sage ich.

»Vielen, vielen Dank! Das ist sehr nett von Ihnen. Ich hole die Dame.«

Kay dreht sich zu mir.

»So wird das nie was mit unserem Spaziergang, Franzi. Leben zu retten ist ja das eine, aber jetzt noch Lebenshilfe zu leisten … ist ja in Ordnung, aber sag später nicht, der Ausflug wäre ein Reinfall gewesen.«

Ich lächle.

»Keine Sorge, das sage ich nicht. Ich werde sagen, ich habe deinen heldenhaften und erfolgreichen Einsatz bewundert.«

»Gut so!« Er schnallt sich wieder ab und öffnet die Fahrertür. »Ich seh mal nach, wo die Frau bleibt. Nicht dass hier noch mehr Verwirrung entsteht.«

Kurz darauf kommt er mit ihr zurück und hilft ihr beim Einsteigen. Ich drehe mich zu ihr um und begrüße sie freundlich, sie guckt mich aus vom Weinen geröteten Augen stumm an, dann blickt sie zu Boden.

»Das ist Frau Matuschka«, stellt Kay sie vor. »Frau Matuschka wohnt in Bossin. Das ist irgendwo links hinter Zirnow, am besten stellst du mal das Navi an, damit ich die Abfahrt nicht verpasse.«

»Am Haff 2a«, murmelt Frau Matuschka.

»Wie bitte?«, frage ich nach.

»Die Adresse in Bossin. Am Haff 2a.«

Ich schalte das Navi an und gebe die Adresse ein. Sofort ist die Übersichtskarte zu sehen, sehr komfortabel! Mein eigenes Auto, ein alter Panda, hat natürlich kein eingebautes Navi. Deshalb muss ich immer mein Handy benutzen, und das ist ein Problem, wenn es mal wieder keinen Empfang gibt. Mit solchen Widrigkeiten muss sich der Herr Hauptkommissar natürlich nicht rumschlagen, sein V60 hat ein wunderschönes Navigationsgerät mit einem schönen, großen Display, das in genau diesem Augenblick das Dorf Bossin in perfekter Auflösung zeigt. Mitsamt seiner geographischen Koordinaten: 53°52'33. 2"N 14°05'56. 2"E.

Ich muss zweimal hinschauen, bis mein Hirn mir mitteilt, warum mir diese Ziffernkombination so bekannt vorkommt. Aber dann habe ich es begriffen. Koordinaten – auf dem Zettel stehen Koordinaten!

16

»Unglaublich! Du hast wirklich recht.« Kay ist sichtlich beeindruckt, als ich – immer noch in halb nassen Klamotten – den Zettel von meinem Schreibtisch klaube und ihm nun unter die Nase halte.

»So ungewöhnlich ist es nun auch wieder nicht, dass ich recht habe.« Wir sind vom See direkt nach Bossin gefahren und haben Frau Matuschka wohlbehalten zu Hause abgesetzt. Dann sind wir von Bossin weiter zum Sender gefahren. Jetzt liegt der Zettel neben meinem Handy, mit dem ich ein Foto von den Koordinaten des kleinen Dörfchens gemacht habe. 53°52′33. 2″N 14°05′56. 2″E steht auf dem Foto, 53 52 16 0 – 14 08 38 1 auf dem Zettel.

»Und jetzt?«

»Jetzt finden wir heraus, wo genau der Ort liegt, dessen Koordinaten wir hier sehen«, sage ich, setze mich vor den Rechner und rufe Google Maps auf. »Diktier mal! Möglichst mit den ganzen Sonderzeichen.«

»Ich versuch's. Also, das müsste vermutlich heißen: 53°52′16. 0″N 14°08′38. 1″E.«

Genauso tippe ich die Ziffern und Zeichen in die Suchmaske und drücke auf die Eingabetaste. Das Ergebnis lässt nicht lange auf sich warten: Es ist das letzte Stück Festland vor dem Haff direkt unterhalb von Neu-Zirnow.

»Wer hätte das gedacht?«, murmelt Kay, der hinter mir steht und auf den Monitor starrt. »Das ist doch direkt beim Tatort. Dann hat dieser Zettel garantiert nicht nur etwas mit dem Einbruch zu tun, sondern auch mit dem Tötungsdelikt.« Er stöhnt auf. »Verdammt.«

Ich drehe mich zu ihm um.

»Verdammt?«

»Ja, verdammt. Wir haben den Zettel beide angefasst. Ich hätte ihn gleich zusammen mit dem Umschlag als Beweismittel sichern sollen. Spuren haften auf Papier nie besonders gut, wenn dann noch Hans und Franz drauflangen, macht das die Spurenlage nicht gerade besser.«

»Also Hans und Franz haben den jetzt nicht angefasst, sondern nur du und ich. Und natürlich der Absender. Uns beide können wir als potenzielle Täter von Einbruch und Mord doch wohl ausschließen. Wenn es neben unseren noch Spuren von jemand anderem gibt, ist doch alles gut.«

»Na ja, du hast doch garantiert mit dem Zettel rumgewurschtelt. Falls da Spuren drauf waren, hast du sie bestimmt verwischt.«

Ich mag mich täuschen, aber ich finde, Kay klingt vorwurfsvoll.

»Tja, ich hab ja gleich gesagt, dass der Zettel etwas mit dem Fall zu tun hat, aber du wolltest mir nicht glauben«, peste ich zurück, tropfe damit aber komplett an Kay ab.

»Gibt's hier irgendwo eine Plastiktüte?«, will er statt einer Erwiderung auf meine Feststellung wissen.

»Ich könnte dir einen Müllbeutel aus der Teeküche holen. Soll ich?«

»Ist besser als nichts.«

Ich stemme die Hände in die Hüften.

»Da, wo ich herkomme, heißt die korrekte Antwort auf meine Frage *Ja, bitte.*«

Kay grinst.

»Tut mir leid. Würdest du mir bitte eine Tüte aus der Küche holen? Vielen Dank!«

Ich flitze los und finde in der Schublade mit den Mülltüten sogar kleinere Klarsichtbeutel mit Zip-Verschluss, die ich Kay in die Hand drücke. Er schlüpft mit der Hand in einen Beutel, fasst den Zettel und lässt ihn in einen zweiten Beutel fallen. Genau so macht er es mit dem Umschlag.

»So, das schicke ich morgen in die KTU. Vielleicht haben wir Glück und es finden sich doch irgendwelche Spuren. Ich telefoniere mit den Kollegen, die sollen sich mal Mühe geben. Und wenn ich schon dabei bin, gebe ich denen auch noch die Koordinaten von dem Zettel durch. Gleich in der Früh fahre ich da selbst hin und schaue mir den Spot genau an, die sollen auch noch mal ein Team losschicken und dort jeden Grashalm unter die Lupe nehmen. Vielleicht gibt es doch einen Bezug zum Tod von Frau Schneider, den uns der anonyme Briefeschreiber mitteilen will? Vielleicht gab es einen Kampf?«

»Aber die ist doch nicht direkt am Haff umgebracht worden«, wende ich ein. »Sie lag doch in einer riesigen Blutlache mitten auf dem Wohnzimmerboden. Wenn der Täter sie unten auf der Wiese umgebracht und dann hochgeschleppt hätte, dann glaube ich nicht, dass sich oben noch eine so große Blutlache gebildet hätte.«

Kay stutzt.

»Was hast du da gerade gesagt?«

Er hat es kaum ausgesprochen, da fällt mir selbst auf, dass Kay nicht wissen kann, was ich alles weiß.

»Äh, ich … dass ich nicht glaube, dass Frau Schneider unten am Haff ermordet wurde?«, versuche ich, die Situation zu retten.

»Nee, nee, du weißt genau, was ich meine!«, hakt Kay nach. »Woher weißt du das mit der Blutlache? Wie das Opfer heißt und was es im Haus der Mühlenhoffs gemacht hat, das können dir auch die Nachbarn erzählt haben. Aber außer Janine, Frau de Santis, den KTU-Kollegen und Mühlenhoffs war niemand am Tatort. Natürlich außer dem oder den Tätern. Also noch mal: Woher kennst du die Auffindesituation?«

Ich hole tief Luft. Zeit für ein Geständnis. Wenn Kay einmal Witterung aufgenommen hat, ist es sinnlos, irgendetwas abzustreiten. Das habe ich schon bei unserem letzten Fall lernen müssen.

»Janis war auch da. Er hat von der Terrasse durch die Fenster ins Wohnzimmer geguckt. War kein Problem. Das Haus war hell erleuchtet, draußen war es dunkel, und du warst ja damit beschäftigt, mich abzuwimmeln.«

»Janis war auch da?« Kay kann es offenbar nicht glauben. »Aber wo war der denn? Und viel wichtiger – wo kam der auf einmal her? Ich versteh das jetzt nicht. So einen Zufall gibt's doch gar nicht!«

»Das war natürlich kein Zufall. Ich habe ihn angerufen.« Als ich den Blick von Kay sehe, setze ich zu einer kleinen Notlüge an. »Ich habe ihn angerufen, damit er mich abholt. Und als er dann da war, habe ich ihn gebeten, ob er versuchen könnte, näher ans Haus ranzukommen. Und das hat er dann gemacht.«

An den zusammengepressten Lippen von Kay kann ich sehen, dass er mit diesem Vorgehen überhaupt nicht einverstanden ist.

»Hey, nun guck doch nicht so böse. Wir haben nur unseren Job gemacht. Da kann ich dich nicht jedes Mal um Erlaubnis fragen. Und wie du heute Morgen gehört hast, habe ich nur genau das im Bericht erwähnt, was deine Frau de Santis vorher freigegeben hat. Kein Stück mehr.«

Kay atmet schwer.

»So, du rufst jetzt Janis an und sagst ihm, dass wir gleich bei ihm vorbeifahren und die Schuhe abholen, die er gestern Abend getragen hat.«

»Wie bitte? Ich will jetzt erst mal nach Hause, warm duschen und mich endlich umziehen. Und du doch bestimmt auch.«

»Franzi, dein Volontär ist an einem Tatort rumgetrampelt und hat dort garantiert Spuren hinterlassen. Die müssen wir jetzt ausschließen, damit ich nicht nachher in eine ganz falsche Richtung ermittle, weil ich denke, der Täter hat Schuhgröße 44 und trug Adidas, wenn er in Wirklichkeit Größe 42 hatte und in Doc Martens unterwegs war. Um mal ein ganz plattes Beispiel zu bringen, das hoffentlich selbst du verstehst!«

Zack, das hat gesessen! Ich merke, dass ich rot werde.

»Kay, du bist hier nicht der Chef. Und mein Chef schon mal gar nicht. Wir haben nichts Verbotenes getan. Weder Janis noch ich. Der Zugang zur Terrasse war nicht abgesperrt oder irgendwas in der Art. Jeder hätte dort hingehen und ins Haus schauen können. Wenn du Janis anrufen willst, tu das. Ich fahre jetzt nach Hause.«

Dann lasse ich ihn einfach an meinem Schreibtisch stehen und rausche aus meinem Büro raus, im Flur an der verdutzt guckenden Sybille vorbei, die heute ausnahmsweise den Sonntagabend-Talk moderieren wird und deshalb schon im Sender ist.

»Alles okay?«, ruft sie mir hinterher, als ich Richtung Ausgang sprinte.

»Aber sicher doch!«, fauche ich sie über meine Schulter an, laufe durch unsere gläserne Eingangstür und werfe diese hoffentlich sehr effektvoll zu.

*

»Er war tatsächlich vor einer halben Stunde da«, begrüßt mich Janis, als ich gegen 18 Uhr mit einem Sixpack Bier und zwei Tiefkühlpizzen bewaffnet in seiner Wohnung in Ückeritz eintrudle. »Echt gut, dass du mich vorgewarnt hast. Ich habe natürlich deine Version vom Fahrdienst bestätigt und ansonsten einfach nichts gesagt. Mannomann, Lorenz war aber ganz schön auf Zinne!«

»Das tut mir voll leid, Janis! Ich wollte nicht, dass du auch noch Ärger mit ihm kriegst.«

»Kein Problem, Franzi. Ist ja sozusagen Berufsrisiko, und Ärger mit der Polizei ist für uns Journalisten doch eher eine Auszeichnung!«

»Schön, dass du das so sportlich siehst. Zum Trost habe ich alle Zutaten für ein Abendessen dabei«, sage ich und schwenke die Tüte mit dem Bier und den Pizzen hin und her.

»Ja, alles kein Drama. Bis auf die Tatsache, dass es nun ausgerechnet meine Nike Air sind, die Lorenz einkassiert hat. Die waren echt teuer und fast neu.« Höre ich da den Hauch eines Vorwurfs in Janis' Stimme?

»Also gut. Was haben die gekostet?«

»120 Euronen.«

»Was? 120 Tacken? Für ein paar Turnschuhe? Nicht dein Ernst!«

»Doch natürlich. Das waren immerhin die Nike Air Force 1. Super Sneaker und in meiner Größe total schnell ausverkauft.«

»Okay, wenn du sie nicht schnell wiederbekommst, dann gebe ich dir die Kohle, und du guckst, ob du sie noch irgendwo findest.«

»Ehrenfrau!«, lobt mich Janis und klopft mir auf die Schulter. »Dann lass uns mal die Pizza in den Ofen hauen, ich habe echt Hunger.«

»Ich auch, mir hängt der Magen in den Kniekehlen. Das Letzte, was ich gegessen habe, war ein Franzbrötchen, und das war heute Morgen um elf Uhr. Seitdem habe ich mit Adam das Kommunikationssystem der Kunsträuber aufgedeckt, bin Tretboot gefahren, habe in einem dramatischen Einsatz ein Menschenleben gerettet, völlig durchnässt mit Kay einen Geheimcode entschlüsselt, mich anschließend mit ihm richtig gezofft, geduscht, umgezogen und eingekauft, bin dann hierhergedüst und alles ohne die geringste Kalorienaufnahme. Ich bin am Ende!«

Janis mustert mich, er sieht schwer beeindruckt aus.

»Franzi, du musst nichts mehr sagen. Setz dich einfach in die Küche, ich kümmere mich um den Rest.«

Zwanzig Minuten später stehen eine heiße Pizza und ein kaltes Bier vor mir, der Tag nimmt also ein versöhnliches Ende. Janis setzt sich zu mir und schenkt sich auch ein Bier ein.

»Du bist Tretboot gefahren? Mit dem Lorenz oder wie?«

»Ja, also eigentlich fing der Tag ganz gut an. Beziehungsweise, schon die Nacht war nicht schlecht.«

»Bitte? Die Nacht? Was ist denn noch passiert, nachdem wir dich ins Taxi gesetzt haben?«

»Als ich vorm *Inseltreff* ankam, hat Kay dort schon auf mich gewartet.«

Janis stöhnt auf.

»Nee, jetzt sag mir bitte nicht, dass du die Nacht mit dem Typen verbracht hast.«

Ich muss lachen und verschlucke mich dabei prompt an meinem Bier. Hustend und keuchend schnappe ich nach Luft, Janis klopft mir mit der flachen Hand auf den Rücken, bis ich wieder tief einatmen kann.

»Die Nacht verbracht? Natürlich nicht, was denkst du denn? Kay hat mir lediglich eine selbst kreierte Pressemitteilung vorbeigebracht. Schlechtes Gewissen, weil er mich in Zirnow so mies behandelt hat.«

»Ach so, dann bin ich beruhigt«, grinst Janis. »Alles andere hätte ich sehr unprofessionell gefunden.«

Unprofessionell? So sieht er das? Dann bin ich froh, dass ich Janis bisher nichts über die gescheiterten Versuche, einen Spaziergang mit Kay zu unternehmen, erzählt habe.

»Mach dir keine Sorgen«, sage ich etwas schnippischer, als ich eigentlich klingen wollte. »Ich habe die Lage vollkommen unter Kontrolle.«

Janis ignoriert diese Bemerkung.

»Und wie ging es dann weiter? Wie seid ihr von einer Pressemitteilung auf ein Tretboot gekommen?«, will er stattdessen wissen.

Während wir die Pizza mampfen, erzähle ich Janis sehr kleinteilig meinen gesamten Tag von morgens um halb acht bis zu dem Moment, in dem ich an seiner Haustür geklingelt habe. Meinen Baywatch-Einsatz am Wolgastsee würdigt er mit angemessen vielen Ohs und Ahs, aber natürlich interessiert ihn deutlich mehr, was Adam im Internet über die Hermesfreunde herausgefunden hat und was es mit der kryptischen Zahlennachricht an mich auf sich hatte. Verständlich. Schließlich ist es nicht nur mein Fall, sondern auch seiner.

»Wann will Adam bei de Jong anrufen, um ihn zu ködern?«, erkundigt er sich.

»Gleich morgen, vermute ich. Ich bin sehr gespannt, wie de Jong reagiert. Morgen bekommt Kay bestimmt auch die ersten Ergebnisse von KTU und Gerichtsmedizin.« Ich seufze. »Leider wird er mir jetzt kein Wort mehr davon erzählen, so beleidigt, wie der heute war. Wobei er dazu echt keinen Grund hat. Ich habe ihm schließlich auch Sachen erzählt, die er ohne mich nie mitbekommen hätte. Der Zettel mit den Koordinaten, der ging eindeutig nur an mich.«

Janis nickt.

»Auch ziemlich mysteriös. Eine Markierung, direkt unter dem Haus am Haff? Was wollte dir der Absender damit bloß sagen?« Schulterzucken meinerseits. »Hast du ein Foto von dem Zettel gemacht?«, will er dann wissen.

»Ja, hab ich. Hier.« Ich zeige ihm das Foto auf meinem Handy, oder besser gesagt: die Fotos, denn ich habe Vorder- und Rückseite fotografiert. Er nimmt mein Handy und schaut sich die Bilder ganz genau an.

»Die Koordinaten haben wir jetzt entschlüsselt, aber was machen wir mit der 2200 auf der Rückseite?«, überlege ich laut.

Ich nehme Janis mein Telefon wieder aus der Hand und betrachte die Zahl. Was, wenn hier auch Sonderzeichen fehlen? Wie könnte man die Ziffern teilen, um ihnen eine andere Bedeutung zu geben? Gradzeichen, Stunden- oder Minutenstriche wie bei den Koordinaten? Nein, das ist es nicht – trotzdem geht mir in diesem Moment endlich ein Licht auf. Na klar! Wieso ist mir das nicht gleich aufgefallen?

»Das ist 10 Uhr«, rufe ich aufgeregt. »Beziehungsweise 22:00 Uhr! Die Markierung am Haff und 22 Uhr. Irgendwas passiert da um 22 Uhr, Janis!«

»Du meinst heute? Da ist kein Datum dabei«, gibt Janis zu bedenken. »Wie ist der Umschlag gekommen? Mit der normalen Briefpost?«

»Nein, jemand hat ihn in den Briefkasten am Haupteingang geworfen. Am Freitag hat Sonja die Post gemacht, da war er noch nicht da. Am Samstag hat niemand nach der Post gesehen, die habe ich heute früh aus dem Briefkasten geholt. Da war auch der Umschlag dabei. Aber er war nicht vollständig adressiert und auch nicht frankiert. Er ist entweder am Samstag oder Sonntag abgegeben worden.«

»Aber der Absender konnte nicht wissen, dass du sonntags im Sender bist. Vielleicht bezieht sich die Uhrzeit also auf morgen. Du hättest die Nachricht normalerweise erst am Montag bekommen.«

»Das stimmt. Oder aber der Absender hat meinen Bericht heute früh gehört und danach erst den Brief eingesteckt, weil er dann ja wusste, dass ich im Sender war. So könnte es doch gewesen sein, oder?«

»Oder auch nicht. Er müsste dich nicht nur im Radio gehört haben, sondern dann noch schnell eine Nachricht geschrieben und zum Sender gebracht haben und zudem auch vorhergesehen haben, dass du morgens nach der Post gucken würdest.« Janis verzieht das Gesicht und schaut sehr skeptisch. »Also, ich weiß nicht. Ganz schön viel *hätte* und *würde*. Schon möglich, dass 2200 wirklich 22:00 Uhr bedeutet, aber auf welchen Tag sich das bezieht, da wäre ich mir nicht so sicher.«

»Dann gibt es wohl nur eine Möglichkeit, das herauszufinden«, sage ich und knuffe Janis in die Seite, »wir fahren jetzt gleich noch hin. Zum Haff. Dann werden wir sehen, ob da heute irgendetwas passiert!«

17

Das Gestrüpp zwischen den Bäumen am Abhang zum Haff ist ziemlich dicht, die wilden Schlehenbüsche haben harte und unangenehm spitze Dornen, geben aber auch eine sehr gute Deckung ab. Von hier aus haben wir einen guten Blick auf die Stelle, deren Koordinaten auf dem Zettel stehen. Seit ungefähr einer Stunde sind wir hier, aber noch ist nichts passiert. Mein Auto habe ich extra etwas außerhalb des Feriendorfes geparkt, dann sind wir am Waldrand entlang des Abhangs bis hin zu unserem jetzigen Beobachtungsposten gelaufen. Mit einer Wolldecke als Unterlage und einem alten Fernglas, das mal dem Großvater von Janis gehört hat, sind wir eigentlich ganz gut ausgerüstet. Das Einzige, was ein bisschen stört, ist das Gemecker von Janis.

»Ich verstehe immer noch nicht, warum wir nicht einfach bis halb zehn gewartet haben und dann losgefahren sind. Wenn, dann geht es hier doch erst um zehn Uhr los », mosert er rum.

»Ist doch ganz einfach. Wenn hier um zehn Uhr irgendetwas laufen soll, passiert mit Sicherheit auch schon vorher was. Nehmen wir mal an, es geschieht noch ein Verbrechen. Dann müssen Täter und Opfer doch erst mal hier eintreffen. Immerhin liegt das Haff am Arsch der Heide. Das beobachten wir dann und schreiten ein. Verstanden?«

Statt einer Antwort nur Seufzen. Soll mir auch recht sein. Hauptsache, er macht, was ich ihm sage. Eine Zeitlang hocken wir weiter auf der Wolldecke nebeneinander und schweigen uns an. Ist Janis jetzt beleidigt? Dazu hat er keinen Grund. Der Spruch mit den Lehrjahren und Herrenjahren ist natürlich vollkommen abgedroschen, aber ich finde, dass Janis in seiner Ausbildung schon ganz schön viele spannende Sachen erlebt hat. Also wenn ich da an mein eigenes Volontariat denke, da musste ich ganz oft …

»Da!« Janis stößt mir in die Rippen und reißt mich damit sofort aus meinen Gedanken.

»Was?«

»Da unten! Das Schilfrohr bewegt sich. Schau mal!« Er reicht mir das Fernglas. Obwohl es mittlerweile schon dämmert, sehe ich sofort, was er meint: Das Schilf schwankt an einigen Stellen auf einmal hin und her, und zwar auf eine Art und Weise, die erkennen lässt, dass sich jemand oder etwas hindurch bewegt. Die Wellen nähern sich einer Lichtung, gleich werde ich also sehen können, wer oder was da unterwegs ist. Eine Sekunde später ist es so weit: zwei Menschen, vermutlich ein Mann und eine Frau, so genau kann ich das bei den Lichtverhältnissen nicht erkennen. Aber einer ist größer und hat ziemlich breite Schultern, die andere Person ist deutlich kleiner und schmaler. Sie schleifen etwas sehr Langes, offenbar auch sehr Schweres hinter sich her.

»Hey, lass mich auch mal wieder gucken«, flüstert Janis.

»Warum flüsterst du?«, frage ich und gebe ihm das Fernglas zurück. »Die beiden sind mindestens fünfzig Meter von uns entfernt.«

»Stimmt, Chefin. Die hören uns nicht. Scheinen überhaupt ziemlich mit sich selbst beschäftigt zu sein. Was machen die denn da?«

»Keine Ahnung.«

Ich werfe einen Blick auf das Display meines Handys. Fast neun Uhr. Ob die beiden überhaupt etwas mit dem Zettel zu tun haben? Vielleicht sind die auch nur zufälligerweise hier. Andererseits halten sie nun ziemlich genau an der Stelle, die den Koordinaten entspricht. Nein. Ein Zufall ist das bestimmt nicht.

»Alles gut?«, fragt Janis.

»Klar, warum?«

»Du hast so tief geseufzt.«

Wirklich?

»Oh, das habe ich gar nicht gemerkt. Mag jetzt seltsam klingen, aber ich denke darüber nach, ob wir nicht doch besser Kay anrufen und informieren sollten. Er ist vermutlich nicht darauf gekommen, dass 2200 eine Uhrzeit ist. Und erst recht nicht, dass damit 22:00 Uhr am heutigen Abend gemeint ist. Sonst wäre hier doch schon die Polizei aufgekreuzt. Und obwohl ich immer noch sauer auf ihn bin, denke ich, es wäre gut, wenn er hier wäre. Immerhin geht es auch um Mord und außerdem ...«

»Und außerdem magst du ihn sehr gern und willst das Kriegsbeil begraben«, bringt Janis meinen Satz zu Ende. Dann guckt er mich an und grinst. »Von mir aus. Ruf ihn an. Ich fänd's eigentlich auch besser.«

*

»Soweit ich das erkennen kann, binden sie die Stämme zusammen und umwickeln das Ganze mit irgendwelchen Stofffetzen. Soll das ein Zaun werden? Oder eine Vogelscheuche? Sehr mysteriös.«

Kay lässt das Fernglas sinken und dreht sich zu mir und Janis. Keine halbe Stunde hat er gebraucht, um zu uns auf die Wolldecke zu kommen. Er hat kein Wort darüber verloren, ob er sich über meinen Anruf gefreut hat, ihn zu schätzen weiß oder von uns Amateuren eigentlich nicht mehr behelligt werden möchte. Aber aus seiner auffällig guten Laune schließe ich, dass er ebenfalls froh ist, das Kriegsbeil zu begraben, wie Janis es vorhin genannt hat.

»Hast du noch weitere Kollegen von dir informiert?«, will ich wissen.

»Nee«, brummt Kay. »Ich wollte mir erst mal selbst ein Bild von der Lage machen. Hätte ja auch sein können, dass 2200 etwas völlig anderes bedeutet und ihr hier einfach zwei harmlose Touristen beim Picknicken am Haff beobachtet.«

Picknick! Dass ich nicht lache! Die beiden Gestalten haben offenbar zwei Baumstämme durch das Schilfrohr geschleppt, dazu noch Lumpen und Stroh.

»Und, glaubst du mir jetzt?«

»Ja«, sagt Kay, »das sieht wirklich nicht nach einem Picknick aus. Allerdings auch nicht nach irgendwas, das in eine strafbare Handlung münden könnte. Wir müssen wohl weiter abwarten. Leider wird es immer dunkler, und man kann echt wenig erkennen.«

»Ich könnte weiter runtergehen und Fotos machen«, schlägt Janis vor.

»Und dann?« Ich bin skeptisch. Was sollen uns denn jetzt Fotos bringen.

»Die könnte ich dir schicken. Vielleicht kann ich die Gesichter von den beiden fotografieren. Dann könnt ihr gucken, ob ihr die kennt. Oder Herr Lorenz kann die vielleicht in irgendeine BKA-Superdatenbank laden, und die spuckt ihm gleich ein paar Namen aus.«

Kay lacht.

»Dein Kollege hat wohl zu viel Navy-CIS geguckt. Ein wackeliges Handyfoto bringt uns hier nicht weiter. Außerdem«, er nimmt noch einmal das Fernglas und schaut hindurch, »glaube ich, dass die da unten deshalb so schlecht zu erkennen sind, weil sie Kapuzen aufhaben. Ja genau, sie tragen Hoodies mit Kapuzen.«

»Ich weiß nicht«, sage ich, »ich finde die Idee gar nicht so schlecht. Janis, denkst du, du kommst nah genug ran, ohne dass sie dich sehen?«

Janis hebt den rechten Daumen, dann geht er los.

»Sei vorsichtig!«, ruft ich ihm hinterher und habe dabei nicht nur den ziemlich steilen Abhang im Blick. Falls diese Aktion und die Einbrüche samt Mord zusammenhängen, dann sollte man den beiden Kapuzenmenschen vielleicht lieber nicht in die Quere kommen. Wer alte Damen mit einem Schürhaken erschlägt, macht bestimmt auch nicht vor unschuldigen Volontären halt.

Es raschelt noch ein bisschen, dann ist Janis in den Schlehenbüschen verschwunden.

»Also, was ich noch sagen wollte«, beginnt Kay nach ein paar Minuten gemeinsamen Schweigens, »ich rechne es dir hoch an, dass du mich eben angerufen hast. Ich weiß nicht«, er stockt kurz, »ich weiß nicht, ob ich es dir umgekehrt gesagt hätte, wenn mir das mit der Uhrzeit eingefallen wäre.« Er macht eine kurze Pause und streckt mir schließlich die Hand entgegen. »Frieden?«

Ich nicke und schlage ein.

»Frieden.«

Mein Handy piept. Janis hat eine Whatsapp geschickt.

Kann die beiden nicht erkennen, tragen wirklich Kapuzen. Bauen anscheinend ein Kreuz.

»Ein Kreuz? Vielleicht irgendwas Religiöses?«, wundere ich mich. »Aber Ostern ist schon lange her, bis Weihnachten ist es noch hin, und mehr religiöse Feiertage fallen mir gerade nicht ein.«

»Mariä Himmelfahrt ist am 15. August, meine ich«, ergänzt Kay mein Wissen. »Das ist ja in ein paar Tagen. Wüsste allerdings nicht, dass man da Kreuze aufbaut.« Kay schaut noch mal durch das Fernglas. »Aber Kreuz könnte sein. Wobei – von hier aus ist es einfach nicht mehr richtig zu erkennen. Zu duster.«

Kein Wunder. Es ist mittlerweile fast 22 Uhr, die Sonne ist vor einer knappen Stunde untergegangen. Wieder piept mein Handy.

Die ziehen da noch irgendwas aus dem Schilf.

Ich lese Kay die Nachricht laut vor, er starrt durch das Fernglas. »Nee, keine Chance. Kann ich nicht erkennen«, seufzt er. *Wir sehen nichts,* schreibe ich an Janis. *Was ist es? Geh mal näher ran!*

Es dauert einen Moment, dann klingelt mein Handy. Janis ist dran, er ist sehr schwer zu verstehen, denn er klingt atemlos, und außerdem flüstert er.

»Hey, Franzi! Ich glaube, das ist ein Mensch! Mann oder Frau kann ich nicht genau erkennen. Aber die Person scheint gefesselt zu sein. Und bewusstlos. Oder tot. Jedenfalls bewegt sie sich nicht.«

Ein Mensch? Ich schnappe nach Luft.

»Was ist los?«, fragt Kay.

»Janis sagt, die beiden haben nicht nur die Holzstämme hergeschleppt, sondern auch noch einen Menschen. Der ist gefesselt und bewegt sich nicht. Oh, mein Gott, was machen wir jetzt?«

»Ruhe bewahren, Franzi. Ich gehe da jetzt runter.«

»Ich komme mit!«

Bevor wir unsere übliche Diskussion führen können, sehen wir es auf einmal beide: das Kreuz! Die Kapuzenträger haben es inzwischen aufgerichtet, und wir erkennen es deshalb so gut, weil es plötzlich in hell lodernden Flammen steht. Und in deren Schein sehen wir noch etwas anderes: Dort unten hängt ein Mensch an einem lichterloh brennenden Kreuz!

»Scheiße!«, schreit Kay und rennt los, ich sprinte hinterher.

Wir schlagen uns durch die Büsche, ich merke, wie die Dornen durch meine Jeans stechen und sich Zweige in meinen Haaren verfangen, aber ich verspüre keine Schmerzen. Das Feuer lodert immer höher, mein Herz rast so sehr, dass ich Ohrenrauschen bekomme. Etwa zehn Meter vor mir läuft Kay, Janis sehe ich nicht und auch nicht die beiden Kapuzenmenschen, dafür aber umso deutlicher den Menschen am Kreuz. Es scheint ein Mann zu sein, mit kurzen blonden Haaren und heller Haut. Er bewegt sich nicht, er schreit nicht. Es ist ein schrecklicher Anblick, denn das Feuer tanzt um seine Beine herum, einzelne Flammen greifen bereits nach seinen Händen und seiner Hüfte.

Kay ist schon fast am Ende des Abhangs angelangt, als er plötzlich einen Sprung macht – fast einen Salto – und mit einem Schrei stürzt. Dann ist es ganz still. Nur das Lodern der Flammen ist noch zu hören. Ich meine fast schon die Hitze des Feuers zu spüren, auf alle Fälle rieche ich seinen unfassbar scharfen und stechenden Qualm, der sich mir in die Lungen bohrt.

Zwei Sekunden später bin ich bei Kay, der regungslos im hohen Gras auf dem Boden liegt.

»Hey, Kay!«, rufe ich und knie mich neben ihn. Er liegt mit dem Gesicht zur Erde, ich drehe ihn vorsichtig auf die Seite und fasse dabei in etwas Warmes. Blut! Oh, nein! Kay hat die Augen geschlossen, ich streiche ihm eine dunkelbraune Locke aus der Stirn, dann sehe ich es. Er hat eine ziemlich große Platzwunde an der rechten Augenbraue. Ich taste mit der flachen Hand über den Boden und entdecke auf Höhe seines Kopfes tatsächlich einen großen Stein. Kay muss bei seinem Sturz direkt darauf gefallen sein. Mein Brustkorb fühlt sich plötzlich ganz eng an, ich bekomme kaum noch Luft. Meine Hände zittern, als ich Kay über die Wange streiche. Er ist ganz warm, und als ich an seinem Mund vorbeikomme, spüre ich seinen Atem auf meiner Haut. Gott sei Dank – er ist nur bewusstlos. Ich muss sofort Hilfe holen. Für ihn, für das Brandopfer, vielleicht auch ein bisschen für mich selbst. Ich rapple mich auf, schiebe das hohe Gras zur Seite und sehe mich um. Wo zur Hölle steckt Janis?

18

Überall flackert Blaulicht, es ist fast ein bisschen wie in der Disco. Zwei Polizeiwagen, ein Rettungswagen, ein Krankenwagen und ein Löschfahrzeug der Feuerwehr stehen um uns herum und bilden damit gewissermaßen eine Wagenburg geballter Sicherheit. Vor einer halben Stunde ist der ganze Trupp mit einer Affengeschwindigkeit einen schmalen Weg durch den Wald hier heruntergebrettert. Die Zufahrt zum Haff war von den Bäumen so verdeckt, dass ich sie erst durch die Blaulichter entdeckt habe. Dann aber war ich sehr froh, dass es sie gibt und alle Helfer so schnell vor Ort waren, nachdem Janis den Notruf abgesetzt hatte. Der Rettungshubschrauber, der angefordert war, als alle noch dachten, dass möglicherweise ein schwer verletztes Brandopfer versorgt und ausgeflogen werden müsste, hat allerdings wieder abgedreht. Der Mann am Kreuz war lediglich eine Schaufensterpuppe, was im Nachhinein auch den stechenden Gestank erklärt. Schmelzendes Plastik eben.

Jetzt schließt der Fahrer des Krankenwagens die hinteren Türen seines Fahrzeugs und steigt ein. Er lässt die Scheibe auf seiner Seite herunter und schaut aus dem Fenster.

»Wir sind weg«, ruft er, und ich fühle mich angesprochen, obwohl ich nicht sicher bin, dass er mich wirklich gemeint hat. Dann setzt der Krankenwagen zurück, wendet und rollt langsam auf den Weg zu, auf dem er vorhin gekommen ist. Auch der Notarzt steigt wieder in sein Auto und fährt dem Krankenwagen langsam hinterher. Die Feuerwehrleute hingegen machen noch keine Anstalten, diesen Ort wieder zu verlassen. Sie laufen noch einmal um das Kreuz, beziehungsweise um das, was davon übrig geblieben ist, herum und scheinen zu prüfen, ob sie das Feuer auch vollständig gelöscht haben.

Ich stehe mit Janis nicht weit davon in einer ziemlich großen Pfütze. Ein Sanitäter hat mir eine Wolldecke um die Schultern gelegt, trotzdem ist mir immer noch eiskalt, und ich bin so erschöpft wie selten in meinem Leben. Ganz im Gegensatz zu Janis, dem geht es offenbar blendend, jedenfalls redet er wie ein Wasserfall auf die beiden Polizisten ein, die ihm gebannt zuhören. Kein Wunder, packend erzählen kann Janis, das ist für einen Radioreporter einfach das A und O.

»Okay, und auf dem Zettel standen die Koordinaten von genau diesem Ort?«, fragt die junge Polizistin, die ich schon von den Ermittlungen bei unserem letzten Fall kenne. Es ist Kerstin Riebesehl, die auf dem Polizeirevier Heringsdorf arbeitet. Ihren Kollegen Dennis Pawlak kenne ich ebenfalls. Er notiert eifrig, was ihnen Janis über das brennende Kreuz und alles, was zuvor passiert ist, erzählt.

»Ja. So war es. Vorne standen die Koordinaten und hinten die Uhrzeit. Beziehungsweise – hinten stand nur die Zahl 2200, aber Franzi hat gleich geschnallt, dass das 22:00 Uhr bedeutet. Also sind wir hierher.«

»Und Kay Lorenz? Wie kam der dazu?«, will Kerstin Riebesehl wissen.

»Wir haben natürlich *sofort* die Polizei informiert, als wir den Verdacht hatten, hier könnte um zehn Uhr etwas passieren, das für die Ermittlungen in dem Mordfall wichtig sein könnte«, glättet Janis die Wahrheit etwas. »Das ist doch selbstverständlich.«

Okay, nicht zu dick auftragen, Janis! Riebesehl und Pawlak sind schließlich nicht doof. Ich räuspere mich, um Janis in seinem Redefluss mal ein bisschen runterzubremsen.

»Ähm, wohin bringen die Herrn Lorenz noch mal?«, frage ich, obwohl ich die Antwort schon kenne. Schließlich hat es mir der Sanitäter vorhin erzählt.

»Ich glaube, nach Anklam«, antwortet mir Kerstin Riebesehl.

»Ganz sicher nach Anklam«, bekräftigt Dennis Pawlak. »Die haben da im Krankenhaus auch 'ne Intensivstation. Obwohl Lorenz die ja hoffentlich nicht braucht. Der hat echt Glück gehabt.« Pawlak schüttelt den Kopf. »Packt sich hier auf den größten Stein weit und breit. Das hätte übel ausgehen können!«

Das hätte es wirklich. Kay war nach seinem Sturz mindestens fünf Minuten bewusstlos. Da bin ich mir deshalb so sicher, weil er es noch war, nachdem ich zum Kreuz gerannt war, gemerkt hatte, dass dort kein Mensch hängt, dann Janis gesucht und gefunden hatte und schließlich zu Kay zurückgelaufen war. Zwei Minuten davon waren allein dafür draufgegangen, Janis anzuschreien, warum er so plötzlich verschwunden war. Und eine weitere halbe Minute, um mich bei Janis zu entschuldigen, der lediglich auf der anderen Seite des Kreuzes im hohen Gras gehockt hatte, um die 110 anzurufen, ohne dabei von den beiden Tätern entdeckt zu werden. Kay jedenfalls kam erst wieder zu sich, als Janis und ich schließlich beide neben ihm knieten und Janis ihn mehr oder weniger sanft an der Schulter rüttelte.

Zuerst war er völlig benommen und desorientiert, schließlich einigermaßen klar. Was er hier am Haffufer wollte oder wie er hierhergekommen war, wusste er trotzdem nicht mehr.

Und aufstehen konnte er auch nicht. Als er es versuchte, hatte er so starke Schmerzen im Bein, dass wir ihn ganz vorsichtig wieder auf den Boden gesetzt haben.

»Na, schätze mal, der wird die nächsten Tage eine ganz schön dicke Beule behalten, und ich fürchte, er hat sich das Bein gebrochen«, mutmaßt Janis. Kerstin Riebesehl nickt.

»Ja, ich hoffe auch, dass es nichts Schlimmeres ist. Aber ich verstehe immer noch nicht ganz, was das alles mit dem Mord zu tun haben soll.«

Janis seufzt.

»Das ist doch wohl klar. Wir sind hier ungefähr hundert Meter vom Tatort entfernt. Das war irgendwie 'ne Warnung oder so.«

Dennis Pawlak verzieht das Gesicht.

»Eine Warnung? An Frau Mai? Wieso sollte die denn jemand warnen? Die hat doch mit dem Fall von Kay Lorenz gar nichts zu schaffen.«

»Aber mit den Einbrüchen. Über die berichten wir nämlich!«, klärt ihn Janis nicht ohne Stolz in der Stimme auf. Pawlak zuckt mit den Schultern.

»Wusste ich nicht. Ich höre nie Bäderland-Radio, immer nur Energy.«

»Und bei einem Einbruch ist ja nun das arme Opfer umgebracht worden«, fährt Janis ungerührt fort. »Das ist die Verbindung. So hängen die Einbrüche mit dem Mord und der Mord dann mit Bäderland-Radio zusammen. Und weil das für ihn sonnenklar war, ist Kommissar Lorenz auch sofort gekommen, als ich ihn angerufen habe.«

Kerstin Riebesehl und Dennis Pawlak werfen Janis einen Blick zu, dem ich nicht entnehmen kann, ob sie seine Schlussfolgerungen für unbedingt zwingend oder einfach nur bescheuert halten.

»Mal sehen, was die Spurensicherung hier noch findet«, sagt Riebesehl schließlich und gähnt. »Wir können heute jedenfalls nicht mehr viel machen, außer den Tatort mit Flatterband abzusperren. Dennis, holst du mal die Sachen aus dem Auto?«

»Mach ich. Ich glaube allerdings nicht, dass die noch was Verwertbares finden. Die Feuerwehr hat echt ganze Arbeit geleistet.«

»Wir machen es trotzdem«, verkündet Kerstin Riebesehl mit entschlossener Stimme. »Sonst sind wir nachher wieder die Doofen, die ihren Job nicht erledigt haben.«

Dennis sagt dazu nichts mehr, sondern dreht sich um und stapft zum Polizeiwagen.

»Können wir dann gehen?«, will ich von Riebesehl wissen.

»Natürlich. Wir haben so weit alles notiert. Und wenn wir noch weitere Fragen haben sollten, wissen wir ja, wie wir Sie erreichen können.«

»Oh, eine Sache noch«, meldet sich Janis zu Wort. »Könnten Sie uns vielleicht in Ihrem Wagen mit nach oben zur Straße nehmen? Unser Auto steht am Ortseingang der Siedlung, aber wenn ich mir meine Chefin so ansehe, glaube ich nicht, dass sie es zu Fuß da hoch schafft.«

Unter normalen Umständen würde ich jetzt empört widersprechen. Aber in diesem Moment könnte ich ihn für seine Idee einer Mitfahrgelegenheit einfach nur küssen.

*

Ein Sonnenstrahl fällt auf meine Nasenspitze und kitzelt mich so sehr, dass ich mit einem kräftigen Niesen aufwache und senkrecht im Bett sitze. Ach, du Schreck – habe ich meinen Wecker etwa nicht gehört? Ein Blick auf das Handy, das auf meinen Nachttisch liegt, bestätigt meine Vermutung. Es ist kurz vor elf Uhr. Mist. Unsere montägliche Redaktionskonferenz um zehn Uhr habe ich eindeutig verpasst. Verpasst habe ich ebenfalls sieben Anrufe. Einen von Raimund, fünf von Janis und einen von einer unbekannten Nummer.

Ich schnappe mir mein Handy und rufe Janis zurück.

»Guten Morgen! `tschuldige, ich hab total verschlafen«, nuschle ich. »Raimund ist bestimmt auf hundertachtzig, oder?«

»Guten Morgen, Chefin!«, begrüßt mich Janis gutgelaunt. »Nee, ganz im Gegenteil. Raimund ist bester Dinge. Ich habe dich heute früh auch gleich bei ihm abgemeldet, als ich dich telefonisch nicht erreichen konnte. Hab mir schon gedacht, dass du heute mal ausschlafen musst.«

»Aha«, sage ich misstrauisch, »und wieso ist Raimund dann guter Dinge?« Mein Chef neigt eigentlich nicht dazu, allzu freudig auf die Abwesenheit seiner Mitarbeiter zu reagieren.

»Na, wir haben die Knallerstory des Tages. Wenn nicht der Woche«, erklärt er. »Ich schätze mal, du hast heute noch kein Radio gehört, oder?«

»Nein, ich bin gerade erst wach geworden. Aber lass mich raten: Du hast den Brand im Haff schon als packende Reportage versendet, richtig?«

»Auch. Aber der Höhepunkt meines journalistischen Schaffens kommt in genau drei Minuten. Schalt doch einfach mal ein und ruf mich dann noch mal an. Und bevor du meckerst: Es war Raimunds ausdrücklicher Wunsch. Ach was – es war sein Befehl. Bis gleich.« Mööóp, er hat aufgelegt. Wovon zum Teufel redet der?

Ich winde mich aus dem Bett und laufe in die Küche, um mein Radio einzuschalten. Es knistert kurz, dann erklingt der Bäderland-Radio-Nachrichten-Jingle – eine Art elektronische Fanfare –, und die schmissige Stimme einer Sprecherin kündigt die *»Bäderland-Nachrichten«* an. *»Das Wichtigste für Usedom, für Deutschland und die Welt.«* Als Nächstes ertönt die Stimme von Markus:

»Es ist elf Uhr. Sie hören die Nachrichten mit Markus Zimmermann. Zirnow. In der Nacht haben Unbekannte mit einer Aktion am Haff einen Großeinsatz von Polizei und Feuerwehr ausgelöst. Die Täter wandten sich heute mit einem Bekennervideo an Bäderland-Radio. Es berichtet Janis Neubauer.«

What? Ein Bekennervideo? Wovon redet der? Ich drehe den Ton lauter, um nur ja nichts zu verpassen. Ich höre eine mir unbekannte, verzerrt klingende Stimme:

»Wir sind das Kommando Besorgte Bürger, und wir fordern die Polizei auf, uns endlich vor dieser mörderischen Bande von Einbrechern zu schützen. Wenn wir das Recht in unsere eigenen Hände nehmen müssen, dann brennt hier das nächste Mal keine Puppe, sondern einer von diesen Mördern!«

Dann die Stimme von Janis:

»Keine Puppe – damit spielen die Täter auf ihre spektakuläre Aktion an, die sie heute Nacht am Haffufer direkt unterhalb von Neu-Zirnow durchgeführt haben. Dort errichteten sie in schönster Ku-Klux-Klan-Manier ein gewaltiges Holzkreuz, auf

welches sie eine täuschend echt aussehende, menschengroße Puppe gebunden hatten und dann anzündeten. Bei dem folgenden Polizeieinsatz wurde ein Beamter schwer verletzt, die Täter konnten entkommen. Das Bekennervideo zeigt nun deutlich, worum es den Tätern eigentlich geht. Sie wollen offenbar Druck auf die Ermittlungsbehörden ausüben, die in der Einbruchsserie auf Usedom bisher noch keinerlei Erfolge oder zumindest eine heiße Spur aufweisen können. Erst Samstagnacht war es im Zusammenhang mit einem Einbruch in Neu-Zirnow zu einem Tötungsdelikt an der auf der Insel äußerst beliebten Margot S. gekommen. Der Tatort liegt in unmittelbarer Nähe zu der gestrigen Aktion. Ob die Täter bereit wären, nun regelrecht auf Menschenjagd zu gehen? Die Situation auf der Insel bleibt auf jeden Fall extrem angespannt. Janis Neubauer für Bäderland-Radio.«

Wenn ich eine Kaffeetasse in der Hand gehalten hätte, wäre sie mich jetzt auf alle Fälle runtergefallen. Einerseits muss ich zugeben, dass das ein richtig spannender Bericht war, und die Sache mit dem Bekennervideo natürlich wirklich unglaublich ist. Andererseits – die Polizei kommt bei Janis so schlecht weg, dass wir beide uns vermutlich nicht mehr so schnell auf dem Revier oder der Inspektion blicken lassen sollten. Und das, obwohl Kay nur unseretwegen jetzt im Krankenhaus in Anklam liegt. Mich überkommt der Hauch eines schlechten Gewissens. Andererseits: Ist ja nicht mein Beitrag gewesen, was mich zwar ärgert, aber in diesem Fall ganz praktisch ist. So kann ich die Schuld einfach auf Janis und Raimund schieben, falls ich doch noch mal die Chance auf einen Spaziergang mit Kay bekommen möchte.

Wie es Kay wohl geht? Ich beschließe, von der Redaktion aus

im Krankenhaus vorbeizufahren und ihm irgendetwas Leckeres mitzubringen. Krankenhausessen ist schließlich nicht jedermanns Sache, vielleicht muntert ihn ein bisschen Schoki etwas auf. Aber jetzt erst mal ab in den Sender!

*

»Und, wie fandst du's?« Janis guckt mich erwartungsvoll an, als ich in unser gemeinsames Büro komme. »Zu doll oder noch vertretbar?«

»Also«, sage ich und hole tief Luft, um die Spannung ein bisschen zu erhöhen, »es war schon ganz schön doll. Aber: sehr spannend gemacht. Hat mich richtig reingezogen, und als Hörerin würde ich unbedingt wissen wollen, wie die Geschichte weitergeht.«

Janis strahlt über das ganze Gesicht.

»Echt? Danke schönst!«

»Das Einzige, womit du nach diesem Bericht leben musst…« Ich mache eine kleine Pause.

»Ja?«

»Die Polizei ist die nächsten zwei, drei Wochen vermutlich nicht mehr dein Freund und Helfer. Sondern nur noch dein Helfer. Denn die sind in deinem Beitrag nicht so übermäßig gut weggekommen.« Janis guckt betroffen, ich klopfe ihm auf die Schulter. »Aber hey, viel Feind, viel Ehr. Mach dir darüber keine Gedanken, das ist eben so.«

»Meinst du?« Janis klingt verunsichert.

»Ja, meine ich. Du willst schließlich nicht mit Janine Lamott in den Urlaub fahren. Da kannst du ruhig ein bisschen kritisch sein. Außerdem«, schließe ich grinsend, »ist mir auch lieber, Kay Lorenz ist sauer auf dich statt auf mich.«

Janis lacht.

»Dann habe ich also auch noch ein gutes Werk getan?«

»Ja, auf alle Fälle.« Ich schaue mich auf meinem Schreibtisch um. »So, genug geplauscht. Ich habe Adam versprochen, heute Bas de Jong anzurufen und als angebliche Frau Schmidt ein bisschen Druck wegen des Meisterwerks zu machen, das ich so gern kaufen möchte.«

»Hast du auch einen Auftrag für mich?«

»Ja, du könntest dich mal an die Fersen von diesem Baginski und den anderen Einbruchsopfern heften und versuchen herauszufinden, was das für Kunstwerke waren, die bei ihnen gestohlen worden sind. Wenn wir das wissen, können wir gezielter nach ›Kunden‹ von de Jong suchen, die den Raub dieser Werke bei ihm bestellt haben.«

»Okay. Hast du die Telefonnummern?«

Ich wühle auf meinem Schreibtisch herum, bis ich unter einem Haufen Papier Mannis Karteikarten mit den Telefonnummern von Baginski, Hestermann und Wittenbrink finde.

»Hier«, sage ich und schiebe sie ihm über den Schreibtisch. Dann nehme ich mein Handy, schalte die Rufnummernanzeige aus und rufe bei de Jong an.

»Hallo, Herr de Jong. Schmidt hier. Ich war am vergangenen Freitag bei Ihnen in der Galerie, weil ich auf der Suche nach einem Garipi bin. Erinnern Sie sich?«

»Hallo, Frau Schmidt. Natürlich, ich erinnere mich. Was kann ich für Sie tun?« De Jongs Stimme klingt wohltemperiert und freundlich, ich kann nicht sagen, ob ihn mein Anruf überrascht oder ob er mit ihm gerechnet hat.

»Sie wollten sich ja mal bei einem Kollegen in Berlin erkundigen, ob mir der vielleicht weiterhelfen kann. Hat das geklappt?«

»Bedaure, ich hatte noch keinen Erfolg«, antwortet de Jong und klingt dabei so, als ob er selbst ein bisschen enttäuscht sei. Vielleicht habe ich es hier mit einem sehr talentierten Schauspieler zu tun.

»Schade. Aber ich habe noch mal mein Budget überprüft, und die Beschaffung eines solchen Werkes wäre mir insgesamt schon an die 150 000 Euro wert«, werfe ich jetzt einen hoffentlich saftigen Köder aus. De Jong atmet hörbar ein.

»Was meinen Sie mit *insgesamt?*«, will er dann wissen. Ich versuche, möglichst lässig zu lachen.

»Ach, wissen Sie, mir ist schon klar, dass die Suche nach einem solchen Kunstwerk durchaus Mühe macht. Ich habe also eine gewisse Provision mit einkalkuliert.«

Schweigen am anderen Ende der Leitung. Habe ich's übertrieben?

»Ich werde sehen, was ich machen kann, liebe Frau Schmidt. Rufen Sie mich einfach Ende der Woche wieder an.«

Hervorragend! Offensichtlich war der Wurm für diesen Fisch fett genug!

19

Der Verband um Kays Kopf sieht fast wie ein Turban aus, und ich muss mich zusammenreißen, um nicht zu lachen. Das Lachen vergeht mir aber sowieso, denn in dem Moment, in dem ich die Tür zu seinem Zimmer ganz öffne, sehe ich, dass Kay bereits Besuch hat: Janine Lamott sitzt auf einem Stuhl am Fußende seines Bettes und wirft mir einen ziemlich bösen Blick zu.

Egal. Hauptsache, Kay freut sich. Und das scheint er zu tun, denn für einen kurzen Moment zeigt sich ein Lächeln auf seinem Gesicht, bevor er es schmerzerfüllt verzieht.

»Aua! Lächeln tut noch weh – die haben mir die Augenbraue mit sechs Stichen genäht!«, murmelt er zur Erklärung. »Aber hallo erst mal, Franzi. Das ist ja nett, dass du mich besuchst!«

»Guten Tag, Frau Mai«, murmelt Janine Lamott überförmlich.

»Hallo, Frau Lamott«, erwidere ich betont freundlich.

»Ihr Beitrag von heute war wirklich ein Klopper!«, motzt sie mich dann gleich an.

»Finden Sie? Ich weiß nicht, ich müsste ihn mir mal in Ruhe anhören, ich war heute früh nicht im Sender.«

»Was denn für ein Beitrag?«, erkundigt sich Kay interessiert.

»Ach nichts«, murmelt Lamott und steht von ihrem Stuhl auf. »Ich muss los.« Sie schnappt sich ihre Jacke, die über der

Stuhllehne hängt, und läuft ohne ein weiteres Wort an mir vorbei aus dem Zimmer. Ich schaue ihr hinterher.

»Wow, die war ja schlecht gelaunt!«, kommentiere ich Lamotts Abgang.

»Tja, weiß ich jetzt auch nicht, warum«, sagt Kay. »Ich bin doch derjenige, der mit gebrochenem Bein und Gehirnerschütterung im Krankenhaus liegt.«

Ich setze mich ans Fußende von Kays Bett und betrachte ihn.

»Echt? Gebrochen?«

Kay nickt.

»Ja. Schienbein- und Wadenbeinbruch rechts, leider verschoben, Syndesmoseabriss im Sprunggelenk. Morgen früh um sieben werde ich operiert.«

»Oh, nein, du Armer!«

»Ich sag es dir! Das ist richtig doof gelaufen. Der Chirurg sagt, da müsse ich echt unglücklich gestolpert sein. Leider kann ich mich überhaupt nicht erinnern, wie das passiert ist.«

Mitfühlend streiche ich über seine Bettdecke.

»Zumindest kann ich dir aber erzählen, was an dem Abend passiert ist. Falls es dich interessiert.«

»Brennend!«

Ich gebe Kay also eine kurze Zusammenfassung des gestrigen Abends, beziehungsweise der gestrigen Nacht. Als ich damit fertig bin, schüttelt Kay den Kopf.

»Unglaublich! So etwas Spannendes ist passiert, und ich weiß davon rein gar nichts mehr? Zu schade! Ich erinnere mich noch daran, dass ich am Wald entlang zu euch gelaufen bin – und das Nächste ist, dass ich im Krankenwagen liege und hier angeliefert werde. Dazwischen klafft ein großes schwarzes Loch.«

»Du weißt auch nicht mehr, dass du auf der Wiese lagst? Janis und ich haben noch versucht, dir beim Aufstehen zu helfen.«

»Nee. Keine Spur davon. Allerdings wurde mir im Krankenwagen irgendein Schmerzmittel gespritzt. Das verbessert das Erinnerungsvermögen auch nicht gerade.«

»Ach, ist vielleicht besser so«, stelle ich fest. »Mir hast du jedenfalls eine irre Angst eingejagt, als du da so bewusstlos lagst. Zwei Rettungswageneinsätze an einem Tag sind einfach zu viel für mich!«

»Hast du dir Sorgen um mich gemacht?«, fragt Kay nach und klingt dabei irgendwie ganz zufrieden.

»Natürlich habe ich mir Sorgen gemacht! Ich dachte schon, du hättest dir das Genick gebrochen, denn dein Salto den Abhang runter war eindeutig filmreif.«

»Du weißt doch, Unkraut vergeht nicht«, grinst Kay.

»Wenn du meinst… falls es dem Unkraut hier aber doch nicht so gut gehen sollte, habe ich etwas mitgebracht.« Ich krame in meiner Handtasche und ziehe eine Schachtel raus. »Hier,« sage ich und lege sie Kay auf den Schoß. »Belgische Pralinen. Superlecker. Finde ich jedenfalls.«

»Oh, hervorragend!«, freut er sich. »Die esse ich mal ganz schnell, ich glaube, ab 23 Uhr muss ich nüchtern bleiben.«

Ich schaue auf die Uhr.

»Da hast du ja noch jede Menge Zeit. Es ist erst kurz nach sechs.«

Kay öffnet die Schachtel und bietet mir eine Praline an, ich zögere erst höflich, dann greife ich doch zu, weil ich einfach nichts lieber mag als belgische Nougatschokolade.

»Was meinte denn Janine vorhin mit dem Beitrag?«, will

Kay wissen, nachdem er sich zwei, drei Pralinen in den Mund gesteckt hat.

»Och, ihre Polizeiarbeit ist in Janis' Beitrag von heute Morgen nicht ganz so gut weggekommen«, berichte ich.

»Auweia – schlechte Presse!«, lacht Kay. »So was gefällt Janine natürlich gar nicht. Das kratzt zum einen am Ego, und zum anderen könnte ja Staatsanwältin de Santis davon Wind bekommen.«

»Könnte schon sein. Falls sie eine Bäderland-Radio-Hörerin ist.«

»Muss sie gar nicht sein«, klärt mich Kay auf. »Unsere Pressestelle wertet alle relevanten Medien aus. Berichte, die sich mit unserer Arbeit beschäftigen, werden transkribiert und tauchen dann im Pressespiegel auf. Also, falls Frau de Santis es nicht selbst gehört hat, kann sie es vermutlich morgen lesen.«

Aha. Dann verstehe ich die schlechte Laune natürlich. Die Vorstellung, dass Raimund schwarz auf weiß liest, wenn ich Mist gebaut habe, würde mich auch nicht glücklich machen.

»Ist jedenfalls nett, dass sie dich besucht, oder?«, sage ich schließlich.

»Ja, ist es«, erwidert Kay so knapp, dass ich den Eindruck habe, er möchte dieses Thema nicht vertiefen.

»Was denkst du, wie lange du im Krankenhaus bleiben musst?«, lenke ich das Gespräch deshalb lieber auf etwas hoffentlich Unverfängliches.

»Weiß nicht genau. Nach der OP noch zwei, drei Tage.« Er seufzt. »Das Bein darf ich aber erst mal nicht belasten, und ich muss an Krücken gehen. Das dauert so ungefähr acht bis zehn Wochen. Da falle ich also im Job komplett aus. Auto fahren darf ich in der Zeit auch nicht. Schöne Scheiße!«

Ich weiß nicht, was mich da reitet – aber Kay guckt so traurig, als er das sagt, dass ich spontan über die Bettdecke nach seiner Hand greife, sie in meine nehme und kurz drücke.

»Tut mir echt leid«, murmle ich. Als ich sein überraschtes Gesicht sehe, lasse ich seine Hand schnell wieder auf die Bettdecke gleiten. Er räuspert sich.

»Schon gut. Du kannst ja nichts dafür.« Und dann, nach einem kurzen Moment des Schweigens: »Ich freue mich sehr über deinen Besuch.« Er lächelt. »Nicht nur wegen der Pralinen.«

»War doch selbstverständlich«, krächze ich mit belegter Stimme.

Es klopft an der Tür, aber noch bevor Kay *herein!* oder sonst etwas in die Richtung rufen kann, fliegt die Tür schon auf, und Greta kommt ins Zimmer gestürmt.

»Papa, Papa, Papilein! Was machst du für Sachen!«, ruft sie und wirft sich mit Karacho auf das Bett zu Kay.

»Aua!«, ruft dieser. »Hallo, mein Schatz, bitte nicht so wild, das tut noch ganz schön weh!«

»'tschuldigung«, flötet Greta, haucht ihm einen Kuss auf die Wange und setzt sich dann vorsichtig auf die Bettkante. Dann erst scheint sie mich zu bemerken.

»Hallo, Franzi!«, ruft sie fröhlich. »Da hat Papa aber ganz schön viel Besuch!«

»Ach, ich wollte sowieso gerade gehen«, sage ich und stehe auf.

»Aber wieso denn? Bleiben Sie doch bitte.« Die Stimme kenne ich. Sie gehört zu Maja Lorenz, die in genau diesem Moment ebenfalls in das Zimmer hereinspaziert.

»Hallo, Kay, du Armer«, sagt sie dann mitfühlend, »wie geht es dir?«

Kay starrt sie an und sagt erst mal nichts. Ist aber auch egal, denn Maja Lorenz tut so, als würde sie das nicht bemerken und redet einfach munter weiter.

»Hallo, Frau Mai, das ist ja nett, dass wir uns hier wieder treffen. Was macht der Zahn?«

Unter seinem Turban reißt Kay die Augen auf.

»Ihr kennt euch?« Er klingt fassungslos.

»Klar«, bestätigt Maja Lorenz mit einem süffisanten Lächeln. »Frau Mai ist eine Patientin von mir.«

Kay starrt mich an.

»Warum hast du mir das nicht erzählt?«

»Ich … äh … also …«, stammle ich, ohne zu wissen, was ich eigentlich sagen will. Mir wird ziemlich warm, nein regelrecht heiß, und ich habe nur noch einen Gedanken: Bloß raus hier! »Ich …«, setze ich erneut an, »ich muss los. Dir noch gute Besserung!«

Ich schnappe mir meine Handtasche und sprinte aus dem Zimmer, ohne mich noch einmal umzusehen.

*

»Die Sache mit dem Kreuz konnte ich kaum glauben – der Wahnsinn! Und ein guter Beitrag von Janis dazu, Respekt! Du scheinst eine klasse Ausbilderin zu sein.«

Das Lob kommt aus berufenem Mund, nämlich von Adam, der mich am nächsten Vormittag in der Redaktion anruft.

»Danke! Ja, der Sonntagabend war schon krass.«

»Du hattest mir gar nicht erzählt, dass du noch nach Zirnow wolltest«, sagt Adam.

Ich lache.

»Das ist hoffentlich kein Vorwurf, oder? Ich wusste morgens, als du da warst, noch nicht, dass ich abends in Zirnow sein würde. Es hat sich im Laufe des Tages so entwickelt. Sonst hätte ich dir schon davon erzählt. Allerdings waren Janis und ich nicht alleine da, sondern hatten Begleitung von Kay Lorenz.«

»Ach, ist das der verletzte Polizeibeamte?«

»Genau. Er ist bei der Verfolgung gestürzt und hat eine schwere Gehirnerschütterung. Außerdem hat er sich das Bein gebrochen und ist heute früh operiert worden. Ich habe ihn gestern Abend im Krankenhaus besucht.«

Adam pfeift.

»Donnerwetter. Das ist ja ein Einsatz!«

»Mein Besuch?«, frage ich verwundert nach.

»Klar. Dass du den Bullen sogar im Krankenhaus besuchst, um an aktuelle Informationen zu kommen – Respekt. Ich hätte das vermutlich nicht gemacht.«

Bei dem Gedanken daran muss ich lachen. Zum einen, weil Adam anscheinend überhaupt nicht glauben kann, dass es wirklich nur ein Krankenbesuch war. Zum anderen, weil ich mir gerade vorstellen muss, wie Kay geguckt hätte, wenn ich mit Adam in seinem Krankenzimmer aufgekreuzt wäre.

»Nee, lass mal gut sein«, sage ich. »Ich fürchte, dass Kay sich über deinen Besuch auch nicht besonders gefreut hätte.«

Nun ist es Adam, der am anderen Ende der Leitung lacht.

»Das kann gut sein. Aber damit kann ich leben. Umso mehr, weil ich sehr gute Nachrichten habe.«

»Oh, das klingt verheißungsvoll! Lass hören!«

»Ich habe mit de Jong telefoniert. Und ich glaube, dein Anruf hat funktioniert und der Holländer hat angebissen. Ich habe mich natürlich bedeckt gehalten, nur das gesagt, was wir besprochen haben: Dass ich auf Umwegen von einem Kumpel gehört hätte, dass er eine Kundin für einen Garipi habe. Und dass ich wiederum wüsste, wie man mit ein bisschen Einsatz an einen kommen könnte. Er war sofort sehr interessiert.«

»Und er hat sich nicht darüber gewundert?«, will ich wissen.

»Kein Stück. Gier frisst Hirn. Hab ich doch gleich gesagt: Das ist ein krimineller Kunstdealer. Die Szene ist mit Sicherheit klein, und es spricht sich bestimmt schnell rum, wenn ein Kunde sucht. Ist wie bei Pferdehändlern.«

Das leuchtet mir ein, auch wenn ich in letzter Zeit kein Pferd gekauft habe.

»Und wie geht es jetzt weiter?«

»Ich treffe mich morgen Abend mit ihm. Dann versuche ich, ihn noch ein bisschen mehr aus der Reserve zu locken.«

»Vergiss nicht, das Gespräch aufzunehmen«, erinnere ich ihn noch mal. »Wenn er nichts sagt, dann schadet es nichts. Aber wenn er auspackt, dann wäre es grandios, das im O-Ton zu haben, um ihn später darauf festnageln zu können.«

»Keine Sorge, mach ich. Das war aber nicht meine einzige aufregende Nachricht.«

»Was gibt's denn noch?«

»Guck mal in deinen Mailaccount«, gibt sich Adam geheimnisvoll. Ich habe dir einen Link weitergeleitet. Also schau rein und ruf mich dann noch mal an.« Er legt auf.

Neugierig starte ich meinen Rechner. Leider glaubt Raimund nicht an den Nutzen von Technik, die auf dem neuesten Stand ist, deswegen dauert es immer eine Weile, bis die olle Kiste hochgefahren ist. Dann dauert es wieder, bis ich mein Passwort eingeben kann. Und schließlich dauert es noch mal, bis sich mein Mailprogramm öffnet.

»Kann ich dich kurz stören?« Janis lehnt an meiner Seite des Schreibtischs und schaut mir über die Schulter.

»Bin gerade beschäftigt«, murmle ich. »Oder eilt es?«

»Kann auch noch fünf Minuten warten. Aber was musst du denn so dringend in deinen Mails gucken?«

»Kann ich dir noch nicht sagen. Adam hat irgendwas geschickt.«

»Hast du nicht gerade erst mit dem telefoniert? Hätte er dir doch einfach sagen können.« Janis guckt verständnislos.

»Tja, ich glaube, er wollte mich ein bisschen auf die Folter spannen. Aber immerhin hat er schon mit de Jong telefoniert.«

»Ha! Und, was hat de Jong gesagt? Ist er auf die Geschichte angesprungen?«

»Adam glaubt schon. Ich bin wohl eine ziemlich gute Schauspielerin«, verkünde ich einigermaßen stolz. Dazu sagt Janis gemeinerweise nichts. Frechheit – hätte er doch auch einfach mal bestätigen können!

Mein Account öffnet sich, und die erste der ungelesenen Mails ist tatsächlich von Adam. Er hat nur eine Datei geschickt, keinen Text. Mannomann. Ein Klick und ich habe einen Screenshot der Online-Ausgabe vom *Sparfuchs* vor mir – und zwar die Seite mit den aktuellen Anzeigen von heute. Ich brauche nur eine Sekunde, um zu sehen, was Adam meint.

Hermesfreunde: schwieriges Ergebnis. Bitte sofortige Rücksprache. Kontakt wie üblich.

20

»Alter Falter!« Janis ist beeindruckt. »Dieser Adam ist echt eine coole Socke. Und ein hammermäßiger Journalist! Was der alles rausgefunden hat, allein die Sache mit dem *Sparfuchs* ist schon sensationell! Und jetzt hat er noch de Jong am Haken und wird dem nachweisen, dass er ein betrügerischer Kunsthändler ist…«

»…was allerdings wir herausgefunden haben, nicht Adam«, bremse ich meinen Voli ein wenig in seiner euphorischen Bewunderung.

»Ja, aber er hat den Typen dann angerufen und ihn richtig ausgecheckt. Ohne mit der Wimper zu zucken.«

»Äh, das habe ich doch vorher auch gemacht! Ich hab den Köder ausgelegt«, versuche ich, auf meinen Anteil an der Recherche hinzuweisen. Janis hält kurz inne. Aber nur kurz.

»Schon. Aber bei Adam kommt das irgendwie cooler. Für welches Medium arbeitet der noch mal? Bestimmt für das polnische Pendant vom *Spiegel. Spiegelski* oder so.« Er kichert albern.

Ich überlege kurz.

»Ich glaube, er ist freier Journalist. Veröffentlicht in verschiedenen Zeitungen und Magazinen. Beim Hörfunk ist er jedenfalls nicht.«

»Wie auch immer. Cooler Typ jedenfalls.«

»Ja, ja, sehr cool. Wenn du männliche Vorbilder brauchst, bitte sehr! Sonst würde ich vorschlagen, nimm doch einfach mich!«, ziehe ich Janis auf. »Immerhin hat Adam bei mir angerufen und nicht umgekehrt. Der Titel Recherchekönig gebührt also mir. Beziehungsweise: Recherchekönigin.«

Janis lacht.

»Sehr wohl, Eure Hoheit!«

Ich nicke huldvoll, dann wende ich mich mit einer Nachfrage an meinen einzigen Untertan: »Aber sag mal, was haben denn deine eigenen Recherchen ergeben? Hast du mit Baginski gesprochen?«

»Nicht direkt. Aber entdeckt habe ich schon etwas. Baginski steckt offenbar in sehr ernsten finanziellen Schwierigkeiten.«

»Und das hast du herausgefunden, ohne mit ihm zu sprechen?«

»Na ja, es war so: Ich habe gestern versucht, Baginski auf seinem Handy zu erreichen. Das ist aber ausgeschaltet. Die Büronummer habe ich als Nächstes angerufen, aber die gibt es offenbar nicht mehr. Dann habe ich Helena gebeten, ob sie da nach der Arbeit mal mit mir vorbeifahren kann. Mit dem Fahrrad ist mir das von Ückeritz nach Zinnowitz zu weit.«

Ich verdrehe die Augen.

»Janis, du brauchst dringend ein Auto. Oder wenigstens ein E-Bike.«

»Dann brauch ich als Erstes dringend mehr Geld, Franzi. Du kannst Raimund gern davon überzeugen, dass auch die Volontäre vernünftig bezahlt werden müssen.«

»Ich kann's versuchen. Aber bis es so weit ist, bist du mit deinem Volontariat längst fertig.«

»Fürchte ich auch. Und so lange bin ich sehr froh, dass ich

eine so nette Freundin habe, die sich bisher noch nicht über ihren Nebenjob als Taxifahrerin beschwert hat.« Den letzten Satz trägt Janis betont dramatisch vor, wir müssen beide grinsen.

»Also weiter im Text: Dann warst du gestern Abend bei Baginski?«

»Genau. Ist ja ein imposanter Schuppen, seine Villa Abendrot. Aber: steht zum Verkauf. Im Vorgarten haben sie so einen Galgen aufgestellt.«

Ein Galgen? Da hab ich mich doch wohl verhört.

»Was meinst du denn damit?«, will ich wissen. »Baumelt da etwa noch wer dran? Wie makaber!«

»Doch nicht so einen Galgen. Ich meine so ein Verkaufsschild, das Makler vor Häusern aufstellen. Und jetzt wird es noch richtig interessant: Wir haben gestern Abend noch Helenas Chefin getroffen – du weißt schon, die ältere Dame, der die Drogerie in Zinnowitz gehört, in der Helena arbeitet.«

Ich erinnere mich natürlich. Im Zusammenhang mit unserem letzten Fall war Helena ein paar Tage verschwunden, und ich habe sie sowohl in dem Haus in Zinnowitz gesucht, in dem sie wohnt, als auch auf ihrer Arbeitsstelle, einer Zinnowitzer Drogerie.

»Klar. Ich weiß, wen du meinst.«

»Jedenfalls hat Helena sie gefragt, ob sie als alte Zinnowitzerin Baginski kennt und weiß, warum der sein Haus verkauft.« Er macht eine Pause.

»Ja, und?«, hake ich ungeduldig nach.

»Tja. Helenas Chefin sagt, Baginski ist pleite und für das Haus ist schon der Termin für die Zwangsversteigerung angesetzt. Die Bank hat den Kredit gekündigt, und er hat es nicht schnell genug verkaufen können.«

Ich reiße die Augen auf.

»Wie bitte? Ich dachte, der Typ ist erfolgreicher Bauunternehmer und schwimmt im Geld.«

»Er *war* erfolgreicher Bauunternehmer, hat sich aber offenbar zuletzt bei einem seiner Bauprojekte verkalkuliert. Baginski hat immer zu Festpreisen verkauft, und nun bricht ihm der starke Preisanstieg aller Materialien das Genick. Außerdem haben sich die Zinsen für Baufinanzierungen gut verdreifacht, und das Geld seiner Kunden sitzt auch nicht mehr so locker.«

Das Telefon auf unserem Schreibtisch klingelt. Adam.

»Hey, wolltest du mich nicht gleich zurückrufen? Bist du nicht beeindruckt, dass ich recht hatte und die Hermesfreunde heute wieder im *Sparfuchs* erscheinen?«, schimpft er mit mir.

»Natürlich bin ich sehr beeindruckt! Und ich hätte dich auch sofort zurückgerufen. Aber Janis hat auch noch etwas herausgefunden, was er mir gerade erzählt. Willst du hören?«

»Gleich. Jetzt will ich erst mal für meine Entdeckung gelobt werden«, fordert Adam. »Ich habe eindeutig bewiesen, dass die Einbrüche alle zusammenhängen und die Drahtzieher höchstwahrscheinlich keine Polen sind. Denn sonst würden sie sich kaum auf Deutsch miteinander verständigen. Noch dazu auf einem deutschen Kleinanzeigenportal.«

»Hiermit erteile ich dir ein besonderes Lob mit Auszeichnung! Du lagst mit deinen Zweifeln von Anfang an richtig«, bestätige ich ihm das überschwänglich.

»Vielen Dank, Frau Kollegin! Ich finde übrigens, wir könnten diesen ersten Ermittlungserfolg bei einem weiteren Schokotörtchen in der *Manufaktura* feiern«, schlägt er vor. »Was meinst du?«

»Klingt verlockend«, stimme ich zu.

»Was sagst du zu heute Nachmittag, 16 Uhr? Dann kannst du mir von Janis' Neuigkeiten erzählen.«

»Passt. Bis später!«

Ich lege auf und wende mich wieder Janis zu.

»Okay. Baginski ist pleite. Das ist schon mal eine interessante Info. Und hast du auch schon was über Hestermann und Wittenbrink rausgefunden? Oder gar mit ihnen telefoniert? Ich will Namen, Zahlen, Fakten!«

Mein Lieblingsvolontär verschränkt die Arme vor der Brust.

»Na, hör mal! Du hast mir erst gestern Nachmittag ihre Telefonnummern gegeben!«

»War es nicht eher vormittags?«, frage ich nach und lächle bösartig.

»Nein. Vormittags lagst du ja noch im Bett, während ich schon mein Jahrhundertwerk über das brennende Kreuz produziert habe. Du kamst erst nach dem Mittagessen in den Sender. Also nachmittags.«

»Von mir aus. Allerdings dauert so ein Telefonat ja keine Stunden.«

»Du musst es ja wissen«, giftet Janis zurück.

»Hey, Friede«, rudere ich zurück, »niemand zweifelt an deiner Schnelligkeit. Ich schon gar nicht. Aber weil du gerade so einen sensationellen Lauf hast, hätte es ja sein können, dass du schon ein bisschen was ausgegraben hast.«

Janis' Miene hellt sich auf.

»So klingt das schon besser! Und: Ja, natürlich habe ich schon ein paar Sachen über Wittenbrink und Hestermann rausgefunden. Vor allem bei Wittenbrink bin ich auf etwas gestoßen, das uns weiterbringen könnte. Ich habe nur noch nicht bei denen angerufen, weil ich mir erst mal einen Überblick über die Lage verschaffen wollte.«

Ich stehe auf, beuge mich über die Schreibtischplatte und klopfe Janis auf die Schulter.

»Ich wusste doch, dass du schon was für mich hast. Erzähl!«

»Also«, Janis blättert auf seiner Seite des Schreibtisches in seinem schwarzen Notizbuch herum. »Wittenbrinks wohnen seit ungefähr zehn Jahren in Heringsdorf. Er ist offenbar Unternehmer aus Hannover, hat seine Firma verkauft und ist dann mit seiner Frau hierhergezogen. Das Haus, in dem Wittenbrinks wohnen, ist eine sanierte Jugendstilvilla, die eine gewisse Ähnlichkeit mit der Villa Abendrot hat. Und deswegen hatte ich eine verwegene Idee.«

»Nämlich?«

»Ich frage mich, ob sich Wittenbrink und Baginski kennen.«

»Weil sie beide in einer Jugendstilvilla wohnen? Oder im Fall von Baginski: wohnten? Das ist in der Tat 'ne ziemlich steile These. Von diesen Hütten stehen gerade in den Kaiserbädern und in Zinnowitz noch ein paar mehr rum. So wurde halt vor 150 Jahren hier gebaut.«

»Stimmt schon. Trotzdem: Schau dir mal die Bilder an.«

Er schiebt zwei Blätter über den Tisch, es sind Ausdrucke von Fotos.

»Hier, das ist die Villa Abendrot von Baginski.«

Ich schaue mir das Haus an. Sehr feudal! Die Villa besteht aus zwei vorspringenden Flügeln, der Mittelteil liegt zurück. Über jedem Flügel befindet sich ein spitzer Giebel, der mit einer breiten Zierleiste aus Schnitzereien versehen ist. Unterhalb der Giebel ist die Villa mit einem umlaufenden blaugrauen Streifen versehen, von dem sich eine weiße Stuckleiste in Form einer Blumenranke absetzt. Unterhalb des Streifens ist die Fassade in einem helleren Ton gestrichen. Im Erdgeschoss und im ersten Stock gibt es in jedem der Flügel jeweils drei große Fenster mit weißen Rahmen in Säulenform. Im Mittelteil sind oben und unten je zwei solcher Fenster. Am auffälligsten sind jedoch die großen weißen Flächen unter den Fenstern im ersten Stock. Auf ihnen prangen der Name der Villa und ihr Baujahr: *Villa Abendrot* heißt es auf dem linken Flügel, *Erbaut 1896* auf dem rechten. Um diese Worte rankt sich auf jeder Seite ein auffälliges Blumenmuster aus verschlungenem Efeu und Rosen.

»Hübsch. Aber ich weiß immer noch nicht, worauf du hinauswillst.«

»Dann schau mal hier.« Er schiebt das zweite Blatt in meine Richtung. »Das ist die Villa Morgensonne.«

Ein Blick und ich weiß genau, was Janis meint. Denn die Villa Morgensonne hat exakt den gleichen Anstrich und die gleiche Gestaltung wie ihre Kollegin in Zinnowitz. Nur das Baujahr ist ein anderes, 1899. Ansonsten ist die Übereinstimmung frappierend – die gleiche Bauweise, die gleichen Farben, sogar die Blumenmuster gleichen sich wie ein Ei dem anderen.

»Ich gebe zu, das ist wirklich ein unglaublicher Zufall«, sage ich beeindruckt von Janis' Rechercheergebnis.

»Zufall oder nicht, das ist hier die Frage«, fasst Janis sehr schön zusammen, was in diesem Moment auch durch meinen Kopf geht. »Ich finde eher, es sieht so aus, als seien beide Häuser vom gleichen Bauherrn saniert worden. In dem Fall natürlich von Baginski. Und wenn das so ist, haben Wittenbrinks das Haus vermutlich von Baginski gekauft, was wiederum bedeuten würde, dass sie sich kennen.«

»Hm.« Ich stütze das Kinn auf meine Hände. »Zwei miteinander bekannte Familien, die beim gleichen Händler Kunst gekauft haben. Und dann von der gleichen Bande ausgeraubt werden. Das wäre schon seltsam. Also – falls es so ist.«

»Das werden wir bald wissen«, verkündet Janis siegessicher. »Und zwar ohne dass die Beteiligten merken, dass wir hinter ihnen her recherchieren.«

»Wie das?«

Janis grinst.

»Ich hab mit Knuti telefoniert. Erstens: Er ist sauer, dass du immer noch kein Bier mit ihm trinken warst. Zweitens: Er wird einen Blick in die Bauakte der Villa Morgensonne werfen und herausfinden, ob da irgendwo der Name Baginski auftaucht.«

»Ach, der gute Knuti!«

Knuti ist mein heißer Draht in die Gemeindeverwaltung. Nach der Trennung von Henning war ich ein paarmal mit ihm aus. Es ist zwar nichts draus geworden, aber Knuti ist mir bis heute in Zuneigung verbunden und durchaus bereit, mal die ein oder andere amtliche Quelle für mich anzuzapfen. Allerdings müsste ich seiner Einladung auf ein Bier nun wirklich mal langsam folgen, sonst ist er bestimmt irgendwann richtig beleidigt.

»Spitzenidee von dir, Janis! Und Gruß zurück an Knuti – ich stehe tief in seiner Schuld und melde mich demnächst.«

»Ts, ts, ts!« Janis hebt mahnend den Zeigefinger. »Der arme Knuti! Ich glaube, er macht sich immer noch Hoffnungen auf eine gemeinsame Zukunft mit dir. Oder zumindest einen gemeinsamen Abend. Wenn der wüsste, dass da mittlerweile ein ernsthafter Konkurrent aufgetaucht ist, würde er vermutlich nicht mehr so bereitwillig alle Daten rausrücken, um die wir ihn bitten.«

Ich runzle die Stirn.

»Wie meinst du das denn?«

»Na, komm schon, Franzi – der Kommissar und du? Da geht doch was.«

Jetzt bin ich es, die die Arme vor der Brust verschränkt.

»So ein Quatsch. Wie kommst du denn darauf? Kay Lorenz und ich, wir sind nur Freunde. Und manchmal sind wir nicht mal das.«

Dazu sagt Janis nichts, sondern hebt nur vielsagend die Augenbrauen. Wobei – jetzt, wo er Kay erwähnt hat, fällt mir wieder ein, dass ich mich bei ihm erkundigen wollte, wie seine OP verlaufen ist. Schließlich ist es mittlerweile schon mittags, Kay sollte also wieder ansprechbar sein. Allerdings muss mein neugieriger Voli das Telefonat nicht unbedingt mitkriegen. Vor allem, wo er sich anscheinend so viele Gedanken um mein Privatleben macht. Ich beschließe, ihn mit einem wichtigen Arbeitsauftrag abzulenken.

»So, lieber Janis, genug spekuliert. Zeit für produktive Arbeit! Setz uns doch mal einen Kaffee auf, ich glaube, die Kanne ist schon wieder alle.«

»Pah! Kaffeekochen steht aber nicht in meinem Ausbildungsplan!«, schimpft Janis.

»Ja, ja, beschwer dich bei der Gewerkschaft«, lache ich, »aber komm trotzdem nicht ohne Kaffee wieder.«

Janis murmelt etwas Unverständliches, was vermutlich in Richtung *Unverschämtheit* oder *Ausbeutung* geht, steht aber trotzdem auf und verschwindet Richtung Teeküche.

Ich warte kurz, bis er die Tür hinter sich geschlossen hat. Dann greife ich zu meinem Handy und rufe Kay ein. Es klingelt nur zweimal, dann meldet er sich.

»Hallo?« Er klingt ziemlich fertig.

»Hallo, Kay! Hier ist Franzi. Wollte nur mal hören, wie es dir nach der OP geht.«

»Franzi!« Kay stöhnt auf. »Gott sei Dank, dich schickt der Himmel!«

Das ist zwar eine sehr schöne, aber auch sehr überraschende Begrüßung. Ob sie Kay wohl Morphium gegeben haben?

21

Ist es nicht die Polizei, die immer rät, Haustürschlüssel keinesfalls in der Umgebung des Hauses zu verstecken? Wie etwa unter der Fußmatte oder im Blumentopf neben der Haustür? Unter Letzterem hat allerdings Kriminalhauptkommissar Kay Lorenz einen Haustürschlüssel deponiert, und mit dem war ich gerade in seinem Haus, beziehungsweise dem Haus seiner Mutter, um sein Dienstlaptop zu holen und es ihm in die Klinik zu bringen.

»Ich kam mir wie eine Einbrecherin vor«, begrüße ich ihn, als ich damit in sein Krankenzimmer komme. »Irgendwie so unbefugt!«

Kay, der mittlerweile seinen Turban losgeworden ist, muss lachen.

»Das wäre natürlich ganz schlecht, wenn du als vermeintliche Einbrecherin noch von Riebesehl und Pawlak verhaftet wirst. Danke, dass du das Laptop trotzdem für mich geholt hast. Ich wäre sonst aufgeschmissen – momentan bin ich nicht nur ans Bett gefesselt, sondern sehe auch noch so wild aus, dass die Leute die Polizei rufen würden, wenn ich draußen herumliefe.«

Damit hat Kay recht. Die Beule an seiner Augenbraue ist nämlich mittlerweile eine Etage tiefer gerutscht, so dass er nun ein sehr eindrucksvolles blaues Auge hat. Noch dazu sind seine Locken zu einer Frisur à la Struwwelpeter mutiert, alles in allem kein vertrauenerweckender Look.

»Schon gut«, sage ich und reiche ihm das Laptop.

»Das hilft mir wirklich sehr! Ich muss unbedingt etwas nachgucken, aber meine Mutter ist gerade unterwegs, und ich wusste nicht, wen ich sonst hätte fragen können.«

Vielleicht deine Ex-Frau?, liegt es mir auf der Zunge, aber das schlucke ich brav runter.

»Alles gut«, sage ich stattdessen, »ich wollte dich sowieso noch mal besuchen.«

»Das freut mich«, erwidert Kay, und es klingt ehrlich. »Es ist schön, dich zu sehen.«

»Geht es dir denn einigermaßen? Ich bin überrascht, dass du so kurz nach der OP schon arbeiten willst.«

»Hm.« Es folgt ein langer, tiefer Seufzer. »So richtig doll ist es noch nicht, aber es geht schon. Ich habe etwas ganz Gutes gegen die Schmerzen bekommen und darf klingeln, wenn es wieder schlimmer wird.«

Aha. Also tatsächlich Morphium. Wobei Kay dafür irgendwie nicht glücklich genug aussieht.

»Stimmt irgendetwas anderes nicht?«, will ich deshalb von ihm wissen.

»Na ja, ich bin jetzt hier und kann mich kaum bewegen. Und Janine übernimmt die Leitung der neuen SOKO *Haff.* Ich habe es heute Mittag von Frau de Santis erfahren, die mir gute Besserung wünschen wollte. Gab schon schönere Tage in meiner Karriere.«

Ach, darum hat er so schlechte Laune! Ich kann's verstehen. Nichts gegen Janine Lamott, aber ich wäre auch sauer, wenn die auf einmal meinen Job übernehmen würde. Was ziemlich unwahrscheinlich ist, denn ich kann sie mir so gar nicht in einem Tonstudio vorstellen.

»Das tut mir echt leid«, sage ich mitfühlend »aber niemand zweifelt an deinen Fähigkeiten. Du hattest eben einen Unfall.«

Kay murmelt irgendetwas Unverständliches, dann klappt er sein Laptop auf und beginnt, darauf herumzutippen. Ich setze mich auf den Stuhl, der neben seinem Bett steht.

»Was musst du denn so dringend wissen?«, erkundige ich mich neugierig.

»Ich möchte sehen, ob der Obduktionsbericht aus der Rechtsmedizin schon da ist.«

»Warum?«, wundere ich mich. »Du hast doch selbst gesehen, woran Margot Schneider gestorben ist: Sie hatte ein riesiges Loch im Kopf.«

»Trotzdem. Irgendwas stört mich an diesem Einbruch. In allen anderen Fällen war niemand zu Hause, als die Bande eingebrochen ist. Hier waren gleich drei Leute im Haus: das Kindermädchen und zwei Kleinkinder.«

»Ja, aber die Täter müssen geglaubt haben, allein zu sein. Sie wurden von Frau Schneider überrascht.«

»Mag sein. Aber es gibt noch etwas anderes, das mich wundert: Margot Schneider trug eine Smart Watch. Die konnte die KTU gestern schon auswerten, Janine hat mir davon erzählt. Und diese Auswertung ergibt, dass der Angriff schon um halb neun stattgefunden haben muss. Ich frage mich, ob die Kinder zu diesem Zeitpunkt wirklich schon so tief und fest geschlafen haben können, dass sie nichts von dem Überfall mitbekommen haben.«

Ich zucke mit den Schultern.

»Keine Ahnung. Mit Zubettgehzeiten und Einschlafritualen von Kindern kenne ich mich überhaupt nicht aus. Da bist du der Fachmann.«

»Genau. Und als Fachmann sage ich, dass zumindest Greta immer noch mal aus dem Bett spaziert ist, wenn der Babysitter auf sie aufgepasst hat. Abgesehen davon ist es um halb neun auch noch ziemlich hell – nicht gerade optimale Voraussetzungen für einen Einbruch, findest du nicht?«

»Ja, das ist wirklich seltsam. Aber solltest du dich nicht einfach erholen, dein Bein hochlegen und mal die anderen ermitteln lassen?«

Kay schaut mich über den Rand seines Laptops an und überlegt kurz, bevor er antwortet.

»Franzi«, sagt er dann, »wenn ich in meinen Jahren bei der Kripo etwas gelernt habe, dann auf meinen Instinkt zu vertrauen. Wenn der mir sagt, dass etwas nicht koscher ist, dann ist es nicht koscher. Und ich versichere dir: Das ist hier der Fall. Das habe ich auch Janine gesagt.«

»Umso besser«, freue ich mich, »dann kannst du doch jetzt mal ausspannen.«

»Nein«, widerspricht Kay, »so bin ich nicht gestrickt. Außerdem, und das mag jetzt arrogant klingen: Wenn es um den richtigen Riecher geht, dann ist meine Nase nun mal eindeutig besser als die von Janine. Sie legt sich für meinen Geschmack zu schnell auf eine Ermittlungsrichtung fest und rückt dann nur noch ungern von dem ab, was sie für die heiße Spur hält. Damit hat sie oft recht, aber eben nicht immer. Und ich glaube, diesmal ist sie schief gewickelt.«

»Aha.« Mehr fällt mir dazu nicht ein, weil ich Janine Lamott nicht besonders gut kenne und zudem gerade das Gefühl habe, dass Kay ein klitzekleines bisschen eifersüchtig auf die Tatsache ist, dass Janine Lamott jetzt den Hut aufhat. Das ist nun gar nichts für Herrn Lorenz! Aber da er sowieso schon so schlecht gelaunt ist, behalte ich meine Meinung lieber für mich und sehe ihm weiter dabei zu, wie er in die Tasten haut.

»Ah, da ist er ja«, ruft er, und seine Miene hellt sich auf. »Der Obduktionsbericht. Mal sehen, was die Greifswalder herausgefunden haben.« Konzentriert schaut er weiter auf den Bildschirm. Ich stehe auf, stelle mich neben ihn und beobachte, wie er mit dem Zeigefinger auf dem Touchpad im Text rauf- und runterscrollt.

»Und? Irgendwas Besonderes?«

Kay schaut zu mir auf. Er lächelt.

»In der Tat. Lorazepam. Und zwar jede Menge.«

»Lora-was?« Nie gehört. Was meint Kay damit?

»Das gute, alte Lorazepam. Handelsname Tavor. Ein verschreibungspflichtiges Beruhigungsmittel. Wirkt angstlösend und stimmungsaufhellend, in hohen Dosen allerdings wie ein Schlafmittel.«

»Tja, vielleicht brauchte Frau Schneider das für ihren Einsatz bei Familie Mühlenhoff? Es soll ja ganz furchtbare Kinder geben, da ist so eine Happy-Pille für das Kindermädchen bestimmt eine gute Idee.«

Kay lacht.

»So gesehen hast du natürlich recht. Ich hatte auch schon Momente mit Greta, da hätte ich eine Tavor gut gebrauchen können. Gerade als sie ihre Trotzphase hatte.« Er streicht sich durch die Haare und fährt in ernstem Ton fort. »Aber die Toxikologie sagt, dass Margot Schneider davon so viel intus hatte, dass sie davon eingeschlafen sein muss. Ich kann mir nicht vorstellen, dass ein verantwortungsvoller Profi wie Frau Schneider sich zudröhnt, bevor er seinen Einsatz bei einer Familie mit kleinen Kindern antritt.«

Kann sein. Kann aber auch an der mangelnden Vorstellungskraft von Kay Lorenz liegen. Besonders phantasievoll wirkt er jedenfalls nicht auf mich.

»Macht Tavor süchtig?«

Kay nickt.

»Ja, ich glaube schon. Das ist übrigens das Zeug, mit dem sich Uwe Barschel abgeschossen hatte, als man ihn tot in der Badewanne im *Beau-Rivage* in Genf fand. Der war offensichtlich sehr abhängig davon.«

»Na, dann«, hebe ich die Hände, »könnte eine Erklärung doch sein, dass auch Frau Schneider abhängig davon war und es grundsätzlich zu jeder Tageszeit nahm. Vermutlich verträgt man dann auch höhere Dosen, bevor man einschläft.«

»Ach Manno!«, ruft Kay und klappt sein Laptop zu. »Nun mach mir doch nicht meine hübsche Theorie kaputt, Franzi!«

»Du meinst, nach der du gerne beweisen möchtest, dass du aus dem Krankenhausbett heraus noch erfolgreicher einen Fall aufklären kannst als deine liebe Kollegin, obwohl sie vor Ort ermittelt?«, frage ich grinsend.

»Ertappt«, gibt Kay schuldbewusst zu. Er richtet sich auf. »Aber es ist nicht nur eine Frage der Ehre. Mein Gefühl sagt mir, dass der Einbruch bei Familie Mühlenhoff nichts mit der restlichen Serie zu tun hat. Janine sieht es völlig anders. Sie findet, er passt genau in diese Reihe, nur dass diesmal eben etwas schiefgegangen ist.« Er zögert. »Gut, ein paar Sachen sprechen natürlich schon dafür. Es waren wieder überhaupt keine Handys in der Funkzelle des Tatorts eingeloggt. Und es wurden einige sehr teure Kunstwerke gestohlen. Obwohl die Einbrecher das Haus so auf den Kopf gestellt haben, gibt es keinerlei Fingerabdrücke oder Fußspuren – bis auf die von Janis.«

»Also ich bin da ehrlicherweise ganz bei Janine«, räume ich ein. Kay bläst die Backen auf.

»Nein. Ich bleibe dabei. Diesmal sind es andere Gangster. Das werde ich auch beweisen – und genau dafür brauche ich dich, Franzi. Ich bin erst mal außer Gefecht gesetzt, aber du könntest in nächster Zeit mein Auge und mein Ohr sein.«

»Bitte?« Ich glaube, das Morphium macht Kay benommen. Er redet ein bisschen wirr.

»Ich kann momentan nicht draußen rumlaufen, aber du kannst es. Du kannst für mich die Augen und die Ohren aufsperren. Ist doch eine Win-win-Situation, oder nicht? Du würdest doch sowieso recherchieren, und wenn wir jetzt ein Team bilden, dann versorge ich dich mit internen Informationen, und du hörst dich draußen in der Welt um. Was meinst du?«

Okay, Kay Lorenz muss offensichtlich erst im Krankenhaus landen, um zu erkennen, was ich schon die ganze Zeit weiß: Zusammen sind wir unschlagbar! Aber trotzdem halte ich seine Theorie für sehr weit hergeholt und überlege, ob ich ihm doch von den rätselhaften Artikeln im *Sparfuchs* erzählen soll. Die beweisen schließlich, dass auch dieser Einbruch mit den anderen zusammenhängt. Ich denke kurz darüber nach, lasse es dann aber. Es ist schließlich Adams Entdeckung, nicht meine eigene. Wenn ich ihn nachher treffe, dann werde ich ihm von Kays Theorie erzählen und ihn bitten, dass wir Kay ein paar unserer Infos stecken. Immerhin hat er mir jetzt auch sehr viel anvertraut.

»Franzi?«

»Ja?«

»Also sag: Was hältst du davon? Dass wir ein Team sind, meine ich?«

»Äh, ja, gute Idee. Aber was genau soll ich für dich machen?«

»Ich möchte, dass du dich noch mal in Neu-Zirnow umsiehst. Normalerweise hätte ich mir jetzt den Chef dieses Sicherheitsdienstes vorgeknöpft. Nach drei Einbrüchen in der Siedlung hätte ich erwartet, dass neben jedem Haus ein Wachmann steht. Wieso ist das nicht passiert? Gibt es dort Videoüberwachung, die er uns zur Verfügung stellen kann? Was sagen die Nachbarn, wie sehen die Dienstpläne des Wachpersonals aus, wie ihre Kontrollgänge, wie …« Er redet sich langsam richtig in Fahrt, ich muss ihn ein wenig bremsen.

»Mach ich alles gern – allerdings habe ich keine Polizeimarke, die ich ihm unter die Nase halten kann«, gebe ich zu bedenken. »Meine Befragung muss also etwas charmanter oder etwas geschickter ausfallen, sonst komme ich da nicht weit.«

Kay atmet tief durch.

»Hast ja recht. Aber du wirst das schon machen. Dieser Teil der Polizeiarbeit unterscheidet sich vermutlich nicht groß von journalistischer Recherche.«

»Könnte man so sagen. Sonst noch etwas?«

»Wenn du gerade dabei bist: Familie Mühlenhoff wohnt jetzt drei Häuser neben dem Tatort. Da mussten sie natürlich raus, also hat ihnen die Resortleitung ein Ausweichquartier zur Verfügung gestellt. Vielleicht kannst du mit ihnen noch mal den Abend durchgehen. Das kleinste Detail hilft!«

»Wem gehört eigentlich das Haus?«, will ich wissen. »Mühlenhoffs selbst?«

»Nein. Es ist ein Ferienhaus, das vom Resort vermietet wird und noch dem Baukonsortium gehört. Es steht zum Verkauf, aber auch dann wird es in die Vermietung gegeben. Die Eigentümer dieser Häuser können selbst nur sechs Wochen pro Jahr in ihren Häusern Urlaub machen.«

»Ach, das hat Allegra Meyer gemeint«, sage ich mehr zu mir als zu Kay.

»Allegra Meyer? Hast du etwa mit ihr gesprochen?« Da ist Kay natürlich ganz Ohr.

»Gesprochen nicht direkt. Aber als ich auf dem Parkplatz auf Janis gewartet habe…«

»Du meinst, während er mit seinen Turnschuhen durch die Rabatten hinter dem Tatort getrampelt ist?«, fragt Kay mit strenger Stimme.

Ich verdrehe die Augen.

»Das hatten wir doch schon. Der Bereich war nicht abgesperrt. Wenn du zu faul bist, das Flatterband aus dem Kofferraum zu holen – selbst schuld!«

Einmal tief durchatmen, dann fällt Kay wieder ein, dass er momentan auf mich angewiesen ist, und er schenkt sich seine vermutlich böse Erwiderung.

»Also was war jetzt, als du auf dem Parkplatz gewartet hast?«, will er stattdessen wissen.

»Dieser Wachdiensttyp, Sascha Hahn, kam da zusammen mit Allegra Meyer an mir vorbei. Sie hat ihm ziemlich die Hölle heiß gemacht, weil es schon wieder einen Einbruch gab. Fand, er mache seinen Job nicht richtig. Dann hat sie sich darüber aufgeregt, dass erst die Hälfte der Häuser verkauft ist und es so auch nicht besser werden wird, da die Siedlung nun schon als *Einbrecherdorf* in der Zeitung gestanden habe.«

Kay legt den Kopf in den Nacken und starrt an die Decke, so verharrt er für circa zehn Sekunden, bevor er mich wieder anschaut.

»*Das Einbrecherdorf* – klingt wirklich nicht gut.« Dann, ganz unvermittelt: »Woher wusstest du denn, wer die beiden sind? Wenn du dich nicht mit ihnen unterhalten hast, werden sie sich kaum vorgestellt haben.«

Eines muss man ihm lassen, spitzfindig ist der Gute!

»Messerscharf, Herr Kommissar! Ich wusste, wie die beiden aussehen, weil mir Adam Zielinski Fotos von ihnen gezeigt hatte. Er recherchiert schon einige Zeit zu dem Fall. Hahn und Meyer sind aktiv in einer Gruppe, die eine Bürgerwehr gründen will, weil sie finden, dass die Polizei die Bevölkerung nicht genug vor solchen Banden schützt.«

»Pah!«, ruft Kay und schlägt mit der flachen Hand auf die Bettdecke, »Bürgerwehr! Wenn ich das schon höre!«

»Okay, aber dass die Ermittlungen jetzt schon rasend erfolgreich gewesen wären …«, setze ich an.

»Schon gut, schon gut«, wiegelt Kay ab. Dann grinst er. »Aber das wird sich ab sofort ändern, denn jetzt habe ich endlich die passende Assistentin.«

Jetzt bin ich es, die streng guckt. Kay deutet meinen Blick ganz richtig.

»Entschuldige, ich meinte natürlich Partnerin.«

»Schon besser«, lobe ich ihn und werfe einen Blick auf die runde Wanduhr, die gegenüber von Kays Bett angebracht ist. Viertel vor vier. Hoppla, ich muss los, sonst komme ich viel zu spät in die *Manufaktura*. »Du siehst blass aus, Kay«, sage ich. »Am besten schläfst du mal eine Runde. Ich denke, ich schaffe es morgen Vormittag nach Neu-Zirnow. Wenn ich etwas herausfinde, melde ich mich.«

Kay wirft mir einen enttäuschten Blick zu.

»Kannst du da nicht sofort hinfahren?«

»Bedaure. Jetzt habe ich noch eine andere Mission.«

Mehr verrate ich ihm besser nicht. Er muss schließlich nicht alles wissen, auch wenn wir jetzt Partner sind.

22

»Ich dachte schon, du kommst nicht mehr!«

Adam empfängt mich mit einem sehr vorwurfsvollen Blick. Es ist halb fünf, vor ihm auf dem Tisch stehen zwei Schokotörtchen.

»Entschuldige bitte«, sage ich und setze mich zu ihm. »Ich war noch im Krankenhaus bei Kay Lorenz, und dann war echt viel Verkehr auf dem Weg hierher. Bin wohl einfach zu knapp losgefahren.«

»Na ja, jetzt bist du ja da, alles gut«, sagt Adam und klingt schon wieder versöhnt. »Aber noch fünf Minuten länger und ich hätte die Schokotörtchen ohne dich gegessen. Und zwar beide!«

»Uh!«, rufe ich und lache. »Das ist eine sehr finstere Drohung, da habe ich wohl gerade noch mal Glück gehabt.«

Die Kellnerin kommt, ich bestelle mir einen Cappuccino, auch Adam nimmt noch einen.

»Wie geht es dem Kommissar denn?«, will Adam wissen.

»Er war noch ganz schön blass um die Nase«, berichte ich wahrheitsgemäß. »Und ziemlich deprimiert, dass er jetzt erst mal außer Gefecht gesetzt ist.«

Kopfnicken bei Adam.

»Klar, das glaube ich.«

»Und außerdem«, fahre ich fort, »schwer genervt, weil es ab

sofort eine SOKO *Haff* gibt. Und die leitet nun nicht er, sondern Janine Lamott. Er fühlt sich deshalb ziemlich ausgebootet.«

»Das kann ich mir lebhaft vorstellen. Was du von dem Typen so erzählst, ist dieser Lorenz ein richtiges Alphamännchen, das passt dem natürlich gar nicht. Aber muss er durch, ich gönne es ihm. Und dieser Frau Lamott gönne ich, dass sie die neue Chefin ist.«

Ich runzle die Stirn.

»Sooo schlimm ist Kay nun auch wieder nicht«, verteidige ich ihn. »Von seiner Arbeit als Polizist halte ich viel. Seine Ermittlungen haben jedenfalls immer Hand und Fuß. Er glaubt übrigens nicht, dass der letzte Einbruch mit der Toten zur Einbruchsserie dazu gehört.«

»Was?« Adam bleibt der Mund offen stehen, was ziemlich lustig aussieht, weil er zwei Sekunden braucht, bis er sich wieder gefangen hat. »Wie meinst du das?«

»Genauso, wie ich es sage: Kay Lorenz glaubt, dass das am Samstag andere Täter waren.«

»Wie kommt er denn darauf? Ich dachte, die Taten ähneln sich so. Und dann die Anzeige im *Sparfuchs*...«

»Ja, es gibt auch große Übereinstimmungen: Kunstdiebstahl, keine Handys und so weiter. Der vierte Einbruch in Neu-Zirnow. Trotzdem glaubt Kay nicht, dass es dieselben Einbrecher waren.«

»Hast du ihm vom *Sparfuchs* überhaupt erzählt?«, will Adam wissen.

»Nein, das wollte ich nicht, ohne dich vorher zu fragen. Schließlich hast du das entdeckt, nicht ich.«

»Hm, wenn du magst, bring ihm doch die Ausdrucke mit.«

»Ich ruf ihn morgen wieder an. Dann kann ich ihm davon

erzählen, er kann es sich auch selbst ergoogeln, ich habe ihm sein Laptop ins Krankenhaus gebracht.«

»Nein, du musst ihm unbedingt die Ausdrucke zeigen.«

Ich muss lachen.

»Kay ist doch kein kleines Kind. Wenn er weiß, wonach er suchen muss, wird er den *Sparfuchs* schon finden. Und dann wird er ja sehen, warum wir denken, dass auch der letzte Einbruch zur Serie gehört.«

»So einfach ist es leider nicht. Ich war heute noch mal auf der Seite und habe festgestellt, dass alle Anzeigen der Hermesfreunde gelöscht wurden. Wahrscheinlich kommst du denen mit deinen Berichten zu nahe, und sie wollen unter dem Radar bleiben. Gott sei Dank haben wir die Screenshots.«

»Na gut, dann gebe ich sie Kay. Ich bin mir sicher, er wird sich zwar ärgern, dass er das nicht selbst herausgefunden hat, sich aber am Ende freuen, endlich was in der Hand zu haben.«

Dazu sagt Adam nichts, sondern schaut irgendwie ein bisschen genervt. Eines ist schon mal klar: Gespräche über Kay Lorenz verbessern die Stimmung hier nicht. Ich sage auch nichts weiter, sondern widme mich meinem Schokokuchen.

Nach zwei Bissen legt Adam die Gabel zur Seite.

»Und?«, will er wissen, »was hat er sonst noch so erzählt?«

»Margot Schneider hatte ein Beruhigungsmittel im Blut. Und zwar ziemlich hoch dosiert. Das ist für jemanden, der eigentlich auf zwei kleine Kinder aufpassen soll, schon recht ungewöhnlich.«

Adam zuckt mit den Schultern.

»Möglicherweise war Schneider ja tablettenabhängig. Hört man doch immer wieder, gerade bei Frauen.«

»Ja, das war auch mein erster Gedanke. Aber komisch ist es schon.«

»Hat Lorenz irgendeine Ahnung, wann der Todeszeitpunkt war?«, geht Adam über meine Bedenken hinweg.

»Die Smart Watch sagt halb neun.«

»Sehr gut! Das ist doch endlich mal ein guter Anhaltspunkt für die weiteren Untersuchungen.«

»Richtig. Aber auch das ist gleichzeitig wieder komisch. Mit der Uhrzeit sind die Täter doch ein ziemliches Risiko eingegangen, denn so richtig dunkel war es da noch nicht. Wir müssten mal herausfinden, wie das bei den anderen Einbrüchen war.«

»Weiß nicht, warum sollte das ein großes Risiko für die Einbrecher gewesen sein? Das Haus steht doch sehr abseits. Und zur Haffseite hin ist es überhaupt nicht einsehbar, da gibt es nicht mal einen Weg für Spaziergänger.«

»Warst du schon mal da?« frage ich überrascht. »Hast du gar nicht erzählt. Hast du also schon mal direkt mit Meyer oder Hahn gesprochen? Hast du sie interviewt?«

Adam zögert kurz.

»Direkt da war ich nicht«, räumt er dann ein, »aber ich habe mir das Haus auf Google Maps angeguckt.«

Aha. Die berühmte Internetrecherche. Ist natürlich nichts gegen zu sagen, aber ich finde, sobald man sich einen ersten Überblick verschafft hat, sollte man sich alles auch mal vor Ort anschauen. Da erlebt man oft Überraschungen. In diesem Fall muss ich Adam allerdings recht geben – das Haus am Haff liegt wirklich abseits, und vermutlich konnte man es sogar tagsüber ausspähen, ohne dass es irgendjemand bemerkt hat.

»Okay«, lenke ich ein, »so groß war das Risiko, um halb neun entdeckt zu werden, also doch nicht.«

»Siehst du!«, Adam klingt zufrieden. »Ich habe das Gefühl, dein Kommissar würde einfach gern glauben, dass sein Mordfall nicht in diese Reihe passt, weil ihm dann seine Kollegin Lamott nicht mehr ins Gehege käme. Aber ich fürchte, da verrennt er sich.«

Ich zucke mit den Schultern.

»Wenn du meinst.«

»Ja, meine ich.« Er nimmt einen Schluck von seinem Cappuccino und lehnt sich in dem sesselartigen Stuhl des Cafés zurück. »Und das war's an Neuigkeiten vom Kommissar?«

»Ja. Wobei ich das schon ziemlich viel finde. Immerhin ist er erst heute früh operiert worden, ich war überrascht, dass er sich überhaupt schon wieder um seine Arbeit kümmern wollte. Wobei – eigentlich möchte er vor allem, dass *ich* mich um seine Arbeit kümmere.«

Adam schaut mich erstaunt an.

»Wie meinst du das?«

»Er hat mich gebeten, dass ich mich noch mal in Neu-Zirnow umsehe. Und mit Mühlenhoffs spreche. Oder auch mit Sascha Hahn.«

»Aha? Warum das denn?« Adams Nachfrage klingt fast ein bisschen scharf. Was hat der denn bloß? Er scheint die Tatsache, dass Kays These nicht zu seiner eigenen passt, richtig persönlich zu nehmen. Ob das so eine Art Hahnenkampf ist? Ein bisschen gockelhaft ist der gute Adam ja schon.

»Ist doch wohl logisch. Kay kann ja schlecht mit einem Rollator durch das Feriendorf humpeln. Der ist noch bis mindestens Ende der Woche in der Klink.«

Dazu sagt Adam nichts mehr, sondern guckt grimmig. Ich ignoriere seine schlechte Laune und esse mein Schokotörtchen auf. Schließlich brummt er irgendetwas Polnisches und isst ebenfalls weiter. Die Schokolade verbessert seine Laune nachhaltig, denn nach dem letzten Bissen sieht Adam schon wieder ganz fröhlich aus.

»Weißt du«, sagt er, »ich war natürlich auch nicht untätig heute Nachmittag. Ich habe noch mal mit de Jong gesprochen. Hab ihn spontan in der Galerie besucht.«

»Echt? Ich dachte, ihr trefft euch erst morgen Abend.«

»Stimmt, das war der Plan. Aber dann habe ich mir überlegt, dass es viel besser wäre, ihn ein bisschen zu überfallen. So dass er unvorbereitet ist, verstehst du? Ich habe mir vorher alle Infos über Garipi besorgt, die ich finden konnte. Und dann bin ich nach Ahlbeck zu der Galerie gefahren. Ich hab vor der Tür rumgelungert, bis de Jong allein war. Dann bin ich rein und hab ihn mir geschnappt. Als ich ihm ein Bild von der angeblichen Ware gezeigt habe, ist sofort die Gier in seinen Augen aufgeblitzt.«

»Du hast ein Foto von einem Werk von Garipi mitgebracht und behauptet, dass du einen Tipp hast, wie er da extrem günstig rankommt?« Janis hat recht: Adam Zielinski ist wirklich eine coole Socke!

»Ja. Und zwar ein ganz besonderes Werk. Den Pferdemann.«

»Pferdemann?«

»Ein Mann mit einem Pferdekopf. De Jong war begeistert und hat mir sofort 10 000 Euro geboten, wenn ich ihm eine genaue Skizze von dem Ort und der Umgebung liefere, an dem das Kunstwerk sich befindet. Meinte, dann würden wir beide ein sehr gutes Geschäft machen.«

Gut, dass ich die Torte schon vernichtet habe, denn sonst hätte ich mich jetzt verschluckt.

»Dann ist es also wirklich wahr! De Jong plant den organisierten Kunstraub!«

Adam grinst.

»Ja, im Handel liegt Gottes Segen, in der Arbeit Gottes Fluch.«

»Und wie geht es jetzt weiter?«

»De Jong will erst mal mein Material sehen, bevor das Geschäft zustande kommt. Ich muss also ein bisschen was basteln, damit es glaubwürdig ist. Ich habe ihm versprochen, dass ich ihm morgen Abend schon einen Appetithappen zeige. In einem Bauwagen am Sportplatz Swinemünder Chausee in Ahlbeck. Genaue Infos gibt es dann erst gegen die Hälfte der Kohle, die andere Hälfte, wenn der Job über die Bühne gegangen ist.«

»Aber dann wird de Jong doch merken, dass das alles Fake ist«, gebe ich zu bedenken.

Adam verzieht den Mund.

»Franzi, denk doch mal nach! Wenn der das merkt, sitzt er schon längt im Knast. Ich zeichne unser Treffen morgen heimlich auf. Deswegen der Bauwagen. Da habe ich eine Kamera installiert. Mit dem Band kannst du von mir aus auch deinen Freund am Krankenbett beglücken – dann klicken in der Galerie demnächst die Handschellen.«

Langsam ist mir ein bisschen unheimlich, was für ein unglaublicher Stratege Adam ist! Der plant die Geschichte wirklich von Anfang bis Ende durch, während ich offensichtlich gern mal auf dem Schlauch stehe.

»Adam, Hut ab! Das ist ein richtig guter Plan!«, sage ich bewundernd. »Wir schnappen de Jong und dann verrät er bestimmt seine Bande, damit nicht alles an ihm allein kleben bleibt – bingo!«

Nun tut Adam zwar so, als würde ihm mein Lob nichts bedeuten, aber unter seinem Pokerface fangen seine Wangen an, rötlich zu leuchten. Er räuspert sich.

»Eine Sache fehlt allerdings noch zu meiner perfekten Tarnung als schmieriger Kunstdealer. Also neben Fotos von dem angeblichen Haus mitsamt Video, das ich morgen noch dafür drehen muss.«

»Nämlich?«

»Irgendein albernes Accessoire. Irgendetwas pompös aussehendes. Ein einprägsames Detail erhöht die Glaubwürdigkeit. Die restlichen Klamotten habe ich mir schon zurechtgelegt – schwarze Jeans und schwarzer Rolli. Ich passe mich der Kunstszene optisch an, wenn ich mich morgen mit ihm treffe. Es fehlt nur noch etwas Auffälliges dazu.«

»Meinst du? Aber er hat dich doch heute schon gesehen.«

»Ja, aber da hatte ich meinen alten Parka an, er kann ja nicht wissen, was ich drunter trug. Die Idee ist mir auch vorhin erst gekommen, aber ich glaube, sie ist gut. Ich habe nur einen Versuch, um ihn morgen in die Falle zu locken.«

Ich bin nicht restlos überzeugt. Klingt für mich ein bisschen so, als hätte Adam zu viel *Psychologie Heute* gelesen, aber möglicherweise ist das auch ein genialer Verkäufertrick.

»An was hattest du denn gedacht? Ein goldenes Jackett? Lackschuhe? So was in der Art?«

»Nee, also es sollte schon noch im Rahmen sein. Aber irgendetwas, das mich exzentrisch genug für einen versierten Kunstkenner aussehen lässt.«

Ich überlege. Exzentrisch, aber nicht zu exzentrisch. Nicht ganz leicht zu entscheiden für jemanden wie mich, der meist nur mit Jeans und T-Shirt oder Pulli im Büro aufkreuzt. Ich sehe mich im Gastraum der *Manufaktura* um, als könnte ich hier die Antwort auf Adams Frage finden. Und dann tue ich es tatsächlich – als ich eine junge Frau sehe, die alleine an einem der Tische direkt am Eingang sitzt. Sie trägt einen wunderschönen, aber ziemlich bunten Seidenschal.

»Da!«, sage ich und deute in ihre Richtung. Adams Blick folgt meiner Hand.

»Was meinst du?«

»Ein Seidenschal. So wie der da drüben. Damit fällst du garantiert auf, er muss nur eine möglichst knallige Farbe haben.«

Adam klatscht begeistert in die Hände.

»Franzi, genial! Damit sehe ich auf jeden Fall windig genug aus. Los, ich zahle, und dann berätst du mich bei der Suche nach dem richtigen Schal! Im Corso gibt es garantiert das passende Geschäft.«

*

Als ich zwei Stunden später wieder nach Hause komme, bin ich völlig erledigt. Unsere Shoppingtour durch das größte Einkaufszentrum von Swinemünde, den Corso, hat unglaublich lange gedauert, weil sich Adam einfach nicht entscheiden konnte. Aber die Mühe hat sich gelohnt, wir haben einen sehr pinkfarbenen Schal aus reiner Seide für Adam gefunden. Also wenn das de Jong nicht davon überzeugt, dass Adam vom Fach ist, weiß ich es auch nicht.

Weil sehr schönes Wetter ist, herrscht auf der Terrasse vor dem *Inseltreff* Hochbetrieb. Ich sehe, wie Katja mit einem übervollen Tablett zwischen den Tischen hindurchbalanciert, und winke ihr zu.

»Hallo, meine Liebe! Brauchst du Hilfe?«

Katja lacht.

»Ja, aber nicht von dir. Du hast nämlich Besuch. Janis und Helena sind da. Die warten schon eine ganze Weile auf dich, ich habe ihnen jetzt erst mal einen Salat spendiert.«

»Oh, das ist ja eine Überraschung. Wo sitzen sie denn?«

Ich schaue mich um und kann die beiden nicht gleich entdecken.

»Drinnen!«, ruft Katja, bevor sie den nächsten Tisch ansteuert. Drinnen? Bei dem Bombenwetter? Ich gehe von der Terrasse in den Gastraum und schaue mich um. Und da sitzen sie. Ganz allein vor zwei Salatschüsseln.

»Hallo!« begrüße ich die beiden. »Hab ich was verpasst? Waren wir verabredet? Und warum hockt ihr hier drinnen.«

»Alles gut, wir waren nicht verabredet«, erwidert Janis, »aber ich wollte dich dringend sprechen, und dein Akku scheint leer zu sein, deswegen konnte ich dich nicht erreichen.«

Ich greife in meine Handtasche und hole mein Handy raus. Das Display bleibt schwarz.

»Und weil Janis so interessante Neuigkeiten hat«, ergänzt Helena, »habe ich vorgeschlagen, dass wir zum Essen hierher kommen, weil wir dich dann bestimmt irgendwann treffen würden. Drinnen sitzen wir, weil es draußen so voll ist und wir gern ungestört mit dir sprechen wollen.«

Da bin ich ja mal gespannt! Die erste interessante Neuigkeit in diesem Zusammenhang ist allerdings, dass Janis sich auch einen Salat bestellt hat. Sonst ordert er hier immer die Currywurst, aber wahrscheinlich traut er sich das in Anwesenheit seiner neuen Flamme nicht. Helena ist nämlich überzeugte Veganerin, die beiden haben sich nicht nur bei unserem ersten Fall, sondern vor allem an einem Stand von Tierschützern an der Seebrücke Ahlbeck kennengelernt. Auch Janis war also von Anfang an im Bilde, was Helenas Überzeugungen anbelangt, und kann sich nicht beschweren, dass nun ein Haufen Grünzeug vor ihm steht. Ich setze mich zu den beiden an den Tisch. Katja schaut vorbei, um zu fragen, ob ich auch etwas essen will. Unter dem missbilligenden Blick von Helena bestelle ich mir einen Burger. Dann wende ich mich an Janis.

»Also schieß los! Was gibt es Neues?«, will ich wissen.

»Knut hat sich mal ein bisschen umgehört«, erzählt Janis. »Dass Baginski pleite ist, wussten wir ja schon. Aber bevor er Insolvenz angemeldet hat, hat er die Villa Morgensonne noch an Wittenbrinks verkauft. Die kennen sich also definitiv.«

»Das ist ja ein Ding!«, rufe ich.

Janis nickt.

»Und nicht nur das. Weil es Unklarheiten über sein privates Vermögen gab, haben die Gläubiger die Kohle, die er für die Villa Morgensonne bekomme hat, einfrieren lassen, er kommt also gerade nicht an seine Konten. Aus seinem Haus scheint er schon vor einiger Zeit ausgezogen zu sein. Er hat sich aber nicht umgemeldet, so dass es momentan schwer ist, ihm etwas Offizielles zustellen zu lassen. Der Gerichtsvollzieher stand da schon vor verschlossenen Türen. Aber – und das ist auch interessant – die Einbrecher scheinen gewusst zu haben, dass das Haus momentan unbewohnt ist. Sie konnten völlig ungestört zuschlagen. Die Nachbarn haben morgens die Polizei gerufen, weil sie bemerkt haben, dass die Tür aufgebrochen wurde. Baginskis Frau ist dann irgendwann aufgetaucht, sie weiß aber angeblich auch nicht, wo ihr Mann steckt. Die sind offiziell getrennt, das glaubt ihnen aber zumindest in Zinnowitz keiner.«

»Knuti ist wirklich ein Spitzeninformat«, stelle ich fest. Vielleicht sollte ich doch mal wieder ein Bier mit ihm trinken gehen, er scheint der bestvernetzte Mensch auf der Insel zu sein. »Ich fasse also noch mal zusammen: Baginski ist pleite, und dann stehlen Einbrecher auch noch ein wertvolles Kunstwerk aus seinem Haus. In dem er gerade nicht wohnt, damit ihn seine Gläubiger nicht finden. Das ist aber kein gutes Jahr für ihn.«

»Ja«, grinst Janis, »er hat gerade nicht so einen Lauf. Ich dafür umso mehr. Denn dank Helena weiß ich sogar, was für ein Kunstwerk dort gestohlen worden ist. Rate mal!«

Och nee – ich hasse Ratespiele.

»Auch ein Garipi?«, mutmaße ich reichlich uninspiriert.

»Hundert Punkte!«, lobt Janis. »Und zwar eine Skulptur von Garipi. Das wiederum wusste die Putzfrau von Baginski, die mit der Putzfrau von der Drogerie befreundet ist, in der Helena arbeitet. Sie hat das natürlich auch bei der Polizei ausgesagt. Wir können also davon ausgehen, dass Janine Lamott nicht ganz so im Dunkeln tappt, wie sie dir gegenüber tut.«

Gut, das ist mir sowieso klar, dass sie mir nur einen winzigen Bruchteil von dem erzählt, was sie herausfindet. Da ich das in ihrem Fall umgekehrt genauso handhabe, kann ich ihr deswegen nicht mal böse sein.

Katja kommt mit dem Burger, der vorzüglich duftet, an unseren Tisch. Helena schüttelt missbilligend den Kopf.

»Also wenn dir schon die armen Tiere nicht leid tun, Franzi, dann denk doch bitte mal an die verheerende CO_2-Bilanz von Rindfleisch! Der Methanausstoß von Kühen ist wirklich ein messbarer Grund für die Erderwärmung.«

Dazu sage ich nichts, stattdessen beiße ich genüsslich in den Burger. *Krrk!* Was ist das? In meinem Gebiss hat es eben spürbar geknackt. Als ich den Mund öffne, fällt mit einem hörbaren *Klonck!* das Provisorium auf den Teller.

Verdammt. Das war dann wohl eindeutig das Kuh-Karma.

23

Nach einer Nacht voller dumpfer Zahnschmerzen parke ich am nächsten Tag um halb acht vor der Zahnarztpraxis von Dr. Wagener. Um einen Termin auszumachen, war es gestern Abend natürlich zu spät, deswegen versuche ich es heute einfach mit einem spontanen Notfallbesuch. Es parken neben meinem schon zwei Autos auf dem für die Praxis gekennzeichneten Parkplatz, eins davon ist Wageners Porsche. Ich scheine also Glück zu haben, oder besser: Glück im Unglück!

Ich bin schon kurz vor der Eingangstür angekommen, da höre ich durch das gekippte Fenster zum Flur der Praxis sehr laute Stimmen. Bei näherem Hinhören klingt es wie ein Streit, und ich erkenne deutlich die Stimmen von Dr. Wagener und Frau Malkenthin.

»Nein, Herr Doktor, dafür habe ich kein Verständnis mehr«, schreit Frau Malkenthin, und ihre Stimme zittert vor Empörung. »Ich warte jetzt schon seit zwei Monaten auf mein Gehalt für den Mai, und ich brauche dringend Geld! Sonst kann ich meine Miete nicht bezahlen, ich habe mir schon etwas bei Freunden geliehen!«

Was Wagener daraufhin antwortet, ist nicht ganz so gut zu verstehen, seine Stimme ist viel tiefer als die seiner Helferin und kommt bei mir eher als Brummen an. Ich meine aber, die Worte »Verständnis« und »Geduld« zu hören. Was auch immer er aber gesagt hat, bei Malkenthin löst es jetzt ganz offensichtlich einen Heulkrampf aus. Ein heftiges Schluchzen schwappt durch den Fensterspalt, das in Wellen lauter und dann wieder leiser wird. Dann brummt Wagener wieder etwas, aber Malkenthin lässt sich nicht beruhigen.

»So geht es nicht weiter!«, schreit sie noch einmal mit spitzer Stimme. »Ich komme nicht mehr, wenn Sie nicht endlich etwas unternehmen!«

Wagener brummt, und ich mache noch einen Schritt auf das Fenster zu, um vielleicht doch noch verstehen zu können, was er auf die Vorwürfe seiner Mitarbeiterin antwortet.

»Guten Morgen, Frau Mai!«

Ich zucke zusammen und drehe mich um. Direkt hinter mir steht auf einmal Dr. Maja Lorenz. Die Morgensonne scheint von hinten durch ihre offenen, blonden Locken. Sie sieht aus wie ein Engel.

»So früh schon hier?«, wundert sie sich. »Wollen Sie zu uns in die Praxis?«

»Guten Morgen! Ja, tatsächlich. Mir ist gestern beim Abendessen das Provisorium herausgefallen, und das fühlt sich jetzt ziemlich unangenehm an.«

Maja Lorenz guckt ernsthaft betroffen.

»Oh, wie blöd! Aber gut, dass Sie vorbeikommen. Ich schau es mir gleich an und versorge Ihren Zahn. Haben Sie das Provisorium mitgebracht?«

»Ja, hab ich. Ich habe auch schon versucht, es selbst in die Lücke zu setzen, aber dann wackelt es.«

Lorenz lacht.

»Ich befestige es gleich mit Zement. Da wackelt dann nichts mehr. Kommen Sie!«

Sie geht vor und schließt die Eingangstür zur Praxis auf. Ich folge ihr in den Flur und sehe mich um. Keine Spur mehr von Wagener und Malkenthin, der Empfang ist nicht besetzt.

»Hallo, guten Morgen!«, ruft Lorenz munter in den leeren Flur hinein. Keine Antwort.

»Nanu?«, wundert sie sich. »Normalerweise bin ich die Letzte, die hier eintrudelt. Ich frühstücke morgens immer mit Greta, und wenn sie zur Schule geht, fahre ich los.« Sie schaut sich am Empfang um.

»Hallo?«, ruft sie dann noch einmal. »Jemand hier?«

Nun klappert eine Tür, und Frau Malkenthin kommt nach vorne zu uns gehuscht. Ihre Augen sind gerötet, sie hat eindeutig geweint. Maja Lorenz scheint das nicht zu bemerken, jedenfalls begrüßt sie die Hilfe mit geschäftsmäßiger Fröhlichkeit.

»Ach, da sind Sie ja! Guten Morgen, Frau Malkenthin! Frau Mai hat Probleme mit ihrem Provisorium, da müssen wir mit ein bisschen Zement ran. Setzen Sie sie in die 1, ich komme dann gleich.«

Als Maja Lorenz kurz darauf an den Behandlungsstuhl tritt, auf den mich Frau Malkenthin wortlos platziert hat, ist ihre Mähne zu einem strengen Dutt gebändigt und sie hat einen Mundschutz aufgesetzt.

»So, lassen Sie mich mal gucken.«

Sie fährt den Stuhl nach hinten, ich öffne den Mund, dann zückt sie den Zahnspiegel und begutachtet das Ganze.

»Okay, nicht weiter schlimm. Da ist wirklich nur das Provisorium rausgefallen. Nichts weiter abgerochen, saubere Ränder. Das haben wir gleich. Wo ist das Provisorium?« Sie zieht den Zahnspiegel zurück, so dass ich antworten kann.

»Habe ich Frau Malkenthin gegeben, die hat es dort drüben hingelegt.« Ich deute auf die gegenüberliegende Seite des Behandlungsraums, wo sich eine Zeile aus Ober- und Unterschränken befindet, in denen vermutlich alles untergebracht ist, was man für die durchschnittliche Zahnbehandlung so braucht. Lorenz geht hinüber und schaut sich das Provisorium an, das nun in einer Nierenschale aus Stahl liegt.

»Das sieht doch gut aus. Ich mische kurz den Zement an, dann setze ich es wieder ein. Es sollte halten, bis das Inlay da ist.«

Sie klappert an den Schränken herum, dann mischt sie ein Pulver mit etwas Flüssigkeit auf einer Glasplatte mit einem Spachtel an.

»Unsere zweite Helferin ist leider krank«, erklärt sie. »Also gilt heute: Der Chef kocht selbst. Beziehungsweise die Chefin.« Sie kommt mit der Glasplatte und der Nierenschale wieder zu mir und stellt beides auf den Klapptisch vor meiner Brust. »So, dann mal bitte wieder Mund auf.«

Mit einem Häkchen bringt sie den Zement in die Lücke, ich zucke kurz zusammen, weil die Kälte ein sehr unangenehmes Gefühl in meinem gesamten Kopf verursacht.

»Stillhalten, bitte!«, befiehlt Lorenz in strengem Ton, dann setzt sie das Provisorium wieder ein. Mit zwei Fingern ruckt und drückt sie daran herum, dann lächelt sie zufrieden. »Sitzt gut! Der Zement härtet in ein paar Minuten aus. Bitte essen Sie trotzdem die nächsten zwei Stunden nicht und für heute auch danach nichts Klebriges oder Hartes. Ich entferne noch kurz die Zementreste, dann sind wir fertig.«

Ich atme tief durch.

»Danke!«, sage ich.

»Keine Ursache. Ist ja mein Job. Apropos Job ...«, sie zögert kurz, bevor sie weiterspricht. »Ist das eigentlich rein beruflich?«

Rein beruflich? Ich schaue sie ratlos an.

»Was meinen Sie?«

»Na, ist das rein beruflich zwischen Ihnen und Kay?« Die Stimme der sonst so selbstsicheren Maja Lorenz klingt plötzlich fast ängstlich. Ich bin so überrascht von dieser Frage, dass ich nicht weiß, was ich darauf antworten soll. Vor allem, da ich mir selbst nicht sicher bin, was die richtige Antwort ist. Ich sage also erst mal nichts, stattdessen redet Maja Lorenz weiter.

»Wissen Sie, ich dachte zuerst, Sie seien möglicherweise seine neue Freundin. Dann hatte ich den Eindruck, dass es doch eher eine berufliche Geschichte ist. Und mittlerweile weiß ich gar nicht mehr, was ich denken soll. Bevor Sie jetzt sagen, dass mich das nichts angeht – tut es doch.«

»Äh ...« Mehr kann ich zu diesem unerwarteten Thema nicht beisteuern, muss ich aber auch nicht, denn Maja setzt ihren Vortrag fort.

»Ich weiß nicht, ob er Ihnen das erzählt hat, aber er will, dass Greta nun die Hälfte der Zeit bei ihm wohnt. Und dafür will er jetzt extra nach Heringsdorf ziehen. Wechselmodell nennt sich das. Na ja, öfter mal was Neues!« Sie lacht trocken, der unsichere Unterton in ihrer Stimme ist nun leider vollständig verschwunden, stattdessen klingt sie einen Hauch fordernd, fast aggressiv. »Ich habe versucht, ihn davon abzubringen, aber er ist natürlich stur wie immer. Wenn Greta das auch möchte, kann ich es wahrscheinlich nicht verhindern, sagt mein Anwalt, obwohl ich die Idee schwachsinnig finde.« Sie seufzt. »Jedenfalls wird Greta dann vermutlich sehr viel mehr Zeit mit Kay verbringen als jetzt und damit auch mit den Leuten, mit denen wiederum er seine Zeit verbringt. Da wüsste ich gern, wer das so ist. Bisher war Kay ja eher mit seiner Arbeit verheiratet. Aber das scheint sich gerade zu ändern. Und da frage ich mich natürlich, ob Sie der Grund dafür sind. Also: sind Sie's? Und ist Ihnen eigentlich klar, welche Verantwortung Sie damit übernehmen?«

Puh! Das ist ja mal ein Verhör hier! Neulich war sie deutlich netter, aber da hatte sie wahrscheinlich noch nicht mit ihrem Anwalt gesprochen. Ich entferne das Papierlätzchen, das noch um meinen Hals baumelt, und rutsche vom Behandlungsstuhl, denn ich würde der Frau Doktor jetzt sehr gern endlich einmal auf Augenhöhe begegnen.

»Danke für das Ankleben«, sage ich also, ohne auf ihre Frage einzugehen. »Ich werde heute nichts Klebriges essen. Oder tun. Einen schönen Tag noch.«

Ich spaziere aus dem Behandlungszimmer, ohne mich noch einmal umzudrehen.

*

»Baginski ist übrigens nicht der Einzige, über dem der Pleitegeier kreist!«, berichte ich Janis beim ersten Bürokaffee von meinen neugewonnenen Erkenntnissen. »Auch mein Zahnarzt scheint gerade einen kleinen Engpass zu haben.«

Janis lacht ungläubig.

»Ein klammer Zahnarzt? Kann ich mir nicht vorstellen. Die schwimmen doch alle im Geld.«

»Ts, ts, ts, mein Lieber!«, tadle ich ihn. »Von solchen Klischees solltest du dich gerade als Journalist nicht leiten lassen.« Ich schildere ihm den Streit zwischen Wagener und Malkenthin.

»Hm. Also lass mal überlegen«, er fährt sich nachdenklich mit der Hand über sein Kinn. »Wir haben hier mehrere Gemeinsamkeiten zwischen den Opfern: Gutverdiener, die Kunst sammeln, in finanziellen Schwierigkeiten stecken und ein Haus haben, was ab und zu mal leer steht.«

Ich rühre in meiner Kaffeetasse herum und versuche dabei, meine Gedanken zu sortieren.

»Wie passt das zu unserer These, dass es seine eigenen Kunden sind, die de Jong besonders gern überfallen lässt?«, überlege ich laut. »Weil er weiß, dass die bei sich rumstehen haben, was er gut verkaufen kann?«

»Vielleicht ist es einfach ein Zufall. Also dass jetzt zwei Opfer Liquiditätsprobleme haben.«

»Drei«, korrigiere ich, »Monika Ahrens hat laut Katja und Manni auch immer mal wieder Geldschwierigkeiten.«

»Aber ist bei der ebenfalls Kunst geklaut worden? Auf der Kundenliste von de Jong taucht sie jedenfalls nicht auf.«

Stimmt auch wieder. Es ist vermutlich Quatsch, das in einen Zusammenhang bringen zu wollen.

»Ja, wahrscheinlich hat es nichts mit den Einbrüchen zu tun«, sage ich. »Kay Lorenz ist übrigens der festen Überzeugung, dass zumindest der letzte Einbruch mit der toten Margot Schneider nichts mit der restlichen Einbruchsserie zu tun hat.«

»Echt?«, wundert sich Janis.

»Ja, das wollte ich dir eigentlich schon gestern Abend erzählen, aber nach dem Abgang meines Provisoriums war ich nicht mehr besonders gesprächig.«

Das gehässige Lachen, in das Janis jetzt ausbricht, hätte ich ihm gar nicht zugetraut!

»Das war ja auch zu komisch – eben noch hält dir Helena einen Vortrag darüber, wie schlecht Rindfleisch ist, und schon fallen dir die Zähne raus. Perfektes Timing!«

Genervt knalle ich meinen Kaffeebecher auf die Tischplatte.

»Mir sind nicht *die Zähne* rausgefallen, du Blödmann! Ich habe lediglich ein Provisorium verloren.«

Janis hebt beschwichtigend die Hände.

»Ist ja gut, Chefin! Das war ein harmloser Witz von mir. Also dann erzähl doch mal, warum Kay denkt, dass der Einbruch nicht dazu gehört. Ich meine, allein die Geschichte mit dem *Sparfuchs* macht die Sache doch klar.«

»Ja, finde ich auch. Allerdings habe ich Kay nichts davon erzählt.«

»Hast du nicht?«

»Nein, ich wollte noch ein paar Infos in der Hinterhand behalten. Ihm nicht gleich alles stecken, was wir wissen. Außerdem war ich mir nicht sicher, ob Adam damit einverstanden ist. Also hab ich's gelassen.«

»Okay. Verstehe ich. Aber warum zweifelt Kay denn auf einmal an der Theorie, dass alle Einbrüche von derselben Bande verübt wurden?«

»Erkläre ich dir, wenn wir im Auto sitzen. Denn jetzt fahren wir zusammen nach Neu-Zirnow und schauen uns da noch mal um. Wenn Kay recht hat mit seiner These, dann finden wir vor Ort vielleicht irgendwas Auffälliges, das nicht ins Bild passt. Oder irgendwen, der uns etwas erzählt, was Kays Verdacht bestätigt. Dann ändere ich meine Meinung noch mal. Aber wenn wir nichts finden, dann ändert vielleicht andersherum Kay seine Meinung. Die Ausdrucke vom *Sparfuchs* hab ich jedenfalls dabei und bringe sie ihm nachher ins Krankenhaus. Mal sehen, was er dazu sagt.«

Ich schnappe mir meinen Autoschlüssel von der Tischplatte und stehe auf.

»Los geht's, Kollege!«

24

»Wie heißt der Typ mit dem Dackel noch mal?«, will ich von Janis wissen, während wir die Landstraße Richtung Zirnow fahren.

»Trulsen.«

»Und seine Nummer hast du?«

»Klaro. Hab ich dir doch schon erzählt. Du hast mir deswegen den Titel des Starreporters verliehen.«

»Ich muss aber auch immer so maßlos übertreiben«, kichere ich. »Dann ruf ihn mal an. In zwei Minuten sind wir da. Ich hoffe, er hat jetzt Zeit.«

»Bestimmt. Er ist Rentner, glaube ich.«

In dem folgenden kurzen Telefonat bestätigt sich Janis' Einschätzung. Trulsen ist Rentner und hat Zeit. Man könnte fast sagen, er freut sich auf uns. Immerhin steht er vor seinem Haus und winkt uns freundlich zu, als wir parken und aussteigen.

»So, und Sie sind also die Herrschaften von der Presse«, empfängt er uns. »Ich hatte beim letzten Mal gedacht, Sie seien Polizeibeamter, junger Mann. Sonst hätte ich Ihnen vermutlich gar nicht so viel erzählt.«

Janis hat uns diesmal ordnungsgemäß als Reporter von Bäderland-Radio angekündigt, ich hoffe sehr, dass dies der Auskunftsfreude von Herrn Trulsen keinen Abbruch tut. Aber momentan sieht es ganz danach aus, als würde er sich auch mit Journalisten gern unterhalten.

»Hallo, Herr Trulsen, ich bin Franzi Mai«, stelle ich mich kurz vor. »Es wäre toll, wenn Sie uns ein paar Fragen beantworten könnten.«

»Ach, Frau Mai! Sie sind doch die eine von dieser Problem-Sendung!«, erkennt mich Trulsen offenbar wieder. Problem-Sendung. Ja, so kann man es auch sagen. Ich nicke.

»Genau. Haben Sie die Sendung schon mal gehört?«

Nun ist es Trulsen, der nickt.

»Aber natürlich. Das ist ja immer sehr spannend. Dieser Fall mit dem toten Fischer – das waren doch Sie, oder?«

Ich gebe zu, ich bin geschmeichelt.

»Das stimmt. Das war unser erster Fall. Also der von Herrn Neubauer«, ich zeige auf Janis, »und mir.«

»Na, dann immer rinn in die jute Stube«, lädt uns Trulsen ein, ihm ins Haus zu folgen. Im Wohnzimmer bietet er uns einen Platz auf der Sitzgruppe rund um einen Couchtisch an. Auf dem Sofa liegt allerdings der Dackel und guckt böse.

»Also Herkules!«, schimpft Trulsen. »Nu mach mal Platz für unsere Gäste!«

Der Dackel denkt gar nicht daran, auch nur einen Millimeter zu weichen. Stattdessen macht er sich noch ein bisschen länger und räkelt sich. Trulsen stützt die Hände in die Hüften.

»So ein ungezogener Hund! Runter da mit dir!«

Keine Reaktion. Janis lacht.

»Lassen Sie ihn doch. Immerhin ist er vielleicht unser wichtigster Zeuge. Wir nehmen einfach die Sessel, kein Problem.«

Wir setzen uns alle, ich hole mein Handy aus der Handtasche.

»Ist es okay, wenn ich unser Gespräch aufzeichne?«, frage ich Trulsen. »Dann muss ich mir keine Notizen machen.«

»Gerne«, antwortet der ältere Herr. Ich starte die Sprachaufnahme und lege das Handy auf den Couchtisch. »Herr Trulsen, Sie kannten das Mordopfer?«

»*Kennen* ist vielleicht ein bisschen übertrieben. Aber ich habe mich ein paarmal mit Frau Schneider unterhalten. Sie hat hin und wieder hier in den Ferienhäusern auf Kinder aufgepasst, wenn die Eltern Essen oder ins Kino gehen wollten. Meistens kamen so junge Dinger, die für sie gearbeitet haben. Aber wenn die alle beschäftigt waren, ist Margot Schneider selbst gekommen. Ich glaube, sie war gut im Geschäft.«

»Und wie lief das dann ab? Haben die Eltern bei ihr direkt angerufen?«

»Ich glaube, die Buchung kam über das Büro der Resortverwaltung. Alle Serviceleistungen werden hier bei Frau Meyer bestellt. Sie hat ein sehr dickes Telefonbuch mit den Nummern lauter dienstbarer Geister auf Usedom. Die Touristen müssen sich um nichts selbst kümmern.«

»Verstehe. Und Sie haben Frau Schneider am Samstag getroffen, bevor sie ihre Arbeit antrat?«

»Ja. Sie stieg aus dem Auto aus, als ich gerade mit Herkules vom Hauptweg Richtung Haff abbog, und dann haben wir ein bisschen geplaudert.«

»Worüber?«

»Ach, das kann ich Ihnen gar nicht mehr so genau sagen. Über dies und das. Dass die Hauptsaison gerade so richtig losgeht, sie gut zu tun hat und Mühlenhoffs nette Kinder haben.«

»Und wirkte Frau Schneider auf Sie irgendwie müde? Schläfrig? Oder verwirrt?«

Jetzt ist es Trulsen, der verwirrt wirkt.

»Nein. Wieso? Als ich mich mit Frau Schneider unterhielt, war sie hellwach und im Vollbesitz ihrer geistigen Kräfte.«

»Sie hatten also nicht den Eindruck, dass Frau Schneider vielleicht unter dem Einfluss von Drogen stand?«, fragt Janis nach, dem ich auf der Hinfahrt alles berichtet habe, was Kay mir erzählt hat. Trulsen reißt die Augen auf.

»Margot Schneider und Drogen? Ist das Ihr Ernst?«

»Es ist nur eine Frage, Herr Trulsen, keine Feststellung«, beschwichtige ich ihn.

Er schüttelt energisch den Kopf.

»Nein, das kann ich mir überhaupt nicht vorstellen. Sie wirkte auf mich völlig normal und freute sich auf die Kinder der Mühlenhoffs.«

»Gut. Danke. Dann kommen wir jetzt mal zum späteren Abend«, leite ich zu meiner nächsten Frage über. »Ist Ihnen im Laufe des Samstagabends irgendetwas Ungewöhnliches aufgefallen?«

Trulsen legt die Fingerspitzen seiner Hände aufeinander und presst sie fest zusammen.

»Hm, da war tatsächlich etwas Ungewöhnliches im Zusammenhang mit dem Haus der Mühlenhoffs. Ich mache am Abend immer zwei Hunderunden mit Herkules. Eine am früheren Abend, so zwischen sechs und sieben. Dabei bin ich am Samstag ja auch Frau Schneider begegnet, die gerade ankam. Hab ich ja schon erzählt. Die nächste Runde mache ich dann immer so zwischen zehn und elf. Ich schätze, diesmal war ich so gegen halb elf unterwegs. Ich komme bei der Runde auch immer an dem Haus am Haff vorbei.«

»Das Haus am Haff?«, fragt Janis nach.

»Genau. So nenne ich das Haus, in dem Mühlenhoffs Urlaub gemacht haben. Weil es so dicht am Haff liegt und man von dort einen tollen Blick hat. Als ich am Samstag da vorbeispaziert bin, habe ich etwas gehört. Glaube ich jedenfalls. Ein Rumpeln oder so. Und gleichzeitig hat Herkules so laut angeschlagen, dass ich ihn vom Haus weggezerrt habe, weil ich wusste, dass da kleine Kinder schlafen. Ich hatte Angst, dass er die aufweckt und damit die Arbeit von Frau Schneider zunichtemacht.« Er atmet schwer. »Wäre ich besser mal hingegangen. Vielleicht hätte ich die Einbrecher dann verscheucht, bevor sie Frau Schneider etwas antun konnten.«

Janis und ich schweigen beide betroffen. Ganz ausschließen lässt sich Trulsens Vermutung nicht. Dann allerdings fällt mir wieder ein, was Kay über den Todeszeitpunkt laut Smart Watch gesagt hat. Halb neun. Das ist nun wirklich seltsam!

»Sind Sie ganz sicher, dass Sie erst um halb elf mit Herkules spazieren waren? Nicht vielleicht gegen halb neun?«, frage ich deshalb nach.

»Halb neun? Nein. Auf keinen Fall. Da habe ich gerade mit meiner Bekannten telefoniert.« Er kichert, als sei der Gedanke, dass ein Mann seines Alters eine Freundin hat, irgendwie ungewöhnlich. »Jedenfalls hat meine Bekannte erst um halb neun angerufen, weil sie auf dem Weg nach Hause im Stau stand und es nicht rechtzeitig ans Telefon geschafft hat. Normalerweise telefonieren wir samstags nämlich immer um acht. Jedenfalls haben wir ab halb neun länger als eine Stunde telefoniert, mein Ohr war schon ganz heiß vom Hörer. Dann habe ich mir noch ein Brot geschmiert und in Ruhe gegessen und bin dann los. Also vielleicht war es auch zehn Uhr, aber früher war es auf keinen Fall. Es war auch schon einigermaßen dunkel.«

»Und wie ging es dann weiter?«, will Janis wissen.

»Als ich wieder zu Hause war, habe ich noch das Ende vom *Heute Journal* geguckt. Dann das *Aktuelle Sportstudio*. Das gucke ich eigentlich jeden Samstag. Aber diesmal wurde ich von der Sendung abgelenkt, weil ich durchs Fenster sehen konnte, wie immer mehr Wagen mit Blaulicht ins Dorf fuhren. Ich gebe zu, da war ich neugierig. Ich habe mir also noch mal Herkules geschnappt und bin wieder raus und den Lichtern hinterher.« Er holt tief Luft. »Tja, und da habe ich dann gesehen, dass die alle vor dem Haus von Mühlenhoffs standen. Auch Mühlenhoffs selbst. Die waren völlig geschockt, die Armen. Sie hat geweint, und er war ganz blass. Die haben mir dann erzählt, wie sie Frau Schneider vorgefunden haben. Schrecklich, ganz schrecklich!«

Ich räuspere mich.

»Vielen Dank, Herr Trulsen. Das war wirklich sehr wertvoll für uns.«

»Und wie geht es jetzt weiter?«, will Trulsen wissen. »Machen Sie daraus eine Reportage? Einen Aufruf an die Bevölkerung? Denken Sie, Sie kriegen endlich die Täter? Das ist doch eine marodierende Bande, die hier ihr Unwesen treibt! Wir alle sind unseres Lebens ja nicht mehr sicher. Stellen Sie sich mal vor, diese feigen Banditen hätten den Kindern noch etwas angetan!«

»Wir bleiben dran, Herr Trulsen«, sagt Janis mit fester Stimme, »und wir tun alles, um diesen Verbrechern das Handwerk zu legen. Und ich glaube, wir werden das schaffen. Nicht umsonst nennt man die Presse doch auch oft die vierte Gewalt.«

Ich mustere ihn erstaunt. Was schwingt der denn hier plötzlich für markige Reden? Bei Trulsen scheint das aber gut anzukommen. Er steht vom Sofa auf, geht zu Janis und klopft ihm auf die Schulter.

»Junger Mann, Sie gefallen mir! Ich verlasse mich darauf, dass Sie der Wahrheit zu ihrem Recht verhelfen.«

Bevor die beiden sich in den Armen liegen können, hake ich schnell ein.

»Ich würde auch gern mal mit Mühlenhoffs sprechen. Kommissar Lorenz sagte mir, dass sie das Ferienhaus gewechselt haben. Wissen Sie, wo ich die Familie finde?«

»Ja, das weiß ich. Kommen Sie. Ich bringe Sie hin. Ich muss sowieso mal wieder mit Herkules raus.«

Als Janis und ich von unseren Sesseln aufstehen und zur Tür gehen, wirft mir der Dackel einen langen Blick hinterher. Ich weiß genau, was er mir damit sagen will: Siehst du, meinen Platz auf dem Sofa hast du nicht gekriegt!

*

Frau Mühlenhoff ist eine sehr schlanke, sehr blasse Enddreißigerin und für einen Ostseeurlaub mit kleinen Kindern erstaunlich elegant gekleidet. Eigentlich sieht sie in dem dunkelblauen Etuikleid und den schwarzen Ballerinas eher wie eine Anwältin auf dem Weg in die Kanzlei aus. Nur die beiden Kinder in Badehosen und T-Shirts, von denen sie eines links und eines rechts an der Hand hält, weisen sie als Mutter auf dem Weg zum Strandvergnügen aus. Irgendwie ist sie mir auf den ersten Blick herzlich unsympathisch.

Herkules, der Dackel, bellt fröhlich, als er Frau Mühlenhoff mit ihren Kindern sieht, die Kinder juchzen und stürzen auf ihn zu. Man kennt sich offenbar.

»Hallo, Frau Mühlenhoff«, grüßt Trulsen sie freundlich, »darf ich Ihnen jemanden vorstellen? Frau Mai vom Bäderland-Radio – das ist unser Inselsender.«

Frau Mühlenhoff wirft mir einen Blick zu, den ich nicht deuten kann. Jedenfalls scheint sie sich nicht gerade zu freuen, mich zu sehen. Ich beschließe, das zu ignorieren und so zu tun, als würde ich gerade einer guten, alten Bekannten begegnen. Freudig laufe ich auf sie zu und strecke ihr die Hand entgegen.

»Schön, dass ich Sie treffe! Hätten Sie vielleicht fünf Minuten für mich? Für ein Hintergrundgespräch? Mein Kollege und ich berichten für unseren Radiosender über die Einbruchsserie auf Usedom und sprechen in diesem Zusammenhang mit Betroffenen. Es würde mir sehr helfen, wenn Sie mir ein paar Fragen beantworten könnten. Wir wollen uns einfach mal ein umfassendes Bild von der Lage machen und – keine Sorge – nichts davon wird gesendet. Sie können also einfach frei von der Leber weg erzählen.« Ich bleibe vor ihr stehen und krame mein gewinnendstes Lächeln aus. Janis, der mich mittlerweile eingeholt hat, strahlt ebenfalls, was das Zeug hält.

»Das wäre ausgesprochen freundlich«, flötet er und bleibt neben mir stehen, so dass wir ihr nun gewissermaßen den Weg von ihrem Haus zum Fußweg versperren. Entwischen kann sie uns nun nicht mehr, sollte sie das vorgehabt haben. Sie runzelt die Stirn und blickt zwischen Janis und mir hin und her.

»Was gibt es denn?«, will sie schließlich von uns erfahren. »Ich hab nicht viel Zeit, die Kinder wollen an den Strand und werden schnell quengelig. Ich hatte eigentlich vor, zum Shoppen nach Ahlbeck zu fahren. Mein Mann wollte sich heute um die Kids kümmern, aber dann ist ihm ein Geschäftstermin dazwischengekommen, und jetzt muss ich mit zum Sandburgen bauen. Wissen Sie, mein Mann leitet den Außendienst eines großen Pharmaunternehmens und bei einem wichtigen Kunden gibt es Lieferprobleme. Da steckt so viel Umsatz dahinter, da muss das Privatleben dann eben zurückstehen.« Sie seufzt. »Das ist sowieso schon so ein schrecklicher Urlaub, da will ich mit den Kids wenigstens heute mal das gute Wetter nutzen und bei einer Strandrallye für Kinder mitmachen.«

Verständnisvolles Nicken bei Janis und mir.

»Ja, das muss am Samstag wirklich furchtbar für Sie gewesen sein«, sage ich mitfühlend. »Frau Schneider so vorzufinden …«

Jetzt ist es Frau Mühlenhoff, die nickt.

»Ja, ganz furchtbar. Und dann erst der ganze Stress mit dem Wechsel des Ferienhauses. Schrecklich. Das ist doch keine Erholung!«

Moment mal – sagt mir diese Frau gerade, dass das Schlimmste an dem Mord die Tatsache war, dass Familie Mühlenhoff ein Haus weiterziehen musste? Scheint mir eine ziemlich egozentrische Betrachtungsweise zu sein, denn während Mühlenhoffs nur die Koffer packen mussten, ist die arme Frau Schneider mausetot. Ich räuspere mich, weil ich einen Moment brauche, um zu überlegen, was ich darauf erwidern soll. Schließlich will ich, dass Frau Mühlenhoff noch ein bisschen mehr erzählt, und das erreiche ich vermutlich nicht, wenn ich ihr sage, was ich von ihrer Antwort halte.

»Das ist natürlich ein ganz schöner Stress, vor allem mit so kleinen Kindern«, heuchle ich also Mitgefühl.

»Haben Sie auch Kinder?«, erkundigt sich Frau Mühlenhoff und scheint sich gleich ein bisschen zu entspannen.

»Ja, zwei. Einen Jungen und ein Mädchen, ungefähr so alt wie Ihre«, lüge ich, um sie bei der Stange zu halten. Janis wirft mir einen erstaunten Blick zu, hält aber zum Glück die Klappe. Frau Mühlenhoff lächelt.

»Ach, dann wissen Sie ja, wie das ist. Man ist eben immer in Aktion, und wenn es dann im Urlaub nicht so glattläuft, hat man selbst fast keine Erholung.« Sie macht eine Pause.

»Echt schlimm!«, bestätige ich und hoffe, dass sie weiterredet.

»Wissen Sie, ich wollte eigentlich nach Mallorca. In den Robinson Club *Cala Serena*. Da fahren wir sonst jedes Jahr hin, und es ist herrlich. Wir hatten auch für dieses Jahr schon gebucht, aber dann wollte Alexander, mein Mann, auf einmal nach Usedom. Und nicht mal in ein Hotel, sondern in ein Ferienhaus. Wo ich wieder den ganzen Tag hinter den Kindern herräume, mich ums Essen kümmern muss und überhaupt keine Entlastung habe.«

Ich bin versucht zu fragen, ob ihr Mann außer wichtigen Geschäftsterminen auch noch beide Arme im Gips hat oder warum sie alles alleine machen muss, verkneife mir das aber. Muss ja jede selber wissen, wie sie mit ihren Lieben Urlaub macht.

»Aber Usedom ist doch auch eine ganz tolle Insel«, versuche ich, ein gutes Wort für meine Wahlheimat einzulegen. »Die Strände sind phantastisch, ich kenne kaum einen Flecken in Deutschland mit so vielen unterschiedlichen Landschaften auf kleinstem Raum, und sehr gute Restaurants haben wir hier auch.«

»Also ich bin mal ehrlich: Meins ist das hier nicht. Ich will im Sommer in den Süden, ich mag es gern richtig heiß. Und ich dachte eigentlich, meinem Mann ginge das genauso. Stattdessen hatte er im März plötzlich diese verrückte Idee mit Usedom und war nicht mehr davon abzubringen.« Sie schüttelt den Kopf. »Na ja, ich hoffe, er sieht jetzt ein, dass es nächstes Jahr besser wieder nach Mallorca geht. Was dabei rumkommt, wenn wir in Deutschland Urlaub machen, sieht man ja – dann ruft ihn die Firma sogar in den Ferien an. Nein, Usedom ist definitiv nichts für mich!«

»Das tut mir leid, dass Ihnen die Insel nicht gefällt«, mischt sich jetzt Janis ein. »Aber sicherlich liegt das auch noch an dem Schock von Samstag. Ihr Nachbar, Herr Trulsen, hat erzählt, dass Frau Schneider an dem Abend nicht das erste Mal bei Ihnen zum Babysitten war. Stimmt das?«

Frau Mühlenhoff runzelt die Stirn.

»Ja, das stimmt, aber ist das wichtig? Es war ja eher Zufall, dass wir zu ihr kamen. Wir hatten schon mal über die Rezeption des Feriendorfs einen Babysitter gebucht. Ich dachte, da käme ein junges Mädchen, aber dann stand Frau Schneider vor der Tür. Beim zweiten Mal haben wir dann gleich nach ihr gefragt, weil sie sehr gut mit den Kids klargekommen war.«

»Wirkte sie bei ihrem zweiten Einsatz irgendwie verändert?«, will ich wissen. »Müde? Oder gedämpft?«

Jetzt lacht Frau Mühlenhoff.

»Nein, warum denn? Sie war ganz normal. Wir haben uns kurz unterhalten, ihr erklärt, dass die Kinder noch zu Abend essen müssen, dann haben wir uns verabschiedet und sind nach Heringsdorf gefahren. Wir hatten einen Tisch im Belvedere. Ein sehr gutes Restaurant, wir wollten nicht zu spät kommen.«

»Und dort waren Sie den ganzen Abend?«

»Natürlich. Wir hatten das Sechs-Gänge-Menü mit Weinbegleitung. Das dauert schon eine ganze Weile, man will es doch auch genießen.«

»Und dann?«

»Dann sind wir so gegen halb elf aufgebrochen und direkt zum Ferienhaus gefahren.«

»War das Haus dunkel, als Sie ankamen?«

»Hm«, überlegt Mühlenhoff, »das ist eine gute Frage. Ich glaube, es war wirklich alles dunkel. Aber das hat uns nicht überrascht. Das Wohnzimmer sieht man von vorne ja nicht, sondern nur das Fenster zur Küche. Da brannte kein Licht, im ersten Stock auch nicht.«

»Es kam Ihnen also nichts auffällig oder seltsam vor.«

»Nein, überhaupt nicht. Aber mein Mann und ich, wir haben uns beim Reingehen angeregt unterhalten. Ich habe deshalb nicht darauf geachtet, ob irgendetwas anders ist als erwartet. Dass etwas nicht stimmt, habe ich erst gemerkt, als ich schon im Haus war.«

»Nämlich?« Ich hoffe doch sehr, dass die Mühlenhoff endlich mal mit Details um die Ecke kommt, die uns weiterbringen. Ich fürchte, wenn ich Kay nachher von Familienurlauben auf Malle und Sechs-Gänge-Menüs mit Weinbegleitung komme, haut er mir mein imaginäres Notizbuch um die Ohren. Frau Mühlenhoff sieht zu den Kindern, die immer noch mit dem Dackel von Trulsen spielen. Sie geht ein Stück zur Seite und bedeutet uns mit einer Handbewegung, ihr zu folgen, bevor sie weiterspricht.

»Die Garderobe war umgestürzt beziehungsweise von der Wand gefallen. Also der Flur im Ferienhaus ist ziemlich schmal, und auf der Seite gegenüber der Tür zur Gästetoilette ist ein Brett mit Garderobenhaken angebracht. Das lag auf dem Boden unter einem Haufen von Jacken und Mänteln. Außerdem fehlte gleich im Flur ein sehr auffälliges Gemälde, das habe ich sofort bemerkt. Und die Tür zum Wohnzimmer stand auf.« Mühlenhoff holt tief Luft, die Erinnerung an diesen Moment ist offenbar sehr unangenehm. »Mein Mann hat dann nach Frau Schneider gerufen, aber sie hat nicht geantwortet.« Ihre Stimme stockt. »Und dann, dann sind wir ins Wohnzimmer gegangen. Da haben wir sie liegen sehen … inmitten einer riesigen Blutlache.« Sie schluckt und verstummt.

»Haben Sie gleich die Polizei gerufen?«

»Ja.« Sie zögert. »Nein. Zuerst bin ich panisch nach oben gerannt, um nach den Kindern zu schauen. Ich hatte furchtbare Angst, dass ihnen auch etwas passiert wäre.« Tiefes Durchatmen. »Aber Tom und Lilli schliefen friedlich in ihren Betten, so als sei unten im Wohnzimmer nicht etwas derart Schreckliches passiert. Mein Mann hat dann die Polizei gerufen, und die war auch wirklich schnell da. Der erste Wagen schon nach zwanzig Minuten, die Kommissarin nicht viel später.«

Sie wirft einen Blick auf die teuer aussehende Armbanduhr an ihrem Handgelenk.

»Ich muss jetzt los. Die Rallye findet in Ahlbeck am Strand statt, und wir sind eh schon spät dran.«

»Natürlich. Ich will Sie gar nicht aufhalten. Eine letzte Frage: Wie lange werden Sie noch auf der Insel sein?«

»Ich fahre mit den Kindern am Freitag, da kommt mein Mann noch mal zurück und holt uns ab. Unser eigentliches Haus mussten wir wegen der kriminaltechnischen Untersuchung verlassen und das Haus, in das wir umgezogen sind, ist ab Samstag wieder vermietet. Und ich bin ehrlicherweise froh, dann wieder nach Hause fahren zu können.«

»Apropos«, hakt Janis nach, »wo ist denn *Zuhause*?«

»Wir kommen aus Köln«, antwortet Mühlenhoff.

»Oh, da haben Sie am Samstag noch eine ganz schön lange Rückfahrt vor sich«, stellt Janis trocken fest.

Frau Mühlenhoff lächelt gequält.

»Ja, genau der Grund, warum ich lieber in den Flieger nach Mallorca gestiegen wäre. Von Köln-Bonn aus nach Palma de Mallorca sind es gerade mal zwei Stunden und…«

Janis, der ihr eben noch konzentriert zugehört hat, dreht den

Kopf zur Seite, wo er zwischen den Häusern irgendetwas zu beobachten scheint.

»Hey, Sie«, ruft er laut, »warten Sie mal!« Er macht einen Schritt von uns weg. »Bleiben Sie mal stehen! Ich habe ein paar Fragen«, ruft er, bevor er lossprintet. Völlig überrascht schaue ich hinter ihm her. Dann sehe ich es auch: einen ziemlich großen Mann mit einem Kapuzenpulli, dessen Umrisse mir sehr bekannt vorkommen. Es ist der Mann, der Sonntagnacht am Haff das Kreuz samt Puppe angezündet hat. Ohne ein weiteres Wort lasse ich Mühlenhoff, Trulsen, den Dackel und Tom und Lilli stehen und renne hinter Janis her.

25

»Willst du Dresche, oder was?« Der Typ mit dem Kapuzenpulli hat Janis am Kragen gepackt und schüttelt ihn, aber der lässt sich davon nicht beeindrucken, sondern versucht, sich loszureißen, während er gleichzeitig auf ihn einredet.

»Streiten Sie es nicht ab! Sie habe mit einem Komplizen in der Nacht von Sonntag auf Montag ein Kreuz mit einer Schaufensterpuppe hier unten am Haff verbrannt. Ich erkenne Sie wieder.«

»Einen Scheiß hab ich!«, brüllt der Kapuzenmann und schüttelt Janis noch kräftiger, so dass er wie eine Puppe hin und her fliegt. Er wehrt sich, indem er wild um sich tritt, tatsächlich erwischt er dabei auch das Schienbein seines Gegners. Der jault vor Schmerzen auf und lässt Janis endlich los. Mit einem Satz rettet sich Janis hinter meinen Rücken. Nun stehe ich direkt vor dem Schüttler, der mittlerweile einen hochroten Kopf hat und so aussieht, als würde er auch nicht davor zurückschrecken, Radioreporterinnen zu verhauen, die fast zwei Köpfe kleiner sind als er selbst.

Ich erkenne den Typen übrigens auch wieder – es ist Sascha Hahn, der Security-Chef vom Feriendorf. Unglaublich! Der soll doch hier für Recht und Ordnung sorgen und nicht einen auf Ku-Klux-Klan für Arme machen.

»Hey«, schreie ich ihn an, »Sie sind doch Sascha Hahn, oder?«

Der Kerl lässt die Fäuste sinken.

»Wer will das wissen?«

»Franziska Mai. Ich bin Journalistin und arbeite für Bäderland-Radio. Wie kommen Sie dazu, meinen Kollegen zu bedrohen?«, frage ich in scharfem Ton, der mich hoffentlich mindestens zehn Zentimeter größer wirken lässt.

»Was? Ich hab den Pimpf hier bedroht? Das war wohl eher umgekehrt!«

»Reden Sie keinen Unsinn«, herrsche ich ihn an. »Mein Kollege hatte lediglich ein paar Fragen an Sie, und Sie sind gleich auf ihn losgegangen.«

»Der ist wie ein Verrückter hinter mir hergerannt«, hält Hahn empört dagegen. »Ich dachte, der will mir ans Leder! Das ist ja mittlerweile ’ne gefährliche Gegend hier, da musste ich mich wehren!«

»So ein Quatsch!«, ruft Janis, der sich jetzt wieder aus der Deckung traut. »Sie haben mich angegriffen, nicht umgekehrt.«

Mittlerweile stehen auch Trulsen und der Dackel neben uns, der Dackel knurrt Hahn an.

»Herr Hahn, was ist denn hier los?«, wundert sich Trulsen. »Frau Mai und ihr Kollege sind Reporter, die über die Einbruchsserie berichten wollen. Das ist doch ganz in unserem Sinn, oder etwa nicht?«

Hahn schnaubt, wirft Janis einen sehr bösen Blick zu, dann wendet er sich an mich.

»Gut, vielleicht habe ich ein wenig überreagiert. Aber meine Nerven liegen mittlerweile blank. Vier Einbrüche und jetzt auch noch eine Tote – wenn das so weitergeht, können wir bald dichtmachen. Wer will denn unter diesen Umständen hier noch Urlaub machen?«

Mein Mitleid hält sich sehr in Grenzen.

»Herr Hahn, dann verstehe ich aber eines umso weniger: Wenn ich mich nicht täusche, waren Sie es, der zusammen mit einem Komplizen die große Feuershow am Haff inklusive Polizeieinsatz und eines Schwerverletzten inszeniert hat. Glauben Sie ernsthaft, dass das auf Touristen irgendwie vertrauensbildend wirkt?«

Sascha Hahn schrumpft ein Stück – von 1,95 m auf vielleicht 1,92 m – und vergräbt seine riesigen Hände in der Tasche, die vorn auf seinen Hoodie genäht ist.

»Ja, war vielleicht 'ne Scheißidee«, presst er dann hervor. »Aber ich dachte anfangs, sie wäre gut. Und eigentlich finde ich das auch immer noch. Ich konnte ja nicht ahnen, dass Sie da mit dem Bullen aufkreuzen. Tut mir auch leid, dass er sich verletzt hat. Das hab ich in der Zeitung gelesen.« Er nimmt die Hände wieder aus der Tasche und knetet sie ineinander. »Ich dachte halt, wenn wir da so 'ne krasse Aktion machen, ermittelt die Polizei endlich richtig. Meine Chefin ist kurz davor, mich rauszuschmeißen, es musste einfach mal was passieren.«

»Mit Chefin meinen Sie wen? Allegra Meyer?«, hake ich nach.

»Ja. Allegra dreht langsam durch. Wir hatten schon so viel schlechte Presse, dass reihenweise Gäste storniert haben. Es ist Hauptsaison, und trotzdem stehen noch Ferienhäuser leer.«

»Wusste Frau Meyer von Ihrem Plan?«

Sascha Hahn zuckt mit den Schultern.

»Sagen wir mal so: Ich hab schon länger geplant, dass ich die Sache selbst in die Hand nehme und was am Haff organisiere, das die Polizei nicht mehr ignorieren kann. Eigentlich wollte ich das erst nächste Woche machen, aber nach dem Einlauf von

Allegra habe ich beschlossen, sofort loszulegen. Das hab ich ihr abends noch erzählt. Dachte, damit kann ich sie ein bisschen besänftigen.«

»Und das Bekennervideo, war das auch Ihre Idee?«, will Janis wissen.

»Nee, das war die Idee von Moni. Monika Ahrens von der Bürgerwehr. Die ist nämlich auch von der Bande ausgeraubt worden. Sie hat aber keine Versicherung, also muss sie den ganzen Schaden alleine tragen, obwohl sie eh schon so klamm ist. Das ist vielleicht eine Scheiße!« Hahn schnaubt wütend. »Moni ist Sonntagnacht mitgekommen. Alleine hätte ich das ganze Zeug nicht so leicht ans Haff bekommen. Wir haben alles in ihr Auto geladen und sind dann den Weg durch den Wald runtergefahren. Das war vielleicht eine Schlepperei!« Er holt tief Luft. »Nach einer halben Stunde hatten wir alles aufgebaut. Ich wollte erst ein Bekennerschreiben an das Kreuz nageln. Dann hätte ich in dem Moment, in dem ich das Kreuz angesteckt habe, anonym die Polizei angerufen, damit die zum Haff kommen. Aber Moni meinte, dass wir mehr Öffentlichkeit für die Aktion brauchen, weil sich das sonst nicht lohnt. Sie hatte dann die Idee, dass wir das Video ans Radio schicken. Sie sagte, dass ihr Radiofuzzis schon die ganze Zeit über die Einbruchsserie berichtet und dass ihr das dann bestimmt sendet.« Er grinst. »Habt ihr dann ja auch gemacht. Und falls das jemand bei der Polizei gehört hat, geben die sich jetzt vielleicht mal ein bisschen mehr Mühe. Ich hoffe, die haben sich da richtig drüber geärgert.«

Wenn er wüsste, wie sehr sich Janine Lamott geärgert hat, würde sich Sascha Hahn vermutlich freuen. Und statt eines anonymen Anrufs bei der Polizei hat er mir dann im Vorfeld die

Koordinaten in den Briefkasten geworfen. Raffiniert! Hätte ich ihm gar nicht zugetraut.

»Haben Sie mir deswegen auch den Tipp gegeben?«, frage ich ihn, um mir meinen Verdacht bestätigen zu lassen. Hahn guckt verständnislos.

»Welchen Tipp?«

»Die Koordinaten.«

»Ich weiß gerade nicht, was Sie meinen. Welche Koordinaten?«

Okay, da lag ich wohl falsch. Aber von wem ist der Zettel denn dann? Kann eigentlich nur noch von Monika Ahrens sein. Oder vielleicht doch von Allegra Meyer? Ich habe sie nur einmal kurz nachts gesehen – oder besser: gehört –, aber schon da erschien sie mir wesentlich schlauer als ihr Security-Chef. Wenn er ihr gegenüber genug Andeutungen gemacht hat, konnte sie sich den Rest mit Sicherheit zusammenreimen. Oder sie hat einfach Monika Ahrens gefragt. Schließlich kennen die beiden sich, wie die Fotos, die Adam von Ahrens, Hahn und Meyer gemacht hat, beweisen. Meyer hatte jedenfalls großes Interesse daran, dass die Ermittlungen endlich Priorität in der Polizeiinspektion Anklam bekommen. Und das hat eindeutig funktioniert: Kaum war Janis' Beitrag über den Sender gegangen, schon wurde in Anklam eine SOKO gebildet.

»Ja, welche Koordinaten meinen Sie denn?«, mischt sich nun auch Trulsen ein, der die ganze Zeit aufmerksam zugehört hat.

»Am Sonntagmorgen wurde in den Briefkasten der Redaktion in Heringsdorf ein Umschlag mit einem Zettel eingeworfen«, erkläre ich. »Auf dem Zettel stand eine Zahlenkombination, die, wie sich dann herausstellte, die genauen Geokoordinaten der

Stelle am Haff darstellen, an dem Herr Hahn mit seiner Komplizin später das Kreuz aufgebaut hat. Irgendjemand wollte also, dass ich dabei bin und genau mitbekomme, wenn die Bürgerwehr ihre Aktion startet.«

»Und Sie haben dann die Polizei gerufen?«, will Trulsen wissen.

»So ist es.«

Hahn stemmt die Hände in die Hüften.

»Aber strafbar ist das nicht, was wir gemacht haben. Ist vielleicht 'ne Ordnungswidrigkeit, aber ein Lagerfeuer ist meiner Meinung nach hier am Haff nicht verboten.«

Janis lacht.

»Lagerfeuer? Das trifft es aber nicht so ganz. Es war eindeutig ein brennender Drohbrief! Und zwar keiner von schlechten Eltern. Ich versuche mal, den Text aus dem Video zusammenzubekommen. Ging in etwa so: *Wenn hier nicht bald wieder Recht und Ordnung herrschen,* oder so ähnlich, *dann brennt das nächste Mal keine Puppe, sondern einer von diesen Mördern.* Klingt für mich eher nach Volksverhetzung als nach freundlicher Bitte an die Polizei, doch möglichst etwas schneller zu ermitteln.«

Nun ist es Sascha Hahn, der lacht.

»Na, wenn du jedes Wort auf die Goldwaage legen willst, du Lauch, dann mach das. Wir wollten einfach mal ein bisschen Gas geben. Verboten ist das nicht. Aber kein Wunder, dass du das nicht checkst. Du siehst mir so aus, als hättest du im Leben noch nie Gas gegeben.«

»Hey!«, regt sich Janis auf. »So was muss ich mir von einem Neandertaler wie Ihnen nicht sagen lassen!« Er macht einen Schritt auf Hahn zu, ich stelle mich in den Weg. Mit einer Schlägerei kommen wir hier nicht weiter – wobei Hahn erstaunlich gelassen bleibt. Ob er nicht weiß, was ein Neandertaler ist? Egal. Wir haben keine Zeit, das herauszufinden.

»Friede!«, rufe ich also energisch. »Wichtiger als irgendwelche Streitereien wäre jetzt ein Gespräch mit Allegra Meyer. Wissen Sie, ob sie auf dem Gelände ist, Herr Hahn?«

»Glaube schon. Sie müsste im Büro am Empfang sein. Kommt, ich bringe euch hin.«

Er stapft los, weg von den Häusern, die Richtung Haff stehen, hoch zu der Straße, die in einem großen Kreis an den reetgedeckten Häusern vorbeiführt, wir hinterher. Nur Herr Trulsen mitsamt Dackel biegt in die andere Richtung ab, vermutlich besteht Herkules auf seine Hunderunde. Im Hellen sieht die Siedlung ganz schmuck aus. Die meisten Häuser sind weiß, ein paar Fassaden sind rot gestrichen. Als wir fast beim Parkplatz angekommen sind, der der Siedlung vorgelagert ist, steuert Hahn auf ein Haus zu, das deutlich größer als die anderen ist. Zwar ist es auch reetgedeckt, aber statt einer Eingangstür aus Holz hat es einen gläsernen Vorbau, über dem in goldenen Lettern das Wort *Empfang* angebracht ist.

Im Vorbau selbst befindet sich ein Tresen, hinter dem ein junger Mann mit weißem Hemd und blauer Weste steht.

»Ist Allegra da?«, brummt Hahn, ohne ihn weiter zu grüßen.

»Jau, ist im Büro. Soll ich sie rufen?«

»Nicht nötig. Wir gehen zu ihr nach hinten.«

Nach hinten ist ein Raum, der über einen schmalen Flur direkt links am Empfang vorbei zu erreichen ist. Die Tür ist halb geöffnet, trotzdem klopft Hahn einmal kurz an.

»Ja, bitte?«, antwortet eine weibliche Stimme.

»Allegra, Besuch für dich. Die Presse«, kündigt Hahn uns dann an, bevor wir in den Raum treten, in dem Allegra Meyer hinter einem großen Schreibtisch sitzt und uns überrascht anschaut. Sie sieht wirklich so gut aus wie auf den Fotos, aber gleichzeitig auch so, als ob sie selbst mal eine Runde Urlaub bräuchte. Müde und abgekämpft.

»Guten Morgen!«, begrüßt sie uns kühl, aber höflich. »Was kann ich für Sie tun?«

Ich beschließe, hier mal aufs Ganze zu gehen, oder um es mit Sascha Hahns Worten zu sagen: mal richtig Gas zu geben.

»Guten Morgen. Ich dachte, wo wir so schön zusammenarbeiten, sollten wir uns mal persönlich kennenlernen.«

Ratlosigkeit in den Augen von Meyer, aber das war von mir auch so beabsichtigt.

»Ich glaube, ich verstehe Sie nicht ganz.«

»Dann will ich das mal erklären«, sage ich in mildem Tonfall und klinge dabei wie eine sehr geduldige Nachhilfelehrerin. Hoffe ich jedenfalls. »Man könnte sagen, dass Sie bei uns einen Premiumspot platziert haben, zur besten Sendezeit, der unglaublich viel Aufmerksamkeit generiert hat. So etwas kostet normalerweise ein Vermögen, wenn Sie es über unsere Werbeabteilung buchen. Aber da wir es nun kostenlos gesendet haben, sind wir so was wie Kooperationspartner, und da sollte ein vertrauensvolles Hintergrundgespräch zwischen uns schon drin sein.«

Meyer lacht gekünstelt auf.

»Ich weiß wirklich nicht, wovon Sie sprechen!«

»Ich auch nicht, Chefin!«, erhält sie Unterstützung von Sascha Hahn. Ich drehe mich zu ihm und werfe ihm einen vernichtenden Blick zu.

»Sorry, aber das wundert mich nicht.« Ich wende mich wieder an Allegra Meyer. »Sie hingegen wissen doch ganz genau, wovon ich rede. Sie haben Herrn Hahn so unter Druck gesetzt, dass er handeln musste. Die Aktion mit dem Kreuz und der Schaufensterpuppe passte Ihnen da hervorragend in den Kram. Schneller konnte man den Behörden doch keine Beine machen als mit einem unverhohlenen Aufruf zur Lynchjustiz.«

Meyer sagt nichts, sondern presst ihre Lippen aufeinander, so dass ihr Mund nur noch ein schmaler Strich ist. Ich hingegen rede gut gelaunt weiter.

»Nun mussten Sie nur noch sichergehen, dass die Öffentlichkeit auch davon erfahren würde. Also haben Sie diese verklausulierte Nachricht an mich geschickt und später noch dafür gesorgt, dass das Bekennervideo bei uns in der Redaktion ankommt. Respekt, das war schon gut gemacht! Und hat den Zweck erfüllt, die Kripo hat jetzt eine SOKO *Haff* eingerichtet, die alles daransetzt, die Serie endlich aufzuklären.«

In Sascha Hahn arbeitet es, das kann man genau sehen. Und auch wenn der Groschen bei ihm nur centweise fällt, kriegt er doch langsam die Kurve.

»Hattest du deswegen noch das Gespräch mit Moni?«, fragt er seine Chefin ungläubig. »Weil du wissen wolltest, was wir planen? Warum hast du mich nicht einfach gefragt?«

»Halt die Klappe, du Idiot!«, zischt Meyer ihn an.

»Aber nicht doch, ich finde es gerade sehr interessant. Reden Sie ruhig weiter«, ermuntere ich ihn. »Oder wollen Sie, liebe Frau Meyer, doch selbst etwas dazu sagen?«

Meyer starrt mich feindselig an, dann beginnt sie zu sprechen.

»Na gut, ich gebe es zu: Ich habe Ihnen den Zettel geschrieben und in den Briefkasten geworfen. Ich dachte, Sie würden den Code vielleicht entschlüsseln und dann zur Stelle sein, wenn Sascha und Moni ihre kleine Show abziehen. Und wenn Sie es nicht rechtzeitig geschnallt hätten, dann wäre Ihnen zumindest durch das Bekennervideo klargeworden, dass die Geduld der Usedomerinnen und Usedomer mit der Polizei nun langsam echt überstrapaziert ist.«

»Aber hatten Sie keine Angst, dass ich gleich die Polizei rufen könnte und diese Herrn Hahn und Frau Ahrens daran hindern würde?«

»Ach«, Meyer macht eine wegwerfende Handbewegung, »das wäre mir doch egal gewesen, wenn die beiden ein bisschen Ärger bekommen hätten. Außerdem sehe ich nicht, was an einem kleinen Feuer am Ufer strafbar sein sollte.«

»Also ein Aufruf zur Menschenjagd ist garantiert verboten!«, mischt sich nun Janis ein. Meyer guckt ihn an, dann lacht sie.

»Ein Aufruf zur Menschenjagd? Wo haben wir denn zur Menschenjagd aufgerufen?«

»Na ja, immerhin kam das im Radio!«, hält Janis dagegen.

»Das ist wahr. Aber ehrlicherweise sind Sie es dann, der den Aufruf gesendet hat, nicht ich. Ich habe nur eine Mail an einen Radiosender geschickt. Mehr nicht. Also wenn jemand Ärger kriegen müsste, dann Bäderland-Radio. Nicht Allegra Meyer.«

Geschickt argumentiert, aber natürlich trotzdem Quatsch. Auch wir haben lediglich über den Vorfall berichtet. Es lohnt sich allerdings nicht, weiter auf diesem Punkt herumzureiten, denn mit Meyers Geständnis steht fest, dass das brennende Kreuz nichts mit dem Mord am Haff zu tun hatte. Schade eigentlich. Ich konzentriere mich also auf meine nächsten Fragen.

»Frau Meyer, Frau Mühlenhoff hat mir erzählt, dass Sie die Babysitterinnen buchen, wenn Sie Urlauberfamilien darum bitten.«

»Das ist korrekt. Ich habe dann meistens bei den *Strandküken* angerufen, das ist der Babysitterservice von Frau Schneider. Der Service ist sehr zuverlässig, die Mitarbeiterinnen von Frau Schneider kommen immer sehr gut bei den Gästen und ihren Kindern an. Es gab noch nie Probleme. Auch Svenja Mühlenhoff hat mir nach dem ersten Besuch erzählt, dass alles super geklappt hat.« Sie verzieht den Mund. »Und wenn die Einbrecher nun nicht Frau Schneider erschlagen hätten, dann wäre das am Samstag auch ein ganz normaler Einsatz gewesen.«

»Ja, das hätte nicht zuletzt Frau Schneider sicherlich begrüßt«, wirft Janis zynisch ein.

Meyer schnaubt missbilligend.

»Jetzt tun Sie mal nicht so, als wäre mir das egal, was der alten Dame zugestoßen ist. Aber ich habe hier ein Geschäft zu führen. Die Investoren erwarten eine gewisse Rendite, und die ist langsam in Gefahr!«

»Wie war das denn beim ersten Einsatz?«, will ich wissen. »War es da klar, dass Frau Schneider selbst kommen würde?«

»Nein. Ich glaube, ursprünglich sollte eine Studentin kommen, die diesen Sommer bei den *Strandküken* jobbt. Nadine oder Nina, jedenfalls irgendwas mit N. Aber die ist wohl kurzfristig erkrankt, deshalb kam Frau Schneider selbst. Das hat sie bei Engpässen immer so gemacht. Sie war eine sehr erfahrene Frau. Ich glaube, sie hat früher mal eine Kita geleitet. Irgendwo in einem Kurort.«

»Haben Sie schon einen Überblick, ob etwas gestohlen worden ist? Oder sind die Täter ohne Beute geflohen?«, frage ich. Das hat Meyer mit Sicherheit auch schon bei Lamott zu Protokoll gegeben, aber die wird sich natürlich eher beide Hände abhacken, als mir irgendwelche Details zu geben.

»So ganz grob weiß ich es natürlich, aber ich muss noch eine genaue Liste für die Versicherung machen. Wir haben das Haus sehr aufwändig ausgestattet, es sollte schließlich das Aushängeschild für unsere Premiumkundschaft sein. Wir haben einige sehr wertvolle Gemälde für die Wohnung erworben. Aber das teuerste, was gestohlen wurde, ist sicherlich eine Holzskulptur eines bekannten Künstlers, der…«

»Lassen Sie mich raten«, unterbricht Janis sie, »ein echter Garipi?«

Allegra Meyer starrt ihn an.

»Woher wissen Sie das?«

»Ach, nur so ein Gefühl.«

26

»So sehr ich Journalisten eigentlich hasse – wenn sie mir Pizza ins Krankenhaus schmuggeln, sind sie meine besten Freunde. Das Essen ist wirklich grauenhaft hier, also vielen Dank!«

Kay sieht sehr glücklich aus, als er das erste Stück Pizza aus dem flachen Pappkarton nimmt und gierig ein großes Stück abbeißt.

»Keine Ursache, Herr Lorenz. Ich weiß, wie schrecklich Hunger ist. Da nimmt man sogar etwas vom Todfeind an«, grinst Janis. Kay hat einen Notruf abgesetzt, als wir gerade von Zirnow in Richtung Krankenhaus gestartet sind. Deswegen haben wir einen Umweg über eine Pizzeria gemacht.

»Die Wörter *hassen* und *Todfeinde* finde ich nun doch etwas übertrieben«, stelle ich fest. »Sagen wir mal so: Es gibt einen gesunden Wettbewerb zwischen unseren Branchen. Aber wie heißt es so schön? Konkurrenz belebt das Geschäft.«

Kay schlingt weiter, er ist zu hungrig, um auf meine Bemerkung einzugehen. Dann erzähle ich doch mal weiter von unseren Erkenntnissen.

»Wir waren heute Vormittag in Neu-Zirnow und haben uns mal ein bisschen umgesehen. Willst du hören?«

Kay nickt und mampft weiter.

»Eins vorweg: Ich bin mir nicht sicher, ob an deiner Theorie, dass der Einbruch am Samstag nicht in die Serie gehört, was dran ist. Zwar will ein Zeuge zu einer späteren Uhrzeit Lärm im Haus der Mühlenhoffs gehört haben, was die Tatsache, dass die Smart Watch den Todeszeitpunkt mit halb neun angibt, noch mal seltsamer macht. Aber so richtig belastbar ist diese Aussage nicht, zumal der wichtigste Zeuge in diesem Zusammenhang ein Dackel ist.«

»Immerhin haben Dackel gute Ohren«, wendet Kay ein. »Aber erzähl weiter.«

»Ansonsten lief der Einbruch bis zu dem Zeitpunkt, in dem den Einbrechern Margot Schneider in die Quere kam, so ab wie immer: Auch diesmal wurde wieder Kunst gestohlen, und dass sich keinerlei Mobiltelefone in die entsprechende Funkzelle eingeloggt hatten, hast du schon selbst erwähnt. Die Nummer mit dem brennenden Kreuz haben Hahn und eine Helferin inszeniert, weil sie dachten, dass dann ein bisschen zügiger ermittelt wird. Die haben nämlich alle Angst um ihre Jobs im Feriendorf.«

»Und was ist mit den Blutwerten von Frau Schneider? Wie erklärst du dir die?«, hakt Kay ein.

»Wenn dieses Lorazepam süchtig macht, ist wohl eher wahrscheinlicher, dass Frau Schneider ein gut getarntes Tablettenproblem hat, als dass es Rückschlüsse auf irgendwelche anderen Täter zulassen würde«, halte ich dagegen. »Alkoholiker wirken mit zwei Promille auch nüchtern. Jedenfalls haben heute weder Frau Mühlenhoff noch Allegra Meyer oder Sascha Hahn irgendetwas erwähnt, was mich daran zweifeln lässt, dass es dieselben Täter wie bei den anderen Einbrüchen waren.«

»Hm«, Kay lässt das letzte Stück Pizza sinken und schaut mich nachdenklich an. »Vielleicht hast du einfach nicht die richtigen Fragen gestellt?«

Wie bitte? Der kann mal froh sein, dass die Pizza vorgeschnitten war und ich deswegen kein Messer mitbringen musste, sonst hätte er das jetzt in den Rippen! Bevor ich noch patzig antworten kann, schmeißt sich allerdings Janis in die Bresche.

»Hör mal, Chef, natürlich hat Frau Mai die richtigen Fragen gestellt. Aber vielleicht haben Sie einfach nicht die richtige Hypothese? Wir haben nämlich noch etwas anderes herausgefunden. Wie Sie möglicherweise wissen, arbeiten wir in einem internationalen Recherchenetzwerk …«

»Ha!«, schnaubt Kay, sagt ansonsten aber nichts, während Janis unbeeindruckt fortfährt.

»… und durch dieses Netzwerk haben wir brisantes Material zugespielt bekommen, das unserer Meinung nach eindeutig belegt, dass auch der letzte Einbruch zu der Serie gehört.«

Mit einem satten »Klatsch« lässt Kay das Pizzastück nun endgültig in den Karton fallen.

»Was?«

»Ja, du hörst ganz recht«, sage ich und freue mich sehr über seinen entgeisterten Gesichtsausdruck. »Wir haben hieb- und stichfeste Beweise dafür.«

Fassungslos schüttelt Kay den Kopf.

»Will ich sehen!«

»Sehr gern.« Ich ziehe den Umschlag mit den *Sparfuchs*-Screenshots aus meiner Handtasche und drücke ihn Kay in die Hand. »Hier. Lies selbst.«

Kay wischt sich erst seine fettigen Finger an der mitgebrachten Serviette ab, dann holt er die Blätter aus dem Umschlag und betrachtet sie eindringlich.

»Hermesfreunde?«, will er schließlich wissen. »Was bedeutet das?«

»Hermes ist der Schutzgott der Diebe und Kunsthändler. Und wir glauben, dass tatsächlich ein Kunsthändler hinter dieser ganzen Serie steckt und er mit der Bande über die Internetseite des *Sparfuchs* kommuniziert. Das funktioniert wie bei Kleinanzeigen. Man kann selbst eine schalten, es ist ganz einfach. Vor und nach jedem Diebstahl haben sich Hehler und Bande so verabredet. Hier kann man es sehen …« Ich zeige ihm die Anzeigen auf den einzelnen Blättern, ich habe die Daten und die Orte dazugeschrieben, damit Kay gleich erkennt, was ich meine. Er ist zunächst allerdings sprachlos und schaut immer wieder die einzelnen Zettel an, bevor er den Stapel schließlich auf die Bettdecke vor sich legt.

»Das ist ja ein dickes Ding. Warum hast du mir das nicht früher erzählt?«

»Zum einen wollte ich erst mal selbst herausfinden, ob an der Geschichte wirklich was dran ist. Also mit dem Händler und den Anzeigen. Hätte ja auch ein seltsamer Zufall oder einfach ein Spaß sein können. Aber nach der letzten Anzeige war mir klar, dass da ein System dahintersteckt. Und dass der Händler nicht koscher ist. Zum anderen habe ich das nicht allein herausgefunden, sondern mit meinem Rechercheteam. Da mussten erst mal alle einverstanden sein, dass ich mit dir darüber spreche.«

Kay zieht die Augenbrauen hoch.

»Ich halte jetzt mal keinen Vortrag über die Unterdrückung von Beweismitteln!«

»Nein, brauchst du nicht«, erwidere ich lachend. »Im Gegenzug verspreche ich dir, dass ich dir auch keinen Vortrag über das Zeugnisverweigerungsrecht von Journalisten halte.«

Eine Zeitlang sagt Kay nichts, sondern streicht sich nur mit der Hand über sein Kinn, das mittlerweile ein ziemlich stoppeliger Dreitagebart ziert.

»Tja, damit ist der Fall wohl klar. Ich lag falsch und Janine richtig. Dann sollten wir sie jetzt anrufen, ihr die Ausdrucke übergeben und ihr macht eure Zeugenaussage.«

Die Enttäuschung ist ihm deutlich anzusehen. Kein Wunder. Ich habe auch viel lieber recht, als danebenzuliegen.

»Ich rufe sie morgen an«, sage ich.

»Warum denn erst morgen?« Kay guckt konsterniert. »Das kann auf keinen Fall warten!«

»Doch. Es muss warten, denn wir sind noch hinter einem entscheidenden Beweisstück her.«

»Wie bitte?« Kay wird richtig sauer. »Ruf sie sofort an. Sonst ruf ich sie an.«

»Nein«, sage ich mit freundlicher, aber fester Stimme. »Das kann ich heute noch nicht und das werde ich auch nicht. Ich verspreche dir aber, dass ich mich sofort melde, wenn ich habe, was ich brauche. Und zwar sowohl bei dir als auch bei ihr.«

Kay atmet tief durch, es fällt ihm sichtlich schwer, jetzt nicht laut zu werden. Zum Glück öffnet sich in diesem Moment die Tür, und ein Krankenpfleger kommt herein.

»Hm, das riecht ja lecker!«, ruft er fröhlich. »Haben Sie sich eine Alternative zur Blumenkohlsuppe bringen lassen?«

Kay reagiert darauf nicht, ich nehme meine Handtasche und den mittlerweile leeren Pizzakarton von seinem Bett.

»Ja, wir waren noch kurz beim Pizzaservice«, bestätige ich. »Ich hoffe, das ist in Ordnung?«

Der Pfleger lacht.

»Na klar. Ihr Freund braucht ja keine Schonkost. Der hat's ja am Bein, nicht am Magen.«

Kurz überlege ich, ob ich die Sache mit *dem Freund* klarstelle, lasse es aber. Die Stimmung ist sowieso schon so angespannt. Ich glaube, ich fahre jetzt einfach mit Janis wieder nach Heringsdorf.

»Also Kay, mach's gut«, sage ich. »Ich melde mich, wenn ich was Neues weiß.«

Ich winke ihm kurz zu, dann mache ich schnell die Biege. Nicht dass Kay doch noch ausflippt! Janis kommt hinter mir hergestolpert.

»Was war das denn?«, fragt er mich. »Warum hast du ihm denn nichts von de Jong erzählt?«

»Damit Lamott den heute festnimmt oder zumindest befragt? Nee, dann geht ja Adams und mein ganzer schöner Plan kaputt.«

»Welcher schöne Plan?«

Ach stimmt. Auch Janis habe ich noch nichts von dem Treffen zwischen de Jong und Adam im Bauwagen auf dem Sportplatz heute Abend inklusive Videoüberwachung erzählt. Kein Wunder, dass der so verwirrt guckt.

»Also dann sperr mal die Ohren auf…«, beginne ich, Janis im Flüsterton auf den neusten Stand zu bringen.

*

»Oh, du meine Starreporterin – wann dürfen wir denn mal wieder mit einem Beitrag von dir oder dem bei dir in Ausbildung befindlichen Volontär rechnen?«

Raimunds Begrüßung im Sender ist zwar schmeichelhaft, aber deutlich.

»Ganz bald, liebster Raimund«, flöte ich.

»Ganz bald? Geht es ein bisschen genauer? Ganz bald heute oder ganz bald morgen?«

»Einfach ganz bald«, bleibe ich bei meiner Aussage.

Raimund rollt dramatisch mit den Augen.

»Franzi, bei Megahit-FM sind alle ganz verliebt in deine Sendung, und sie gibt uns hier wirklich Rückendeckung. Das ist toll. Heißt aber auch gleichzeitig, dass du echt dranbleiben musst. Euer letzter Beitrag war am Montag, heute ist Mittwoch. Da muss jetzt was passieren, verstehst du?«

Klar, unsere neue Mutter in Berlin will Erfolge sehen. Und die liefern wir auch. Ich finde, Raimund könnte etwas mehr Zutrauen haben, aber da muss ich offenbar nachhelfen.

»Natürlich verstehe ich das«, sage ich also mit so viel Zuversicht in der Stimme, wie es mir nur möglich ist. »Die große Enthüllung steht unmittelbar bevor, ich verspreche es dir! Und das wird dann so ein Knaller, da kannst du getrost schon mal dein Hotelzimmer in Hamburg – oder wo auch immer der Deutsche Radiopreis verliehen wird – buchen, denn den gewinnen wir mit meiner Reportage garantiert.«

Raimunds Augen werden zu schmalen Schlitzen. Ein untrügliches Zeichen dafür, dass er noch nicht restlos überzeugt ist.

»Dann hoffe ich mal, dass du recht hast«, entgegnet er schließlich. »Nächsten Montag muss ich nämlich zum Rapport nach Berlin. Wichtiges Meeting mit den Senderbossen, und ich hätte gern gute Nachrichten im Gepäck.«

»Raimund«, sage ich mit feierlicher Stimme, »du kannst dich auf mich verlassen.«

Er gibt eine gequälte Mischung aus Seufzen und Stöhnen von sich und verschwindet in Richtung seines Büros. Beim Weggehen höre ich ihn eine Melodie pfeifen. Den *Vogelfänger* von Mozart. Seine Melodie für alle Katastrophenlagen des Lebens. Auweia. Raimund macht sich also immer noch Sorgen um Bäderland-Radio. Aber diesmal habe ich ihn wirklich guten Gewissens beruhigt. Sobald wir das Video haben, auf dem de Jong Adam sein Geschäftsmodell erläutert, produzieren wir unseren Enthüllungsbeitrag und haben die Einbruchsserie auf Usedom dann mit journalistischen Mitteln ganz allein aufgeklärt. Die Berliner werden Augen machen!

»Chefin!« Janis reißt mich aus meinen Gedanken, in denen mich der Gala-Moderator gerade auf die Bühne bittet, um den Preis entgegenzunehmen.

»Ja?«, sage ich unwirsch.

»Du hast einen Anruf auf dem Festnetz. Ist einigermaßen wichtig.« Janis klingt unglücklich, ich folge ihm also mal besser in unser Büro. Dort angekommen, hebe ich den Hörer vom Schreibtisch auf.

»Mai«, melde ich mich.

»Frau Mai, hier spricht Janine Lamott«, dröhnt es mir entgegen. Was will die denn von mir? Wobei – falsche Frage. Was sie will, ist mir klar. Die richtige Frage muss lauten: Wieso verpfeift mich Kay eigentlich sofort, wo er doch selbst genervt von seiner Kollegin ist?

»Frau Lamott, wie schön! Wie kann ich Ihnen helfen?«, gebe ich mich betont freundlich.

»Das wissen Sie ganz genau«, faucht Lamott. »Kay sagt, Sie hätten wichtige Beweismittel, die zeigen, wer der Drahtzieher bei der Einbruchsserie ist. Sie sagen mir jetzt sofort, um wen es hier geht!«

»Also das muss ein Missverständnis sein. Woher sollte ich denn wissen, wer hinter den ganzen Einbrüchen steckt?«

»Stellen Sie sich nicht dümmer, als Sie sind! Kay erwähnte mir gegenüber etwas von Herkules und seinen Freunden. Wer ist das?«

»Also Herkules ist meines Wissens der Dackel von Herrn Trulsen. Sie meinen aber vermutlich Hermes, den Gott der Diebe. Das habe ich Kay in der Tat erzählt. Es scheint eine Gruppierung zu geben, die sich Hermesfreunde nennt und die vielleicht hinter der Einbruchsserie steckt.«

»Und das haben Sie durch Inserate in irgendwelchen Kleinanzeigen-Portalen entdeckt?«

»Stimmt.«

»Wo finde ich die?«

»Gar nicht mehr, die wurden alle gelöscht. Aber ich habe Ausdrucke von Screenshots, und die habe ich Kommissar Lorenz bereits übergeben. Ganz, wie es sich gehört.«

Wenn ich mir selbst so zuhöre, finde ich mich eigentlich ganz überzeugend. Frau Lamott könnte mir ruhig glauben.

»So, Sie wollen mir also erzählen, dass Sie Kay eben einfach ein paar Blatt Papier vorbeigebracht haben, dann haben Sie ein bisschen geplauscht und dabei hat er Sie völlig falsch verstanden, als er mir eben sagte, Sie hätten einen konkreten Verdacht.« Schade. Sie glaubt mir nicht.

»Nicht ganz«, antworte ich also wahrheitsgemäß.

»Nicht ganz?«

»Ich habe ihm nicht nur ein paar Blatt Papier vorbeigebracht, sondern auch eine Pizza Salami.«

Ein lautes Schnauben am anderen Ende der Leitung, Janine Lamott verliert langsam die Geduld.

»Ich frage Sie jetzt ganz direkt, Frau Mai: Haben Sie Beweise, dass Bas de Jong hinter all den Einbrüchen steckt?«

Ups – wie kommt sie denn jetzt auf den?

»Wer ist denn Bas de Jong?«, stelle ich mich jetzt tatsächlich mal dumm.

»Ein Ahlbecker Kunsthändler«, erklärt sie mir, ohne durchblicken zu lassen, ob sie meine Lüge gekauft hat oder nicht. »Wir haben natürlich alle Kunsthändler in der näheren und weiteren Umgebung längst überprüft, wie Sie sich denken können. De Jong hatte Kunst an ein paar der Opfer verkauft, allerdings konnten wir nichts weiter Verdächtiges finden, so dass ich ihn noch nicht richtig in die Mangel nehmen konnte. Wenn Sie da andere Informationen haben, ist jetzt der passende Moment, um damit rauszurücken.«

Ich bleibe standhaft.

»Bedaure, da kann ich Ihnen gar nicht weiterhelfen.«

Schweigen am anderen Ende der Leitung. Wahrscheinlich denkt Janine Lamott gerade darüber nach, ob sie mich nicht wegen Behinderung von Strafverfolgungsbehörden festnehmen kann. Sie braucht allerdings ganz schön lang.

»Hallo, sind Sie noch dran?«, frage ich deshalb nach.

»Ja«, kommt es knapp. Dann, nach einer weiteren Pause: »Frau Mai, ich warne Sie. Das ist kein Spiel. Wir haben es mit einer gefährlichen Bande zu tun, die auch vor einem Mord nicht zurückschreckt. Überlegen Sie sich gut, was Sie tun.«

»Das werde ich«, antworte ich leichthin. »Falls mir noch was einfällt, rufe ich Sie an.«

Lamott beendet das Gespräch, indem sie einfach auflegt. Auch gut. Höflichkeit wird einfach überbewertet.

27

Während ich heute Nachmittag im Sender noch ganz entspannt war, bin ich mittlerweile unglaublich aufgeregt und starre alle drei Sekunden auf mein Handy.

»Franzi, der wird sich melden, sobald er mit de Jong fertig ist«, lacht Janis.

»Ja, aber es ist schon acht Uhr und er wollte sich um sieben mit de Jong treffen. Ob ich ihn mal anrufe?«

»Bloß nicht!«, ruft Katja, die sich kurz zu uns an den Tisch auf der Terrasse gesetzt hat. Dort haben Janis und ich in Abwesenheit von Helena eben eine Currywurst verspeist, Katja unseren Super-Plan erläutert und warten nun auf den Anruf von Adam. »Stell dir mal vor, du rufst ihn jetzt an und es klingelt und de Jong wird misstrauisch, weil er sich dann denken kann, dass Adam jemandem von dem Treffen erzählt hat und derjenige jetzt wissen will, wie es gelaufen ist. Das bringt Adam mit Sicherheit in die Bredouille.«

Ach, ach, sie haben natürlich beide recht, meine Mitstreiter. Und genau so habe ich es auch vorhin mit Adam verabredet. Er ruft nach dem Treffen an. Nicht ich. Und wir folgen ihm auch nicht und wir parken nicht zufälligerweise unauffällig in der Nähe des Sportplatzes oder veranstalten sonstige Mätzchen in diese Richtung. Denn de Jong hat dem Treffen nur unter der Bedingung zugestimmt, dass Adam absolut diskret vorgeht.

Schließlich ist ihm klar, dass die Polizei ihn als örtlichen Kunsthändler schon auf dem Zettel hat und er darf sich jetzt keinen Fehler erlauben. Falls ich wiederum mittlerweile von Janine Lamott überwacht werde, wäre es ziemlich fatal, sie aus Versehen auf die Spur von Adam und de Jong zu bringen. Aber trotzdem! Was dauert das denn so lang?

»Wollt ihr noch was trinken? Zur Beruhigung der Nerven?«, will Katja wissen.

»Och, gegen ein Bier wehre ich mich nicht.« Janis wirkt noch ganz locker. Vielleicht ist er aber auch nur glücklich, heute mal keinen Salat zum Abendessen bekommen zu haben.

»Danke, für mich nichts«, antworte ich. Ich habe eben schon eine Apfelschorle getrunken, und eine weitere würde unweigerlich dazu führen, dass ich noch öfter zur Toilette müsste als vor lauter Nervosität sowieso schon. Und Alkohol kommt gerade auch nicht in Frage, denn vielleicht muss ich noch fahren.

Es klingelt! Sofort reiße ich mein Handy von der Tischplatte – aber das Display zeigt: Es ist Kay, nicht Adam.

»Was willst du?«, fauche ich anstelle einer Begrüßung

»Dich sprechen natürlich!« Kay klingt konsterniert. »Ist das so ungewöhnlich?«

»Nachdem du mich heute gleich bei der lieben Janine angeschwärzt hast? Ich finde schon. Mir wäre das umgekehrt unangenehm, dich jetzt anzurufen.«

»Ach, Franzi…«

»Nix *Ach, Franzi*! Ich habe dir etwas anvertraut und dir erklärt, dass es gute Gründe gibt, warum ich noch warten wollte, bis ich selbstverständlich bei Lamott angerufen hätte. Aber nein, Kommissar Lorenz macht natürlich einfach, was er will.«

»Aber du musst doch verstehen, dass ich…«

»Nein. Versteh ich nicht. Und ich habe auch gerade gar keine Zeit. Tschüs.«

Nun lege ich einfach auf, aber immerhin habe ich mich verabschiedet.

*

Halb neun.

»Soll ich nicht doch mal?«

»Neiiin«, kommt es von Katja und Janis wie im Chor.

»Na gut«, gebe ich mich geschlagen. »Aber dann nehme ich jetzt doch ein Bier.« Hopfen soll immerhin eine beruhigende Wirkung haben, es handelt sich also gewissermaßen um eine medizinische Anwendung.

»Kommt sofort«, lacht Katja und verschwindet.

Nach dem Bier bin ich zwar tatsächlich etwas ruhiger, aber Adam meldet sich immer noch nicht. Nach einer weiteren zähen halben Stunde schaut sogar Janis auf sein Handy.

»Neun Uhr ist allerdings wirklich sehr spät. Ich hätte schon gedacht, dass sich Adam früher meldet.«

Katja nickt.

»Das finde ich auch. Also entgegen meiner Meinung von vorhin würde ich ihn jetzt vielleicht mal anrufen.«

Endlich! Ich schnappe mir mein Handy, rufe Adams Kontakt auf und wähle seine Nummer.

Nie znamy tego numeru telefonu, kommt es sofort vom Band. Was heißt das?

»Alles okay? Du guckst so komisch.«

»Da kommt eine Ansage auf Polnisch«, erkläre ich Janis. »Ich verstehe kein Wort.«

Katja runzelt die Stirn.

»Moment mal, ich hole Manni. Der spricht zwar nicht gerade herausragend Polnisch, aber verstehen tut er es gut.«

Sagt's, verschwindet und taucht zwei Minuten später mit Manni an unserem Tisch auf.

»Na, was gibt's?«, brummt er freundlich.

»Hier. Hör mal.« Ich drücke wieder auf Wählen und gebe ihm mein Handy. Er hält es an sein Ohr und lauscht aufmerksam.

»*Nie znamy tego numeru telefonu*«, wiederholt er langsam. »Das heißt so viel wie: Diese Rufnummer ist uns nicht bekannt.«

»Was?!«, rufe ich so laut, dass die Gäste an den anderen Tischen sich zu uns umdrehen. Aber das ist mir egal, denn ich habe auf einmal ein ganz mieses Gefühl.

»Franzi, ganz ruhig!« Janis legt seine Hand auf meinen Unterarm. »Vielleicht hat er auch einfach nur keinen Empfang.«

»Keinen Empfang? Aber warum ist dann die Nummer unbekannt? Dann müsste es doch heißen: ›*Diese Nummer ist vorübergehend nicht erreichbar.*‹«

»Vielleicht hat Manni das auch einfach nicht richtig verstanden«, mutmaßt Katja. Manni stemmt die Hände in die Hüften.

»Na, hör mal, Mausi! Natürlich habe ich das richtig verstanden! ›*Nie znamy tego numeru telefonu*‹ heißt: Diese Nummer ist unbekannt.«

Ich springe von meinem Platz auf.

»Da stimmt was nicht. Ich fahre hin und schau nach.«

»Nun mal keine Panik, Chefin. Vielleicht hat Adam ein neues Handy oder es ist ein Prepaid und das Guthaben ist alle oder er hat es extra ausgeschaltet, damit er nicht von uns gestört wird.«

»Er hat kein neues Handy«, widerspreche ich. »Ich habe

heute Nachmittag noch mit ihm telefoniert, und da war alles in Ordnung. Nein, seine Nummer wurde offenbar deaktiviert. Irgendjemand will nicht, dass wir wissen, wo Adam jetzt gerade ist. Und das ist einfach kein gutes Zeichen. Ich habe Angst, dass ihm etwas zugestoßen ist, und genau deswegen fahre ich jetzt zu dem Sportplatz und schaue nach. Du kannst entweder mitkommen oder dir noch ein Bier bestellen, deine Entscheidung.«

Janis hebt beschwichtigend die Hände.

»Ist ja gut. Ich komm natürlich mit. Ich wollte doch nur sagen, dass es viele Gründe geben kann für diese Bandansage. Im Zweifel auch ’ne Fehlschaltung, das hatte ich auch schon mal. Aber lass uns einfach hinfahren, dann sind wir schlauer.«

Manni und Katja gucken ein wenig bedröppelt, aber dann steht auch Katja auf und streicht mir mit der Hand sanft über die Schulter.

»Janis hat bestimmt recht, und es gibt eine ganz einfache Erklärung für das alles. Ihr fahrt jetzt nach Ahlbeck, und du wirst sehen, da ist alles völlig in Ordnung. Sicher meldet sich Adam sowieso gleich, der wird sich gerade in Ruhe euer Beweisvideo anschauen. Und dann trinkt ihr ein Glas Wein auf den gemeinsamen Erfolg, und morgen kommst du damit ganz groß raus.« Sie lächelt mir aufmunternd zu. »Wird schon werden.«

*

Ich stelle meinen Panda auf der Swindemünder Chaussee ein ganzes Stück entfernt von der Zufahrt zum Sportplatz ab. Sollte uns jemand beobachten, muss er nicht gleich auf den ersten Blick sehen, wo wir hinwollen. Janis und ich steigen aus dem Auto aus und schauen uns um. Nein, soweit ich das beurteilen kann, sind wir allein. Kein Wunder! Wer will auch an einem Mittwochabend um halb zehn auf den Sportplatz, wenn er stattdessen bei gutem Wetter an der Strandpromenade sitzen kann?

»Wo genau wollten die sich treffen?«

»Am Sportplatz steht ein Bauwagen. Da sollte das Treffen stattfinden. Adam war aber schon heute Mittag da und hat eine kleine Kamera installiert, um das Treffen aufzuzeichnen.«

»Sehr schlau! Dann mal los.«

Wir laufen die schmale Straße zum Sportplatz entlang, der von einem Wäldchen umgeben ist. Dort angekommen, schaue ich mich noch einmal um. Immer noch niemand zu sehen, immerhin auch kein Sondereinsatzkommando der Polizei. Hatte ich das ernsthaft erwartet? Vermutlich bin ich langsam paranoid.

»Da hinten?«, will Janis wissen und deutet auf einen dunkelblauen Bauwagen, der auf der gegenüberliegenden Sportplatzseite neben einem Schuppen steht.

»Ich glaube schon. Einen anderen Bauwagen sehe ich hier nicht.«

»Und jetzt?«

Ich zucke mit den Schultern.

»Gehen wir rüber und schauen nach, würde ich sagen. Oder hast du eine bessere Idee?«

Eine Minute später stehen wir vor dem Bauwagen, ich mit einem sehr mulmigen Gefühl. Ich räuspere mich.

»Adam?«, rufe ich. Keine Antwort. Ich klopfe zaghaft an die Tür, die mit einem Riegel und Vorhängeschloss gesichert ist. Immer noch keine Reaktion.

»Wir müssen da rein«, stellt Janis ebenso schlicht wie treffend fest.

»Aber wie? Das Ding ist doch abgeschlossen.«

»Durchs Fenster könnte es gehen.«

Der Bauwagen hat sowohl an der langen Seite neben der Tür als auch an der kurzen Seite Fenster. Allerdings sind auch diese geschlossen.

»Und willst du die einschlagen? Oder wie hattest du gedacht?«, frage ich skeptisch.

»Wenn es sein muss. Aber wir können doch erst mal durchgucken. Vielleicht sehen wir dann schon etwas, das uns weiterhilft.«

Ich schaue zweifelnd zu den Fenstern hoch. Da der Bauwagen auf Rädern steht, kann ich maximal auf Zehenspitzen durch den unteren Rand der Fenster schauen. Es sei denn, ich klettere auf die Kupplung. Ob der Bauwagen standfest ist? Ich werd's herausfinden. Ein großer Schritt, dann stehe ich auf der Kupplung vor dem Fenster und schaue in den Wagen hinein. Es sieht ziemlich unspektakulär aus: ein Schreibtisch mit Stuhl, ein Metallregal mit Aktenordnern, an der Wand ein Erste-Hilfe-Plakat. Ungefähr in der Mitte eine Art hohe Kommode als Raumteiler. Weiter kann ich allerdings nicht gucken. Irgendetwas liegt dort auf dem Boden, was ich nicht genau erkennen kann. Ein Zipfel von einem Kleidungsstück vielleicht? Es hilft auch nicht, dass das Fenster des Bauwagens so dreckig ist, dass alles wie von einem Grauschleier überzogen aussieht.

»Janis, kannst du etwas durch die Fenster an der Seite sehen? Du bist doch groß genug. Liegt da etwas hinter dem Raumteiler?«

»Moment, ich schau mal.«

Janis geht zu Seite und lehnt sich an den Wagen. Tatsächlich kann er relativ bequem in den Wagen schauen. Mit seinen Händen formt er links und rechts von seinem Gesicht Scheuklappen und guckt durchs Fenster.

»Ja, da liegt was auf dem Boden neben der Kommode. Die Fenster müssten mal dringend geputzt werden, aber ich kann etwas sehen.«

»Was denn?«

»Also da liegt ein umgekippter Stuhl. Und dann direkt daneben ein Stück Stoff. Scheint ein Tuch oder ein Schal oder so was in der Art zu sein. Ein pinkfarbener Schal, würde ich sagen.«

Ein pinkfarbener Schal? Ich spüre, wie mein Herz stehen bleibt. Nur, um den Bruchteil einer Sekunde später völlig unkontrolliert zu rasen.

»Janis, wir müssen da sofort rein!«, rufe ich. »Lass uns die Scheibe einschlagen!«

»Wegen eines rosafarbenen Tuchs?« Janis schaut mich ungläubig an. »Ich gebe zu, das ist nicht das gängige Accessoire für Bauarbeiter, aber ich finde, jetzt übertreibst du. Das hat da irgendwer liegen lassen, was soll denn das mit Adam oder de Jong zu tun haben?«

»Diesen Schal habe ich zusammen mit Adam gekauft. Er wollte ihn tragen, um ein bisschen mehr nach Kunstszene auszusehen. Wenn er ihn hier verloren hat, dann ist das kein gutes Zeichen.«

Janis kratzt sich am Hinterkopf.

»Okay, das wusste ich nicht. Aber trotzdem: Wenn das wirklich sein Schal ist, ist das höchstens ein Zeichen dafür, dass er hier war und seinen Schal verloren hat. Das ist weder gut noch schlecht.«

»Wir müssen da rein!«, wiederhole ich stur. »Vielleicht hat er nicht nur den Schal, sondern auch eine Botschaft für uns dagelassen.«

»Eine Botschaft? Warum? Er hat sich mit dem Typen getroffen, sie sind sich handelseinig geworden, dann haben sie beschlossen, darauf ein Bierchen zu trinken. Und als sie loswollten, hat Adam den Schal vergessen. So what?«

»Von mir aus denk dir, was du willst. Ich geh da jetzt rein!«

Ich marschiere wieder auf die Kupplung zu, um von dort aus das darüberliegende Fenster einzuschlagen.

Janis seufzt.

»Warte. Ich helfe dir. Du lässt dich ja doch nicht von mir bremsen.« Er legt die flache Hand auf das Fensterkreuz an der Seite, auf der er steht, und drückt kräftig. Daraufhin schwingt das Fenster nach innen auf. Janis lacht. »Das war einfacher als erwartet. Soll ich dir hochhelfen? Räuberleiter?«

»Ja, bitte.«

Janis geht in die Hocke und faltet seine Hände ineinander, ich steige mit einem Fuß hinein, so dass er mich hochwuchten kann. Dann liege ich bäuchlings über dem schmalen Fensterbrett und kann mich weiterhangeln, was mir zugebenermaßen ziemlich schwer fällt. Endlich habe ich es aber geschafft und plumpse relativ unelegant in den Wagen. Puh! Ich muss dringend mehr Sport machen,

»Und?«, ruft Janis mir hinterher, »siehst du was?«

Ich rapple mich vom staubigen Boden auf und gehe zu der Kommode, vor der tatsächlich der knallpinke Seidenschal liegt, den ich mit Adam gekauft habe. Daneben ein Stuhl, wie achtsam umgestoßen. Und zwischen dem Stuhl und dem Schal befindet sich ein dunkelbrauner Fleck auf dem hellgrauen Boden des Bauwagens. Nicht wirklich glänzend, sondern matt schimmernd, nicht einfach dunkelbraun, sondern an einigen Stellen dunkelrot. Ich knie mich hin und ziehe den Schal vorsichtig ein

Stück zur Seite. Unter ihm geht der dunkelrot schimmernde Fleck weiter, er ist sogar ziemlich groß und verläuft bis zum Rand der Kommode. Auch der Schal selbst ist an seinen Rändern verfärbt, zusammen mit seinem rosafarbenen Gewebe sehen diese Stellen fast schwarz aus.

Es gibt keinen Zweifel. Auf dem Boden neben der Kommode befindet sich eine große, bereits geronnene Blutlache.

28

»Warum haben Sie mir das nicht gleich gesagt?« Janine Lamott steht vor mir, und ich bin so klein mit Hut, dass ich selbst mit besagtem Hut noch unter der Türschwelle des Bauwagens hindurchpassen würde. »Ihnen ist hoffentlich klar, dass wir vermutlich all das hier hätten verhindern können, wenn Sie nicht derart idiotisch meine Ermittlungen unterlaufen hätten.« Sie schnaubt, und ich gebe mir Mühe, nicht zu schluchzen.

»Es tut mir leid«, murmle ich. »Ich dachte, wir hätten einen guten Plan. Adam hatte de Jong perfekt geködert, er wollte das Gespräch aufzeichnen, dann hätten wir alles auf Band gehabt.«

»Und er hätte sich damit strafbar gemacht, das wissen Sie hoffentlich. Abgesehen davon wäre nichts davon vor Gericht verwertbar gewesen, aber das ist für einen Radiosender vermutlich wurscht.« Lamott guckt mich so böse an, dass ich ihr nicht mehr in die Augen gucken kann. Janis räuspert sich.

»Ja, war vielleicht nicht unsere brillanteste Idee, sehen wir jetzt auch ein. Aber viel wichtiger ist doch: Was machen wir jetzt? Wo steckt Adam Zielinski? Hat ihn Bas de Jong beiseitegeschafft? Wenn Adam Opfer einer Gewalttat wurde, dann müssen wir doch versuchen, ihn irgendwie zu retten, oder etwa nicht? Wahrscheinlich ist er verletzt und braucht dringend Hilfe!«, sagt Janis mit eindringlicher Stimme. Er schluckt, bevor er hinterherschiebt: »Falls er überhaupt noch lebt.«

Ich schnappe nach Luft. Wenn Adam tot ist, ist das auch meine Schuld. Wie konnte ich nur so leichtsinnig sein? Nun kämpfe ich wirklich mit den Tränen. Janis scheint das zu merken, er stellt sich neben mich und legt mir den Arm um die Schultern.

»Hey«, flüstert er mir ins Ohr, »wir haben das nicht allein entschieden. Es war Adams Idee, und Adam ist ein erwachsener Mann.«

Lamott mustert uns beide und verschränkt die Arme vor der Brust.

»Zu Ihrer Frage, Herr … äh …«

»Neubauer.«

»Also zu Ihrer Frage, Herr Neubauer: Ich mache meinen Job auch nicht erst seit gestern, obwohl Sie das zu vermuten scheinen. Ich habe natürlich sofort, nachdem ich den Anruf von Frau Mai erhielt, die Kollegen in Heringsdorf informiert, die unverzüglich zur Meldeadresse von Herrn de Jong in Ahlbeck ausgerückt sind. Sie haben ihn dort observiert, sichergestellt, dass sich niemand in seiner unmittelbaren Gewalt befindet und ihn dann vorläufig festgenommen. In diesem Moment werden sowohl Wohnung als auch Galerie von Herrn de Jong nach einem möglichen Entführungsopfer durchsucht.«

Mir fällt ein Stein vom Herzen, wenigstens haben sie schon nach Adam gesucht – und ihn noch nicht tot gefunden.

»Und wie geht es jetzt weiter?«, frage ich zaghaft.

Janine Lamott schaut mich an, als müsse sie ganz genau überlegen, ob sie mir darauf überhaupt eine Antwort gibt.

»Gleich müssten hier die Kollegen von der KTU eintreffen, um sich den Bauwagen genauer anzusehen. Außerdem habe ich noch Bereitschaftspolizei angefordert, um die nähere Umgebung nach Herrn Zielinski abzusuchen. Sie schildern mir jetzt bitte noch mal ganz genau, und zwar von A bis Z, was Sie von Herrn Zielinski über sein Treffen mit de Jong wussten, oder noch besser: einfach alles, was Sie über diesen ganzen Fall in Erfahrung gebracht haben. Vielleicht ergeben sich daraus irgendwelche Hinweise über den Verbleib von Herrn Zielinski. Versuchen Sie bitte, sich an alles zu erinnern. Das kleinste Detail kann entscheidend sein.«

»Darf ich hier einmal kurz einhaken, bevor Frau Mai los legt?« Janis zieht mit dieser Frage ganz offensichtlich den Unmut von Janine Lamott auf sich, denn sie holt schon Luft, um ihm eine Abfuhr zu erteilen, aber er redet einfach weiter.

»Wenn Sie doch de Jong schon festgenommen haben, dann haben sie ihn doch bestimmt nach Adam gefragt. Also, was hat er geantwortet? Was hat er mit Adam gemacht?«

»Tja«, sagt Janine Lamott und lässt sich mit ihren nächsten Worten unendlich viel Zeit, »das ist das eigentlich Seltsame: Bas de Jong schwört Stein und Bein, dass er keinen Adam Zielinski kenne und sich auch mit niemandem sonst heute getroffen habe oder treffen wollte. Er behauptet darüber hinaus, dass ihm in letzter Zeit auch niemand einen Garipi angeboten habe.«

»Das ist doch ganz offensichtlich eine Schutzbehauptung!«, rufe ich empört. »Natürlich haben die beiden sich hier getroffen. Ich habe mit Adam extra den Schal für dieses Treffen gekauft. Er hatte zuvor mit de Jong telefoniert, und der war sehr interessiert an dem Deal. Und das ist ja auch kein Wunder, dachte er doch, er könne mir das Kunstwerk für sehr teures Geld weiterverkaufen.«

»Ja, das glaube ich Ihnen doch alles, Frau Mai«, sagt Lamott und klingt schon wesentlich freundlicher als noch vor fünf Minuten. »Aber Herr de Jong streitet es nun mal ab. Das wundert mich aber nicht. Er ist vermutlich ein Hehler, der nun mit einem weiteren Verbrechensvorwurf konfrontiert wird und natürlich versucht, seine Haut zu retten.« Dann seufzt sie. »Es wäre eben doch besser gewesen, Sie wären gleich zu uns gekommen, anstatt hier die Hobbydetektive zu spielen. Dann hätten wir immer noch überlegen können, ob wir Herrn Zielinski als Lockvogel bei einem Treffen mit de Jong hätten einsetzen wollen – aber dann verkabelt und mit richterlichem Abhörbeschluss.«

Janis mischt sich ein.

»Nu is' mal gut, Frau Lamott. Wir haben es verstanden.«

»Hoffentlich!«, knurrt sie ihn an, bevor sie mich überraschenderweise anlächelt. »So, und nun noch mal ganz von vorn, Frau Mai.«

*

Als ich am nächsten Morgen im Krankenhaus ankomme, bin ich völlig gerädert und sehe auch exakt so aus. Ich habe heute Nacht fast gar nicht geschlafen. Die Sorge um Adam und das Gefühl, dass das alles meine Schuld war, haben mich wach gehalten. In meinem Kopf kreisten stundenlang dieselben Gedanken. Was soll ich jetzt machen? Was bleibt mir noch, um die ganze Sache, wenn ich sie schon nicht ungeschehen machen kann, zumindest auf eine bessere Bahn zu lenken? Um sechs Uhr wusste ich es endlich: Ich muss alles Kay erzählen, und ich muss es sofort tun. Also bin ich unter die Dusche gekrochen, habe mich angezogen, und hier bin ich nun. Morgens um halb acht im Krankenhaus in Anklam.

Verzagt klopfe ich an die Tür.

»Herein!«, brummt Kays Stimme. Mein Herz stolpert aufgeregt vor sich hin, aber darauf kann ich keine Rücksicht nehmen. Ich öffne die Tür und versuche, beim Hineingehen nicht über meine eigenen Füße zu stolpern.

»Guten Morgen!«, sage ich und höre selbst, wie schüchtern ich klinge. Kay setzt sich überrascht in seinem Bett auf.

»Was machst du denn hier? Bist du gekommen, um mich noch ein bisschen zu beschimpfen? Wegen gestern?«

»Im Gegenteil.«

»Im Gegenteil?« Kays Gesichtsausdruck wechselt von Überraschung zu Verwirrung. »Was meinst du damit?«

»Hast du schon mit Janine Lamott gesprochen?«, will ich wissen.

»Du meinst, seit gestern Nachmittag?« Er schüttelt den Kopf. »Nee, aber es ist jetzt auch nicht so, dass ich dreimal am Tag mit ihr telefoniere. Und ehrlicherweise würde ich mich auch wundern, wenn sie mich hier vor dem Frühstück anruft.« Er legt den Kopf schief und schaut mich nachdenklich an. »Was ist passiert, Franzi?«

Ich hole tief Luft und setze mich auf die Bettkante.

»Also, es ist so«, fange ich an, muss mich dann aber räuspern, weil ich auf einmal einen sehr großen Frosch im Hals habe.

Kay lacht.

»So schlimm?«

»Richtig schlimm, fürchte ich.«

»Dann raus damit.«

»Aber du musst mir glauben, dass ich nur das Beste wollte. Und du musst mir versprechen, dass du nicht ausrastest.«

Kay lächelt und streicht seine Bettdecke glatt.

»Franzi, selbst wenn ich ausrasten sollte, bist du vor mir sicher. Ich kann momentan nicht mal ohne Hilfe bis zur Toilette gehen. Da werde ich dir erst recht nicht den Hals umdrehen können, und wenn du noch so große Scheiße gebaut haben solltest.«

Okay, so gesehen bin ich hier tatsächlich sicher, und außerdem gibt es bestimmt auch einen Notknopf in diesem Zimmer, den ich drücken könnte. Ich atme also tief durch, nehme einen neuen Anlauf – und erzähle Kay alles. Vom ersten Anruf Adams und unserem Kaffeetrinken in Swinemünde über meinen Besuch mit Janis in der Galerie von de Jong bis zu dem Plan, de Jong mit heimlichen Videoaufnahmen zu überführen. Von Baginskis Pleite berichte ich ihm und von den Geldnöten der anderen Einbruchsopfer, wobei ich mir einbilde, dass die Pleite von Majas Chef Dr. Wagener Kay ein grimmiges Lächeln entlockt. Selbst die Tatsache, dass ich Janis in der Nacht des Mordes an Frau Schneider nicht angerufen habe, damit er mich abholt, sondern damit er heimlich am Tatort herumschleichen kann, während ich Kay ablenke, packe ich auf den Tisch. Mit anderen Worten: Ich sage Kay alles, was ich über den Fall weiß oder zu wissen glaube, und sei es für mich noch so unvorteilhaft. Dann schließe ich mit dem gestrigen Abend, dem Treffen zwischen Adam und de Jong, das ich verheimlicht habe, meiner Entdeckung im Bauwagen, dem Verschwinden von Adam und der Verhaftung von de Jong. Als ich mit meiner Beichte fertig bin, traue ich mich kaum, Kay anzuschauen. Zu groß ist meine Angst, dass er mir zumindest im übertragenen Sinne den Hals umdreht und mich achtkant aus seinem Zimmer schmeißt.

Macht er nicht. Stattdessen sagt er lange Zeit nichts, dann greift er mit seiner Hand über die Bettdecke nach meiner und drückt sie kurz.

»Es ist gut, dass du gekommen bist, Franzi. Gut, dass du mir jetzt alles erzählt hast, und auch gut, dass du mir traust.«

»Ja?«, sage ich unsicher.

»Auf alle Fälle. Denn das klingt für mich alles so, als hätten wir es hier noch mit einer ganz anderen Geschichte zu tun. Als würden wir die ganze Zeit versuchen, ein Puzzle zusammenzusetzten, bei dem einige Teile einfach nicht passen. Die werden dann auch nicht dadurch passend, dass wir sie immer wieder hineinpressen. Für die muss ein anderes Puzzle her. Und genau das suchen wir jetzt.«

War es vorhin noch Kay, der verwirrt guckte, so bin ich jetzt diejenige, die nicht genau weiß, wovon die Rede ist.

»Hä?«, sage ich wenig eloquent.

»Ich weiß, du bist anderer Meinung, aber ich habe schon die ganze Zeit das Gefühl, dass wir es hier mit zwei Fällen zu tun haben. Da kann de Santis noch so sehr finden, dass das alles eine Serie ist. Schön, dass es dafür jetzt eine SOKO gibt und dass Janine nur noch unter dem Gesichtspunkt ›Einbrecherbande‹ ermittelt. Aber da stimmt einfach was nicht. Nach allem, was du mir gerade erzählt hast, bin ich mir sogar noch sicherer.«

»Okay. Und das heißt?«

»Das heißt, dass wir jetzt noch mal ganz systematisch alles durchgehen, was wir bisher an Fakten haben. Und dann werden wir schon sehen, wo es hakt.«

Unwillkürlich muss ich sehr tief seufzen. Kay lacht.

»Komm schon, Franzi! Irgendjemand muss den Job machen, und das sind diesmal offensichtlich wir beide. Janine Lamott ist ja zu beschäftigt damit, de Jong als Kopf einer Einbrecherbande zu überführen und ihm gleichzeitig einen Mord und mindestens eine Entführung anzuhängen.«

»Denkst du denn wirklich nicht, dass sie damit richtigliegt?«

»Wie ich schon sagte: nein. Holst du mir mal mein Laptop? Das steht da drüben auf dem Tisch neben dem Blumenstrauß und lädt.«

Ich stehe auf und hole es für ihn. Er klappt es auf und tippt darauf herum.

»So. Wollen wir mal sehen. Gehen wir die Tatnacht doch noch einmal durch. Da gab es mehrere Punkte, die mir nach wie vor seltsam erscheinen. Zum einen ist da die Sache mit dem Schlafmittel. War Margot Schneider wirklich tablettenabhängig? Oder hat sie bewusst jemand an diesem Abend außer Gefecht gesetzt? Die Werte im Blut sind so hoch – wenn sie die Tabletten selbst genommen hat, bevor sie zur Arbeit gefahren ist, müsste man ihr das angemerkt haben. Und wenn sie sie erst bei Mühlenhoffs geschluckt hat, stellt sich die Frage, warum sie das getan hat. Und warum in einer derart hohen Konzentration? Gerade wenn sie das Mittel häufiger genommen hat, hätte sie doch wissen müssen, dass sie davon schläfrig wird. Macht man das, wenn man auf zwei kleine Kinder aufpassen will?«

Ich überlege.

»Also ich habe mit zwei Menschen gesprochen, die sie auf dem Weg zur Arbeit oder zu Beginn der Arbeit gesprochen haben: einmal mit Herrn Trulsen, der mit seinem Hund in einem der Nachbarhäuser lebt. Und dann mit Frau Mühlenhoff. Beiden ist absolut nichts Ungewöhnliches an Frau Schneider aufgefallen. Sie wirkte weder müde noch angeschickert oder aufgedreht fröhlich.«

Kay presst die Lippen aufeinander, dann atmet er aus und presst dabei die Luft so heraus, dass er schnaubt wie ein Rhinozeros.

»Das bringt mich zu dem nächsten Punkt: Nehmen wir an, jemand hat ihr die Tabletten gegeben, als sie bei Mühlenhoffs war. Wer sollte das sein und warum? Wenn sie die Tabletten genommen oder verabreicht bekommen hat, als sie ihren Dienst bei Mühlenhoffs angetreten hat, dann hat sie zum Zeitpunkt des Einbruchs schon tief und fest geschlafen. In dem Fall kann sie aber keine Einbrecher mehr aufgeschreckt haben.«

»Da ist was dran«, gebe ich Kay recht.

»Und wie passt das überhaupt alles mit dem Todeszeitpunkt um halb neun zusammen? Die Einbrecher kommen, obwohl es noch ziemlich hell ist, und dann was? Finden eine schlafende Babysitterin vor? Und obwohl das Superprofis sind, die bisher keine einzige Spur hinterlassen haben, verlieren sie völlig die Nerven und bringen sie dann um? Anstatt einfach den geordneten Rückzug anzutreten?«

»Schon komisch. Das stimmt. Wobei – da fällt mir wieder ein: Dieser Herr Trulsen, der war doch später am Abend noch mal mit seinem Dackel unterwegs. Und der ist sich sicher, dass er gegen zehn, halb elf Lärm im Haus der Mühlenhoffs gehört hat. Hab ich dir doch erzählt, Kay. Der Dackel hat jedenfalls wie ein Wilder angeschlagen und wollte unbedingt zum Haus rennen, Trulsen hat ihn kaum zurückhalten können. Das kam ihm seltsam vor.«

»Der Dackel als wichtigster Zeuge«, seufzt Kay. »Dann lass uns jetzt mal überprüfen, wer für welchen Zeitraum ein Alibi hat. Für wen ändert sich etwas, wenn der Todeszeitpunkt nicht halb neun, sondern zehn oder halb elf war?«

»Hast du denn die Aussagen von allen auf deinem Rechner?«

Kay nickt.

»Hat mir Nadja gemailt.« Er räuspert sich. »Heimlich. Also

pssst.« Er legt den Zeigefinger auf die Lippen und zwinkert mir verschwörerisch zu. Ich muss lachen. So ganz Dienst nach Vorschrift scheint das nicht zu sein, aber wer bin ich, darüber zu urteilen? Vorschriften sind ja nun wirklich nicht meine Spezialität. Nadja ist eine ältere Kollegin von Kay in Anklam, und ich hatte schon bei unserem letzten Fall den Eindruck, dass sie ihn in ihr mütterliches Herz geschlossen hat. Wenn uns das nun weiterhilft – umso besser!

»So«, sagt Kay, während er offenbar durch einige Seiten scrollt. »Mühlenhoffs sind natürlich safe. Die waren weder um halb neun noch später da. Sie haben das Restaurant tatsächlich erst um zwanzig vor elf verlassen, das zeigt auch die Kreditkartenabrechnung aus dem Restaurant, und das Personal dort kann sich gut an die beiden erinnern. Großzügiges Trinkgeld, man war begeistert. Sascha Hahn und Allegra Meyer hatten von Viertel nach acht bis neun Uhr eine Dienstbesprechung im Büro von Meyer. Anwesend waren die beiden Wachleute für den betreffenden Abend, die haben da auch eingestempelt, die Zeiterfassung befindet sich vorne am Empfang. Das haben meine Leute überprüft, und die Zeiten stimmen.«

»Und hinterher?«

»Hinterher ist Allegra Meyer in ihre Wohnung auf dem Resortgelände gegangen und hat Fernsehen geguckt. Sascha Hahn hat die vorher abgesprochene Route kontrolliert, also sichergestellt, dass seine Leute auch auf ihren Posten sind.«

»Haben die ihn dabei gesehen?«

»Ja, so steht es hier. Hahn ist auch noch am Appartement von Meyer vorbei und hat sie vor dem Fernseher sitzen sehen. Das hat er so ausgesagt.«

Ich versuche, mir diese Abläufe zusammen mit den Wegen

im Dorf vorzustellen. Klingen plausibel. Andererseits überrascht mich das auch nicht, denn warum sollten Meyer, Hahn oder Mühlenhoffs dem Kindermädchen nach dem Leben trachten?

»So richtig ergiebig ist das aber noch nicht, finde ich«, vertone ich meine Einschätzung. »Könnte jetzt auch noch zur Theorie von Janine Lamott passen.«

Kay schaut missmutig.

»Ja, auf den ersten Blick schon. Aber wir sind ja auch erst am Anfang. Der Hinweis mit dem Dackel ist jedenfalls wirklich wertvoll. Wie ist Schneider noch mal zu ihrem Auftrag gekommen?«

»Das ist die nächste Sache«, fällt mir wieder ein, »die ich gestern herausgefunden habe. Frau Schneider war insgesamt zweimal da. Aber Allegra Meyer hat mir erzählt, dass eigentlich beim ersten Mal eine Mitarbeiterin von Frau Schneider angekündigt war. Die ist dann aber erkrankt, also ist Frau Schneider selbst gekommen. Und beim zweiten Mal haben sich Mühlenhoffs dann wieder Frau Schneider gewünscht, weil das beim ersten Mal so gut geklappt hat.«

»Das ist doof«, murmelt Kay. »Passt irgendwie auch nicht zu meiner Theorie, dass es vielleicht jemand auf Schneider abgesehen hat. Denn dass sie für Mühlenhoffs gearbeitet hat, war dann doch nur Zufall.«

Ich zucke mit den Schultern.

»Aber nur beim ersten Mal. Beim zweiten Mal nicht. Und vielleicht ist Frau Schneider an diesem Abend jemand gefolgt, der sie schon immer umbringen wollte und nur auf eine gute Gelegenheit gewartet hat.«

Kay verschränkt die Arme vor der Brust.

»Es ehrt dich, dass du meine Theorie retten willst. Aber ein Babysittereinsatz mit kleinen Kindern in einer eigentlich gut bewachten Ferienhaussiedlung ist wohl kaum das, was man eine gute Gelegenheit nennen kann, um sein Opfer unbemerkt ins Jenseits zu befördern.«

»Und doch hat sie jemand erfolgreich ergriffen«, widerspreche ich ihm, und Kay muss grinsen.

»Da haste recht«, lacht er, um dann nachdenklich die Stirn in Falten zu legen. »Diese Chance hat tatsächlich jemand ergriffen. Jemand, der sich genau mit den Abläufen auskannte. Jemand, der wusste, dass Schneider an dem Abend kommen würde. Und jemand, der auch genug über die anderen Einbrüche wusste, um diese Gelegenheit wie einen Teil der Serie aussehen zu lassen.«

Er macht eine Pause, legt den Kopf in den Nacken und starrt an die Decke. Dann schlägt er auf einmal mit der flachen Hand auf die Bettdecke.

»Es hilft nichts. Wir müssen mit de Jong sprechen. Wir müssen ihm klarmachen, dass die Polizei versuchen wird, ihm den Mord nachzuweisen, wenn er jetzt nicht auspackt. Zumindest für die Anstiftung werden sie ihn drankriegen, denn der Bruch passt einfach zu gut in die Reihe.«

»Und was ist mit Adam?«

»Das ist der nächste Punkt: Den finden wir auch nicht, wenn ich weiter hier rumhänge.«

Erstaunt schaue ich ihn an.

»Und das bedeutet was?«

»Das bedeutet, dass du mir jetzt mal einen Rollstuhl organisierst. Und dass wir dann zusammen nach Anklam zur Polizeiinspektion fahren.«

29

Das Besorgen eines Rollstuhls war ein Klacks gegen die Herausforderung, ihn so zusammenzufalten, dass er in den Kofferraum eines Pandas passt und anschließend wieder so zu entfalten, dass ein ausgewachsener Kay Lorenz darin Platz nehmen kann. Als wir endlich durch den Eingang der Polizeiinspektion Anklam rollen, bin ich jedenfalls schweißgebadet und habe mir zwei Fingernägel abgebrochen. Aber wenn es der Wahrheitsfindung dient, will ich nicht wehleidig sein.

Am Empfang sitzt ein junger Mann in Uniform.

»Hallo, Hauptkommissar Lorenz!«, grüßt er ihn korrekt und lässt sich dabei nicht anmerken, ob ihn der Look von Kay überrascht. Denn nicht nur, dass dieser im Rollstuhl sitzt, er ist auch mehr oder weniger unrasiert, die Frisur kann wohlwollend als modern, gemeiner als ungepflegt bezeichnet werden, und außerdem trägt er eine Jogginghose und am rechten Bein eine formschöne Schiene, die wie ein Skistiefel aussieht. Immerhin ist die Jogginghose schwarz und fällt nicht weiter auf. Für Styling war einfach keine Zeit, denn Kay will sich de Jong schnappen, bevor es Lamott tut oder de Jong in Untersuchungshaft nach Stralsund verlegt wird. Nun schaut der junge Beamte doch neugierig über seinen Tresen und mustert Kay.

»Geht es Ihnen wieder besser?«

»Ja«, antwortet Kay knapp. »Ist Frau Lamott drüben in der großen Dienstbesprechung?«

»Ja, wie jeden Donnerstag. Die ist die nächsten anderthalb, zwei Stunden nur schwer zu erreichen«, berichtet der junge Polizist pflichtschuldigst. »Ist es dringend? Dann kann ich sie auch herausholen lassen.«

»Nein, nicht nötig«, erwidert Kay. »Ist denn Frau Fischer da?«

»Ich glaube schon. Müsste in ihrem Büro sein.«

»Danke, Fabi. Erster Stock, Franzi. Da drüben ist der Fahrstuhl.«

Als wir oben ankommen, ist besagte Frau Fischer tatsächlich in ihrem Büro, und ich stelle fest, dass es sich um Nadja handelt. Die blonde Mittfünfzigerin begrüßt Kay so euphorisch, als würde sie ihn nur zu gern an sich drücken, was allerdings gerade ausscheidet, da sich sein Kopf auf einer Höhe von ungefähr ein Meter dreißig befindet.

»Mönsch, was machst du denn hier? Warum liegst du nicht in deinem kuscheligen Krankenhausbett, wo du hingehörst?«, schimpft sie dann mit erhobenem Zeigefinger, bevor ihr Blick auf mich fällt. »Und wen hast du uns da mitgebracht? Eine Krankenschwester?« Bevor ich protestieren kann, schaut sie noch mal genauer hin. »Ah nee – Sie sind doch diese Journalistin, oder? Frau Mai, richtig?«

»Stimmt. Guten Morgen, Frau Fischer!«

»Frau Mai hat mich netterweise hergefahren, alleine hätte ich es nicht geschafft. Sie ist also heute nicht in ihrer Eigenschaft als Journalistin, sondern vielmehr als meine persönliche Pflegeassistenz dabei.«

Na gut, wenn das der Trick ist, wie ich hier überall reinkomme, dann soll es mir recht sein. Ich lächle also nur und sage nichts weiter dazu.

»Ihr habt gestern einen Neuzugang in den Arrest bekommen, Nadja. Ein gewisser Bas de Jong. Setzt du mir den in Vernehmungsraum 1? Und die Akte brauche ich auch. Janine hat ihn gestern schon vernommen, sagt das System.«

Entgeistert starrt Nadja ihn an.

»Du willst den vernehmen? In dem Aufzug?«

»Ich glaube, mein Aufzug ist momentan das geringste Problem von Herrn de Jong.«

»Nein, mein Lieber«, widerspricht Nadja, »so lass ich dich nicht auf die Kundschaft los. Ich besorge dir jetzt erst mal ein ordentliches Hemd. Schwiebert hat immer eins im Büro, das hole ich. Und dann kämmst du dir die Haare.« Sie geht zu ihrem Schreibtisch, zieht die oberste Schublade auf und nimmt eine Bürste heraus. »Hier, bitte! Rasieren müssten wir dich eigentlich auch, aber das lassen wir jetzt mal als ›szenig‹ durchgehen.«

Sie verschwindet aus dem Büro, ich muss kichern.

»Tja, dann mach mal lieber, was Mutti sagt«, ermahne ich Kay, der brav anfängt, seine wilde Matte zu striegeln.

»Nadja ist schon in Ordnung«, verteidigt er sie. »Sie ist manchmal ein bisschen ruppig, aber ansonsten hat sie das berühmte Herz aus Gold. Greta hat sie auch schon aus dem Hort abgeholt, wenn ich es nicht geschafft habe und meine Mutter keine Zeit hatte. Sie hat mir schon so manchen Ärger mit Maja erspart.«

»Ist ja gut«, lächle ich, »nichts gegen Nadja! Und mit deinem Look hat sie schon ein bisschen recht.«

Bevor ich das noch weiter ausführen kann, ist Nadja Fischer wieder zurück im Büro und hat tatsächlich ein weißes Hemd und einen Aktendeckel dabei.

»So«, sagt sie und hält Kay das Hemd vor die Brust, »das ist vermutlich vom Umfang her zu weit und an den Ärmeln zu kurz, aber besser als dein Schlabberpulli. Hose muss jetzt so bleiben, das geht mit deinem Bein sowieso nicht anders. Und de Jong sitzt in fünfzehn Minuten in der 1. Hier ist das Protokoll von gestern.« Sie legt ihm den Aktendeckel auf den Schoß.

Kay guckt zu ihr hoch.

»Danke, Nadja! Was würde ich ohne dich nur machen?«

»Ganz doof aus der Wäsche gucken«, antwortet sie trocken und drückt ihm das Hemd in die Hand.

»Brauchst du Hilfe beim Umziehen?«

»Nein. Aber vielleicht nicht ganz so viele Zuschauerinnen.«

»Geht klar«, sagt Nadja Fischer. »Kommen Sie, Frau Mai, wir holen uns mal einen Kaffee. Die Teeküche ist gleich gegenüber.«

Ich folge ihr in den Raum mit der kleinen Pantry, sie holt drei Becher aus den Oberschränken und stellt sie neben der Kaffeemaschine ab. Dann dreht sie sich wieder zu mir.

»Kennen Sie sich eigentlich auch privat, Sie und der Kommissar?«

»Wie meinen Sie das?«

»Ich hab's falsch formuliert, tut mir leid. Ich meinte: Treffen Sie sich auch privat? Oder haben Sie immer nur beruflich miteinander zu tun? Verzeihen Sie meine Neugier, aber ...«, sie macht eine Pause, als ob sie überlegt, wie sie den nächsten Satz formulieren soll. Dann ist es ihr offensichtlich eingefallen, und sie spricht weiter. »Der Kay, also der ist manchmal ein bisschen ruppig, aber ansonsten hat er das berühmte Herz aus Gold.«

Ich muss lachen, Nadja Fischer schaut böse.

»Was gibt es denn da zu lachen?«

»Oh, entschuldigen Sie, es ist nur – Kay hat eben exakt das Gleiche über Sie gesagt. Also, das mit dem Herz aus Gold.«

»Wirklich?« Nadjas Wangen röten sich. »Wie auch immer. Was ich eigentlich sagen wollte: Kay ist ein feiner Kerl. Ich würde mich freuen, wenn er nicht mehr so alleine wäre.«

Dazu sage ich nichts, sondern lächle einfach still, auch wenn ich finde, dass Nadja so klingt, als würde sie von einem Hund sprechen, der im Tierheim dringend auf ein neues Frauchen wartet.

Wir tragen die drei Kaffeebecher zurück ins Büro, wo Kay mit weißem Hemd und neuem Seitenscheitel mittlerweile wieder einigermaßen manierlich aussieht.

»So besser?«, will er von uns wissen.

»Viel besser!«, lobe ich ihn, und auch von Nadja bekommt er ein »Daumen hoch!«-Zeichen.

»Okay, dann auf in die Schlacht!« Er zögert kurz. »Oh, und Nadja, kannst du in der Zwischenzeit bei den Kollegen in Swinemünde noch mal freundlich nachhaken, was sie uns zu diesem Vogel hier sagen können?« Er gibt ihr einen Zettel, sie wirft einen Blick drauf. »Adam Zielinski, polnischer Staatsbürger, Swinemünde. Mehr haben wir nicht? Geburtsdatum? Arbeitgeber? Irgendwas?«

Kay wirft mir einen Blick zu, ich zucke mit den Schultern.

»Bedaure, leider nicht.« Dann fällt mir doch noch etwas ein. »Seine Mutter ist Deutsche. Er arbeitet als Journalist. Und eine Handynummer hab ich noch. Aber die funktioniert irgendwie nicht mehr.«

Nadja seufzt. »Na, besser als nichts. Also her damit!«

Ich gebe ihr die Nummer, dann machen Kay und ich uns auf den Weg zum Vernehmungsraum. Kay dirigiert mich durch das Gebäude, zum Glück begegnen wir dabei nur sehr wenigen Menschen, und die, an denen wir vorbeirollen, nehmen keine großartige Notiz von uns. Schließlich erreichen wir den Flur, von dem die Vernehmungsräume abgehen. Beim letzten Mal war für mich vor der Tür Schluss, aber als Pflegeassistenz darf ich Kay in den Raum schieben.

De Jong sitzt schon an dem Tisch, der in der Mitte steht. Ich schiebe Kay ihm gegenüber an den Tisch und nehme selbst auf dem Stuhl neben ihm Platz. Auf Höhe des Tisches lehnt eine Polizistin in Uniform an der Wand, der Kay kurz zunickt.

»Brauchen Sie noch etwas?«, will sie von ihm wissen. Er verneint, und sie verlässt den Raum.

De Jong starrt erst Kay und dann mich an.

»Sie sind doch diese Frau Schmidt«, erkennt er mich sofort. »Was machen Sie denn hier?« Es klingt nicht wirklich so, als würde er sich freuen, mich zu sehen.

»Ich … äh … ich helfe Kommissar Lorenz. Ich bin seine Pflegerin.« Gut, völlig gelogen ist das nicht.

De Jong überlegt kurz.

»Eigentlich nicht schlecht, dass Sie da sind! Sie wollten doch neulich Kunst bei mir kaufen und können wohl bestätigen, dass ich Sie völlig seriös beraten habe, oder etwa nicht? Ich bin ein grundsolider Kunsthändler. Sagen Sie denen das!«

Kay unterbricht ihn.

»Herr de Jong, darum geht es gerade gar nicht. Frau Lamott hat Sie schon belehrt?«

De Jong nickt. Kay deutet auf das schwarze Gerät, das auf dem Tisch zwischen ihm und de Jong steht.

»Das ist ein Aufzeichnungsgerät. Ich werde das Gespräch aufnehmen.«

Er drückt auf einen Knopf.

»Vernehmung Bas de Jong am 10. August, 8:30 Uhr. Vernehmung wird durchgeführt von Hauptkommissar Kay Lorenz, zugegen ist noch Franziska Mai als Pflegeassistenz.«

»Mai?«, poltert de Jong los. »Sagten Sie nicht, Sie heißen Schmidt?«

Darauf antworte ich einfach nicht, was aber nichts ausmacht, denn auch Kay ignoriert den Einwurf und macht einfach weiter.

»Herr de Jong, ich habe mir das gestrige Protokoll Ihrer Erstvernehmung durchgelesen«, sagt er und deutet auf den Aktendeckel, den er neben das Aufnahmegerät gelegt hat. »Ihnen wird neben der erwerbsmäßigen Hehlerei auch Anstiftung zu einem Tötungsdelikt vorgeworfen. Haben Sie das eigentlich verstanden?«

»Was?« De Jong wird auf einmal aschfahl im Gesicht. »Was denn für ein Tötungsdelikt? Und was meinen Sie überhaupt mit erwerbsmäßiger Hehlerei?«

»Frau Lamott hat Ihnen doch gestern eröffnet, dass Sie im Verdacht stehen, eine Bande mit dem Einbruch und Diebstahl von Kunstwerken aus Einfamilienhäusern auf Usedom beauftragt und diese im Anschluss als Hehler verkauft zu haben. Bei dem letzten Einbruch wurden die Täter von einer anwesenden Babysitterin überrascht. Sie wurde mit einem Schürhaken erschlagen. Ich würde sagen – Mord zur Verdeckung einer Straftat. Wird in Deutschland mit lebenslanger Haft bestraft.«

»Aber …«, setzt de Jong an, schließt jedoch wieder den Mund und bleibt stumm.

»Die gewerbsmäßige Hehlerei allein wird hingegen mit bis zu zehn Jahren bestraft. Ist also deutlich günstiger, und das Höchstmaß muss nicht ausgeschöpft werden.«

De Jong starrt ihn böse an.

»Ich will einen Anwalt.«

»Den sollen Sie natürlich haben«, sagt Kay freundlich. »Es ist auch nicht so, dass ich Sie hier fertigmachen will. Ich möchte Ihnen nur klarmachen, worum es hier gerade für Sie geht. Die Kollegen sind fest davon überzeugt, Ihnen die Beteiligung an dieser Serie nachweisen zu können. Und im Rahmen dieser Serie hat nun mal ein Mord stattgefunden, und den wird man damit auch Ihnen anlasten. Wenn es also irgendetwas gibt, das zeigt, dass Sie damit nichts zu tun haben, dann kann ich Ihnen nur raten, hier schleunigst auszupacken.«

Kay fasst unter den Tisch, die junge Polizistin kommt wieder in den Raum.

»Herr de Jong möchte einen Anwalt sprechen. Können Sie sich bitte darum kümmern?«

»Sicher«, antwortet sie, dann an de Jong gewandt, »haben Sie schon einen Rechtsbeistand oder brauchen Sie die Liste?«

»Die Liste, bitte.«

»Hole ich Ihnen.«

»Und die da«, de Jong zeigt auf mich, »die soll den Raum verlassen. Ich traue ihr nicht, dieser Frau Mai oder Frau Schmidt oder wie auch immer sie nun wirklich heißt.«

»Kein Problem«, sage ich und stehe von meinem Stuhl auf. »Ich warte dann draußen.«

Gemeinsam mit der jungen Polizistin verlasse ich den Raum.

»Sagen Sie«, wende ich mich an sie, »es gibt doch neben dem Vernehmungszimmer noch eine Art Zuschauerraum, wo man zuhören kann, oder?«

Die junge Frau mustert mich skeptisch.

»Ja, den gibt's. Aber da darf ich Sie nicht so einfach reinlassen. Sie sind doch nur die Krankenpflegerin, da geht Sie die Vernehmung sowieso nichts an. Nehmen Sie also einfach auf einem der Stühle hier im Flur Platz. Ich hole jetzt die Liste mit den Strafverteidigern.«

So ein Mist! Nun bin ich raus, und das passt mir gar nicht. Ich warte einen Moment, bis die Polizistin den Gang runter verschwunden ist, dann drücke ich vorsichtig auf die Klinke der Tür neben dem Vernehmungszimmer. Klick! Tatsächlich lässt sich die Tür öffnen, und ich sehe in den Raum, in dem ich schon mal bei einer Vernehmung zugehört habe. Perfekt! Ich husche hinein und schließe die Tür leise hinter mir. Durch die Scheibe, die beide Räume miteinander verbindet, kann ich Kay und de Jong sehen. De Jong hat offenbar beschlossen, auch ohne Anwalt zu sprechen, denn er gestikuliert wild vor sich hin, während Kay ganz ruhig dasitzt. Gut, im Rollstuhl hat er auch nicht viele andere Möglichkeiten, aber er sieht wirklich entspannt aus.

Nun haut de Jong auf den Tisch und scheint sich sehr aufzuregen. Was sagt er gerade? Geht es jetzt um Adam? Behauptet er immer noch, ihn nicht zu kennen und auch nie getroffen zu haben? Leider kann ich de Jong nicht hören, und er dreht auch immer wieder den Kopf weg. Ich schaue mich in meinem kleinen Zimmer um und suche vergeblich nach einem Knopf oder Regler, um die Tonübertragung anzustellen. Geht das etwa nur von der anderen Seite aus?

Durch die Scheibe kann ich sehen, dass die junge Polizistin zurückgekommen ist und de Jong einen Zettel in die Hand drückt. Dann sagt sie etwas zu Kay und zeigt Richtung Tür. Er zuckt mit den Schultern. Mein Gefühl sagt mir, dass sie ihn gerade gefragt hat, ob er weiß, wo ich bin. Mein Gefühl sagt mir darüber hinaus, dass ich mich jetzt besser mal in die Ecke hinter die Tür stellen sollte, was ich auch sofort mache.

Und wie recht ich mit meinem Gefühl doch habe! Keine zwei Sekunden später öffnet sich die Tür in den kleinen Zuhörerraum einen Spalt, und die Polizistin schaut herein. Da ich direkt hinter der Tür stehe und sie diese nicht ganz öffnet, sieht sie mich allerdings nicht.

»Hm, komisch«, höre ich sie sagen, dann schließt sie die Tür wieder. Puh, das war knapp! Ich wische mir die drei Schweißperlen von der Stirn, die sich dort gebildet haben, und setze mich. Auch wenn ich nichts hören kann, ist es sehr interessant, Kay beim Verhör einfach zuzusehen. Er bleibt völlig ruhig, während sich de Jong, der die Anwaltsliste auf dem Tisch vor sich offenbar völlig links liegen lässt, regelrecht in Rage geredet hat. Ich gehe ganz zum Rand der Scheibe, denn so kann ich de Jong besser von vorne sehen und etwas nutzen, das in dieser Situation sehr praktisch ist: meine Fähigkeit, von Lippen zu lesen. Als Kind gehörloser Eltern habe ich das oft geübt, und auch wenn ich nicht perfekt darin bin, kann ich den Sinn einer Unterhaltung meist verstehen.

So ist es auch hier. Schnell wird mir klar, dass de Jong Kays Rat folgt. Er packt aus! Und wenn ich mich nicht völlig vergucke, scheint er eine unglaubliche Geschichte zu erzählen. Von bestellten Einbrüchen. Aber nicht bestellt von Kunden, die etwas haben wollen. Sondern von solchen, die etwas loswerden wollen. Wagener, Baginski und die anderen haben de Jong offenbar dafür bezahlt, dass er bei ihnen einbrechen lässt, um die Kunstwerke zu stehlen, die sie vorher bei ihm gekauft haben. Das verstehe, wer will. Ich tu's nicht. Und das trotz meiner besonderen Lippenlesefähigkeiten.

30

»Also ist es nicht gewerbsmäßige Hehlerei, sondern ganz schnöde Beihilfe zum Versicherungsbetrug?«, fasst Nadja Kays Erkenntnisse aus der Vernehmung zusammen, als wir wieder in ihrem Büro angekommen sind.

»So ist es. Die Masche ging so: Kunden, die klamm waren und zuvor ein Kunstwerk von de Jong gekauft hatten, ließen bei sich einbrechen und machten den Schaden bei ihrer Versicherung geltend. De Jong wiederum vertickte die wertvollen Kunstwerke ins Ausland, und beim erzielten Gewinn machte man fifty-fifty.«

»Eigentlich keine schlechte Idee«, bemerke ich und fange mir einen tadelnden Blick von Nadja ein. »Also wenn man kriminell veranlagt ist«, füge ich deshalb schnell hinzu.

»Ja, dann ist es tatsächlich ziemlich elegant«, gibt mir Kay recht. »Aber de Jong wird nicht müde zu beteuern, dass er mit dem letzten Bruch nichts zu tun hat. Wie er überhaupt darauf besteht, höchstens für die Hälfte aller Einbrüche in letzter Zeit verantwortlich zu sein, nämlich so ziemlich genau fünf.«

»Glauben wir ihm das?«, fragt Nadja. »Schließlich geht es da um Mord, kein Wunder, dass er damit nichts zu tun haben will.«

Kay fährt sich mit den Händen durch die gebändigte Matte.

»Ja, mir kam es schon glaubhaft vor. Ich glaube zum Beispiel nicht, dass er den Einbruch bei Monika Ahrens in Auftrag gegeben hat. Da gab's ja nichts Wertvolles zu holen. Und bei dem Fall Schneider war ich von Anfang an skeptisch und bin es immer noch. Vor allem, weil dieser Fall tatsächlich anders ist als die vorhergegangenen. Bisher war immer in die Häuser von Privatleuten eingebrochen worden. Deren Besitzer waren pleite und haben dann de Jong beauftragt. Das hat sich wohl in einem gewissen Kreis rumgesprochen, und das scheint ein relativ kleiner Kreis. Das Haus am Haff wiederum gehört noch dem Bauherrenkonsortium und wird so lange an wechselnde Feriengäste vermietet, bis es verkauft ist.«

Da hat Kay einen Punkt.

»Es ist ja schon seltsam, dass sich in einem Ferienhaus überhaupt so wertvolle Kunst befand«, wundert sich Nadja.

»Nicht unbedingt«, erwidere ich. »Bei Dr. Wagener ist auch ins Ferienhaus eingebrochen und Kunst gestohlen worden. Er hat mir damals erklärt, dass Feriengäste im Luxussegment so eine exklusive Ausstattung erwarten.«

»Ja, aber er ist Privatmann und hat bei de Jong gekauft. Das ist bei dem Haus des Konsortiums alles nicht der Fall«, stellt Kay fest. »De Jong sagt, wir könnten uns gern durch sämtliche Unterlagen bei ihm wühlen, er habe noch nie etwas an das Konsortium verkauft und kenne diese Leute auch nicht.«

»Den Wunsch werden wir ihm sicher erfüllen«, lacht Nadja, »ich glaube, die Kollegen sind heute schon mit einem Hausdurchsuchungsbeschluss und großen Kartons zu Galerie und Wohnhaus gefahren.«

»Aber was sagt de Jong denn zu den Hermesfreunden? Das ist doch ein ziemlich starker Beweis, dass auch der Einbruch am Haff zur Serie zählt und er sich nur rausreden will«, wende ich ein.

»Von den Hermesfreunden hat er angeblich noch nie etwas gehört. Er habe weder eine solche Anzeige geschaltet noch gelesen. Auch nicht in Zusammenhang mit irgendeinem anderen Einbruch aus der Serie.«

Jetzt bin ich baff. Diese Anzeigen müssen mit den Einbrüchen zusammenhängen!

»Was guckt du so nachdenklich?«, will Kay von mir wissen.

»Die Anzeigen im *Sparfuchs* hängen hundertprozentig mit den Einbrüchen zusammen. Wenn de Jong das abstreitet, lügt er. Ich habe es mir mit Adam zusammen angeschaut, sie passten haargenau zu den Daten und Orten der Einbrüche. Das kann einfach kein Zufall gewesen sein! Ich glaube, dieser de Jong ist ein Lügner und vermutlich sogar ein Mörder. Und Adam hat er bestimmt auch etwas Schlimmes angetan!« Ich merke, wie sehr mich die Behauptungen von de Jong und die Ungewissheit um Adam mitnehmen – meine Stimme zittert nämlich auf einmal ganz schön. Nadja merkt das, sie streicht mir beruhigend über den Oberarm.

»Wenn dieser Herr de Jong seinen Kopf aus der Schlinge ziehen will, wird er einfach alles abstreiten, was damit zusammenhängt. Lassen Sie sich dadurch nicht irritieren, Frau Mai, wir kennen unsere Pappenheimer. Das ist völlig normal.«

»Das ist wahr«, bestätigt Kay, »im Übrigen streitet de Jong auch ab, jemals Kontakt mit Zielinski gehabt zu haben.«

»Totaler Quatsch!«, rufe ich empört. »Adam war sogar bei ihm in der Galerie. Aber vielleicht hat er sich dort anders genannt.«

»Klar«, grinst Kay, »so wie eine gewisse Frau Schmidt?«

»So ungefähr.«

Kay fährt sich über seine Bartstoppeln.

»Ich habe ihn natürlich gleich danach gefragt, ob er denn in letzter Zeit irgendwelchen anderen Ganoven begegnet ist, die ihm heiße Ware angeboten haben. Aber das hat er ebenso verneint. Selbstverständlich war er gestern auch nicht im Bauwagen, und jemand mit einem auffälligen rosafarbenen Seidenschal ist ihm auch noch nie begegnet.«

»Na klar, Bas de Jong ist die Unschuld in Person, und Adam hat sich das alles nur ausgedacht«, sage ich mit Sarkasmus in der Stimme.

»Also es wäre jedenfalls gut, wenn wir Adam bald ausfindig machen«, sagt Kay. »Denn dann könnten wir de Jongs Version der Geschichte widerlegen. Oder erhärten. Eins von beidem.«

»Wenn de Jong Adam umgebracht und verscharrt hat, dann werden wir ihn niemals finden«, murmle ich mit düsterer Stimme.

»Ich habe eben ins System geguckt«, sagt Nadja. »Die KTU schätzt, dass auf dem Boden im Bauwagen ungefähr zwei- bis dreihundert Milliliter Blut vergossen wurden. Das ist zwar 'ne Menge, aber tot ist man deshalb noch lange nicht.«

»Aber schwer verletzt.«

Kay nickt.

»Ja, das vermutlich schon. Umso wichtiger, dass wir ihn finden. Nadja, was sagen die polnischen Kollegen? Haben die sich schon gemeldet?«

»Ja, aber besonders ergiebig war es nicht. Unter dem Namen haben sie niemanden gefunden, der im passenden Alter ist, eine deutsche Mutter hat oder in Swinemünde arbeitet. Einen Journalisten schon gar nicht.«

»Und die Handynummer?«, frage ich

»War ein Prepaid-Handy, das gestern deaktiviert wurde.«

»Wahrscheinlich hat ihn de Jong dazu gezwungen, weil er wusste, dass wir ihn damit suchen würden«, mutmaße ich. »Und dann hat er ihn umgebracht. Es ist hoffnungslos.« Und alles meine Schuld, ergänze ich in Gedanken und könnte schon wieder heulen.

»Ruhig Blut«, sagt Kay, der offensichtlich merkt, wie mir das alles an die Nieren geht. »So schnell geben wir nicht auf. Immerhin haben wir einen Joker, und das bist du. Du hast dich mehrfach mit ihm getroffen. Denkst du, dass wir nach deinen Angaben ein Phantombild von ihm anfertigen könnten?«

Ein Phantombild? Das ist die Idee!

»Na klar«, rufe ich und schöpfe wieder Hoffnung.

»Nadja, kannst du herausfinden, ob Frau Sauer gerade da ist? Die ist doch immer superschnell mit so was.«

»Muss ich gucken. Aber vor allem ist Janine Lamott in einer Stunde wieder da. Bis dahin solltest du besser was in der Hand haben. Die macht dich sonst einen Kopf kürzer, wenn sie merkt, dass du fröhlich aus dem Rollstuhl heraus neben ihrer SOKO her ermittelst.«

»Das lass mal meine Sorge sein.« Kay klingt jetzt richtig aufgekratzt und fröhlich. Ausweglose Fälle scheinen genau sein Ding zu sein.

*

»Also die Mundpartie in etwa so?«

Kay und ich sitzen neben einer älteren Dame, die mir auf ihrem Computer Bilder von verschiedenen Männerköpfen zeigt. Wir haben uns von der Kopfform über den Haaransatz, die Ohren, die Augen und die Nase mittlerweile bis zum Mund durchgekämpft, und ich bin schon etwas verwirrt.

»Nee, irgendwie voller. Eben wie Robert Redford. Aber das Kinn nicht ganz so markant.«

»So?«

Ich schaue noch mal hin.

»Ja, besser.«

Kay schaut auf seine Uhr.

»Wie lange brauchen wir denn noch?«

Frau Sauer dreht sich zu ihm um.

»Mein lieber Herr Kollege, ein gutes Phantombild braucht normalerweise mindestens anderthalb Stunden. Können auch zwei sein. Wir arbeiten hier gerade mal eine halbe Stunde zusammen, und Ihre Zeugin macht das phantastisch. Aber wenn Sie die ganze Zeit danebensitzen und rumjammern, dann stört mich das ganz gewaltig. Also vielleicht holen Sie sich einfach mal einen Kaffee.«

»Würde ich ja gern«, grinst Kay und deutet auf seinen Rollstuhl, »aber ich kann gerade nicht.«

Frau Sauer mustert ihn mit zusammengekniffenen Augen.

»Dann gibt's nur eins: Klappe halten!«

Kay macht eine Handbewegung, als würde er seinen Mund mit einem Reißverschluss schließen, und sagt dann tatsächlich nichts mehr.

»Wo waren wir?«, überlegt Sauer laut. »Ach richtig. Der Mund. Gut so?«

»Ja. Vielleicht doch nicht ganz so voll.«

Sie ändert es.

»Das ist gut. Aber irgendwas passt irgendwie noch nicht«, stelle ich dann fest.

»Kein Problem. Das sind jetzt erst mal die groben Züge. Jetzt gehen wir ans Verfeinern.«

Die nächsten zwanzig Minuten nimmt sich Frau Sauer noch einmal jeden Teil des Gesichts vor. Die Ohren wandern noch ein Stück höher, die Augen etwas weiter auseinander. Die Nase wird schmaler, das Kinn etwas runder, und so geht es immer weiter, bis ich ziemlich zufrieden bin.

»Ja«, nicke ich, »das ist Adam Zielinski. Jetzt braucht er nur noch etwas dichtere blonde Haare mit einer Strähne, die ihm so über die linke Augenbraue springt.«

Frau Sauer klickt auf ihrem Rechner herum, schon hat sie meine Angaben umgesetzt. Faszinierend!

»Perfekt!«, rufe ich. »Damit können wir ihn suchen! Vielen Dank!«

Sie nickt zufrieden.

»Dann freut es mich, dass ich euch helfen konnte.«

Kay, der die letzte halbe Stunde tatsächlich eisern geschwiegen hat, meldet sich zu Wort.

»Können Sie das speichern und mit diesem Bild einen neuen Entwurf anlegen?«

»Ja, das geht. Warum?«

»Oh, ich möchte nur etwas ausprobieren.«

»Okay. Entwurf ist einmal gespeichert. Und jetzt?«, erkundigt sich Frau Sauer.

»Aus dem blonden soll schwarzes Haar werden, etwas kürzer als der Blondschopf und dazu eine Hornbrille. Geht das?«

Sehr seltsam. Warum möchte Kay das Bild derart ändern? So sieht Adam doch gar nicht aus. Was Kay aber natürlich nicht weiß, weil er ihn noch nie gesehen hat. Wieder klickt Frau Sauer auf dem Rechner herum, keine fünf Minuten später hat sie alle Wünsche von Kay umgesetzt.

»So?«, fragt sie.

»Passt!«, bestätigt Kay. »Würden Sie mir bitte beide Entwürfe mailen und ausdrucken?«

»Aber natürlich. Welches Aktenzeichen?«

»Erst mal ohne.«

»Von mir aus auch das.«

Frau Sauer schmeißt den Drucker an, vier Sekunden später halte ich zwei DIN-A4-Porträts in den Händen, bedanke mich noch mal bei ihr und rolle Kay aus ihrem Zimmer hinaus.

»So, was machen wir jetzt?«, will ich wissen. »Gestehst du Janine Lamott nun doch, dass du heute Vormittag undercover in der Polizeiinspektion unterwegs warst, aber dafür ein mega Fahndungsplakat hast? Schicken wir das gleich über den großen Presseverteiler? Konfrontieren wir de Jong mit dem Bild und schütteln die Wahrheit aus ihm raus?« Kay schweigt, ich rüttle ein bisschen an der Rückenlehne des Rollstuhls. »Hey, nun sag schon, wie geht es weiter?«

Kay dreht seinen Kopf zu mir.

»Jetzt fahren wir erst mal zurück zu Nadja. Und da muss ich dir etwas zeigen.«

Sehr mysteriös.

»Warum sagst du mir nicht einfach, was los ist?«

»Weil du es sehen musst«, beharrt Kay.

Wortlos rollen wir den Flur entlang, fahren wortlos zurück in das Stockwerk, in dem sich Nadjas Büro befindet, und rollen immer noch wortlos in ihr Zimmer.

»Na, wart ihr erfolgreich?«, begrüßt sie uns fröhlich.

»Das schon«, antworte ich, »aber leider hat es Kay seitdem die Sprache verschlagen.«

Der schüttelt den Kopf.

»Nein, hat es nicht. Aber was ich glaube, erkannt zu haben,

wollte ich dir nicht im Büro von Sauer zeigen. Denn wenn es so ist, wie ich denke, müssen wir sehr gut überlegen, was wir als Nächstes tun.«

»Nun mach es nicht so spannend«, nöle ich Kay an. »Du tust ja so, als hättest du gerade das Bernsteinzimmer hier in der Asservatenkammer entdeckt.«

Dazu sagt Kay nichts. Stattdessen rollt er zu Nadjas Schreibtisch.

»Kannst du mal deinen Rechner für mich entsperren?«

Sie macht es, und Kay tippt irgendetwas ein. Auf Google, wie mir scheint. Zwei Klicks, dann rollt er ein Stück von der Schreibtischplatte zurück, um mir Platz zu machen.

»Guckst du mal, bitte?«

Ich schaue auf den Bildschirm. Kay war auf der Google-Bildersuche. Und er hat die eine Person gefunden, die genau wie Adam aussieht. Nur mit schwarzen, etwas kürzeren Haaren und mit einer Hornbrille. Entgeistert starre ich auf die Fotos, die mir angezeigt werden, und klicke verschiedene an, um sie zu vergrößern. Kein Zweifel. Das ist eindeutig Adam. Ich schaue in die Suchleiste, um herauszufinden, nach wem Kay gesucht hat. Und da steht es. Die Bilder, die Google gefunden hat, zeigen alle dieselbe Person: Alexander Mühlenhoff.

31

»Alexander Mühlenhoff und Adam Zielinski sind also ein und derselbe. Als Alexander weilt er als treuer Familienvater mit seinen Lieben im Ferienhaus, und als Adam veranstaltet er mit blonder Perücke konspirative Treffen mit mir in Swinemünde. Ich fasse es nicht. Was hat das alles zu bedeuten?«

Völlig bedröppelt sitze ich mit Kay vor einem Becher Milchkaffee und versuche, mir einen Reim auf all das zu machen. Wir haben uns vor Janine Lamott in ein kleines Frühstückscafé in Fußnähe der Polizeiinspektion geflüchtet. Kay fand, dass es besser sei, erst einmal unsere Gedanken zu sortieren, bevor wir seiner Kollegin über den Weg laufen, und ich schätze mal, damit hat er recht. Begeistert wird sie über Kays Flucht aus dem Krankenhaus nicht sein, über seine Ermittlungen noch viel weniger. Obwohl er natürlich offiziell nicht von dem Fall abgezogen wurde, sondern sich »nur« ein Bein gebrochen hat. Ob Janine das gelten lässt? Ich wage es zu bezweifeln.

»Ja, das müssen wir herausfinden«, sagt Kay. »Werden wir aber auch.«

»Wie bitte?«

»Na, du fragtest doch, was das alles zu bedeuten hat. Das war meine Antwort darauf.«

»Ach so. Ich glaube, ich hatte gar keine Antwort erwartet. Es ist einfach, wie ich sagte: Ich bin fassungslos.«

Das lässt Kay aber offensichtlich nicht gelten.

»Bange machen gilt nicht, Franzi. Erst recht nicht, nachdem wir nun etwas herausgefunden haben, das so sorgsam vor uns versteckt werden sollte. Mich spornt das eher an.«

Mein Handy klingelt. Es ist Janis. Scheiße! Den habe ich völlig vergessen! Ich gehe ran. Noch bevor ich etwas sagen kann, quasselt Janis los.

»Mann, Franzi, wo steckst du? Ist dir was passiert? Ich sitze hier in der Redaktion und denke mir Ausreden für dich aus, mach mir aber totale Sorgen!«

»Tut mir leid, Janis«, entschuldige ich mich, »ich bin heute früh gleich zu Kay gefahren und dann mit ihm zur Polizei. Hab verpennt, dir Bescheid zu sagen. Ich melde mich, sobald ich hier fertig bin, versprochen! Und bis dahin weiter Ausreden ausdenken, vielen Dank!«

»Alles klar, hau rein!«, ruft Janis fröhlich und legt auf.

Ich rühre in meinem Kaffeebecher herum und denke laut nach.

»Also gut. Wo waren wir stehen geblieben? Adam und Alexander. Dann lass uns mal überlegen: Wenn Adam in Wirklichkeit Alexander ist, müssen wir davon ausgehen, dass diese Show einem bestimmten Zweck diente. Und das alles, was Adam mir erzählt hat, ebenfalls zur Show gehörte.«

Kay nickt.

»Ja, davon müssen wir ausgehen.«

»Das heißt, die ganze Sache mit dem internationalen Rechercheteam sollte genau was bewirken?«

»Der Teil ist doch klar. Er wollte erfahren, was du über die anderen Einbrüche weißt. Fragt sich nur, warum.«

Kay hat den Satz noch nicht ganz zu Ende gesprochen, da

trifft mich die Erkenntnis wie ein Schlag: Der Zweck der Show war, den Mord an Margot Schneider so passgenau wie möglich in der Einbruchsserie zu verstecken. Und ich bin dieser Show so naiv auf den Leim gegangen, dass es mir jetzt heiß und kalt zugleich wird.

»Alles in Ordnung bei dir, Franzi?«

»Natürlich. Warum?«

»Du bist auf einmal leichenblass.« Er greift nach meiner Hand. »Und deine Hände sind eiskalt.«

»Nein, alles gut. Mir ist nur gerade klargeworden, dass ich eine echte Vollidiotin bin. Ein richtiges Rindviech. Das internationale Rechercheteam? Richtig, allerdings war die Recherche recht einseitig: Er wollte mich aushorchen. Und das ist ihm auch gelungen. Ich habe ihm alles erzählt, was ich über die Einbrüche wusste. Dass wertvolle Kunst gestohlen wurde, dass in den Funkzellen keine Handys eingeloggt waren und dass Janis und ich Bas de Jong im Verdacht hatten, als Hehler auf Bestellung hinter der ganzen Sache zu stehen.« Ich seufze und knete meine Hände ineinander, die tatsächlich sehr kalt sind. »Und damit konnte er den einzigen Einbruch vorbereiten, an dem er wirklich interessiert war: den in das Ferienhaus, in dem er mit seiner Familie Urlaub machte. Er wollte, dass alle glauben, dass dieser Einbruch auch in die Serie gehört.« Ich atme tief durch.

»Und das wollte er, weil er damit den Mord an Margot Schneider getarnt hat«, ergänzt Kay.

»Ja. Genauso muss es gewesen sein.« Ich nehme einen Schluck aus meinem Kaffeebecher, obwohl mir jetzt eher nach Cognac wäre. »Die ganze Geschichte mit den Hermesfreunden – alles ausgedacht. Die Anzeigen hat Adam – oder besser Alexander – selbst aufgegeben. Oder vielleicht hat er gleich eine eigene Seite im Internet gebaut, die der vom *Sparfuchs* ähnlich war. Kontrollieren konnte das dann niemand mehr, die wurde ja angeblich gelöscht.« Ich schlage mir mit der flachen Hand vor die Stirn. »Kay, ich bin so blöd! Ich bin so ein Schaf! Wie konnte ich das nur alles glauben?«

Kay hebt die Hände.

»Na, es war schon gut gemacht. Als du mir die *Sparfuchs*-Seiten gezeigt hast, hab ich mich schon gefragt, warum ich nicht auf so eine geile Spur gekommen bin. An eine Fälschung habe ich da nicht gedacht.«

»Aber warum fährt ein Kölner Familienvater im Urlaub nach Usedom und bringt da eine Babysitterin um?«, grüble ich. »Welchen Sinn macht das?«

»Die Sinnfrage stelle ich mir bei Kapitalverbrechen schon lange nicht mehr. Menschen sind einfach böse und sie tun Böses«, stellt Kay fest.

»Also das ist mir zu negativ. Nicht alle Menschen sind böse. Ich würde sogar sagen: die wenigsten. Vielleicht sind viele zu gleichgültig, und auf alle Fälle sind nicht genug Menschen gut, aber schon dein Job beweist doch, dass wir Menschen uns nicht mit dem Bösen abfinden wollen.«

Kay lächelt mich versonnen an.

»Das hast du schön gesagt. So habe ich es noch gar nicht betrachtet. Aber wie auch immer: Alexander gehört vermutlich zu den Bösen. Das müssen wir ihm jetzt nur noch nachweisen.«

Nur noch ist gut. Klingt so einfach. Stelle ich mir aber ziemlich schwer vor. Vor allem, weil mir in diesem Moment noch eine andere Sache einfällt: »Er hat ein Alibi. Und zwar ein richtig gutes. Er hat mit seiner Frau zur Tatzeit ein Sechs-Gänge-Menü mit Weinbegleitung im Belvedere in Heringsdorf zu sich genommen. Da ist er fein raus, und zwar egal, ob der Mord um halb neun, um zehn oder um halb elf passiert ist.«

»Hm. Doof. Das stimmt.« Kay wiegt den Kopf hin und her. »Also ist er nur Beihelfer und hat die ganze Show für jemand anderes abgezogen? Oder es war sein Beitrag als Mittäter? Auf alle Fälle muss noch wer beteiligt gewesen sein.«

»Dann hat er es vielleicht zusammen mit seiner Frau geplant?«

»Aber die war auch im Restaurant. Sie waren zusammen da, das haben wir überprüft.«

»Vielleicht haben sie Schneider umgebracht, als sie aus dem Restaurant zurückgekommen sind?«

Kopfschütteln bei Kay.

»Nein. Das kommt zeitlich nicht hin. Sie haben um zwanzig vor elf gezahlt, um kurz nach elf ging der Notruf ein und die Pathologie sagt, dass Schneider um halb zwölf schon ungefähr eine Stunde tot war, höchstens länger, auf keinen Fall kürzer. Dafür war ihre Körpertemperatur schon zu weit abgesunken.«

»Dann können es die beiden also nicht gewesen sein. Ich hatte beim Gespräch mit Frau Mühlenhoff auch nicht das Gefühl, dass sie irgendeine nähere Bindung zu Frau Schneider hatte. Die war für sie eindeutig eine Dienstleisterin, die ihr den Urlaub angenehmer machen sollte«, erinnere ich mich.

»Womit wir wieder bei der Frage nach dem Motiv wären. Warum hat Alexander zumindest dabei geholfen, Margot Schneider zu töten?« Kay trommelt mit den Fingern auf der Tischplatte.

»Ha!«, rufe ich auf einmal laut.

»Was?«

»Der Garipi!«, rufe ich. »Allegra Meyer sagt, es ist auch einer aus dem Haus gestohlen worden. Wenn aber unsere neue These richtig ist, dass all diese Übereinstimmungen geplant waren, dann muss sie entweder auch Teil der Verschwörung sein oder es gab einen Mord und zufälligerweise auch einen Einbruch…«

»…oder Mühlenhoffs haben dafür gesorgt, dass da ein Garipi ins Ferienhaus gestellt wurde.«

Kay und ich schauen uns an, dann schütteln wir zeitgleich den Kopf.

»Nein. Eindeutig Möglichkeit Nummer 1«, stelle ich im Brustton der Überzeugung fest. »Allegra Meyer ist Teil des Komplotts. Und vielleicht hat sie auch Margot Schneider den Schürhaken übergezogen.«

»Hm«, brummt Kay nachdenklich, »aber sagtest du nicht, Sascha Hahn hatte erst eine Dienstbesprechung mit der Meyer und hat sie dann durchs Fenster beim Fernsehen gesehen?«

»Das stimmt. Aber ich sage auch, dass Hahn nicht gerade die hellste Kerze auf der Torte ist. Ich könnte mir vorstellen, dass man den recht leicht austricksen kann.«

»Fehlt aber immer noch das Motiv. Warum morden ein Kölner Familienvater und eine Usedomer Hotelmanagerin? Was verbindet die beiden?«

»Ich weiß es nicht«, gebe ich zu. »Ich habe keinen blassen Schimmer.«

»Und dann fällt mir auch gerade wieder ein – war es nicht gerade Meyer, die so Stimmung gegen die angeblich polnische Bande gemacht hat, weil das so schlecht für ihr Geschäft sei?«

»Ach ja, Mist. Für sie war der Mord eigentlich echt geschäftsschädigend. Also war sie wohl doch nicht dabei?«

Kay seufzt, holt sein Handy hervor und tippt eine Nummer ein.

»Hallo, Nadja, hier schon wieder Kay. Kannst du mir noch mal einen riesigen Gefallen tun? Ich schick dir gleich eine Nachricht mit mehreren Namen. Ich brauche alles über diese Leute, was du im Rechner finden kannst. Meldeadressen, Geburtsnamen, Ehenamen, Vorstrafen, Ermittlungsverfahren ... einfach alles, verstehst du? Fang bitte schon mal an, zu suchen, wir essen noch schnell was und kommen dann dazu. – Ja, danke! Bis gleich.«

*

Als wir nach einer Stunde in die Inspektion zurückkommen, wartet Nadja schon auf uns. Aber nicht nur sie. Neben ihr steht Janine Lamott. Und sie kocht vor Wut. Ich habe noch nicht ganz die Tür in Nadja Fischers Büro hinter uns geschlossen, da stürzt sie sich schon wie eine Furie auf Kay.

»Sach mal, bist du jetzt völlig bekloppt? Was fällt dir ein, hier aufzukreuzen und einfach in meinen Ermittlungen herumzufuhrwerken, wenn du genau weißt, dass ich nicht da bin? Die Nummer mit de Jong geht gar nicht, das ist dir hoffentlich klar! Und in so eine unkollegiale Schweinerei auch noch die arme Nadja reinzuziehen – unterste Schublade, mein Lieber! Einfach unterste Schublade!«

Bilde ich mir das ein, oder hat Janine Lamott tatsächlich Schaum vor dem Mund?

»Janine, nun beruhig dich mal«, versucht Kay, gegen ihren Furor anzukommen. Das allerdings ist keine gute Idee.

»Mich beruhigen? Ich soll mich beruhigen?« Jetzt schreit sie so laut, dass man es garantiert in den Nachbarbüros hört. »Ich wollte gerade mit der Vernehmung von Bas de Jong beginnen. Da taucht auf einmal ein Anwalt auf, erklärt mir, dass er de Jong ab sofort vertritt, sein Mandant übrigens schon vollumfänglich bei dir ausgesagt habe und er dieser Aussage nichts mehr hinzufügen werde. Und ich weiß davon nichts und stehe da wie der letzte Depp! Du kannst froh sein, dass ich keine Menschen in Rollstühlen schlage, denn sonst wärst du jetzt schon k. o.!«

Es ist unpassend, aber ich muss lachen. Und zwar ziemlich laut. Lamott fährt zu mir herum.

»Was gibt's da zu lachen? Gestern waren Sie noch angemessen kleinlaut, und heute haben Sie schon wieder Oberwasser?«

Ich räuspere mich.

»Entschuldigen Sie bitte. Aber ein bisschen komisch ist die Situation schon. Hier stehen – oder sitzen – zwei ziemlich gute Ermittler. Und anstatt ihre Kräfte zu bündeln, hauen sie sich gegenseitig in die Pfanne. Wenn ich ein Verbrecher wäre, ich wäre begeistert!«

Jetzt mischt sich auch Nadja ein.

»Ich finde, Frau Mai hat recht. Ja, es war vielleicht nicht so cool von Kay, dir nicht Bescheid zu sagen. Aber auf der anderen Seite muss du zugeben, Janine, dass du es auch gar nicht so schlecht fandst, dass er außer Gefecht gesetzt war in den letzten Tagen. Da musstest du ihn nämlich auch nicht einbinden, und das hat dir gut in den Kram gepasst.«

Lamott verschränkt die Arme vor der Brust.

»Es war nicht meine Entscheidung, eine SOKO einzurichten. Und dass du dich kopfüber ins Haff stürzt und für die Ermittlungen ausfällst, Kay, war auch nicht meine Schuld.«

»Die Schuldfrage finde ich maximal unspannend. Was am Ende zählt, sind die Ergebnisse«, packe ich jetzt mal die schönsten Kalendersprüche aus meinem letzten Workshop mit Raimund aus. Die scheinen allerdings zu wirken, denn zumindest atmet Janine Lamott jetzt tief durch und entspannt sich etwas.

»Okay. Da ist natürlich etwas dran«, sagt sie schließlich an Kay gewandt. »Dann lass mal hören, was du herausgefunden hast.«

»Was *wir* herausgefunden haben«, korrigiert er freundlich. »Sehr gern. Nadja, hast du noch mal die Ausdrucke der beiden Phantombilder für Janine?«

»Na klar. Moment.« Sie geht zu ihrem Schreibtisch, nimmt die beiden Blätter und hängt sie mit zwei Magneten an eine an der Wand angebrachte Metallschiene. »Bitte sehr!«

Janine tritt vor die Bilder und betrachtet sie eindringlich. Dann guckt sie uns fragend an.

»Wieso hast du ein Phantombild von Alexander Mühlenhoff anfertigen lassen? Und wieso hat er auf dem anderen Bild blonde Haare? Muss ich das jetzt verstehen?«

Ich stelle mich neben sie und tippe auf die blonde Variante.

»Das ist der Mann, den ich als Adam Zielinski kennengelernt habe. Und der seit gestern spurlos verschwunden ist. Was eigentlich kein Wunder ist, da es ihn überhaupt nicht gibt.«

Janine Lamott bleibt der Mund offen stehen, sie braucht ungefähr zwei Sekunden, um diese neue Information zu verarbeiten.

»Sie meinen, der Typ mit dem rosa Schal, den Sie gestern als vermisst gemeldet haben, den gibt es gar nicht?«

Ich schüttle den Kopf.

»Nein. Den gibt es nicht. Es handelt sich offenbar um Alexander Mühlenhoff, der in die Rolle eines Adam Zielinskis geschlüpft ist.«

»Das heißt also, dass Bas de Jong den auch nicht umgebracht oder entführt hat?«

»Genau das heißt es.«

»Und was heißt das noch? Entschuldigen Sie die Nachfrage, aber ich bin gerade verwirrt. Helfen Sie mir also gern auf die Sprünge.«

»Warum setzen wir uns nicht alle an den Besprechungstisch?«, schlägt Nadja vor. »Denn wenn Kay und Frau Mai ihre Geschichte erzählt haben, habe ich auch noch ein paar Infos beizutragen.«

Also versammeln wir uns zu viert und halbwegs friedlich an dem kleinen runden Tisch, der in der Ecke von Nadjas Büro steht. Kay erklärt, was wir eben im Café sortiert haben, Lamott hört aufmerksam zu, schüttelt hin und wieder den Kopf, sagt aber ansonsten nichts.

Als wir fertig sind, holt Nadja ein Notizbuch hervor und schlägt es auf.

»Kay hat mich gebeten, Informationen über alle Personen herauszusuchen, von denen wir wissen, dass sie am Tatabend in Neu-Zirnow waren. Dabei bin ich auf ein paar interessante Dinge gestoßen. Zum einen: Margot Schneider heißt erst seit zwanzig Jahren Margot Schneider. Geboren ist sie unter dem Namen Schneider, dann war sie eine verheiratete Kaufmann und nach der Scheidung hat sie ihren Mädchennamen wieder angenommen.« Sie blickt von ihrem Notizbuch hoch und schaut in die Runde. »Das machen natürlich viele Menschen nach einer Trennung, aber erstaunlicherweise hat Schneider auch ihren Vornamen ändern lassen. Sibylle war bis 2017 ihr erster Vorname. Dann gab es im Jahr 2018 eine Gesetzesänderung. Seitdem darf man die Reihenfolge seiner Vornamen beim Standesamt ändern lassen, und genau das hat Frau Schneider auch sofort getan. Seitdem ist ihr vormals zweiter Vorname Margot ihr erster Vorname und taucht somit in allen offiziellen Dokumenten als Rufname auf. Aus einer Sibylle Kaufmann wurde also eine Margot Schneider.«

»Spannend«, sagt Janine Lamott. »Ich wusste nicht, dass man die Reihenfolge seiner Vornamen ändern lassen kann. Das sind ja ganz neue Möglichkeiten.«

»Ich fahre dann mal fort«, sagt Nadja Fischer geschäftsmäßig. »Andere Namen hatten früher nämlich auch Allegra Meyer und Alexander Mühlenhoff. Allegra Meyer hieß bis zu ihrer ziemlich kurzen Ehe Degenhardt, hat aber nach der Scheidung Meyer behalten. Finde ich bei dem Namen irgendwie seltsam, oder? Und auch Alexander Mühlenhoff hat den Namen seiner Frau angenommen. Und jetzt ratet mal, was sein Geburtsname war.«

»Degenhardt?«, raten Kay, Janine und ich fast gleichzeitig.

»Exakt. Hundert Punkte, ihr Lieben. Allegra und Alexander sind Geschwister.«

Donnerwetter!

»Nadja, du bist ein Trüffelschwein!«, lobt Kay seine Kollegin überschwänglich.

»Warte erst mal, bis du weißt, was ich noch entdeckt habe.«

»Was denn noch?«, will Janine Lamott wissen.

»Allegra und Alexander Degenhardt sind beide in Leverkusen geboren. So weit, so unspektakulär, sind ja schließlich Geschwister. Aber auch Margot Schneider hat einen Bezug zu Leverkusen. Beim dortigen Standesamt wurde nämlich nach der rechtskräftigen Scheidung ihr Namenswechsel eingetragen. Sie muss also damals dort gewohnt haben. Sonst wären die nicht zuständig gewesen.«

»Drei Menschen. Drei neue Namen. Und alle drei aus Leverkusen. Was ist dort passiert?«, überlegt Janine Lamott laut.

»Hast du auch schon einen Blick ins Bundeszentralregister geworfen, Nadja?«

»Hab ich. Alles sauber. Bei Sascha Hahn eine Körperverletzung, aber ansonsten nichts.«

»Irgendwelche Ermittlungsakten im System?«, hakt Kay nach.

»Also hör mal«, ruft Nadja mit gespielter Empörung. »Dazu bin ich nun wirklich noch nicht gekommen. Ihr wart schließlich nur eine Stunde weg!«

»Schon gut, war nur eine Frage«, beschwichtigt Kay. »Du warst wirklich sensationell.«

»Aber Frau Lamott hat recht«, greife ich den Faden wieder auf, »irgendetwas muss da in der Vergangenheit passiert sein. Wann war denn die Scheidung, Frau Fischer?«

»Moment, ich gucke.« Sie blättert in ihrem Notizbuch hin und her. »1998 war das.«

Ich stütze mein Kinn auf die Hände und überlege.

»Ist da vielleicht etwas, das sich davor zugetragen hat? Das ist für eine einfache Google-Recherche allerdings zu lange her, fürchte ich.«

»Wonach würden wir da auch suchen?«, wirft Kay zweifelnd ein. »Degenhardt? Leverkusen? 1998? Was soll da rauskommen?«

»Jetzt habe ich auch eine Idee.« Janine Lamott wirkt auf einmal motiviert und gutgelaunt. Nachtragend ist sie nicht, das muss man ihr lassen.

»Und verrätst du sie uns auch?«, ätzt Kay.

»Sicher«, sagt Janine mit großzügiger Geste. »Welche große Tageszeitung gibt es denn in Leverkusen? Wissen Sie das als Journalistin vielleicht, Frau Mai?«

»Logisch. Das ist die *Rheinische Post*. Gewissermaßen mein

Heimatblatt. Die berichten wirklich über alles. Sobald in Rommerskirchen oder Dormagen ein Eis überreicht wird, sind die *RP*-Kollegen vor Ort.«

»Perfekt. Dann lass uns doch mal auf die Homepage der *Rheinischen Post* schauen.«

Machen wir. Mir ist noch nicht ganz klar, worauf Janine Lamott hinaus will, aber wir werden es gleich erfahren.

»Hier«, sagt sie und klickt mit der Maus ins Menü, »da steht's. Die haben ein Online-Archiv, das bis 1993 zurückreicht.«

»Ist aber nur für Abonnenten«, findet Kay sofort das Haar in der Suppe.

»Na und? Ich bin die Königin des Probe-Abos. Manchmal vergesse ich, rechtzeitig zu kündigen, und dann muss ich eben mal einen Monat für das Handelsblatt oder das Manager Magazin bezahlen, aber meistens bekomme ich so die Infos, die ich brauche.«

Sie ruft die Maske auf, gibt ihre Daten ein und hat kurz darauf tatsächlich ihren Archivzugang freigeschaltet.

»So, jetzt mal bitte kreative Suchbegriffe. Was könnte die drei in der Vergangenheit verbinden.«

»Wie wäre es mit: Leverkusen, Kind, tödlich, Geschwister, Degenhardt, Allegra, Alexander?«, schlage ich vor.

Kay mustert mich von der Seite.

»Wie kommst du denn gerade auf diese Schlagworte?«, will er wissen.

»Ich versuche nur gerade, mir einen Artikel in der *Rheinischen Post* vorzustellen, der von einem Drama handelt, in dem alle unsere Beteiligten vorkommen. Da dürfen *Leverkusen* und *tödlich* nicht fehlen, und Allegra und Alexander waren in den neunziger Jahren noch Kinder.

Janine Lamott tippt die Begriffe in die Suchmaske und drückt die Eingabetaste. Ergebnis: null Treffer.

»Lassen Sie mal den Nachnamen weg, der wird in Artikeln meist nur abgekürzt«, schlage ich vor.

»Okay, mach ich.«

Wieder die Eingabetaste. Wieder das gleiche Ergebnis: null Treffer. Ich seufze. Nein, so wird das nichts.

»Schade, dabei war die Idee so gut!«, sage ich. »Warum finden wir nichts im Archiv? Wenn es ein Drama gab, hat die *Rheinische Post* als seriöse Lokalzeitung doch bestimmt darüber berichtet!« Während ich den Satz noch ausspreche, fällt es mir auf einmal wie Schuppen von den Augen – natürlich! *Seriös*!

»Frau Lamott, gehen Sie mal auf die Seite vom *Kölner Kurier*«, rufe ich aufgeregt. »Gibt es da auch so ein Archiv?«

Janine Lamott tippt *Kölner Kurier* in die Suchmaske und landet sofort auf der Seite des rheinischen Boulevardblatts. Ein paar Klicks, dann ist sie im Archiv.

»Ja, gibt es«, stellt sie zufrieden fest. »Ich muss nur schnell das nächste Probeabo abschließen, dann starte ich die Suche noch mal. Kay, du bist dafür zuständig, mich ans Kündigen zu erinnern!«

Kay lacht.

»Klar, mach ich. Aber wieso soll der *Kurier* über etwas berichten, was der *Rheinischen Post* keinen Artikel wert ist?«

»Ganz einfach«, erkläre ich, »die *Rheinische Post* hat bestimmt berichtet. Aber als seriöse Tageszeitung erwähnt sie in ihren Artikeln die Namen von Opfern oder Zeugen meistens nicht. Also finden wir den Artikel so nicht. Ein Boulevardblatt wie der *Kurier* hingegen verwendet die Namen schon eher.«

»Ha!«, kommt es in diesem Moment triumphierend von Lamott. »Ich hab's!«

Als wir die Schlagzeile sehen, ist uns allen klar, dass wir einen Volltreffer gelandet haben:

Kleine Alicia mit Salz getötet –
Bewährungsstrafe für Kindergärtnerin

32

»Dramatisches Ende im Prozess um den Tod der kleinen Alicia aus Leverkusen – Bewährungsstrafe für die Kindergärtnerin Sybille K., die das Kind mit einem versalzenen Pudding vergiftet hatte! Das Landesgericht verurteilte die 41-Jährige wegen Körperverletzung zu 14 Monaten Haft auf Bewährung. Nach den Worten des vorsitzenden Richters war der Angeklagten – wie dem Großteil der Bevölkerung und dem Gericht selbst – völlig unbekannt, dass 0,5 bis 1 Gramm Kochsalz pro Kilogramm Körpergewicht tödlich wirken. Die Frau aus Leverkusen hatte das Kind gezwungen, zur Strafe einen Pudding aufzuessen, in den es versehentlich 30 Gramm Salz eingerührt hatte, weil es dieses für Zucker hielt. Das Mädchen, das nur 15 Kilo wog, starb anderthalb Tage später.« Janis lässt den Ausdruck sinken. »Puh, das ist ja krass. So gefährlich ist Salz?«

»Ja, anscheinend. Aber ich hatte davon auch keinen blassen Schimmer.«

Janis liest weiter.

»Das Landgericht stufte die Tat nur als gefährliche Körperverletzung ein. Nach den Worten des Gerichts hatte Alicia den versalzenen Pudding nicht freiwillig gegessen. So hatten die Geschwister des toten Mädchens, Allegra (8) und Alexander (13), ausgesagt, dass ihnen die kleine Schwester kurz nach dem Vorfall von den Drohungen seiner Kindergärtnerin berichtet habe, ihr ›den Hintern zu versohlen‹, sollte sie den Pudding nicht aufessen. Doch den Tod des Kindes hatte

die Angeklagte, obwohl sie ihn verursachte, nach Ansicht der Richter nicht vorsätzlich herbeigeführt. Selbst die Rettungssanitäter und eine Kollegin der Angeklagten hätten nichts von der tödlichen Wirkung des Salzes geahnt. Zahlreiche Zuschauer im Saal reagierten mit Unverständnis auf den Urteilsspruch, die Mutter des Mädchens erlitt einen Schwächeanfall und musste ärztlich behandelt werden.« Janis atmet einmal tief durch. »Das ist wirklich eine echte Tragödie. Und ihr seid euch sicher, dass es sich bei dieser Kindergärtnerin um Margot Schneider handelt?«

»Tausendprozentig«, bestätigt Kay, der von Anklam aus mit mir in die Redaktion gefahren ist und nun sein Bein auf unserer Schreibtischplatte hochlagert. »Alle Daten passen zusammen. Und ehrlicherweise sind Allegra und Alexander als Namenskombination für ein Geschwisterpärchen nun auch nicht so häufig. Selbst bei euch im Westen nicht.«

»He, he, jetzt mal nicht frech werden, Lorenz«, drohe ich mit erhobenem Zeigefinger, »sonst kannst du nachher selbst nach Hause rollen, ich fahr dich dann nicht.«

»Schon gut, Mai«, lacht Kay.

»Wie geht es jetzt weiter?«, will Janis erfahren. »Ein Zeitungsartikel ist schließlich noch kein Beweis.«

»Aber jetzt haben wir das Motiv: Rache. Und damit hängt alles zusammen. Wir haben zudem Franzi, die morgen früh Alexander Mühlenhoff als den vorgeblichen Adam Zielinski identifizieren wird. Wir haben Herrn Trulsen, mit dessen Aussage wir die angebliche Tatzeit und somit das Alibi von Allegra Meyer erschüttern werden.«

»Und was ist mit der Smart Watch? Ich dachte, die hätte ab halb neun keinen Herzschlag mehr gemessen. Sind diese Uhren nicht immer ziemlich genau?« Janis schaut skeptisch.

»Wer ganze Websites von Onlineportalen nachbauen kann, ist mit Sicherheit auch in der Lage, ein solche Uhr zu manipulieren«, entgegne ich. »Im Zweifel war das vielleicht gar nicht Schneiders Uhr, sondern Alexander Mühlenhoff hat sie ihr einfach nach dem Mord angezogen.«

Kay nickt.

»Auch 'ne Idee. Ich stelle fest: In Frau Mai steckt jede Menge krimineller Energie.«

»Das hätte ich Ihnen gleich sagen können, Herr Kommissar«, lacht Janis. »Aber zurück zum Fall: Ihr glaubt, Allegra und Alexander haben das von langer Hand vorbereitet, Alexander hat Frau Schneider ins Haus gelockt und Allegra sie später erschlagen?«

»Richtig. Nachdem sie vorher ein Schlafmittel ins Glas bekommen hat.«

Janis schüttelt sich.

»Uah, das ist wirklich grausam. So etwas traut ihr Allegra Meyer zu? Die arme Frau Schneider mit dem Schürhaken zu töten?«

»Ich glaube, dass der Wunsch nach Rache übermächtig werden kann und jede Rationalität und jedes Mitgefühl verdrängt«, sagt Kay. »Aus Sicht der Degenhardts ist der Tod ihrer Schwester ungesühnt geblieben. Die Eltern haben damals sogar ans Gericht geschrieben und um eine härtere Strafe gebeten. Die Familie ist daran zerbrochen, die Eltern haben sich drei Jahre nach dem Prozess getrennt, das konnten wir aus den Einwohnerdaten ablesen. Allegra und Alexander werden überzeugt sein, dass Margot Schneider an ihrem Unglück schuld war. Was ja auch stimmt. Nur eben nicht im strafrechtlichen Sinne. Deswegen das milde Urteil.«

»Klingt logisch«, räumt Janis ein. »Und der ganze Budenzauber mit brennendem Kreuz und Hermesfreunden und so weiter?«

»Alles Ablenkungsmanöver. Wir alle sollten nicht über den Mord nachdenken, sondern nur noch die Bande hinter der Einbruchsserie suchen«, erkläre ich. »Das war eigentlich schon geschickt gemacht und hätte auch fast funktioniert. Wenn nicht«, ich mache eine Pause und werfe Kay einen Blick zu, »ja, wenn nicht Kay von Anfang an so misstrauisch gewesen wäre. Als ich Alexander Mühlenhoff alias Adam Zielinski davon erzählt habe, hat er die Nerven verloren, schätze ich. Aber sein neuer Plan, dann auch noch de Jong einen Mord an Adam Zielinski in die Schuhe zu schieben, war einfach zu viel. Da hat er angefangen, Fehler zu machen.«

»Das Blut im Bauwagen war zum Beispiel aus einer Konserve, das hat die Gerichtsmedizin schon festgestellt. Für einen Pharmareferenten wie Alexander Mühlenhoff ist es kein Problem, so eine Konserve zu besorgen. Aber so richtig durchdacht hat er das Ganze dann nicht mehr«, ergänzt Kay. »Eigentlich war die ganze Adam-Zielinski-Nummer zu umständlich. Klar, die Geschwister konnten den getürkten Einbruch damit noch besser an die Serie anpassen, aber sie hat eben auch alles verdammt kompliziert gemacht. Meiner Berufserfahrung nach ist das nie gut.«

»Das werde ich beherzigen, wenn sich mein Berufswunsch von Radioreporter zu Berufsverbrecher ändert«, bemerkt Janis trocken. »Aber wie sieht unser Plan jetzt aus? Sind die uniformierten Truppen schon ausgerückt und habe alle verhaftet?«

»Nein. Wir wissen dank eures Besuchs in Neu-Zirnow, dass Alexander Mühlenhoff morgen früh seine Familie abholt. Und dann schlagen wir zu«, erklärt Kay.

»Genauer gesagt schlagen Janine Lamott und ich zu«, ergänze ich. »Wir warten vor Ort auf Mühlenhoff, dann werde ich ihn in Anwesenheit von Frau Lamott als Adam Zielinski identifizieren. Als Nächstes werden wir ihn und Meyer mit den Ermittlungsergebnissen konfrontieren. Und dann sind wir sehr gespannt, was passiert. Oh, und außerdem hat Janine Lamott zwei wunderschöne Haftbefehle besorgt, sie kann die beiden morgen also gleich mitnehmen.«

»Wow, das wird ja aufregend!«, reibt sich Janis die Hände. »Ich will unbedingt mitkommen!«

»Natürlich bist du dabei«, versichere ich ihm. »Nur der Herr Lorenz, der bleibt zu Hause und legt das Bein weiter hoch. Gesundheit geht vor.«

Kay grinst.

»Wobei in diesem Zusammenhang meine Gesundheit vor allem dadurch geschützt wird, dass ich Janine Lamott nicht noch mal in die Quere komme. Sie ist jetzt wieder ganz gut gelaunt, aber wenn sie morgen nicht eindeutig als Leiterin der SOKO übernehmen kann, bekomme ich vielleicht auch bald eins mit dem Schürhaken übergebraten. Wobei ich es andersherum selbstverständlich genauso machen würde.«

»Selbsterkenntnis ist der erste Weg zur Besserung«, sage ich und klopfe vorsichtig auf seinen Skistiefel.

*

»Adam, was machst du hier? Und warum hast du auf einmal schwarze Haare?« Mit hoffentlich brillant gespieltem Erstaunen gehe ich auf Mühlenhoff zu, der gerade die Koffer seiner Familie in einen Volvo lädt. Ich lege noch ein bisschen Pathos in meine Stimme. »Ich dachte schon, du seist tot!«

Er dreht sich zu mir um und erstarrt förmlich.

»Franzi, ich …«, er schluckt trocken, dann schweigt er. Vermutlich, weil er in diesem Moment auch Janine Lamott entdeckt hat, die hinter der Hausecke hervorkommt und direkt auf ihn zuläuft.

»Guten Morgen, Herr Mühlenhoff. Oder sollte ich besser sagen: Herr Zielinski? Ich sehe, Sie kennen Frau Mai?«

Mühlenhoff sagt kein Wort mehr. Janine Lamott nickt ihm freundlich zu.

»Auch gut. Alexander Mühlenhoff, ich verhafte Sie wegen des Verdachts eines Tötungsdelikts zum Nachteil von Margot Schneider. Sie müssen nichts sagen und Sie haben das Recht auf einen Anwalt. Und jetzt möchte ich Sie bitten, mir zu folgen.«

Svenja Mühlenhoff kommt mit einem Kind auf dem Arm und dem zweiten an der Hand aus dem Haus.

»Was ist da los, Alex? Du hast jetzt keine Zeit für lange Gespräche, Frau Meyer kommt gleich für die Übergabe. Frau Lamott, wenn Sie noch Fragen haben, müssen wir leider telefonieren. Wir haben hier gerade das ganze Haus geräumt und sind schon ein bisschen zu spät dran.«

Alexander Mühlenhoff wirft seiner Frau einen Blick zu – ist er verzweifelt? Traurig? Erstaunt? Ich kann es nicht richtig deuten. Er räuspert sich.

»Schatz, tu mir einen Gefallen. Fahr schon mal los.«

»Wie bitte? Wovon redest du?« Svenja Mühlenhoff ist logischerweise völlig verwirrt von dieser Bitte ihres Mannes.

»Frau Mühlenhoff, es tut mir leid, aber die Idee Ihres Mannes ist sehr gut. Ich erkläre es Ihnen gern, aber vielleicht ist es besser, die Kinder spielen so lange woanders.«

»Ich verstehe wirklich nicht, wovon Sie reden, Frau Lamott. Wieso sollen die Kinder woanders spielen?«

Janis, der mittlerweile auch neben uns steht, mischt sich ein.

»Ich könnte mit den Kids mal schauen, ob der Dackel schon wach ist.«

»Eine ausgezeichnete Idee«, lobe ich ihn.

»Na, wollen wir mal Herkules suchen gehen?«, schlägt Janis den beiden Kindern vor. Kaum ist der Name gefallen, beginnen ihre Augen zu strahlen.

»Au ja, Wauzi!«, ruft das Größere, und das kleinere Kind zappelt so lange, bis seine Mutter es auf den Boden stellt. Dann marschieren die drei in Richtung des Hauses von Herrn Trulsen los. Kaum sind sie weg, taucht Allegra Meyer auf. Sie sieht uns vor dem Haus stehen – und in diesem Moment scheint ihr klarzuwerden, dass ihr Bruder und ich uns niemals hätten begegnen dürfen. Sie schlägt die Hände vors Gesicht und murmelt ein leises, aber doch hörbares *Oh, nein.*

»Oh, doch«, erwidere ich. »Überrascht? Sollten Sie nicht sein. Ihre Geschichte war gut, aber sie war eben nicht gut genug. Obwohl ich sie ziemlich lange geglaubt habe.«

Sie kommt auf uns zu und bleibt direkt vor Lamott und ihrem Bruder stehen.

»Was soll das hier?«, faucht sie Lamott an.

»Ich habe Ihrem Bruder gerade eröffnet, dass er festgenommen ist. Das Gleiche gilt auch für Sie, Frau Meyer. Ich nehme Sie fest wegen des Verdachts eines Tötungsdelikts zum Nachteil von Margot Schneider. Sie müssen dazu nichts sagen und Sie haben das Recht, einen Anwalt zu verlangen.«

»Um Gottes willen!« Svenja Mühlenhoff schnappt nach Luft. »Sind Sie völlig irre? Was soll denn mein Mann mit dem

Mord an der Babysitterin zu tun haben? Wir waren den ganzen Abend essen, das wissen Sie doch. Das macht doch alles gar keinen Sinn!« Sie schaut zu ihrem Mann. »Alexander, nun sag du doch auch mal was dazu!«

Ihr Mann erwidert den Blick, schweigt aber. Stattdessen antwortet Janine Lamott.

»Frau Mühlenhoff, es haben sich im Laufe der Ermittlungen leider schwerwiegende Verdachtsmomente gegen Ihren Mann und seine Schwester ergeben. Ich werde die beiden daher jetzt mit nach Anklam nehmen. Die Kollegen warten vorn an der Straße.«

Svenja Mühlenhoff kneift die Augen zusammen.

»Welche Schwester denn? Mein Mann ist Einzelkind.«

Sie weiß es also wirklich nicht. Sie hat jemanden geheiratet, von dem sie eigentlich überhaupt nichts weiß. Das ist bitter.

»Alexander ist mein Bruder«, sagt Allegra Meyer jetzt, und Svenja Mühlenhoff fällt regelrecht die Kinnlade herunter.

»Was?«, würgt sie regelrecht hervor. »Das stimmt? Und die Sache mit der Babysitterin? Habt ihr der armen Frau Schneider wirklich etwas angetan?«

Allegra Meyer sagt nichts dazu, da packt Svenja Mühlenhoff sie an den Schultern und zieht sie zu sich heran.

»Ist das wahr? Habt ihr das getan?«

Meyer schüttelt sie ab und blickt ihr fest in die Augen.

»Sie hat es verdient.«

»Halt den Mund, Allegra«, findet Alexander Mühlenhoff jetzt doch seine Sprache wieder. »Halt sofort den Mund!«

»Nein«, sagt Allegra Meyer mit einer so ruhigen Stimme, dass es mir kalt den Rücken herunterläuft. »Ich werde nicht mehr schweigen. Das Miststück hat den Tod verdient.«

PERSEIDENREGEN

»Dass ich bei dem Showdown gestern nicht dabei war, macht mich schon ein bisschen traurig«, gibt Kay zu, als ich ihn die Seebrücke entlangrolle.

»Ja, ich muss sagen, das war einigermaßen spektakulär. Als sich Svenja Mühlenhoff auf ihren Mann gestürzt hat, dachte ich schon, dass hier gleich ein zweiter Mord geschieht.«

Tatsächlich hatte Svenja Mühlenhoff völlig die Fassung verloren, als ihr klarwurde, was im Haus am Haff geschehen war. Einmal angefangen, ist es nämlich nur so aus Allegra Meyer herausgesprudelt, und sie hat von vorne bis hinten alles erzählt.

»Ach Mist, und ich hab gewissermaßen den Hauptfilm verpasst«, ärgert sich Kay.

»Also das ist jetzt schon ein bisschen geschmacklos, das so zu bezeichnen«, tadle ich ihn.

»Hast recht. Ich bin trotzdem neidisch. Berufskrankheit.«

»Verstehe ich. Die Krankheit kenn ich. Ich glaube, Janis hat sich auch geärgert, dass er mit den Kindern bei Herrn Trulsen im Garten saß, als Meyer ausgepackt hat.«

Kay nickt.

»Aber trotzdem gut von ihm, dass er sich um die Kinder gekümmert hat. Verhaftungen vor Kindern versuche ich auch zu vermeiden. Ich hoffe nur für die Familie, dass Frau Mühlenhoff nicht in der Geschichte mit drinsteckt.«

Ich lasse mir die gesamte Szene noch einmal durch den Kopf gehen.

»Ich glaube ihr, dass sie von allem absolut nichts gewusst hat«, sage ich zu Kay. »Der ganze Fall ist aber auch wirklich unglaublich. Da wachsen die beiden Geschwister nach der Scheidung ihrer Eltern getrennt voneinander auf und schwören sich all die Jahre, Rache an der Frau zu nehmen, die für ihr Unglück und ihren Schmerz verantwortlich ist. Suchen ihr gesamtes Erwachsenenleben lang nach Sibylle Kaufmann und finden sie schließlich als Margot Schneider auf Usedom. Durch einen Suchaufruf im Internet: *Wer kennt meine alte Kindergärtnerin?*«

»Das Internet hat die Recherchemöglichkeiten wirklich in eine neue Dimension gehoben«, stellt Kay trocken fest.

»So ist es. Im Januar hatten Allegra Meyer und Alexander Mühlenhoff dann eine heiße Spur und haben Schneider schließlich gefunden. Meyer hat daraufhin im Resort angeheuert und die Lage ausgekundschaftet, Mühlenhoff schließlich seinen Urlaub von Mallorca nach Usedom umgebucht. Als es dann mit der Einbruchsserie losging, konnten die beiden ihr Glück kaum fassen. Sie hätten die Tat sonst als ›einfachen‹ Einbruch durchgezogen, aber die Gelegenheit, das Ganze in der Serie zu verstecken, war natürlich noch besser.«

»Na ja, *vermeintlich* besser«, brummt Kay. »Vielleicht hätten sie lieber bei Plan A bleiben sollen.«

Dazu sage ich nichts, sondern schiebe den Rollstuhl noch ein Stück weiter, bis wir am Ende der Seebrücke von Bansin angekommen sind. Vor uns liegt das Meer, das heute Abend spiegelglatt ist.

»Das sieht wirklich wunderschön aus.« Kay dreht seinen Kopf zu mir und schaut hoch. »Gute Idee von dir, mit unserem Spaziergang nicht zu warten, bis ich wieder richtig laufen kann.«

»Ich habe viele gute Ideen«, gebe ich ein bisschen an. »Zum Beispiel, den beiden gestern auf den Kopf zuzusagen, dass die Smart Watch gar nicht von Margot Schneider stammte, sondern Allegra Meyer sie ihr erst ans Handgelenk gebunden hat, als Frau Schneider schon tot war. Hat sie dann gleich eingeräumt. Dafür hatte Mühlenhoff beim ersten Besuch von Frau Schneider heimlich die Uhr mit ihren Handydaten synchronisiert, damit wir den Betrug nicht merken.«

»Sehr schlau«, lobt mich Kay. »Und die Geschichte mit der anderen Babysitterin, die angeblich beim ersten Mal abgesagt hat, so dass Schneider einspringen musste?«

»War einfach gelogen. Frau Schneider konnte schließlich nicht mehr widersprechen, und den Namen der Babysitterin hat sich Meyer einfach ausgedacht.«

»Und das Lorazepam hat Mühlenhoff, der alte Pharmavertreter, Margot Schneider einfach in den Drink gekippt?«

»Ja, er hat ihr etwas zu trinken angeboten, als sie am Samstagabend ankam. Das war ihr Todesurteil, denn so hat sie tief und fest geschlafen, als Meyer schließlich gegen zehn Uhr mit ihrem Generalschlüssel ins Haus kam. Der Einzige, der das mitbekommen hat, war Herkules. Aber dem haben wir zuerst nicht geglaubt.«

Kay lacht.

»Der Hund ist doch einfach der treuste Freund des Menschen. Und klüger als so mancher Zweibeiner, jedenfalls mit Sicherheit schlauer als zum Beispiel Sascha Hahn. Ich frage mich nämlich, wen der um zehn vor dem Fernseher gesehen haben will.«

»Oh, dazu habe ich die passende Theorie. Ich glaube, Meyer

hatte die Schaufensterpuppe vor den Fernseher gesetzt. Die hatte Sascha Hahn doch für seine Fackel-Aktion schon im Geräteschuppen deponiert. Und da hat Allegra Meyer sie sich einfach mal kurz ausgeliehen, um alibimäßig ganz auf der sicheren Seite zu sein.«

Ein langer Seufzer statt einer Antwort.

»Alles gut?«, will ich wissen. »Oder tut es doch irgendwo weh?«

»Nein, überhaupt nicht«, beruhigt mich Kay. »Ich mache mir nur gerade Sorgen, dass wir auch diesen Spaziergang wieder verbaseln, indem wir die ganze Zeit nur über den Fall reden. Und nicht über uns.«

Über uns? Puh, mir wird sehr warm. Jetzt bloß nicht den Faden verlieren.

»Das kann gar nicht passieren«, rede ich also schnell weiter, »also dass wir das hier verbaseln, meine ich. Denn ich habe den heutigen Abend ausgesucht, weil hier gleich etwas Besonderes passieren wird. Und wenn das passiert, können wir uns einfach etwas wünschen. Zum Beispiel, dass wir in Zukunft öfter mal in Ruhe spazieren gehen. Ohne dass Raimund oder Frau Lamott anrufen.«

»Hier passiert gleich etwas Besonderes? Was denn?«

»Heute ist der 12. August. Die Nacht der Perseiden.«

Kay kratzt sich am Hinterkopf.

»Schon mal gehört – aber was war das noch mal?«

»Die Perseiden sind ein Meteorschauer, der um diese Jahreszeit in unseren Breitengraden immer sehr gut zu sehen ist.«

»Ach stimmt! Heute ist also die Sternschnuppennacht?«

»Ja. Sobald es etwas dunkler wird, müssten wir sie sehr gut sehen können.«

»Und uns dann etwas wünschen?«, fragt Kay.

»Genau das ist der Plan.«

Langsam ist es tatsächlich so dunkel, dass ich zumindest schon die Lichter der Schiffe sehen kann, die um diese Uhrzeit noch unterwegs sind.

»Da!«, ruft Kay und deutet in den Himmel. Gleich zwei Sternschnuppen leuchten auf und rasen Richtung Meer. Kay dreht sich ein Stück um und nimmt meine rechte Hand, die noch auf den Schiebegriffen des Rollstuhls lag, in seine. »Also ich hab mir jetzt was gewünscht«, meint er dann und lächelt mich von der Seite an. »Aber ich sag dir natürlich nicht, was. Soll ja in Erfüllung gehen.«

Ich sage nichts dazu. Denn mein Wunsch soll schließlich auch in Erfüllung gehen. Könnte glatt sein, dass es derselbe ist.

DANK

Dank an …

… das zauberhafte, aber rein fiktive Feriendorf Neu-Zirnow. Nie wurde man in schönerer Umgebung umgebracht! Aber: alles ausgedacht. Sie können also ganz beruhigt am Haff Ihre Ferien verbringen. Es ist dort nicht gefährlicher als am Strand von Timmendorf oder Westerland!

Mein Dank gilt auch den »zwei Engeln für Frauke« – als da wären Iris Kirschenhofer und Katja Korintenberg, meine beiden Lektorinnen.

Iris begleitet meine Usedom-Krimiserie schon von Anfang an, noch bevor überhaupt die erste Seite geschrieben war. Auch diesmal war sie beim Brainstormen und Plotten dabei, und wir haben sogar gemeinsam auf Usedom nach den passenden Locations gesucht. Dabei mussten wir – knallharte Recherche! – die eine oder andere Bar mitsamt Kaltgetränken testen, diverse Cafés ausprobieren, bis wir das richtige Etablissement mit dem perfekten Schokoladenkuchen gefunden hatten, und nach romantischen Fleckchen für Spaziergänge von Franzi und Kay Ausschau halten. Aber natürlich nicht zu romantisch – es ist ja ein Kriminalroman! Iris, es hat wieder rasend viel Spaß mit dir gemacht, und ich hoffe, wir werden zusammen noch an vielen, vielen Romanen arbeiten.

Nach dem Plotten und Recherchieren kommt natürlich das Schreiben, und da hatte ich wieder das Glück, dass mich Katja mit ihrem unglaublichen Sprachgefühl und ihrem scharfen Verstand begleitet hat. Die stets auf die Logik, alle Uhrzeiten und Wochentage geachtet hat, auch wenn der Stress groß und die Autorin wehleidig war. Und die mich wie eine Leichtathletiktrainerin so lange angefeuert hat, bis ich endlich durch das Ziel gelaufen bin. Liebe Katja, vielen Dank dafür, du bist einfach eine Wucht!

Apropos Rechercheреise: An dieser Stelle danke ich insbesondere Kerstin Seydler vom S. Fischer Verlag und dem Seetelhotel *Ahlbecker Hof* für die perfekte Organisation und das sensationelle Ambiente der Lese- und Rechercheгeise auf Usedom. Die Insel ist natürlich immer eine Schönheit, aber wenn man sich um das Drumherum überhaupt nicht kümmern muss, ist das wirklich ein sehr entspanntes Arbeiten.

Als Motivator und Alltagsorganisator im Hintergrund tummelte sich – wie immer – mein Mann Bernd. Er war übrigens auch mit auf Rechercheгeise und steuerte gesunden Menschenverstand bei, wenn Iris und ich ganz wilde Einfälle hatten. Zu Hause hat er viele Wochenenden damit verbracht, vor meinem Arbeitszimmer eine undurchdringliche Barriere für alle großen und kleinen Menschen zu errichten, die mich vom Schreiben abgehalten hätten. Bernd, du bist ein hervorragender Türsteher!

Und nicht zuletzt danke ich den vielen engagierten Leserinnen und Lesern, die sich an der *Lovelybooks*-Leserunde beteiligt haben und mit denen ich den ersten Fall von Franzi und Kay (*Der Tote im Netz*) so ausführlich diskutieren durfte. Vielen Dank dafür, es hat mir sehr bei Band zwei geholfen! Bestimmt habe ich nicht alles eins zu eins umsetzen können, aber viele Anregungen habe ich übernommen, und ich hoffe, das werdet ihr bei Band zwei merken.

Eure und Ihre Frauke